Sabrina Capitani
Katze Miou und die Träume von Madame

Sabrina Capitani, geboren 1953, studierte Germanistik, Publizistik und Kunst in Berlin und arbeitet seit zwanzig Jahren als Autorin für Hörfunk und Fernsehen. Sie schrieb Drehbücher für deutsche Kinderserien, Hörspiele für den SFB, für Radio Bremen und RAI und ist außerdem als freie Malerin tätig. Inzwischen sind mehrere historische Romane aus ihrer Feder bei Piper Digital erschienen. Dass ihre Romane (fast) alle in der Haute Provence spielen, liegt daran, dass sie seit vielen Jahren die Sommer dort verbringt und von Landschaft und Kultur fasziniert ist.

Sabrina Capitani

Katze Miou und die Träume von Madame

Roman

PIPER

Mehr über unsere Autoren und Bücher:
www.piper.de

Wenn Ihnen dieser Roman gefallen hat, schreiben Sie uns unter Nennung des Titels »Katze Miou und die Träume von Madame« an empfehlungen@piper.de, und wir empfehlen Ihnen gerne vergleichbare Bücher.

Wir produzieren nachhaltig
www.piper.de

ISBN 978-3-492-50552-9

Redaktion: Ulla Mothes
Satz auf Grundlage eines CSS-Layouts
von digital publishing competence (München)
mit abavo vlow (Buchloe)
Covergestaltung: Alexa Kim »A&K Buchcover«
Covermotiv: depositphotos.com (VolodymyrBur;
Krakenimages.com; Tamara_k; Dr.PAS; bazil; Victoria Lipov);
shutterstock.com (Marina VN)
Printed in Germany

Ich starb als Mineral und wurde Pflanze.
Ich starb als Pflanze und wurde Tier.
Ich starb als Tier und wurde Mensch.
Warum soll ich mich fürchten?
Wann wurde ich weniger durch einen Tod?

Mathnawi von Rumi (1207–1273)

»Arbeit ist sinnlos, wenn wir die Erfahrung, die wir in diesem Leben sammeln, nicht im nächsten verwenden können.«

Henry Ford (1863–1947)

Prolog

Ich bin eine Maus.

Niedlich, kuschelig, heimelig, nett. Leicht zu übersehen.

Meine Haare sind mittelbraun, meine Augen sind grünlich-braun – irgendwie unentschieden modderfarben –, meine Haut ist hell – ich neige zu Sonnenbrand –, mein Gesicht ist oval bis länglich, die Lippen schmal. Die Schneidezähne stehen leicht vor. Und zwischen ihnen klafft eine Lücke. Deshalb vermeide ich es, breit zu grinsen. Ich lächle. Zurzeit allerdings eher weniger.

Ich habe nie Schauspielerin oder Popsängerin werden wollen, wollte nie ins Weltall reisen oder die Tiefsee erkunden. Den ordentlichen Zensurendurchschnitt hatte ich meinen guten Deutschaufsätzen zu verdanken. Deshalb meinten meine Eltern, ich solle doch Journalistin werden. Also wurde ich Journalistin. Ich absolvierte ein Praktikum bei einer großen Zeitung, schrieb ein paar Reportagen für die Reiseseite, weiter kam ich nicht. Denn da trat mein Mann in mein Leben.

Und wenn ich sage »trat«, so darf man das ruhig wörtlich nehmen. Er trat mir nämlich auf den Fuß. Was wehtat, denn er ist groß, von schlanker Statur und tritt sowohl fest auf als auch zu. Es war auf einer Redaktionskonferenz. Er wurde uns als neuer Redakteur vorgestellt, frisch von der Uni, mit Auszeichnung. Der Chef sah dabei so zufrieden aus wie sonst nur bei Katastrophen ab dreihundert Toten aufwärts.

Im üblichen Gewirr dann, als alle aufsprangen, vom langen Sitzen und dem Geschwurbel des Chefredakteurs aufgezogen wie Spieluhren, und zu ihren Arbeitsplätzen strebten, trat ich einen Schritt zurück, um die anderen vorbeizulassen. Leander, mit weit ausholender Gebärde, stand ebenfalls auf, schob seinen Stuhl zurück, trat rückwärts in den Gang und direkt auf meinen Fuß.

»Au«, quiekte ich und taumelte. Er, blitzschnell, drehte sich um, sagte gleichzeitig: »Oh, sorry!« und fasste mich an beiden Schultern, um mir Halt zu geben.

Ich blickte in seine Augen, blaugrau und hellwach, und fühlte mich, als ob ich in einen Dornröschenschlaf versänke. Ich glaube, er brauchte etwas länger, um sich zu verlieben. Ich aber – wie sage ich es, ohne in die üblichen Klischees zu verfallen – war wie vom Blitz getroffen, um mich war es geschehen, Schicksal, weiche Knie, Zoom gemacht … ich wusste einfach, wie mein Leben von nun an aussehen würde. Ich wusste es.

Als wir ein paar Wochen später zum dritten Mal miteinander ausgingen und bei ihm im Bett landeten, wurde ich sofort schwanger. Heirat, zweites Kind, drittes Kind. Ich hörte auf zu arbeiten. Er machte Karriere. Ich fand das in Ordnung. Leander war brillant, ein politischer Journalist von einem Format, wie es in diesem Land nur wenige gibt. Ich war stolz auf ihn.

Ich polsterte unser Nest, versorgte die Kinder und schleppte die Nahrung nach Hause. Und war zufrieden. Glücklich, ja auch, denke ich … vielleicht. Zufrieden aber. Was meiner Meinung nach mehr ist. War. Bis ich die E-Mail bekam. Mein Mobil lag neben mir auf der Anrichte, während ich Schokoladenteig in eine Form füllte. Kling! Nachricht von Leander. Er war auf Geschäftsreise in Georgien, inzwischen nicht mehr als Journalist, sondern als Lobbyist. Da verdient man ja auch deutlich besser. Ich lutschte meinen Zeigefinger ab, der Geschmack von Butter und Vanille, Amy Winehouse im Radio, und tippte auf *anzeigen.*

Und da stand es, in einer E-Mail, erwischte mich beim Kuchenbacken in unserer warmen, duftenden Küche, zwischen Retro-Radio und Feldblumenstrauß.

Ich liebe dich nicht mehr. Ich schaute ein zweites Mal hin. Da stand noch viel mehr. Leanders E-Mails von unterwegs sind immer lang, seine Sätze elaboriert, seine Logik unwiderlegbar, jedes Wort ein Hammerschlag. Widerrede unmöglich: *Ich liebe dich nicht mehr.*

Alles verschwamm vor meinen Augen. Das Blut sackte vom Kopf in meine Beine. Mir wurde eiskalt und schwindelig. Mein Brustkorb wurde hart und eng, das Herz hatte kaum mehr Platz zu schlagen. Ich erinnere mich, dass ich ganz entfernt noch Musik hörte *black, black …* ein vorbeifahrendes Auto, das brüllende Baby der Nachbarn. Dann nichts mehr. So fand mich meine Tochter, am Esstisch, stumm, die Augen vom Heulen fast zugeschwollen, Gesicht und Haar mit Schokoladenteig verschmiert. Winzig. Verängstigt. Eine Maus.

Das war im Jahr, als *Back to Black* von Amy Winehouse erschien. Und ich kann es heute noch nicht wieder hören, ohne zusammenzuzucken. Ist das nicht albern, wenn eine erwachsene Frau den Raum verlässt, nur weil ein bestimmtes Musikstück spielt? Das trägt mir immer schräge Blicke ein. (Du bist doch kein Teenager mehr!) Warum das so ist, habe ich noch nie jemandem erklärt. Deshalb muss ich die Geschichte jetzt mal aufschreiben, um die Geister zu vertreiben.

1.

Gedankenverloren führte ich den Barlöffel zum Mund und ließ den warmen Milchschaum mit dem Zimt auf meiner Zunge zergehen, immer ein besonderer Genuss.

Langsam löffele ich zuerst den ganzen Schaum von meinem Milchkaffee, bevor ich das Glas zum Mund führe. Vorsichtig teste ich, ob das Getränk auch nicht zu heiß ist, bevor ich den ersten Schluck nehme und der bittere Geschmack des Kaffees meinen Gaumen trifft. Das sind meine Glücksmomente: ein bisschen Zeit für mich, ein Milchkaffee, den ich nicht selbst gemacht habe. Wie ich schon sagte: Ich bin eine Maus. Ich brauche nicht viel.

Es war Ende Oktober, einer der letzten wirklich schönen Herbsttage. Ich saß draußen vor meinem Lieblingscafé – eine lindgrüne Wolldecke über den Knien. Das Lokal liegt fünf Minuten von unserem Haus entfernt. Es ist eine Doppelhaushälfte in einer Gartenstadtsiedlung aus den Zwanzigerjahren. Kleine Häuser, für Arbeiter gedacht, jetzt schick restauriert. Zu jeder Wohnung gehört ein badetuchgroßer Garten, in dem früher Kartoffeln und Kohl gezogen wurden. Heute: Kirschlorbeer und Thujen aus dem Baumarkt. Mit drei Kindern war es schön und ganz schön eng.

Das Galerie-Café im Zentrum bedient den Geschmack der Lehrer und mittleren Beamten, die sich hier eingefunden haben: Vintage-Möbel, Originale an den Wänden, Topfpalmen.

Fast schon wieder spießig, nicht wahr? Aber mir gefällt es hier. Man kennt sich und setzt sich dazu oder lässt sich in

Ruhe, je nachdem. Die Kellnerinnen wissen, dass ich Zimt auf meinen Milchkaffee möchte und keinen Kakao.

Drei Wochen waren vergangen seit jener Mail. Ich wartete auf meine Freundin Aenne, die zu spät kam, wie üblich. Wir kennen uns lange genug, sodass ich mich schon darauf eingestellt hatte. Unsere Freundschaft geht zurück auf unsere Studienzeit, Publizistik und Germanistik. Aenne hat zur selben Zeit angefangen, war faul wie die Sünde und hat Karriere gemacht. Ich war sehr fleißig, ein Liebling des Professors – na ja, der Rest ist Geschichte.

Ich konnte Aenne schon hören, bevor ich sie sah, ein vulkanisches Temperament, eine Ein-Frau-Armee. Hupen, Autotürenklappen, wütendes Gebrüll: »Ich stehe hier schon seit mindestens zehn Minuten und blinke, Sie Arschloch!« Aenne.

Eine gemurmelte Antwort.

Aenne: »Wie? Nicht gesehen? Wenn Sie Tomaten auf den Augen haben, dann sollten Sie vielleicht nicht Auto fahren!«

Gebrumm von der Gegenseite.

Aenne: »Ach ja? Bloß ein Parkplatz? Mit solchen kleinen Schweinereien fängt es an. Als Nächstes kommt Vorteilsnahme im Amt, Betrug, Steuerhinterziehung, Mobbing. Wissen Sie: Es sind genau solche Leute wie Sie, die das Zusammenleben so unerträglich machen und sich dann auch noch darüber beklagen, wie schlecht die Welt geworden ist. Genau solche wie Sie!«

Amüsiert und auch immer ein wenig peinlich berührt, lauschte ich, wie sie einen Mann dafür fertigmachte, dass er ihr einen Parkplatz vor der Nase weggeschnappt hatte. Sie belagerte und bedrohte ihn so lange, bis ich wieder Autotüren hörte, Motor anlassen, rückwärtsfahren. Offensichtlich hatte sie ihn dazu gebracht, ihr die Parklücke zu überlassen.

Hartes, zielstrebiges Klacken von Absätzen auf dem Bürgersteig – eigentlich ist es ein Rätsel, warum sie immer zu spät kommt, obwohl sie ständig in Eile ist –, und Aenne warf sich in den Korbsessel neben mir. »Mein Gott, Daunenjacke und Wolldecke! Du musst einfach mehr essen, Mädel!«

Der Korbsessel ächzte. Aenne ist groß und kräftig. Sie isst gern und trinkt viel. Aber sie joggt tapfer jeden Tag und macht Pilates, sodass sie nicht wirklich aus dem Leim geht. Sie beugte sich zu mir herüber, drückte meine Schultern und küsste mich auf die Wange.

»Und, wie geht's dir?«

»Es geht. Ich weiß nicht so richtig.«

Wenn Aenne fragt »wie geht's dir«, dann will sie es tatsächlich wissen, das ist das Wunderbare. Sie mag laut sein, manchmal peinlich, oft anstrengend, aber sie ist meine beste Freundin. Ohne sie hätte ich die letzten Wochen nicht so relativ ordentlich überstanden.

Etwas sehr Seltsames ist passiert: Leander ist von seiner Geschäftsreise zurückgekommen, als ob nichts gewesen wäre. Er kam nach Hause – ich saß mit Vivien, meiner Jüngsten, am Abendbrottisch. Wir hörten, wie sich der Schlüssel im Schloss drehte, die Haustür aufging, jemand sich die Schuhe abtrat. Haustür zu, das Geräusch einer Reisetasche, die auf die Fliesen klatscht. »Hallo! Ich bin da.«

Im ersten Augenblick spürte ich, wie sich heißer Ärger in meinem Magen ausbreitete, dann Hoffnung. Ja, natürlich kam Leander her. Es war auch sein Zuhause. Ich hatte mich bereits als verlassene Ehefrau gefühlt. Aber vielleicht war das Ganze ein Missverständnis, das Ergebnis eines ausgearteten Streits, der sich kitten ließ. Das Irreale dieser Mail huschte mir wieder durch den Kopf. So etwas gibt es doch nicht! Man ist doch nicht fünfundzwanzig Jahre zusammen, hat Kinder, macht all das zusammen durch, ein halbes, na gut, ein Drittelleben, und dann – puff, aus. Einfach so.

Ich stand auf und ging in den Flur. Mein Herz begann mir im Hals zu pochen, als ich meinen Mann sah, einundfünfzig Jahre alt, sehr groß und schlaksig immer noch. Sein dunkles, lockiges Haar von Grau durchzogen jetzt, aber ich fand ihn nach wie vor unglaublich gutaussehend und staunte, dass ich ihn »abgekriegt« hatte, ausgerechnet ich. Aber irgendwas muss er schließlich an mir gefunden haben.

Er beugte sich zu mir herab und küsste mich. Es war ein kurzer Kuss, schal, ein Ehegattenschmatzer.

Meine Kehle wurde eng, und Tränen quollen unter meinen Lidern hervor, ganz gegen meinen Willen. Ich atmete tief ein und versuchte, mich in den Griff zu bekommen.

Leander seufzte, drückte mich einen Moment lang an sich, klopfte mir einige Male sanft auf den Rücken, so wie man ein weinendes Baby beruhigt: »Wir reden über alles, ja? Aber nicht mehr heute Abend. Ich bin hundemüde.« Er hatte violette Schatten unter den Augen, und die Linien rechts und links seiner Mundwinkel waren betonter als gewöhnlich. So löste ich mich von ihm. Gemeinsam gingen wir in die Küche.

Vivien sah ihren Vater nicht an. Sie murmelte nur etwas Unverständliches, stand auf und verschwand in ihr Zimmer. Meine Jüngste hatte ja mitbekommen, was passiert war. Ihr hatte ich die Mail gezeigt. Vielleicht war das falsch, ich hätte sie nicht damit belasten sollen. Nach dem ersten Abend habe ich mich zusammengerissen und nur nachts geheult. Leise. Aber Vivien kann man nicht mehr so leicht täuschen. Einmal kam sie zu mir ins Schlafzimmer und hat sich zu mir gelegt. Wir haben im Dunkeln geredet wie Freundinnen. Sie ist jetzt manchmal schon so erwachsen. Ich glaube, daran muss ich mich gewöhnen: Es wird mehr und mehr von diesen Momenten geben, wo sich das Verhältnis umkehrt. Sie ist die Mutter und ich das Kind.

»Wollt ihr euch scheiden lassen?«, riss mich Aenne aus meinen Gedanken.

Ich schluckte. Sie kann so direkt sein, Aenne.

»Ich glaube nicht. Ich weiß nicht. Es ist komisch: Wir haben nicht drüber geredet. Ich kann das Thema nicht von mir aus anschneiden, und er sagt nichts.«

»Also ich würde das nicht aushalten. Man muss doch wissen, was Sache ist.«

Du musst so was, Aenne. Ich nicht.

»Ihr könnt doch nicht weiter so vor euch hin dümpeln, als wär nichts.«

»Warum nicht«, sagte ich trotzig. »Kopf gegen die Wand, das ist deine Methode. Manches macht man schlimmer dadurch. Leander und ich hatten einfach eine schlechte Phase, Midlife-Crisis oder so was in der Art. Ich meine, das kommt doch vor.«

»Die ist aber schon ziemlich lang, diese Phase.«

Wütend rührte ich mit dem langen Löffel den Rest Schaum unter. Ich sah Aenne nicht an. Ja, schon lange vor dieser Mail hatten wir zunehmend gestritten. Über Nichtigkeiten oder vielmehr über das Prinzip. Irgendwann hatte Leander begonnen, sich der Familie zu entziehen. So jedenfalls sah ich das. Seine Arbeit, seine Interessen, sein Leben hatte plötzlich Vorrang vor uns. Er war unzuverlässig geworden, unsere Abmachungen kümmerten ihn nicht mehr. Ich sollte einen Vortrag auf einem Schreibseminar halten. Das war nur ein kleiner Auftrag – nichts im Vergleich zu dem, was er verdiente, aber mir bedeutete das viel. Und er hatte Vivien versprochen, mit ihr auf einen Reiterhof zu fahren. So hatten wir es abgemacht, und so stand es auf unserem Familien-Terminkalender. *Samstag, Sonntag: Leander, Vivien.*

Eines freitagabends fing er plötzlich an zu packen und eröffnete mir, dass er am nächsten Morgen auf eine einwöchige Geschäftsreise gehe. »Und mein Seminar?« Achselzucken. »Und Vivien?«

»Mein Gott, ich rede mit ihr. Verschoben ist doch nicht aufgehoben!«

»Du lässt sie hängen. Wieder!«

»Ach ja? Wer bezahlt denn hier ihre Reitstunden, ihr i-Phone und die schicken Klamotten?« Und wieder mal war der schönste Krach im Gange.

Solche Dinge kamen immer öfter vor. Genug davon. Ich bin vielleicht auch ein wenig pingelig. In meiner Familie wurde gemacht, was man versprochen hatte. Egal.

»Hör mal, Lene, du solltest wirklich wieder anfangen zu arbeiten«, setzte Aenne nach. Die alte Leier!

»Ja, guck nicht so! Leonie und Pascal sind längst aus dem Haus, Vivien auch bald. Was willst du dann machen? Ikebana-Kurse?«

»Vivien ist noch nicht aus dem Haus.«

»Wann macht sie ihr Abitur? Nächstes Frühjahr, stimmt's?«

»Ja – und? Wenn es so weit ist, kann ich mich ja umschauen. So lange bin ich für sie da. Jetzt vorm Abi ist ja auch 'ne kritische Zeit. Sie braucht mich.«

Ich griff nach den Zuckerstücken und sackte sie ein. Die sind zwar nichts Besonderes, aber ich kann es nicht lassen. Arbeiten? Was denn?

Als hätte Aenne meine Gedanken erraten, sagt sie: »Vielleicht hätte ich was für dich. Wir arbeiten an einer neuen Reisebuch-Serie. Und ich könnte dich für Frankreich vorschlagen.«

»Ach na ja, meine französische Großmutter. Aber mein Französisch ist eingerostet«, wehrte ich ab.

»Warte nicht zu lange,« warnte Aenne. »Mitte vierzig ist 'ne kritische Zeit.«

Jetzt sah ich ihr voll ins Gesicht: »Ist gut jetzt, Aenne! Und dass du es nur weißt: ich lasse mich nicht scheiden. Das renkt sich wieder ein.«

»Okay. Vielleicht war er besoffen, als er die Mail geschrieben hat«, lenkte Aenne ein. »Und jetzt tut's ihm leid. Typisch Kerl, sich nicht zu entschuldigen. Die glauben immer, ein Fickerchen bringt alles in Ordnung. Mehr braucht es nicht, um eine Frau ruhig zu stellen. Wie auf dem Affenfelsen.«

»Wir haben nicht miteinander geschlafen«, bemerkte ich eisig. »Schon lange nicht mehr.« Am liebsten hätte ich ihr meinen Kaffee ins Gesicht gekippt.

Sie musste meinen Blick bemerkt haben: »Sorry, ich meine jetzt nicht speziell dich, aber so ist es doch, oder? Kerl ist Kerl genug. Das muss Frau genügen.«

Aenne ist ein Fossil der Frauenbewegung. Nein, lesbisch ist sie nicht. Sogar ziemlich glücklich verheiratet – erstaunlicherweise. Unsere Freunde denken immer, sie hätte ihren Mann unter dem Pantoffel. Das stimmt nicht. Burghard ist ein ruhiger, uneitler Mann, der geborene Diplomat. Sie bringt Würze in sein Leben. Er verhindert, dass sie um sich herum alles in Trümmer legt. Ein ideales Paar.

»Ich bin sicher, dass es ihm leidtut. Seitdem haben wir überhaupt nicht mehr gestritten. Er gibt sich Mühe.«

»Kein Streit und auch sonst kein Gespräch. Dann musst du eben eine Aussprache erzwingen. Hör mal, das kannst du doch nicht einfach durchgehen lassen!«

Ich signalisierte der Kellnerin einen Wunsch, um Zeit zu gewinnen.

»Noch einen Crème bitte.« Umständlich suchte ich in meiner Umhängetasche nach meinen Zigaretten und zündete mir eine an.

Aenne beäugte den vollen Ascher.

»Mensch, Lene! Du Krebskandidatin! Du rauchst wie ein Schlot! Und isst wahrscheinlich nichts. Darf ich dir mal sagen, dass du fertig aussiehst?«

Danke, Aenne. Ich habe einen Spiegel.

»Und was ist jetzt? Wann willst du nun endlich mit Leander reden, ich meine: richtig?«

Der Kaffee kam. Ich rührte eine Zimtspirale in den Milchschaum und löffelte ihn, ohne etwas davon zu schmecken.

Aenne schwieg – ein Wunder.

»Ich habe Angst«, sagte ich schließlich.

2.

»Vorsicht! Du machst die Knospen kaputt.«

Vivien rupfte die Ostereier von der Magnolie vor unserem Haus und reichte sie mir herunter. Der Pulli verrutschte, und ich sah erschrocken auf ihre Rippen. Irgendwann musste ich darüber mit ihr reden. Das sah ja nicht mehr schön aus. »Achtung, das ist ein handgemaltes aus dem Spreewald!«

»Jaa-haa. Musst du auch immer Hunderte von den Dingern aufhängen? Man sieht unseren Garten vor Ostereiern nicht mehr, und im Haus kann man kaum treten vor Hasen.«

»Ist doch hübsch. Früher hast du dich immer so gefreut.«

Leander sagt, ich hätte eine Deko-Macke. Der Keller steht voller sauber beschrifteter Kartons: *Weihnachten, Ostern, Geburtstage, Herbstanfang …*

»Früher war ich auch kleiner, Mam.« Sie zerrte an einer Schlaufe und zerbrach dabei das Ei. »Oh, Scheiße.«

»Macht nichts«, sagte ich ergeben. Ich war froh, dass sie mir half – ohne Mullen, ohne Knullen. Letztes Jahr hatte es geheißen: »Oh, nee! Ich hab ja nicht darum gebeten, dass du die alle aufhängst.« Sie war immer ein Spätzünder, meine Vivien. Blieb so lange kindlich, dass ich schon dachte, ich komme um den üblichen Mutter-Tochter-Krieg herum. Aber nein.

»Wie war denn nun das Wochenende mit deinem Vater? Du hast gar nichts erzählt.« Ich hatte mal wieder einen supereiligen Auftrag und konnte nicht mit. Zwei, drei Jahre schreiben diese Autoren an ihren Romanen, monatelang gammeln sie bei den Verlagen herum und dann – husch, husch – müssen sie plötzlich in zwei Wochen druckfertig korrigiert sein. Leander hatte sich gerade dieses Wochenende ausgesucht, um endlich sein Versprechen wahr zu machen und mit Vivien an die Ostsee zu fahren.

»Schön.«

Ich legte den Kopf schief. »Aha.«

»Na ja, Ostsee eben. Sand, Kies, kalter Wind.«

Drei bunte Plastikeier klackerten in meinen hochgehaltenen Korb.

»So, so. Was habt ihr denn gemacht? Jetzt erzähl schon.« Vivien erzählt sonst gern. Sie kann gut beschreiben, lästert über ihren Vater und Leute, die sie gesehen hat. Wir haben immer viel zu lachen zusammen. Aber diesmal war etwas anders. Sie waren beide schweigsam gewesen, Vater wie Tochter. Sahen sich kaum an. Heute, Montag, hatte ich mir vorgenommen herauszubekommen, was passiert war.

Vivien druckste. Dann: »Er ... er hat mir seine Freundin vorgestellt.«

»Was?!«

Kracks. Wieder ein Ei kaputt. »Ach, Scheiße, Mam. Bitte heul jetzt bloß nicht. Du hast es doch gewusst, oder?«

Die Wut griff nach meinem Magen und drückte fest zu. Ich setzte den Korb auf den Rasen. »Bin gleich zurück.« Schnell eine Zigarette, dachte ich, sonst dreh ich durch. Ich ging durch die offene Terrassentür ins Wohnzimmer, schnappte mir die Schachtel und schüttelte mit zitternden Fingern einen Stängel heraus. Steckte ihn mir in den Mund. Musste das Feuerzeug ein paarmal drücken, bis eine Flamme kam. Tief sog ich den Rauch in die Lunge.

Ganz ruhig jetzt, Marleen! Ja, du hast es gewusst, geahnt zumindest. Ein Hauch von Parfum auf dem Jackett, ein langes Haar, auch braun, aber lockig und länger als deins. Du hast es geduldet, um ihn nur ja nicht zu verlieren. Das geht vorbei, hatte ich gedacht.

Vivien war auf die Terrasse gekommen und hatte sich auf einen der Stühle plumpsen lassen. Ich würde ihr keine Szene machen, ganz bestimmt nicht. Aber die Wut griff wieder zu. Ich hätte Leander ermorden mögen! Noch ein tiefer Zug. Der Tabak tat seine beruhigende Wirkung. Ich griff die Saftflasche und zwei Gläser und ging hinaus.

»Und – wie ist sie?«, fragte ich cool. War echt stolz auf mich.

Vorsichtig beäugte mich meine Tochter. »Nett.« Lange Pause, dann: »Jung.«

Ja, klar. Du lässt auch kein verschissenes Klischee aus, Arschloch! Kastrationsfantasien schossen mir durch den Kopf. So was soll ja vorgekommen sein: Nachts Bettdecke hoch, Schere angesetzt und schnapp! Kann man sogar wieder annähen, das Ding, hatte ich gelesen.

»Bist du jetzt sauer auf mich, Mam?«

»Nein, Süße. Nicht auf dich. Alles okay. Du kannst ja nichts dafür. Und du hast eine Mutter *und* einen Vater, egal was passiert.«

Vivien trank einen Schluck Saft und drehte das Glas in den Händen hin und her. Ein kitschiges Ding, lila mit lauter kleinen Bläschen im Glas gefangen. Sixties. Hatten Leander und ich mal auf einem Trödel erstanden.

»Sie kommt aus Georgien, ist da in der Politik, sagt sie. Irgendwas Höheres in dieser Industriellenpartei Georgischer Traum.« Vivien lachte. »Namen haben die! Georgischer Traum! Klingt bescheuert. So unfassbar naiv.« Pause. »Glaubst du, Papa verlässt uns wegen der?«

»Kann ich mir nicht vorstellen. Jung, sagst du? Wie jung denn?«

»Ich schätze, so alt wie Leonie.«

Meine Älteste. Ende zwanzig also. Na, bravo.

»Wir werden sehen. Papa hat eben seine Midlife-Crisis. Scheint ja so zu sein, dass Männer sich da noch mal beweisen müssen. Aber weitaus die meisten kommen zu ihren Ehefrauen zurück. Ich verstelle ihm jedenfalls nicht den Weg.«

Vivien stellte ihr Glas hin, ging auf den Rasen, pflückte ein Schneeglöckchen und brachte es mir. »Du bist unglaublich, Mam! Ich könnte das nicht.«

Ich stand auf, umarmte sie und kam mir großartig vor.

Am Abend kann Leander nicht nach Hause, stattdessen schickte er eine Mail: »Wartet nicht mit dem Essen, komme spät.«

Vivien wurde von ihrem Freund zum Kino abgeholt. Ein Kunststudent im zweiten Semester, blonde Locken, ernsthaftes Babygesicht, ein ganz Netter. »Viel Spaß, ihr zwei!« Ich sah zu, wie sie in seinem alten Golf losknatterten, ging hinein, goss mir ein Glas Rotwein ein und zappte durch die Fernsehprogramme. Das Mobil lag auf dem Couchtisch, dunkel und still. Einen Moment lang dachte ich daran, Aenne anzurufen, entschied mich aber dagegen. Ich wollte ihr »Was hab ich dir gesagt?« nicht hören. Ich ging auf die Terrasse und qualmte, kam wieder herein und trank noch ein Glas Rotwein. Viviens Worte hallten in meinem Kopf wider: »Nett. Jung.« Sie sei etwas Höheres in der Partei. Intelligent also, das war es, was mich beunruhigte. Irgendeine Praktikantin, das hätte mich nicht halb so sehr verstört. Aber sie war klug, berufstätig auf demselben Feld wie mein Mann. Und sie war in Deutschland, hier in der Stadt! Er war mit ihr zusammen heute Abend, ich wusste es ganz sicher.

Nein, Marleen, das wirst du nicht tun, warnte mich mein Unterbewusstsein. Das ist wirklich keine gute Idee. Lass es! Was soll das bringen? Aber ich stand wie unter einem inneren Zwang. Ich musste es einfach tun. Nur einen Blick werfen, ganz kurz. Niemand würde mich sehen.

Ich zog mir eine Jacke über, setzte mich ins Auto und fuhr los. Es war ein Wochentag, nicht viel los am Abend. Aus den Fenstern der Häuser, an denen ich vorbeifuhr, verbreitete sich warmes Licht. Aus manchen flackerte das blaue Licht der Fernseher. Dahinter spielte sich Familienleben ab.

Im Zentrum war es etwas voller. Paare spazierten Arm in Arm in der milden vorfrühlingshaften Luft. Pulks von Rollkoffer-Terroristen zogen von Bar zu Bar. Ich kannte Leanders Lieblingskneipen, stellte den Wagen ab und machte mich auf die Suche. An der dritten wurde ich fündig. Sie saßen am Fenster und hielten Händchen. Ich stand draußen und glotzte hinein. Sie war nicht hübsch, sie war schön: dunkle, lange Locken, Mandelaugen, verboten lange, dichte Wimpern, eine klassische gerade Nase. Ihre pralle junge Haut glühte sanft im Kerzenlicht. Sie sagte etwas, und mein Mann lachte. Ich hätte jetzt gehen sollen, aber ich konnte einfach nicht. Ich war wie angeleimt.

Sie stand auf, fuhr meinem Mann mit rot lackierten Krallen durch das Haar. Er fing ihre Hand ein und küsste sie auf die Innenfläche. Es gab mir einen Stich, diese vertraute und doch fremd gewordene Geste. Wie lange hatte er das nicht mehr mit mir gemacht. Sie entzog ihm sanft ihre Hand, drehte sich um und ging mit wiegenden Schritten in den Raum hinein. Sie war ja dick, stellte ich gehässig fest, klein und knubbelig, überall rund, runder Po, der den kurzen schwarzen Kostümrock fast zum Platzen brachte, rundliche Waden, kurze kräftige Beine, die in roten High Heels steckten. Marilyn für Arme: Wackedi, wackedi!

Sie verschwand hinten im Lokal. In dem Augenblick richtete Leander seinen Blick nach draußen und erkannte mich. Überraschung, Ärger, dann Verachtung glitten über sein Gesicht. Und ich wurde mir des leichten Nieselregens bewusst, meiner angeklatschten Haare, dem alten Parka, den ich trug, der ausgelatschten Turnschuhe an meinen Füßen. »Mutti« eben. Oh Gott! Ich senkte den Kopf, drehte mich weg und rannte zum Auto. Blöde Kuh, du blöde, blöde, blöde Kuh, beschimpfte ich mich. Du hast es vermasselt.

Wie ich nach Hause gekommen bin – keine Ahnung. Heulend und angetrunken Auto fahren, egoistisch und komplett verantwortungslos! Normalerweise bin ich nicht so, aber heute war mir alles wurscht. Die Schutzengel hatten Überstunden gemacht. Ich fuhr den Wagen in die winzige Garage, ging ins Haus und schenkte mir sofort das nächste Glas ein. Bei einer Zigarette beruhigte ich mich etwas. Gott! Vielleicht hatte er mich nicht erkannt. Es war ja schon dunkel gewesen draußen. Ich hatte mit dem Gesicht von der Laterne abgewandt gestanden. Die Scheibe war dreckig gewesen und voller Regentropfen, redete ich mir ein. Er hat mich nicht gesehen. Nichts ist passiert.

Aber er hatte mich gesehen. Eine halbe Stunde nach mir kam mein Mann nach Hause, türknallend, kalt vor Wut. »Du lässt wirklich nichts aus, Marleen«, sagte er. »Das war ja so peinlich! Was sollte denn das?«

Ich hockte wie ein Häufchen Elend auf dem Sofa und umklammerte das Weinglas.

Er hob die Flasche hoch, hielt sie gegen das Licht und knallte sie wieder auf den Glastisch. »Edel geht die Welt zugrunde. Chianti Riserva für achtundzwanzig Euro.«

»Ach, du kannst mit deiner Geliebten unser Geld verjubeln, und ich darf noch nicht mal von unserem Wein trinken? Du warst immer schon ein Geizkragen, Leander.«

Wortlos ging er in die Küche. Ich hörte, wie er eine neue Flasche aus dem Weinregal zog. Die Küchenschublade wurde klirrend aufgerissen, es gab dieses ekelhafte Quietschen, das ich so hasse: iek, iek, iiiiek! Dann ploppte der Korken. Leander goss mir das Glas randvoll: »Bitte sehr. Betrink dich, wenn es dir hilft.«

Arsch! »Und was gab es bei euch? Champagner?« Es entgleiste total. Ich wollte das nicht, aber ich musste einfach weitermachen. Ein Teufel saß mir im Nacken. »Und was das

Auslassen betrifft, mein Lieber, wie würdest du es denn nennen, wenn ein Fünfzigjähriger mit einem Teenager rummacht? Hm?!«

»Sie ist kein Teenager. Sie ist eine erwachsene Frau. Und sie hat einen Namen,« Ich hob die Hand. Nein, bitte – keinen Namen. Aber Leander sprach unbarmherzig weiter: »Sie heißt Elana.«

Jetzt gingen bei mir die Schleusen auf. Elana. Jetzt erst, plötzlich war alles real. »Und mit einer Elana an deiner Seite glaubst du, bist du plötzlich wieder jung? Kannst dein Leben einfach neu anfangen, ein neuer Anzug, ein neues Rasierwasser und eine neue Frau? Und mich schmeißt du weg wie einen alten Putzlappen?«

»Ach Marleen. Du solltest dich nicht selbst so herabsetzen. Ich habe dich niemals als Putzlappen betrachtet. Unterstell mir nichts. Das ist ja wohl allerschäbigste Rhetorik.« Leander stand am Fenster mit dem Rücken zu mir. Der Garten war dunkel. Regen, jetzt stärker als vorhin, prasselte gegen die frisch geputzten Scheiben. Seine Stimme war ruhig und leise, ganz Vertreter der Vernunft: »Wir haben uns verändert, Marleen. Es tut mir ja auch leid, aber so ist das eben. Wir haben uns auseinanderentwickelt.«

»Ich hab mich nicht verändert«, schrie ich und warf das volle Glas nach ihm. Es zerschellte am Fensterrahmen. Wässriges Rot lief am weißen Lack herunter und breitete sich auf dem Flokati aus.

Leander war zusammengezuckt. Jetzt sah er mich an, wie man eine Wanze anschaut: »Das stimmt. Du hast dich nicht verändert, kein Stück. Du bist alt im Kopf, weißt du das? Träge. Langweilig. Du ödest mich an.«

Ich starrte ihn eine gefühlte Ewigkeit mit offenem Mund an. Dann sprang ich auf und rannte nach oben.

3.

Déjà-vu. Im Café. Derselbe Stuhl, die gleiche grüne Decke auf den Knien.

Mein Kaffee kommt mit einem Herz im Milchschaum. Die Kellnerin schaut mich mitleidig an. Es kommt mir so vor, als ob mich alle mitleidig anschauen in letzter Zeit, aber sicher stimmt das gar nicht.

»Eine heiße Schokolade mit Schuss«, bestellte Aenne, die wie üblich nach mir gekommen war. Sie sah mich an und sagte weiter nichts, auch nachdem die Kellnerin gegangen war. Manchmal weiß sogar Aenne, wann man besser die Klappe hält.

Der Frühling war vorzeitig gekommen dieses Jahr. Überall blühten die Forsythien und Blutpflaumen in den Gärten. Die Nachbarn unterhielten sich wieder über den Zaun hinweg, statt mit hochgezogenem Mantelkragen und einem fröstelige »Tach!« aneinander vorbeizuhasten. Morgens in der Dämmerung, wenn ich mit offenen Augen im dem viel zu großen Bett lag, hoben die Vögel wie auf Verabredung zu lärmen an. Eigentlich liebte ich diese Jahreszeit: Alles frisch und blank, alles noch möglich, alles ein Versprechen.

»Die Scheidung ist eingereicht«, hörte ich mich selbst sagen, wie von weit weg. »Leander ist ausgezogen.« Die Fremde, die mir seit Wochen aus dem Spiegel entgegensah, die nüchtern feststellte, zusah, wie mein Leben zersplitterte, die literweise Kaffee trank und rauchte wie ein Schlot. Da war eine winzige Rauheit vor dem »ausgezogen«, eine kleine Hürde, vor der meine Stimme gescheut, die sie aber dennoch genommen hatte. Wer mich nicht kennt, hätte es für eine kleine Reizung der Kehle halten können.

»Wie nehmen es die Kinder?«

Ich lachte trocken auf: »Gelassen. Es ist ja eh nicht mehr ihr Leben. Ich tue ihnen leid. Leonie kommt an jedem freien Tag und führt mich aus, irgendwohin.« Leonie, meine Älteste, könnte weiß Gott ihr bisschen Freizeit anders verbringen. Sie ist Assistenzärztin auf einer Geriatrie-Station und schreibt nebenher ihre Doktorarbeit über Plaques im Gehirn von Demenzerkrankten. Kann ja mal hilfreich sein. In zehn Jahren oder so. »Pascal ruft an, wann immer er Landgang hat.« Das war nicht oft. Mein Sohn Pascal war bei der Marine und beschützte Handelsschiffe vor dem Horn von Afrika. Oft hatten sie Funkstille. »Er hat eine Mordswut auf seinen Vater.«

Aennes Schokolade kam. Sie bedankte sich, rückte voller Vorfreude ein Stückchen näher an den Tisch, kippte den mitgelieferten kleinen Rum in das dampfende Gebräu und nahm langsam den ersten Schluck. Seufzte. Wischte sich den Schokoschnurrbart von der Oberlippe. »Die beiden haben sich ja schon lange nicht mehr verstanden.«

»Seit Pascal in den Stimmbruch gekommen ist, genau gesagt. Was ist es bloß? Hat Leander ihn als junges Männchen in der Herde empfunden? Zum Kotzen. Ständig hat er an ihm rumgenörgelt. Dann wieder kam er plötzlich mit Karten für die Bundesliga an wie der Weihnachtsmann persönlich. Hatte nicht mal mitgekriegt, dass sein Sohn sich nicht für Fußball interessiert.« Ich kicherte boshaft: »Dann haben sie beide dagesessen, Bier getrunken und sich gelangweilt.«

Aenne schüttelte den Kopf. »Und Vivien?«

»Die leidet. Sie war ja immer Papas Tochter, aber er hat sie zusammen mit mir einfach aussortiert. Der Zuverlässigste war er ja noch nie. Mal meldet er sich, dann nicht. Dann ist er plötzlich da und tut so, als ob alles ihm gehört.«

Von links eine junge Mutter mit Kinderwagen.

»Du hast doch das Haus zugesprochen bekommen?«

»Nein, kann man so nicht sagen. Ich habe vorerst das Recht, drin wohnen zu bleiben. Aber ich weiß nicht, ob ich mir das auf Dauer leisten kann. Du weißt ja, wie das heute ist, Unterhalt nur das Minimum und das auch nur begrenzte Zeit. Für Vivien muss er noch zahlen, bis sie mit dem Studium fertig ist – Regelstudienzeit, versteht sich. Und dann – stell dir das bloß vor – hat er doch tatsächlich versucht, ein Auslandskonto zu unterschlagen!«

»Siehst du, ich hab dir ja gesagt, mach Kopien von allen Kontoauszügen, Verträgen, Papieren.«

Hatte ich gemacht. Widerwillig, fast schuldbewusst. So weit würde es doch nicht kommen? Früher hatte ich es immer so empfunden, dass wir eine Einheit waren, Leander und ich. Wir hatten doch immer gut funktioniert. Vielleicht war genau das falsch. Stichwort: funktioniert.

»Ich kenn den Mann nicht wieder. Wir waren doch immer ...«

»Ja, ja«, unterbrach Aenne. Das hatte sie schon so oft gehört. »Ich wette, du hast heute noch gar nichts gegessen.« Sie winkt der Kellnerin: »Zweimal Streuselkuchen bitte!«

»Oh, nein!«

»Oh doch!« Der Streuselkuchen kam, als hätte er hinter der Tür gelauert. »Iss!«

Ich gehorchte und biss in das saftige Stück Hefegebäck. Erst knackten die Streusel ganz sanft unter meinen Zähnen, dann kam der fluffige Teig. Tröstliche Süße verbreitete sich in meinem Mund. Doch nach dem zweiten Bissen war meine Kehle dicht. Auf keinen Fall kriegte ich noch etwas runter.

Von rechts eine bullige ältere Frau in Holzfällerhemd und Daunenweste, Hundeleinen in den Händen wie eine Marionettenspielerin: zwei Windhunde, eine Deutsche Dogge, ein Riesenschnauzer. Hundeausführdienst, ich sah mich im Geiste schon quasi horizontal hinter Rufus und Bello durch die Luft flattern. Ich wies mit einem Kopfnicken auf die Frau. »Oje! Das wär ja was für mich.«

»Eher nicht.« Aennes Stück Kuchen war schon eingeatmet, während ich missmutig in meinem herumstocherte.

»Aber von den Korrekturen kann ich nicht leben.«

»So, jetzt hörn Se mal uff zu jammern, junge Frau! Ich hab den Superjob für dich! Ich habe dir doch im Herbst von der neuen Reisebuch-Serie erzählt: nicht so der übliche Reiseführer, Restaurant hier, Kirche da, sondern erzählendes Sachbuch. Wir wollen, dass die Leser die Regionen quasi von innen mitbekommen, wie die Leute sind, wie das Leben so ist.« Aenne gestikulierte, malte imaginäre Kirchtürme in die Luft. »Natürlich auch die Sehenswürdigkeiten, aber eben eingepasst ins tägliche Leben. Durch die Augen der Menschen, zu deren Alltag sie gehören. Gesamtbild, verstehst du? Geschichten, Begegnungen. Nicht nur zum Nachschlagen, sondern schön zu lesen. Zum Lustmachen!«

»Aber ich …«

»Du kannst so was. Hast du doch früher schon gemacht.«

»Ja, lange her.«

»Immerhin hast du einen Grimme-Preis bekommen für deinen Bericht über Vanuatu.«

Das war beinahe nicht mehr wahr. Vor Jahren hatte Leander für den Entwicklungsdienst eine Radiostation auf dieser südpazifischen Inselgruppe vor Australien aufgebaut. Leonie war damals zehn, Pascal sieben und Vivien gerade mal drei. Zwei Jahre Inselleben, das war nicht die reine Romantik! Es war eine große Umstellung für die Familie, nicht einfach für die Kinder, aber ich hatte das mitgemacht, weil Leander davon so begeistert war. Ich hatte damals einige Berichte und einen Reiseführer über Melanesien absetzen können.

»Ach, Aenne, das ist total lieb, dass du mir so einen Auftrag zuschustern willst. Aber wie soll das denn gehen? Ich bin zu lange raus. Die Schreibe, der ganze Umgang hat sich geändert.«

»Quatsch! Schreiben ist wie Fahrradfahren. Und ich habe denen schon deine Situation erklärt. Sie wollen es mit dir versuchen. Was kann denn schiefgehen? Schlimmstenfalls machst du einen bezahlten Urlaub.«

»Wie? Die bezahlen schon die Recherche?«

»Kost und Logis. Und was 'n geiles Thema: Haute Provence, Drôme, das wilde Herz der Provence: Ziegen, Berge, Lavendel! Ich habe denen gesagt, dass deine Mutter von da gekommen ist und dass du fließend französisch sprichst.«

Jetzt musste ich losprusten. Krümel flogen mir aus dem Mund. Hastig hob ich die Hand davor. »Aenne! Mama war Elsässerin!«

»Na und? Weiß doch keiner außer uns.«

Ich schüttelte den Kopf. Aenne legte eine Hand auf mein Knie und sah mich streng an: »Mensch! So eine Chance kriegst du in deinem Alter nie wieder!«

»Weiß ich ja.«

»Dann versau es nicht. Arsch hoch! Was hält dich denn?«

Nichts. Ich hatte Vivien eine Reise zum Abitur schenken wollen: Kalifornien, nur du und ich ...

Vivien hatte betreten weggeguckt und gedruckst. »Kalifornien, toll.«

»Du hast schon was anderes geplant.«

»Na ja, Kevin und ich und ein paar andere, wir wollten eigentlich zusammen nach Barcelona. Und hinterher an der Küste zelten. Ich dachte eigentlich, ihr würdet mir ein bisschen Geld zuschießen.«

Ich schluckte, kramte nach den Zigaretten. »Klar, klar. Wenn das so ist. Ich gebe dir dreihundert Euro, wär das okay?«

»Das wär riesig, Mam, danke!« Sie fiel mir um den Hals. Leander hatte hundert zugebuttert, der Geizhals – und weg war sie.

»Also gut. Ich versuche es«, sagte ich jetzt zu meiner besten Freundin Aenne.

»Versuch es nicht. Mach es. Du kannst das!«

Mir wurde wieder flau. Aber als ich auf den Teller runtersah, war das Kuchenstück weg.

4.

»Ach, Papa, warum nur? Ich versteh's einfach nicht. Was habe ich falsch gemacht?«

Wir saßen im Weinberg, den Kaiserstuhl im Rücken, vor uns das Elsass und die blauen Umrisse der Vogesen, im linken Augenwinkel der weiße Sarg von Fessenheim. Lerchen flatterten hoch in der klaren Luft und trugen ihre vokalen Liebesspiele aus. Es roch feucht und grün nach Fruchtbarkeit und Anfang. All diese Pracht verschärfte nur meinen Schmerz. Allein leben. Ohne die Kinder. Ohne Leander. Kein gemeinsames Aufwachen mehr, keine gemeinsamen Pläne, Abende, Urlaube. All unsere Pläne vom Ferienhaus am Meer, vom gemeinsamen Altern: gestrichen. Noch nie in meinem Leben hatte mir etwas so wehgetan. Es nahm mir den Atem.

Nie mehr, nie mehr, zwang ich mich zum ersten Mal zu denken. Und es fühlte sich ein wenig an wie damals, als Mama gestorben war. Ich war zwölf gewesen, nicht alt genug, um den Tod zu verstehen; alt genug zu begreifen, dass sie gelitten hatte. Diese furchtbare Hilflosigkeit vor dem Leiden eines geliebten Menschen hatte uns drei Mädchen stumm gemacht.

»Du hast nichts falschgemacht. Das passiert leider manchmal, dass Menschen sich auseinanderleben.« Für einen Pfarrer nahm Papa das mit der Scheidung ganz schön gelassen. War ja auch evangelisch und zudem in Rente. Er hatte zu vermitteln versucht, endlose Gespräche mit Leander geführt.

»Was hat er dir denn erzählt«, versuchte ich es wieder.

»Ach, lass doch gehen, Kind.«

»Er hat mir so wehgetan!«

»Ach ja«, seufzte mein Vater und drückte mich ein bisschen. »Ach, Lenchen.«

Ich beruhigte mich langsam und schniefte. Mein Vater förderte ein zerknittertes Stofftaschentuch aus seiner Hosentasche zutage und reichte es mir.

»Familientaschentuch«, sagte ich. Er lachte leise.

Wie hatte er das damals nur geschafft, allein mit drei Kindern? Wir hatten ihn niemals weinen sehen. Seine Traurigkeit war still gewesen. Er hatte uns getröstet. Und Leander war schließlich nicht gestorben. Ich atmete ein und wieder aus, lang und zittrig. »Schon gut, Papa. Ich werd's schon packen.«

»Sicher schaffst du das. Und irgendwann wirst du auch verzeihen können. Je eher, desto besser für dich.«

Wenn die Hölle zufriert, dachte ich.

Aus dem Tal drang das Rattern von Traktoren. Eine Smaragd-Eidechse sonnte sich auf einem Stein, zum Greifen nahe.

»Hast du es Frédérique schon gesagt?«, fragte Papa.

»N-nein ...«

»Soll ich?«

»Nein, nein, das mache ich schon.« Aber es war mir unangenehm. Meine große Schwester Frédérique mit ihren zwei wohlgeratenen Kindern und ihrem gutmütigen, treuen Lothar. Ihrem Weingut, ihrem gut gehenden Hofladen. Rund und selbstsicher, das Bild von Zufriedenheit und Erfolg. Ich fühlte mich wie eine Versagerin neben ihr: Ehe kaputt, bald würde ich beim Sozialamt betteln, na toll! Ich hatte unsere Krise am Telefon verschwiegen, ja: geschwindelt: »Uns – ach, uns geht's gut. Alles in Ordnung.« Von wegen.

»Na, dann mal los!« Mein Vater stand auf, klopfte sich die Erde vom Hosenboden und reichte mir die Hand, um mich hochzuziehen. »Dann mal los«, unser Familienmotto: Unangenehmes nicht verschieben, immer ehrlich sein. Nicht jammern, sondern die Trümmer wegräumen und weitermachen.

»Ich will noch die letzten Reihen fertig putzen. Dann komm ich runter.« Taktvoll. Mein Vater rollte sich die Ärmel hoch und stapfte wieder zu seinen Weinstöcken. Ich blieb stehen und sah ihm noch eine Weile zu, wie er gedankenversunken die jungen Reben hochband, hier und da etwas ausschnitt. Kleine Haufen knotiger, rötlicher Zweige lagen zwischen den Traubenstöcken. Der Anblick der ebenmäßigen Bänder hellen Grüns, die der Bewegung der Hügel talwärts folgten, hatte etwas Beruhigendes. Alles fließt. Nichts bleibt wie es ist – auch die schlechten Dinge nicht. Entschlossen wandte ich mich um und ging hinunter zum Haus, wo meine Schwester in der Wärme ihrer Küche auf mich wartete. Sie hielt mir eine Schürze hin. »Da, konnscht d'n Hefeteig für d'n Zwiebelkuche knete.«

Und während wir das Abendessen vorbereiteten: »So, jetscht mol raus mit d'Sproch!«

»Han ich's mir doch denkt!«, war ihre erste Reaktion auf meine Beichte. Die zweite: »Und – was zahlt er dir?«

Ihr Dialekt weckte Kindheitserinnerungen. Ich beim Teigausschlecken in Mamas Küche. Mit unserer jüngsten Schwester Laura zum Konfirmationsunterricht. Kopfnüsse von Frédérique, als Laura versucht hatte, den Furz einer Kuh anzuzünden. Sie hatte das irgendwo gelesen, aber schuld war ich, ich hätte es ja verhindern müssen. Ich war immer dazwischen. Nicht alt genug, um zu bestimmen, nicht klein genug, um geschont zu werden.

»Nicht genug. Ich muss versuchen, wieder in meinen alten Job zu finden. Das mache ich jetzt.«

»Und die Klei?«

»Braucht mich nicht mehr. Keiner braucht mich.« Ich boxte den Teigklumpen mit unnötiger Wucht. »Die will nach Barcelona fahren mit ihrer Clique.«

»Hoi! Bartschelonaa? Wo die junge Leit sich halbtot saufe?!«

»Vivien ist vernünftig genug, das nicht zu tun.«

»Na, wenns so sicher bisch?«

Ich griff mir das Nudelholz und begann in trotzigem Schweigen, den Teig auszurollen.

»Weiss es die Laura?«

»Warum sollte sie?« Unsere jüngere Schwester war Ende dreißig, selbstständige Physiotherapeutin. Hübsch, Single, Meisterin der One-Night-Stands. Was wusste die schon von Ehe? »Männer!«, würde sie sagen. »Hab Spaß mit ihnen, aber bind dir keinen Klotz ans Bein. Wenn's schwierig wird, bist du mit einer guten Freundin besser dran.«

Lothar kam herein geschlendert, mein Schwager: Groß, noch runder als meine Schwester, rote Bäckchen im weichen, teigigen Gesicht.

»Na, henner euch ausg'schwätzt?« Er trat hinter meine Schwester, fasste sie um die Taille, oder was davon übrig war, und schmatzte ihr einen Kuss auf den Nacken. Es lag etwas so Intimes in der Bewegung, dass mir die Röte in die Wangen stieg. Die schliefen bestimmt noch miteinander!

»Und – was verschafft uns die Ähre?« Offen lächelte er mich an, an seine Frau geschmiegt, dachte sich überhaupt nichts dabei. Meine Schwester bemerkte meinen Blick und drängte ihn mit dem Ellenbogen fort. »Geh weiter! Da, mach dich nützlich, schneid dä Speck!«

Er gehorchte und suchte geräuschvoll nach einem zweiten Schneidbrett, nicht ohne Fredi vorher in den Hintern gekniffen zu haben.

»No? Und? Wo geht's hie und wo isch der Rest der Bagaasch?«

Meine Schwester lehnte sich zu ihm und raunte im Bühnenflüsterton: »Sie hän sich getrennt, lass mal!«

»Oh!« Jetzt war er verlegen, holte umständlich einen geräucherten Schinken aus der Esse und legte ihn sich auf dem Schneidbrett zurecht.

»Ich will wieder arbeiten«, erklärte ich. »Eine Freundin von mir – Aenne, ich hab euch von ihr erzählt – arbeitet in einem Buchverlag. Die planen gerade ein paar neue Reisebücher. Und ich darf eines schreiben, über die Haute Provence. Das ist doch toll, oder?«

»Ach ja, du häsch jo emol Reiseberichte g'schriebe, früher. Da häsch du aber Glück, dass du so e guede Freindin häsch.«

Danke für das »früher«! Und, ja, ohne Aennes Einfluss hätten die mir wohl kaum so einen großen Auftrag anvertraut.

Mein Teig wanderte aufs Blech, darauf der Speck, Zwiebelscheiben, frische Kräuter aus dem Garten und eine dicke Schicht Sahne. Der Duft von jungem Thymian stieg vom Hackbrett auf. Lothar holte die erste Flasche Wein aus dem Kühlschrank, setzte die Gläser in die Mehlreste auf den Küchentisch und schob sich einen Stuhl zurecht. Das angenehme Gluckern beim Eingießen. Wir stießen an.

»Auf deinen Erfolg!«

»Und was versteht man eigentlich unter ›Hoch-Provangs‹?«, fragte Lothar, während er die Hände über dem stattlichen Bauch faltete.

»Das ist so ein etwas schwammiger Begriff«, erklärte ich. Meine Gier nach einer Zigarette war kaum mehr auszuhalten, aber rauchen in der Küche meiner Schwester war streng verboten. »Im Prinzip ist es alles, was nicht Tiefebene oder Küste ist, also etwa das bergige Gebiet ab dem Mont Ventoux bis zu den Voralpen, Plateau d'Albion bis Barcelonette und Gap. Das Drôme ist ein Eckchen Alpen. Geschichtlich gehört es zu dem Gebiet, das von Frankreich unabhängig war, bis es nach den Waldenserkriegen geschluckt wurde.«

»So?« Lothar beugte sich vor, bis sein Bauch an die Tischkante anstieß, und angelte nach einer Speckscheibe.

»Dromm? Nie ghört. Wir ware emol an der Koot Dasür, gell, Spätzle? Do was uns aber zu heiss! Hei, han I gschwitzt, war froh wieder daheim zu sei.«

Jetzt musste der Tisch gewischt und ein Atlas herausgekramt werden. Vater kam dazu, und wir machten die Finger-Reise. Ich war froh, dass meine Eheprobleme nicht mehr angesprochen wurden.

Natürlich blieb es nicht so, wäre ja zu schön gewesen. Zwei Tage lang schlichen alle um das Thema herum. Meine Schwester übte sich in terroristischen Wohltaten: »Iss, iss, iss!« Bei ihr war Essen das Heilmittel für alle Übel von Liebeskummer bis Prüfungsangst. »Komm, nimm noch von dem Braten oder wenigstens ein bisserl Gemüse! Gott, dünn warst du ja immer scho', aber jetzt klapperts ja, wenn'd läufst.«

»Was isch – Lene, noch e' Stückle Strudel?« Zack, hatte ich ein fettes Stück auf dem Teller.

»Ohne Sahne rutscht des nit!« Pffffft!

Und wirklich: Der Jeansbund spannte ein wenig.

Am dritten Tag hielt Frédérique es nicht mehr aus. Wir saßen im Hofladen zwischen Steinofenbrot, Gugelhupf, Weinflaschen, Weingelees und hausgemachten Marmeladen.

»Ha, i muss scho noch emol fragen: Ging denn des net annersch? Gliie Scheidung wäge ä andere?«

»Das war nicht mein Idee. Er ist ausgezogen!«

»Ha, und da losch du die Klei, die Fifien mit älei? Die nimmt des doch gwiss schwer, war ja immer die Baba-Maidle.«

Tief Luft holen. Nicht aufregen! »Stimmt.« Wir hatten viel geweint zusammen in diesem Winter, Vivien und ich. Weihnachten waren Pascal und Leonie zu Hause gewesen. Da war es gut gegangen. Sogar besser als mit Leander sonst. Irgendwie war plötzlich so ein Druck raus. Das entspannteste Weihnachten seit Langem.

»Und? Hätt'sch net lieber noch warte solle mit dem Wegfahren, bis sie ee' Studienplatz hät und ä' Ablenkung damit?«

Ein New Beatle mit Freiburger Nummer hielt auf dem Parkplatz vor der großen Scheibe. Die Türglocke bimmelte und Frédérique musste ihren Sermon abbrechen. Eine junge Frau im Kleid kam herein, befingerte die Radieschen, stand einen Moment vor der Kühlbox herum und kaufte dann Milch, Eier und ein paar Gläser von Fredis hausgemachter Leberwurst.

Kaum war sie draußen, ging es weiter: »Ganz ehrlich, Leni, ich verstand di nit. Muess des denn sii, jetzt gli die große Emanzipation? Du läscht die Klei ällei, wie lang eigentlich? A baar Woche? Hätt das nit no Zitt g'het?«

»Nein, hätte es nicht«, erklärte ich geduldig. »Der Verlag hat einen Zeitplan, und den verschieben die nicht meinetwegen. Das ist eine Riesenchance! Vivien ist drüber weg, und damit sie und ihr Kevin keinen Blödsinn machen, wohnt Leonie wieder zu Hause so lange ich weg bin.«

»Waaas?! Ihr Freind darf bei euch wohne?!«

Ich sprang auf. Die Holzbeine meines Hockers schabten über den gefliesten Boden. »Es reicht, Fredi! Ich weiß, du kannst alles besser und weißt alles besser. Aber das ist mein Kind und mein Leben. Meines, verstehst du?!« Mit einer Hand riss ich die Tür auf – das Glöckchen bimmelte – mit der anderen kramte ich in meiner Jackentasche nach Zigaretten und Feuerzeug. Giftig drehte ich mich um: »Und das mit der jungen Freundin kann dir genauso passieren! Sei dir bloß nicht so verdammt sicher!« Ich knallte die Tür hinter mir zu – Bimmel! – mit wenig Effekt. Es war nur eine billige Sperrholzplatte. Das pappige Schnappen war höchst unbefriedigend.

Ich ging packen. Papa kam zu mir ins Gästezimmer unterm Dach.

»Deine Schwester ist sehr traurig.«

Soll sie.

»Ich möchte, dass du dich entschuldigst.«

Trotzig stopfte ich die Unterwäsche in die Ecken und zog den Reißverschluss zu.

»Marleen!« Vater war immer noch in der Lage, diesen gewissen Ton anzuschlagen. Schon als Kind war es das Aller-aller-aller-Schlimmste auf der Welt für mich, wenn Papa von mir enttäuscht war. Das elfte Gebot: Man kann nicht immer gut sein, aber man muss es versuchen.

»Okay, okay, ich entschuldige mich. Aber manchmal macht sie mich fertig mit ihrer verdammten Selbstzufriedenheit. Mit ihrer Perfektion. Zu allem eine Meinung, für alles eine Lösung! Du kriegst immer einen guten Rat von ihr, egal ob du fragst oder nicht! Sie benimmt sich, als wäre sie meine Mutter.«

»Ist sie ja auch – fast.«

Frédérique war damals fünfzehn gewesen, die Älteste, und sie hatte schnell erwachsen werden müssen, hatte klaglos Laura und mir gegenüber die Mutterstelle übernommen.

»Ja, schon. Aber wie lange muss ich noch dafür auf den Knien rumrutschen? Kann sie nicht ein Mal, ein einziges Mal, einfach die Klappe halten?«

»Sie meint es gut.«

»Ich weiß.«

Ich umarmte meinen Vater heftig, schulterte meine Reise- und die Laptoptasche und stieg die Treppe herunter, um mich von Frédérique und ihrem Mann zu verabschieden.

Ich umarmte meine Schwester: »Es tut mir leid. Ich wollte dich nicht kränken.«

Sie drückte mich und schniefte ein wenig. »Du reischt also wirklich scho ab?«

»Besser so. Ich bin zurzeit nicht gut drauf.« Das war die Untertreibung des Jahrhunderts.

Meine Schwester schleppte mir einen überquellenden Proviantkorb zum Auto hinterher.

»Komm auf dem Rückweg wieder her, versprich es mir!«

»Ja, klar. Mach ich. Und danke für alles.«

Mein Schwager stand betreten bei seinem Traktor herum, in Gummistiefeln, einen ölverschmierten Schraubenschlüssel in den Händen. Ich küsste alle noch mal, stieg in den Volvo und fuhr davon, ohne in den Rückspiegel zu schauen. Tschüss, Idylle!

An diesem Tag fuhr ich durch die Schweiz und Savoyen, ohne viel davon mitzubekommen. Ich krallte mich ins Lenkrad und traute mich nicht, die Stoßstange vor mir aus dem Blick zu lassen. In Deutschland hatte ich mich noch halbwegs sicher gefühlt, aber mit jedem Kilometer auf fremden Straßen fühlte ich mich mehr wie bei der ersten Fahrstunde. Ich weiß, ich hätte Pausen einlegen sollen, aber ich traute mich nicht, weil ich Angst vor dem Wiedereinfädeln hatte. Wie blöd ist das denn? Mein Nacken war steif und schmerzte. Nach drei Stunden drückte endlich der Morgenkaffe derart, dass mir nichts anderes übrig blieb, als an einer Raststelle zu halten. Ich stieg aus und humpelte so steif zum Klo wie ein arthrosekranker Dackel. Dann gönnte ich mir einen Milchkaffee zum Schweizer Luxuspreis. Ich rollte meinen Hals, lockerte die Schultern und stieg wieder ein. Das Einfädeln klappte einwandfrei, und ich begann, mich langsam zu entspannen. Der Genfer See blinkte von unten herauf und war bereits vorbei. Als ich bei St. Julien langsam an leeren Zollhäuschen vorbeirollte, begann ich mich auf mein Abenteuer zu freuen.

Frankreich! Verspielte Straßenmöbel, moderne Autobahntunnel, in denen es dreifarbig leuchtete und blinkte. Hinter St. Georges öffnete sich der Blick in den Talkessel von Grenoble. Auf den Berghängen schimmerten noch weiße Flecken, und über der Stadt lag die übliche Dunstglocke aus aufsteigender Feuchtigkeit und Abgasen. Ich tauchte ein in einen Feierabendstau, Hupen, Aggression und Anonymität, aber hier war ich sicher vor wohlmeinenden Verwandten und überschwänglichen Gefühlen.

An der Rezeption des Hotel Post empfing man mich mit professioneller Freundlichkeit. Nach einem suchenden Blick über meine Schulter – wo ist der zugehörige Monsieur? – schob mir der Portier den Schlüssel für ein Einzelzimmer zu und schrieb den Code für die Garagentür auf einen kleinen Zettel. »Einen schönen Aufenthalt, Madame.«

Im Zimmer warf ich als erstes ein Blick auf das Mobiltelefon.

Leonie: *Mam, kannst du bei Papa noch mal nachfassen wegen dem Kindergeld? Das Einkaufskonto ist ziemlich leer.*

Message an Leander: *Würdest du bitte das Kindergeld überweisen?*

Leander zurück an mich: *Wenn du das Kindergeld nicht für Luxusklamotten rausschmeißen würdest, dann würde es länger reichen.*

Augenblicklich wurde mein Gesicht heiß. *Guck mal deine neue Freundin an, da kannst du Luxusklamotten sehen,* gab ich zurück. Meine Zufriedenheit währte nur fünf Sekunden.

Im Gegenteil zu dir bezahlt Elena ihre Kleidung selbst.

Eine gefühlte halbe Stunde lang saß ich auf dem Bett und spielte im Kopf tausend Erwiderungen durch: »wie schön für dich«, »große Größen kosten mehr«, »tja, wenn man keine drei Kinder großzieht«... Aber ich wusste: Es hatte keinen Zweck. Rhetorisch war er mir immer über gewesen, ich konnte nur verlieren. Also stellte ich das Telefon stumm und nahm eine Schlaftablette.

Am nächsten Morgen beschloss ich, mir einen Tag Sightseeing zu gönnen. Ich war innerlich noch so aufgeraut, noch nicht bereit, mich auf die Arbeit einzulassen. Das Bewusstsein, Höchstleistung bringen zu müssen, bedrückte mich. Ich fuhr mit der Seilbahn zur Bastille hinauf und schlenderte durch die moderne Abteilung des Musée de Grenoble. Bald glühten meine Füße in den Joggingschuhen, und ich beschloss, nach ein paar Sandalen Ausschau zu halten. In der Rue Victor Hugo stand ich vor dem Schaufenster eines Schuhgeschäfts, als sich ein Pärchen neben mich stellte. Ich hörte Kichern und das Geräusch von Küssen. Nie vorher waren mir so viele Paare begegnet. Es schien, als bestünde die bewohnte Galaxie nur aus Paaren.

Sie drängten sich mit verliebtem Lächeln in den Hotelfluren, saßen einander händchenhaltend im Restaurant gegenüber, knutschten in Hauseingängen, fuhren in Autos an mir vorüber. Aus den Augenwinkeln betrachtete ich das Gespann neben mir: Er im feinen Anzug, distinguiert, grauhaarig; sie in einem kurzen Seidenkleid, Fuchsia mit einem Muster blauer Kirschzweige, passendem Hütchen und Heels. Perfekt zurechtgemacht. Inszeniert, aber sehr hübsch.

Mein Blick wanderte zu meinem eigenen Spiegelbild. Mit gerunzelten Brauen musterte ich es, die beigefarbene Jeans, beigefarbene Jeansjacke, das verwaschene blaue Shirt, den topfigen Haarschnitt.

Und plötzlich packte es mich. Ich schaute mich um. Ein paar Häuser weiter entdeckte ich einen Friseur. Der Laden sah chic aus, sicher sehr teuer. Ich hatte noch eine Kreditkarte für das gemeinsame Konto. Normalerweise bin ich sparsam. Ich gehe zu einem Familienfriseur – das sieht man –, und bevor ich etwas Teures kaufe, frage ich Leander. Na toll! Braves Frauchen. Mich überkam wieder die Wut. Für was hatte ich denn so gespart? Auf wen hatte ich solche Rücksicht genommen? Jetzt würde ich mir auch mal was gönnen!

Ich holte tief Luft und betrat das Heiligtum. Dunkler Marmor, Spiegelwände, schwarzes Leder, ein schwacher Duft von Freesien, Dauerwelle und Ozon. Eine Kundin schwatzte leise mit einer Friseurin, eine schlürfte Sekt unter der Trockenhaube. Das diskrete Schnippen von Haarscheren. Leise klassische Musik. Ein blasser junger Mann kam mir entgegen, musterte mein allzu gewöhnliches Äußeres und – oh Wunder – lächelte.

»Was darf ich für Sie tun?«

»Haben Sie Zeit, mir die Haare zu schneiden?« Entschuldigend sah ich auf die Uhr, auf die Straße. »Ein spontaner Einfall. Wenn es nicht geht ...«

»Aber natürlich geht es, Madame, Sie haben Glück. Gerade hat eine Kundin abgesagt. Ich habe Zeit für Sie.«

Er rief halblaut ein paar Anweisungen. Der Chef persönlich, wie es schien. Er nahm mir meine Jeansjacke ab, als sei es Nerz, legte mir einen schwarzen Umhang um, und ich versank in einem luxuriös gepolsterten Sessel.

»Kaffee, Wasser, Champagner?«

»Kaffee. Ach was, zum Teufel. Champagner.«

»Was soll denn verändert werden?«, fragte er mich.

Ich schaute in den Spiegel, erst auf mein Haar, dann in sein amüsiertes Gesicht.

»Alles!«, sagte ich.

Zwei Stunden später verließ ich das Geschäft wie auf Luftkissen, mit einer raspelkurzen, fransigen Haarhaube in platinblond. Ich konnte es selbst nicht fassen. Alle paar Schritte musste ich stehen bleiben, in ein Schaufenster gucken und mich vergewissern, dass ich es war. Meine Augen wirkten riesig in dem schmalen Gesicht. Das Haar leuchtete wie eine Neonreklame.

Ich machte ein Selfie mit dem Handy und mailte es an Vivien.

»Ui, cool!«, kam nach dreißig Sekunden zurück.

Männer drehten sich nach mir um. Ich lachte.

Vielleicht war es das. Ich war zu sehr in der Mutterrolle aufgegangen, war zu praktisch geworden. Es war ja nicht so, dass ich nicht auf mich geachtet hätte, aber ich hatte mich nicht mehr chic gemacht für ihn. Hübsch, ja. Natürlich hatte ich mir mal ein Kleid angezogen, und wir waren nett essen gegangen. Aber ich hatte mich nie so inszeniert wie diese junge Frau vorhin. Anfangs, ach, ich erinnerte mich noch gut an die Vorbereitungen, wenn ich mich mit Leander traf: Der halbe Kleiderschrank ausgeräumt, Klamotten auf dem Bett und auf den Stühlen. Die Pumps oder doch lieber Stiefel? Eine Stunde im Badezimmer! Ohrringe an, Ohrringe ab. Was für ein Theater! Aber das war es vielleicht. Irgendwann ist das Herzklopfen weg, und man gibt sich nicht mehr so viel Mühe. Man ist gepflegt, aber es ist nicht mehr außergewöhnlich. Nicht dass ich je viel Mut zur Farbe gehabt hätte. Vielleicht hätte ich früher und öfter was ändern sollen.

Ich fühlte mich verwandelt, ein Schmetterling.

Das Scheidungsverfahren ließe sich rückgängig machen. Ich würde meinen Mann zurückerobern. Diese paar Wochen würde ich nutzen, um mich wiederzufinden, die Marleen, in die er sich einmal verliebt hatte, oder jemand ganz Neues zu werden. Und dann würde ich ihn mir zurückholen.

In den Galeries Lafayette geriet ich in einen richtigen Kaufrausch. Gott sei Dank hatten die Mode in Kindergrößen. Ha! Eine Sonnenbrille von Gucci, so eine, wie Models sie tragen, die hatte ich mir immer verkniffen. Heute musste sie mit. Ich kaufte mir zwei Paar Hosen, schwarz und nachtblau, pinkfarbene Unterwäsche, drei bunte Shirts von Dolce & Gabbana zum Wechseln und obendrein noch ein Paar goldene und ein Paar schwarze Sandaletten. So mein Lieber, so viel zu »Luxusklamotten«. Viel Spaß mit deiner nächsten Kontoabrechnung!

Meine alten T-Shirts warf ich in den Papierkorb des Hotelzimmers. Und holte sie wieder raus. Zur Gartenarbeit waren sie noch zu gebrauchen.

5.

Grau. Warmes, gelblich schimmerndes Grau, Kaltgrau, Regenwolkengrau, Taubengrau, Paynesgrau mit einem Hauch Violett, Grüngrau, Schwarzgrau.

Es war ein ständiger Wechsel zwischen Jahreszeiten in dieser eigenartig kargen Landschaft: In den Höhenlagen waren die Eichen noch kahl, schoben sich gerade eben die ersten grünen Blattspitzen aus den Knospen. Unten in den Tälern hingen dicke blaue Glyzinientrauben über Mauern und Hauseingängen.

Die Haute Provence, die Hochprovence hat nichts mit der Provence von van Gogh zu tun. Der Begriff findet sich auf keiner Karte, in keiner Departements-Aufteilung. Die Haute Provence ist eine gefühlte Region. Sie erstreckt sich oberhalb des Luberon zu beiden Seiten des Flusses Durance. Mondänes Treiben wird man hier umsonst suchen. Die Monumente sind versteckt, uralt, geheimnisvoll. Den Städten und Dörfern sieht man die unsicheren Zeiten an, aus denen sie stammen. Die Häuser drängen sich dicht aneinander, verteidigungsbereit. Man muss das Kleine und Schlichte lieben, um sich hier wohlzufühlen.

Von Grenoble aus fuhr ich zunächst in die Seealpen, nach Embrun, im Mittelalter Erzbischofsitz, ein Machtzentrum, heute ein verschlafenes Nest, das nur an Markttagen aufblüht. Am Stausee von Serre-Ponçon, einem der größten Stauseen Westeuropas, blieb ich drei Tage. Dörfer sind in ihm versunken, doch die wilde Durance, die von Urzeiten bis ins neunzehnte Jahrhundert so viele Leben verschlungen hat, wurde endgültig gebändigt. Eigentlich gut, aber irgendwie stimmte es mich wehmütig, etwas ehemals so Großes und Wildes zu einem müden Rinnsal reduziert zu sehen.

Ich hatte Sisteron besucht, das Tor zur Provence, ein Felsennest an einem Engpass der Durance, wo die Berge bizarr aufgefaltet sind, als wären sie aus Papier, Der Ort wurde von den Römern gegründet, von Sarazenen geplündert, während der Hugenottenkriege belagert und umkämpft. Prinzen, Könige und Diktatoren wurden hier von einer eifrigen Bürgerschaft begrüßt, die weiter nichts im Sinn hatte, als ungeschoren zu bleiben.

Die Brücke der Königin Jeanne, hoch und grazil, ein Weltwunder wie die von Mostar, doch sie steht im Nichts zwischen Kiefern und wildem Bohnenkraut. Die Handelswege verlaufen längst anderswo. Selten finden Touristen hierher. Zwei Rehe queren unter mir in aller Ruhe das ausgetrocknete Flussbett. Ich sitze lange auf dem Brückengeländer und denke über die Zeit nach. Was früher einmal wichtig war, worauf Menschen damals so viel Mühe, Geld und Ehrgeiz verwandt haben, ist Jahrhunderte später vergessen. Manchmal schon nach wenigen Jahren.

Mit jedem meiner kleinen Abenteuer wurde ich mutiger, zuversichtlicher. Das Autofahren in dieser fremden Landschaft wurde mir zur Selbstverständlichkeit. Das Magengrummeln war verschwunden.

Einen Tag war ich mit einer Käsehändlerin unterwegs, einer knubbeligen Marseillaise, die mit ihrem Kleinlaster unterwegs war und Käse aufkaufte. Sie lachte viel, verhandelte mit lauter Stimme. Bei jedem Abschluss musste ein kleiner Roter getrunken werden, und auf dem Rückweg sang sie englische Popmusik mit französischem Akzent, wo sie nicht weiterwusste, auf Lalala. Dieses Selbstbewusstsein! Tja, Sie hatte eben ihr eigenes Geld, einen Beruf, in dem sie gut war.

Ich hatte die Schlucht des Verdon gesehen, war vom oberen Ende aus einige Stunden hineingewandert auf bröckelnden Wegen und angerosteten Leitern. Tief unten gurgelte der Fluss, blinkte das Wasser azur- und türkisfarben herauf. Es roch milchig-taub nach Kalk und bittergrün nach sonnenbeschienenem Buchs. Mittags ein Käsesandwich auf einer kiesigen Bank des Verdon, dort wo er sich in zwei Arme teilt. Das Wasser gluckste und murmelte. Ein Rabe beobachtete mich mit seinen klugen Augen, Corvus Corax, der verstoßene Freund des Apollon, der doch immer wieder unsere Nähe sucht.

»Mensch-Gott, hast du zu essen?« Er legte den Kopf schief, plusterte sich auf und gurrte wie eine Taube. Ich zog den Käse heraus, zerrupfte die zweite Hälfte meines Sandwiches und warf die Stücke zwischen die abgerundeten Flusskiesel. Gierig kam er herbeigehüpft. Ich bewunderte den Metallglanz seiner Federn und blieb still sitzen, bis er den letzten Krümel vertilgt hatte. Sobald ich mich bewegte, flog er auf. Vertrauen gibt es nicht im Land der Jäger.

Ich übernachtete in Castellane in einem Ein-Stern-Hotel.

»Allein, Madame?«, die Frage, die ich jeden Abend fürchtete und an die ich mich doch gewöhnen musste. »Oui, que moi.« Nur ich.

Das Abendessen ließ ich zur Hälfte stehen: ein fett-triefendes, innen rohes Lammkotelett mit Fritten und grünen Bohnen. Die französische Küche ist meiner Meinung nach stark überbewertet. Für Geld kann man überall gut essen.

Mein Fenster ging auf einen Platz und eines dieser altmodischen Pissoirs, ein Schneckenhaus aus schnörkeligem Gusseisen. Ich lehnte mich aufs Fensterbrett und rauchte meine Gutenachtzigarette, während unten ein Lieferwagen mit laufendem Motor hielt. Der Fahrer stieg gemächlich aus, verschwand ins Pissoir. Nach einer kleinen Weile rauschte Wasser. Er kam wieder hervor, zog sich mit einem leichten Federn in den Knien und einem Ruck den Zipper hoch. Als sei da schwer was zu verstauen. Dann sah er hoch und nahm mich wahr. Blondes Haar mochte im Schein der Zigarettenglut aufgeleuchtet sein. Er pfiff anzüglich. Ich trat einen Schritt zurück ins Dunkel des Zimmers. Ist es das, was Blond mit Männern macht? Na, das konnte ja lustig werden.

In der Nacht schmerzten meine Beine von der ungewohnten Strapaze der Wanderung. Um zwei Uhr stand ich endlich auf und löste ein Aspirin im Zahnputzbecher auf, um einschlafen zu können.

Morgens einen Petit Noir, Croissant und Zigarette, dann war ich durch die Voralpen nach Moustiers-Saint-Marie getrödelt. Moustiers-Sainte-Marie, wo einmal eine schwere Silberkette die Bergspitzen verbunden haben soll, zu Ehren der Heiligen Jungfrau. In Riez sah ich merowingische Ruinen. Im kleinen Städtchen Lurs inmitten des grünen Hochplateaus von Valensole nahm ich einen alten Prozessionsweg und kam zu einer namenlosen Kapelle über der Stadt. Außer mir war kein Mensch dort oben. Der Frühlingswind pfiff mir kalt über das kurzgeschorene Haar, aber der Himmel leuchtete. Ich zog meine Jacke vorn zusammen und näherte mich der Kapelle. Sie war mit einem Schmuckgitter verschlossen, und an dem Gitter hingen hunderte vertrockneter Blumensträuße, hineingesteckt, mit Bändern festgebunden.

Ich ging ein paar Schritte, pflückte auch einen kleinen Strauß aus Feldblumen, Buchs und Gräsern und heftete ihn ans Gitter: »Bitte mach, dass Leander zu mir zurückkommt.«

Eine Art Flaschenpost ans Universum. Ich bin bestenfalls eine unentschiedene Christin. An einen Gott, der unsere Gebete hört, kann ich nicht glauben, und an vermittelnde Heilige schon gar nicht. Und doch bitte ich gelegentlich um etwas, ich weiß nicht wen, eine Macht des Guten? Dass das Leben sinnlos ist, ein einziges Vögeln, Fressen und Streben, das geht mir gegen jeden Instinkt. Ich zünde auch in jeder katholischen Kirche unterwegs Kerzen für meinen Familie an – danach fühle ich mich irgendwie besser.

Ich setzte mich auf die unterste Stufe der Kapelle und simste Leonie an: »Kannst du grade?«

Sie rief sofort von ihrem Diensttelefon zurück: »Hi, Mam! Wie läuft es?«

»Gut, wirklich gut! Es ist so schön hier, mein Kopf ist ganz voll von all den Eindrücken. Jetzt muss ich es nur noch in eine schriftliche Form bringen.«

»Das schaffst du schon!«

»Hoffentlich! An Material fehlt es jedenfalls nicht. Das linke Durance-Ufer hab ich abgeklappert. Jetzt will ich noch auf die andere Seite. So vierzehn Tage rechne ich.«

»Es hat keine Eile, Mam. Nimm dir die Zeit, die du brauchst.«

Das klang irgendwie komisch, fand ich. Ich wechselte das Ohr. »Wie jetzt? Ich denke doch, ich sollte Vivien nicht so lange allein lassen, in dieser Situation.«

»Vivien geht es gut«, sagte Leonie langsam. Eine Pause. »Ehrlich gesagt, ich finde es ganz gut so, wie es ist. Sie isst mehr, fängt an, sich selbst etwas zu machen ...«

»Hallo? Was versuchst du mir denn da grade zu verkaufen? Glaubst du, dass ich nicht gut für Vivien bin?«

»Nein, Mam. Bitte versteh das nicht falsch. Vivien liebt dich, wir alle haben dich lieb. Und wir wissen zu schätzen, was du für uns getan hast, was du für uns tust.«

»Aber?«

»Aber. Sieh mal, Mam: Vivien hat ein Essproblem. Ich würde noch nicht von Magersucht sprechen. Sie steckt sich nicht den Finger in den Hals oder so. Aber sie isst viel zu wenig.«

»Und da bin ich dran schuld?«

»Das habe ich nicht gesagt. Aber du verbreitest selbst nicht das Gefühl, dass Essen Spaß macht, weißt du? Und dann deine Quarzerei ...«

»Ach das.« Ich gab mir Mühe, mich nicht angegriffen zu fühlen. Sie hatte ja recht. Und sie war Ärztin. Schön war es dennoch nicht: Meine Tochter hatte ein Problem und nicht nur konnte ich ihr nicht helfen, sondern ich war nicht gut für sie. Das war schon heftig.

»Mam! Das ist manchmal so, dass die engsten Angehörigen nicht helfen können. Das musst du dir nicht zu Herzen nehmen. Du hast es so gut gemacht, wie du konntest. Jetzt lass mich mal. Mach du in Ruhe deine Recherchereise. Ich bin dran. Ein Kollege, Jugend-Psychiater, hat einen Gesprächstermin für Vivien freigeräumt. Das ist schon mal gut. Sonst wartet man Monate auf einen Termin. Er wird versuchen, abzuklären, ob es eine richtige Essstörung ist oder eine vorübergehende Reaktion auf den Liebesentzug durch ihren Vater. Überlass das ruhig mir.«

Ich schluckte. »Okay, Leonie. Ich will das mal so stehen lassen.«

»Ich hab dich lieb!«

»Ich dich auch.« Ihr Piepser meldete sich.

»Ich muss! Tschüss!«

»Tschüss.«

Hm. Das musste ich erst mal verdauen. Ich hatte Vivien absichtlich nicht mit Essen bedrängt, weil ich gelesen hatte, das mache alles noch viel schlimmer. Und ich weiß ja, wie die jungen Mädchen heute sind: entweder fett oder total dünn. Das gibt sich, hatte ich gedacht. Offenbar nicht. Ich ging zurück in meine Herberge. Ich verbreite nicht das Gefühl, dass Essen Spaß macht? Das wollen wir doch mal sehen, dachte ich und bestellte abends ein Dreigänge-Menu. Es war richtig gut: Ziegenkäse mit Lavendelhonig auf Salat. Lammkotelett mit Gemüsegratin. Crème brulée. Aber ich schaffte nicht, es aufzuessen. Die Hauptspeise ging zur Hälfte zurück, und nach drei Happen Vanillecrème legte ich den Löffel weg. Ich bin nun mal kein großer Esser. Essen ist mir nicht so wichtig.

Am nächsten Tag bewegte mich auf der Via Domitia nach Apt. Die Architektur wechselte von alpin zu mediterran. Die Dächer wurden flacher, die Fenster kleiner, die Höfe weitläufiger. Man sah: das Leben fand draußen statt. Doch am Luberon war es mir bereits zu geschäftig, zu neureich. Die alten Bauernhäuser renoviert wie aus einem Schöner-Wohnen-Katalog, hübsch, ja, aber nicht mehr authentisch.

Ich machte ein Interview mit einem deutschen Sternekoch, der hier sein Landhaus besaß, ein Interview mit einem Ölmüller. Alles ganz brauchbar, aber irgendwie war es noch nicht das Richtige. Es stimmte: Ich war eingerostet und eigentlich zu schüchtern. Trotzdem ließ ich mir die Laune nicht verderben.

Auf dem Markt von Apt hatte ich einen weiteren bunten Fummel erstanden, eine nachtblaue Seidentunika mit rosa Batikmuster an den Säumen. Ich sang gut gelaunt und selbstvergessen, hatte alle vier Fenster heruntergekurbelt und genoss den Fahrtwind. Die Strecke führte durch eine malerische Gegend. Ein enges Tal folgt auf das andere, durch Felsbarrieren voneinander getrennt. Ziegen weiden an den Hängen. Ab und zu ein Haus an der Straße; im Vorbeifahren nahm ich verwitterte hellblaue Fensterläden wahr; Pappschilder: *Miel, Fromage* – Honig und Ziegenkäse zu verkaufen.

Aprikosenbäume blühten an den Hängen, der Himmel war von einem kitschigen Ultramarin. Ich trällerte zu einer CD, die Vivien mir geliehen hatte, irgendeine wüste Gitarrencombo; und ich fühlte mich wie höchstens dreißig.

In einer engen Schlucht passierte es. Eine schmale Asphaltstraße schlängelte sich etwa fünfzehn Meter oberhalb des Flusses am Felsen entlang. Die Seitenbefestigung bestand aus einem niedrigen Steinmäuerchen. Wenig vertrauenerweckend. Streckenweise fehlte es ganz, wo die Begrenzungssteine in den Fluss gestürzt waren. Ich hielt mich so weit rechts, wie nur möglich, ohne dass mein Dach das überhängende Gestein streifte, und hoffte, bald durch zu sein. Man kann es auch übertreiben mit der Romantik.

Lieber Gott, lass mir jetzt bitte keinen dieser Holzlaster entgegenkommen, betete ich. Peng! Ein explosionsartiger Krach aus dem Motorraum. Zischen, dichter Rauch drang unter der Haube hervor, chemischer Gestank.

Der Wagen brennt, dachte ich. Ich trat auf die Bremse, stellte den Motor ab und stieg auf zitternden Beinen aus. Es qualmte und stank fürchterlich. Und ich stand mitten in einer unübersichtlichen Kurve. Einheimische fahren hier ziemlich schnell. An der letzten Ausweichstelle hatte ich schon zwei oder drei vorbeigelassen. Und da es landesüblich ist, in der Straßenmitte zu fahren und Kurven zu schneiden, hatte ich gute Chancen, von vorn oder von hinten gerammt zu werden. Mein Herz hämmerte. Panikerfüllt kramte ich im Kofferraum nach dem Warndreieck. Kein Warndreieck. Mir fiel ein, dass es kaputt gewesen war. Ich hatte es ersetzen wollen. Typisch!, meldete sich Leander in meinem Kopf. Nimm doch bloß mal deinen Kopf zusammen. Ist es zu viel verlangt, vor einer Reise solche Dinge zu kontrollieren? Toll, danke, antwortete ich ihm. Das hilft mir jetzt auch nicht weiter.

Was nun? Die Warnblinklampe! Aber noch während ich zerrte, um sie unter dem Abschleppseil und einem Knäuel Putzlappen hervorzubekommen, hörte ich von hinten einen Motor aufjaulen – etwas Großes, Schnelles. Ich konnte gerade noch beiseite springen und mich gegen die Felswand drücken, da kam auch schon ein Porsche um die Kurve wie ein Geschoss. Bremsen kreischten, Reifen qualmten, der Porsche schlingerte, rutschte, rutschte, rutschte. Batsch! Warum nur macht es immer so ein harmloses, stumpfes Geräusch, wenn zwei dieser Mordmaschinen aufeinandertreffen? Irgendwie klang es nicht nach 400 PS und sauteurem Blech, sondern schlicht wie Pappe.

Die Fahrertür des gelben 911er öffnete sich. Ich hörte Fluchen, sah Prada-Schuhe mit Troddeln, lange Beine in anthrazitfarbenen Anzughosen, ein weißes Hemd, darüber ein rotes Gesicht, obendrauf silbergraues, welliges Haar.

»*Etes-vous dingue?*«, brüllte der Mann. »Sind Sie verrückt, hier mitten in der Kurve anzuhalten? Scheiß-Touristen! Scheiße, Scheiße, Scheiße!« Er trat gegen meinen Hinterreifen. »*Merde!*«

Mit zitternden Händen hielt ich ihm meine Warnblinklampe entgegen. »*Je suis en panne*, ich habe eine Panne, ich wollte gerade ...« Zu meinem Entsetzen fühlte ich meine Nase rot werden und Tränen aus meinen Augen schießen. Wütend suchte ich nach einem Tempotuch. Bravo, Marleen: die Mitleidsnummer.

Aber sie funktionierte. Er schüttelte den Kopf, riss mir die blinkende Lampe aus der Hand und rannte los, um sie hinter der Kurve aufzustellen.

Als er zurückkam, angelte ich nach meinem Mobil, um die Polizei zu rufen, doch es glitt mir aus den schweißnassen Fingern. Er bückte sich und hob es für mich auf.

»Hier, Madame«, sagte er in akzentuiertem, aber fließendem Deutsch. »Beruhigen Sie sich. Ich werde die Werkstatt im Ort anrufen, damit man Sie rasch hier fort'olt.« Er hatte eine von diesen tiefen, rauen Männerstimmen, die bei mir immer ein gewisses Kribbeln in der Magengrube bewirken.

Während er telefonierte, besah ich mir den Schaden. Unter der Kühlerhaube drang immer noch Qualm hervor, aber ich meinte, es sei weniger geworden. Sicher war da drin irgendein Schlauch geplatzt. Der Wagen würde jedenfalls nicht in Flammen aufgehen. Näher besehen war der Auffahrschaden nicht allzu dramatisch. Beim Volvo nur etwas Abrieb am massiven Stoßstangen-Gummi; beim Porsche sah man nur eine kleine Delle, vermutlich mächtig teuer. Aber gut, es war ja nur Blech.

Der Anzugträger hatte sein Telefonat beendet und kam wohl zu demselben Schluss, dass nichts wirklich Schlimmes passiert war. Er fasste mich an den Schultern und zog mich zur gegenüberliegenden Straßenseite, an die Flussböschung, stieg über das Mäuerchen und bot mir seine Hand. »Kommen Sie, 'ier sind wir sischer.«

Ich blickte zweifelnd nach unten: Ein schmales Sims, dann ging es steil hinab.

Unter uns rauschte der Fluss über ein paar Stufen und fiel in ein kleines Becken.

»Schlimmstenfalls werden wir nass.« Mein Begleiter lächelte. »Machen Sie sich keine Sorgen. Dedé wird gleich hier sein. Man wird Sie abschleppen.«

»Ihr schönes A-h-auto!«, entfuhr mir. Inzwischen hatte ich einen Schluckauf von dem ganzen Stress.

»Nur ein Blechschaden.« Er tätschelte mich beruhigend, zog sein Jackett aus und legte es um meine Schultern. Es roch nach Aqua di Gio von Armani, und nun musste ich noch mal heulen. Der Duft erinnerte mich an Leander.

Als der Mann von der Werkstatt erschien, hatte ich mich wieder im Griff. Kein Abschleppwagen, nicht hier natürlich. Hilfe kam in Form eines Traktors, eines altmodischen Ungetüms, das klang, als würde es sich selbst verschlingen. Vom hohen Sitz herab stieg ein rundlicher Mechaniker im Blaumann. Er hatte fleischige Wangen wie eine dieser Barockputten und grinste freundlich. Nach einigem Palaver und Zungenschnalzen fuhr er den Traktor vor meinen Volvo.

Während die beiden Männer eine Abschleppstange befestigten, betrachtete ich meinen Retter verstohlen: Mitte sechzig mochte er sein dem Silberhaar und der losen Haut am Hals nach zu schätzen. Doch das Gesicht wirkte glatt und gepflegt. Er war etwa eins fünfundachtzig und schwer gebaut, hielt sich gerade und hatte leichte, elegante Bewegungen, die für sportliches Training sprachen. Verdammt gut sah er aus und wusste es.

Jetzt kam er wieder auf mich zu. »Na sehen Sie: Jetzt lächeln Sie schon wieder. Dedé sagt, ein Schlauch von Ihrem Kühlsystem ist geplatzt. Es dauert ein paar Tage, bis er einen neuen besorgen kann. So etwas muss in Avignon bestellt werden. Ich hoffe, Sie haben es nicht eilig.«

»Aah – non, pas trop«, erwiderte ich langsam. »Nicht allzu sehr. Ich wollte ohnehin die Gegend kennenlernen. Nun habe ich eben etwas mehr Zeit dafür. Gibt es im Ort ein Hotel?«

Er musterte mich von oben bis unten und sagte: »Schon, aber es ist nicht besonders komfortabel. Übernachten Sie doch bei mir. Gestatten: Alexandre Eugène Cyrano, Comte d' Armand. Sie dürfen mich Alex nennen. Mein Château ist nicht weit von hier. Kommen Sie, mein Wagen fährt ja noch. Haben Sie viel Gepäck?«

Mir fiel fast die Kinnlade herunter. Nee-ne?! Ein richtiger Graf war mir hinten drauf gefahren. Und ein Schloss! Das gibt's doch nicht.

Meine Verblüffung gefiel ihm. Er lachte. »Doch, doch, das ist schon richtig. Sie brauchen keine Angst zu haben, mit mir allein zu sein. Es gibt Personal. Und? Was sagen Sie? Bitte seien Sie mein Gast.«

Ich nickte, immer noch fassungslos. Da ergriff Monsieur schon die Initiative – jetzt reiß dich aber mal zusammen, Marleen! Das ist ja wie im schlechten Film –, öffnete den Kofferraum und nahm meine Reisetasche heraus.

»Ist das alles?«

»Ja.« Ich schnappte mir meine Messenger-Tasche mit Laptop und Fotoausrüstung und ließ mich in den Porsche sinken. »Woher können Sie so gut Deutsch?«

»Ich habe Hotelmanagement in Deutschland gelernt – München. Dann Praktikum in Baden-Baden.«

Hupend und schneckenlangsam kroch der Traktor auf der Straßenmitte durch die Schlucht. Ein Kleinwagen der französischen Post drückte sich gegen die Begrenzungsmauer. Die Postbeamtin grinste und winkte. Dann erspähte sie den angedellten Porsche. Sie sog ihre Lippen nach innen, schob das Kinn nach vorn und wedelte mit der Hand.

Schuldbewusst sah ich weg. Und legte mit einem Ausruf des Entzückens die Hand vor den Mund. Am Ende einer weiten Kehre auf der flussabgewandten Seite bot sich mir ein Bild wie aus dem Märchenbuch: Hoch über dem Fluss thronte ein kastiges Gemäuer auf einer Klippe, von hellgrünen Pinienwolken umgeben, tatsächlich ein Schloss: Zinnenbesetzte Mauern, dahinter grazile Türme und steile Dächer. Genauso hätte es ein Wanderer in vor-automobilen Zeiten gesehen. Minus Telefon- und Stromleitungen. Die Details wurden mir erst später bewusst. Zuerst sah ich nur die Märchen-Kulisse, den warmleuchtenden gelblichen Stein in der Nachmittagssonne, den flatternden Wimpel auf dem Burgfried. Die schiere Größe des Kastens überwältigte mich.

Ein Blick zur Seite. Der Graf genoss meine Bewunderung. »Château de Armand. Im Mittelalter auf Resten eines römischen Forts erbaut. Im siebzehnten Jahrhundert umgestaltet, seitdem Heim unserer Familie.«

Dedé drehte sich um, tippte sich an die Mütze und tuckerte weiter, während Herr Graf auf eine steile Nebenstraße abbog. Sie führte in einer langen Serpentine um den Felsvorsprung herum und hinauf auf ein kleines Plateau. Unterhalb der Schlossmauer drückten sich ein paar Ruinen an die Klippen. Auf der Rückseite führte die Straße wieder hinunter in ein neues Tal zum Dorf Armand.

Wir fuhren weiter hinauf zum Schloss und hielten auf einem Parkplatz für Reisebusse. Aufschlussreich. Der ramponierte 911er blieb einsam stehen. Ich hängte mir meine Tasche über die Schulter und stapfte hinter dem Grafen her.

Alexandre Eugène Cyrano, Comte de Armand – ein ganz schöner Mundvoll. Na schön – Alex. Spricht sich auch leichter. Ich stolperte einige Male in meinen goldenen Sandaletten. Sie waren für einen geröllübersäten Feldweg definitiv nicht geeignet.

Von unten hatte das Schloss riesig gewirkt. Oben angekommen schien es geschrumpft zu sein, beinahe zierlich, abgesehen von dem klobigen Burgfried in der Mitte der Anlage. Am Holztor war ein Wappen angebracht und daneben hing ein Zettelkasten: »Besichtigung täglich um 15:00 Uhr. Erwachsene 7,- Euro, Kinder 5,- Euro«

Alexandre drückte eine schmiedeeiserne Klinke herunter und öffnete einen der Torflügel. Durch ein Torgewölbe betraten wir den gepflasterten Innenhof. Neugierig sah ich mich um. Im Zentrum eines mittelalterlichen Festungskarrees stand ein barockes Wohngebäude. Ich erkannte es an den typischen geschwungenen Formen und dem für den Süden ungewöhnlich steilen, mit Schiefer gedeckten Dachstuhl. Es war an den alten Burgfried angebaut worden, den ich von unten gesehen hatte. Die seitlichen Gebäude, ehemalige Stallungen vermutlich, waren in schlechtem Zustand. Leere Fensteröffnungen gähnten aus verfallenen Mauern. Steinhaufen, ein wackeliges Gerüst. Maurereimer und Werkzeug lehnten an einer Fassade. Es roch nach Salpeter und feuchtem Putz.

Tja, dachte ich, so etwas zu erhalten, muss ganz schön teuer sein.

Ein Mann trat eilig aus dem Längsgebäude, erblickte uns, blieb wie angewurzelt stehen. Das musste wohl der Maurer sein: Jung, dunkles, strähniges Haar hing ihm in die Augen. Er trug ausgebeulte Cordhosen, ein kariertes Holzfällerhemd und ein Brillengestell, das mit Heftpflaster geklebt war. In der rechten Hand hielt er ein Paar grobe Arbeitshandschuhe. Die Stiefel waren lehmbeschmiert.

Seine Stirn legte sich in Falten. »Du schon wieder.«

»Na, na, Stéphane, wer wird denn so unhöflich sein«, mahnte Alexandre. »Wie du siehst, bin ich in Damenbegleitung.«

Die Augenbrauen des Jüngeren krochen in Richtung Haaransatz. Die Arbeitshandschuhe schlugen rhythmisch gegen die Cordhose.

»Eh bèh!« Was so viel bedeutet wie »na und« oder »ach was« oder »pffft!« – je nach Gelegenheit.

Der Graf ließ sich von dem Stiesel nicht die Laune verderben: »Darf ich vorstellen, Stéphane Raphael Da Silva-Armand, mein Cousin.« Er wandte sich mir zu. »Und Sie sind, chère Mademoiselle?« Das kommt davon, wenn man seinen Ehering abnimmt.

»Madame ist schon korrekt. Marleen Böhm-Dumont. Freunde nennen mich Lene.« Verflixt. Warum hatte ich das gesagt? Dieser Stéphane war ganz bestimmt nicht mein Freund. Ich streckte meine Hand aus, die prompt übersehen wurde.

»Enchanté«, nuschelte er mit miesepetrigem Gesicht. »Schläft sie bei dir?«

»Wo denkst du hin! Sie hatte eine Autopanne gleich da unten in der Kurve. Ich bin ihr drauf gefahren. Und ich habe mir erlaubt, ihr Quartier anzubieten, bis ihr Wagen repariert ist.«

»Eh bèh!« Wieder dieser merkwürdig ambivalente Ausdruck. »Ich darf dich schon dran erinnern, dass dieses Schloss mir gehört.«

»Das, mein Lieber, ist noch nicht entschieden«, sagte Alexandre ruhig.

»Ich kann auch im Hotel wohnen«, warf ich ein, peinlich berührt. »Das macht gar nichts.«

Die beiden schienen mich nicht zu hören und starrten sich feindselig an. Es fehlte nicht viel, und sie hätten die Köpfe aneinander gerammt wie zwei Steinböcke.

»Also schön!« Der mir als Stéphane Vorgestellte warf resigniert beide Arme in die Luft und stakste mit einem hingeworfenen »dann sieh zu, wo du sie unterbringst« an uns vorbei.

»Also, ich würde wirklich lieber ... ich möchte nicht stören«, murmelte ich betreten. Ich hasse es, Zeugin von Streitereien zu sein, und noch mehr hasse ich es, wenn ich die Ursache bin.

»Kommt nicht infrage«, dröhnte Alex. »Machen Sie sich nichts aus Stéphanes schlechten Manieren. Er ist und bleibt ein Bauer.« Ich folgte ihm um das Hauptgebäude herum zu einem Seiteneingang in den Turm. Rapunzel, Rapunzel, lass dein Haar herunter, dachte ich, als ich nach oben schaute.

»Odile?«, rief Alexandre, während er mir die Tür öffnete. »Wir haben einen Gast!«

Ich betrat nach ihm einen kleinen Eingangsbereich, von dem ein Flur um eine Ecke und eine gewundene Treppe nach oben führte. Nach rechts ging es in ein formelles Speisezimmer. Ich ahnte antike Teppiche, einen langen Esstisch und die Umrisse elegant geschwungener Stuhllehnen. Der Boden war mit sechseckigen roten Fliesen ausgelegt. Spiegel und Garderobe im Eingang sahen allerdings aus wie auf dem Flohmarkt erworben, Pseudo-Louis-Philippe. Helle Stellen auf dem Boden verrieten mir, dass hier einmal andere Möbel gestanden hatten.

»Odile?!«

Eine Tür klappte irgendwo. Aus dem finsteren Flur trat eine ältere Frau, klein und fett. Ihre Hüften sahen aus, als trüge sie einen *Panier*, den extrem ausladenden Reifrock des frühen achtzehnten Jahrhunderts, mit dem Damen sich im Krebsgang durch Türen manövrieren mussten. Ihre schweren Brüste schienen sie in eine ständig gebeugte Haltung zu ziehen.

Alex drückte ihr meine Reisetasche in die Hand. Ich wollte sie ihr abnehmen, aber sie trat flink einen Schritt zurück und brachte das Gepäckstück außerhalb meiner Reichweite. Dann nicht, na schön.

»Odile, welches Zimmer können wir Mademoiselle anbieten? Das Louis XVI.?«

»Pas de lit – kein Bett drin.«

»Das blaue Zimmer?«

»Der Fußboden hat ein Loch.«

»Aber es macht mir wirklich nichts aus, ins Hotel ...« Wie schon zuvor wurde ich nicht beachtet.

»Das Jean-Giono?«

»Da regnet's rein.«

Alexandre schnaufte ungeduldig und rollte die Augen.

»Dann zum Teufel gib ihr eben Mutters Zimmer.«

Odiles Stirn legte sich in tiefe Falten, die Mundwinkel gingen nach unten. Ohne ein weiteres Wort strebte sie der Treppe zu. Anscheinend hatte ich ihr zu folgen. Der Graf blieb zurück und winkte mir aufmunternd zu.

Direkt von der Wendeltreppe, ohne Absatz, führten Türen in dahinterliegende Räume. Die Stufen waren kurz und steil, die Türen extrem niedrig. Sie schienen einer Zeit zu entstammen, in der die Menschen kleiner waren als heute. Ich allerdings passte hierher.

Das Faktotum – Putzfrau? Köchin? Haushälterin? Ledige Tante? – trippelte vor mir her, blieb vor zwei der Türen stehen und murmelte unverständlich vor sich hin, um gleich darauf weiter nach oben zu steigen. Sie schnaufte vernehmlich.

Kurz vor dem oberen Ende blieb sie stehen, zog die vorletzte Tür auf und nickte mir zu. »S'il vous plait – bitte.« Patsch, flog meine Reisetasche auf den Boden.

»Da oben«, ein unbestimmtes Wedeln mit einer Hand, »ist das Bad.«

Bildete ich es mir nur ein, oder warf sie mir unter schweren Lidern einen feindseligen Blick zu, als ich das Zimmer betrat?

»Vielen Dank«, sagte ich, aber sie hatte mir schon wieder den Rücken zugekehrt und watschelte davon. Sie hatte einen Gang wie eine Ente auf Eis.

Es roch ein wenig abgestanden, nach Bienenwachs und Lavendel, ein Geruch, den ich mit alten Damen verband. Ich ging zum Fenster, um es zu öffnen. Eine dieser verschnörkelten Drehangeln, ein Drehkipp-Beschlagsystem, wie es im Süden noch üblich ist. Ich schob die hölzernen Läden zur Seite. Quietschend gaben sie die Aussicht in einen verwilderten Rosengarten frei. Eine grau getigerte Katze saß auf einer Steinbank und blickte aufmerksam zu mir nach oben.

»Kst!«, machte ich. »Miou, miou!« Sie wandte gelangweilt den Kopf zur Seite.

Hinter der Trockensteinmauer, die den Garten umgab, stand ein Wäldchen. Durch die Gipfel hindurch sah ich auf eine entfernte Hügelkette.

Würziger Pinienduft zog herein. Sofort konnte ich besser atmen.

Ich schloss die Tür zum Treppenhaus und musterte mein Quartier: Ein winziges Zimmer, die Wände bis etwa zwanzig Zentimeter unterhalb der Decke mintgrün gestrichen. Den Abschluss bildeten vergoldete Zierleisten. Von der Decke herab hing ein kleiner Leuchter mit zartrosa Kristalltropfen, Muranoglas. Ein Himmelbett mit vergoldetem Gestell und einer Steppdecke in französischer Punktstickerei, so mürbe, dass ich befürchtete, sie mit einer Handbewegung zu zerreißen. Vorsichtig hob ich die Überdecke an. Die Bettwäsche darunter schien frisch zu sein. Ein Lesesessel vor dem Fenster – der grün-grau gestreifte Seidenbezug hatte Stockflecken. Es gab einen zierlichen Waschtisch und hinter einer Falttür – Sir John Harington sei Dank! – ein nachträglich eingebautes Wasserklosett. Alles war antik und vollgesogen mit dem Lebenshauch der Vorbewohnerin. Herrlich, wenn es ein Hotelzimmer gewesen wäre, aber so fühlte ich mich als Eindringling.

Na gut, für eine Nacht, dachte ich, dann ziehe ich ins Hotel.

Ich packte gar nicht erst aus.

Stattdessen zog ich mir Laufschuhe an, stahl mich leise die Treppe hinunter und machte einen Spaziergang. Als ich weit genug vom Château entfernt war, rief ich Aenne an. Erstaunlicherweise hatte ich Empfang.

»Hallo Lene! Na, wie läuft's?«

»Oh, alles gut bisher. Mein Kopf schwirrt von Eindrücken, und ich brenne richtig darauf, zu schreiben.«

»Hört sich gut an.«

»Du glaubst nie, was mir heute passiert ist ...«

»Großartig!«, rief Aenne, als ich meine atemlose Schilderung beendet hatte. »Das ist ja wunderbar. Nein, du ziehst nicht ins Hotel, spinnst du?! So eine Gelegenheit kriegst du nie wieder. Fabelhaft! Mach dir keine Sorgen wegen dem Auto. Du bist auf Dienstreise, voll versichert. Und diese Story – das ist genau, was wir wollen, siehst du!«

»Was für eine Story?«

»Oh, da gibt's eine, wart's nur ab! Jetzt bist du mittendrin. Sieht der Schlossherr gut aus?«

»Welcher von beiden? Der Nette ist zu alt, und der Junge hat was gegen mich. Und dann gibt's hier noch eine alte Tante, die guckt, als ob sie mich am liebsten vergiften würde.«

»Arsen und Spitzenhäubchen – großartig!«

Wir schwatzten eine Weile, und ich erläuterte ihr meine weiteren Pläne.

»Und Leander?«, fragte sie schließlich. »Hat der sich mal wieder gemeldet?«

»Ja«, sagte ich. »Natürlich per Mail und mit Vorwürfen. Er hat nun endlich mitgekriegt, dass ich weggefahren bin: *Wie kannst du? Was soll das? Was ist das für ein Auftrag, ach so: Aenne – das wird doch nie was ...* Ich hab ihm gesagt, er soll mich in Ruhe lassen. Er wollte schließlich, dass ich so schnell wie möglich eigenes Geld verdiene. Und das mach ich jetzt.«

Aenne lachte ihr lautes, ungehemmtes Lachen. »Genau. Wenn du jetzt bitte noch aufhörst, dich für alles zu entschuldigen bei ihm. Dein Leben geht ihn nichts mehr an. Er wollte nicht mehr mit dir zusammen sein. Jetzt soll er sich auch raushalten.«

Raushalten – ich war mir da nicht sicher. Und er könnte mich doch auch einmal loben, einmal anerkennen, was ich tat.

Wir verabschiedeten uns, und ich stolperte noch ein wenig ziellos zwischen Feldern und Ginstergestrüpp herum. Schließlich setzte ich mich auf einen Felsvorsprung und schaute über das sich öffnende Tal auf das Dorf. Eine gebeugte Gestalt las Steine aus einem Feld. Ein Moped knatterte durch die paar Häuser und verschwand im Gelände. Irgendwo bellte ein Hund. Die müde Nachmittagsluft ließ die Formen verlaufen wie auf einem nassen Aquarell. Geistesabwesend streifte ich ein paar nadelförmige Blätter von einem Strauch zu meinen Füßen, zerrieb sie in den Handflächen und roch daran. Herb, warm, ein bisschen scharf, aber durchaus angenehm. Rosmarin? Und wunderte mich über mich selbst. Leander, die Kinder, all meine Sorgen, mein altes Leben schienen blass und weit entfernt.

Später, als ein leeres Gefühl in meiner Magengegend mich darauf aufmerksam machte, dass mein Körper mehr Substanz brauchte als Evian und Zigaretten, stieg ich hinab ins Dorf. In der Bar des Amis bestellte ich mir ein *Croque Monsieur*, die französische Variante des Sandwiches: Zwei Toastscheiben mit Käse und Schinken dazwischen, im Sandwichmaker miteinander verschweißt. Warmer Käse ist immer tröstlich. Da kann man nichts verkehrt machen. Dazu ein Viertel offenen Roten, dunkel, fast schwarz, mit dem Geschmack von Kirschen. Heftiger Tanningehalt, beim ersten Glas zog sich mein Magen zusammen. Beim zweiten Glas fühlte sich mein Kopf angenehm wattig an.

Am Stammtisch saßen zwei alte, schwarz gekleidete Männer. In der Ecke drei Jugendliche, die eifrig auf ihre Smartphones einhackten, schweigend und jeder für sich. Ab und zu schaute einer von ihnen hoch und teilte den anderen mit, was irgendwer im Netz geäußert hatte. Bis auf die Bedienung nahm niemand Notiz von mir. Um mich nicht so allein zu fühlen, holte auch ich mein i-Phone raus und tippte ein bisschen mit Vivien hin und her.

Hallo, Schnuffel! Alles okay?

Hi Mam. Wir sind beim Abendbrot.

Was gibt's denn?

Leonie hat Brathuhn mitgebracht.

Isst du auch ordentlich?

Mam!!

Kommt ihr klar?

Jaa-haaaa!

Mein' ja nur. Stellt euch vor: Ich übernachte in einem Schloss! Telefonieren wir morgen?

Uiii! Cool. Schick Fotos!

Okay, kommen gleich.

Habdichlieb! Leonie winkt.

Drück euch ganz doll!!!

Mein Café crème kam. Ich griff automatisch nach den Zuckerstücken und war angenehm überrascht. In meiner Kindheit, als ich anfing zu sammeln, gab es noch Zuckerstückverpackungen mit Tierbildern, Märchen- oder touristischen Motiven. Mein liebstes Stück hat meine Schwester Laura gegessen und das Papier in den Mülleimer geschmissen: einen Kaffee-Mohren. Das Papier war feucht und beschmiert vom Abfall, entweiht, eingerissen, nicht zu retten. Das habe ich ihr lange nicht verzeihen können. Es war das einzige Mal, dass Papa mit seinen Predigten nicht zu mir durchdringen konnte. Wenn ich es recht überlege, bin ich ihr immer noch heimlich böse dafür.

Heute sind die Zuckerstücke oder -tüten meist langweilig uniform, und in den Kettencafés gibt es sowieso immer dieselben. Diese hier waren immerhin bunt kariert, das eine in rosa-lila, das andere in gelb-grün. Vielleicht würde ich noch einmal herkommen in der Hoffnung auf weitere Farbkombinationen. Ich steckte die Zuckerstücke ein, legte das Geld auf den Tisch und machte mich in der Dämmerung auf den Weg zum Schloss. In einem der Türme brannte Licht. Kein Mensch zu sehen. Das war mir gerade recht nach dem Auftritt der zwei Platzhirsche heute Nachmittag. In dem winzigen Eingangsbereich brannte eine nackte Energiesparlampe. Aus dem dunklen Korridor hörte ich Töpfe klappern und das mahlende Geräusch einer Geschirrspülmaschine.

Auf Zehenspitzen tappte ich die Treppe hoch und zuckte jedes Mal zusammen, wenn eine Stufe knarrte. Unbemerkt gelangte ich auf mein Zimmer, putzte mir rasch die Zähne mit Mineralwasser, zog mich im Dunkeln aus und wollte vorsichtig die Steppdecke herunterziehen, als meine Hand auf etwas Warmes, Pelziges traf. Mit einem unterdrückten Quiekser zuckte ich zurück und tastete nach dem Lichtschalter. Ins funzelige Licht der Deckenlampe blinzelte eine Katze, die kleine Tigerkatze, die ich am Nachmittag im Garten gesehen hatte. Ich liebe Katzen, aber diese sah ziemlich ruppig aus. Sicher hatte sie Flöhe. Oder Krätze. Das kommt bei wilden Katzen oft vor.

»Katze«, sagte ich in demselben bestimmten Ton, den ich früher angewandt hatte, wenn Pascal seine Unterhosen auf dem Boden liegenließ: »Miou. Tut mir leid, aber das geht nicht. Da schlafe ich.« Ich zupfte und ruckelte am *Boutis*. Das Vieh rührte sich nicht. Vorsichtig hob ich die Steppdecke mitsamt Katze hoch und deponierte beides auf dem Lesesessel. »Bitte. Du kannst die Decke haben. Siehst du, hier hast du es ganz gemütlich.«

Ich nahm mir eine Wolldecke aus dem Wandschrank, legte mich hin und hatte gerade noch Zeit, zu denken: Was für ein Tag! Da war ich auch schon weg.

6.

Von irgendwoher klassische Musik. Ich fühlte mich gerädert, total verbogen. Verschlafen bewegte ich Arme und Beine und fühlte mich gefesselt. Ich lag gedrängt auf kleinstem Raum, meine Stirn berührte fast die mintgrüne Wand. Den weitaus größten Teil des Bettes nahm ein warmer, weicher Klumpen auf Höhe meiner Knie ein: Die Katze. Sie fauchte, als ich mich vorsichtig umdrehte und versuchte, ein wenig mehr Decke über mich zu ziehen. Brr! In der Nacht war es ganz schön frisch geworden.

»Entschuldige, Miou, aber ich muss aufstehen.« Sanft schob ich sie beiseite, sodass ich die Beine an ihr vorbei auf den Bettvorleger schwingen konnte. Ich ging auf Socken zum Fenster und öffnete die Läden. Sonne fiel herein und aufs Bett. Die Katze rekelte sich, streckte eine Pfote lang aus und gähnte.

Undeutlich erinnerte ich mich an meinen Traum, an nasses Gras unter meinem Bauch und hochaufragende Schatten unter einem eisigen Sternenhimmel. Ein unbestimmtes Gefühl der Bedrohung war zurückgeblieben. Wie eine Vorahnung, dass etwas Unangenehmes passieren würde. Oder ich etwas Wichtiges vergessen hatte. Ein widerliches Gefühl! Ich schüttelte den Kopf. Ob ich hier wohl rauchen durfte, aus dem Fenster hinaus paffen? Nein, lieber nicht. Ich benutzte die Erfindung des Sir John Harington, griff meine Waschtasche und meine Hosen und machte mich auf die Suche nach dem Badezimmer. Fast wäre ich die Treppe hinuntergekugelt. Wer denkt denn auch daran, dass es vor einem

Zimmer keinen Treppenabsatz gibt. Wo hatte dieses Schrapnell noch mal gesagt, dass das Bad war? Oben!

Ich öffnete die Türen zu einem lavendelblauen Schlafzimmer, Gott sei Dank leer, und zu einem begehbaren Wäscheschrank, ehe ich mein Ziel erreichte. Das Bad war riesig im Vergleich zu den Zimmern, und darin war ein völliges Chaos. Eine rostfleckige, löwenfüßige Wanne stand mehr oder weniger mitten im Raum. Wäscheleinen waren kreuz und quer gespannt. Das Klosett stand offen. Jede Abstellfläche war belegt mit Rasiersachen, Wässerchen, Seife, Shampoo, Zahnputzutensilien. Es roch nach Körperdünsten und badefeucht. Der Eindruck war derart privat und intim, dass ich mich am liebsten sofort zurückgezogen hätte. Aber waschen wollte ich mich nun mal.

Einen Schlüssel gab es nicht. Also stellte ich einen Stuhl unter die Klinke und feudelte mich in der Badewanne in Rekordgeschwindigkeit ab. Ich griff mir irgendein halbwegs trockenes Handtuch, trocknete mich ab und fuhr in meine Sachen: Jeans, die nachtblaue Tunika, schwarze Riemchensandalen. Kajal, Wimperntusche, mit den feuchten Händen durch die Haare. Ein Blick in den dunstigen Spiegel: gar nicht übel!

Als ich wieder hinunterstieg, roch es verführerisch nach Kaffee. Der Duft kam von unten heraufgezogen, wahrscheinlich von dort, wo ich gestern Abend eine Geschirrspülmaschine hatte rumpeln hören. Geschirrspüler – Küche – Kaffee, folgerte ich. Ich warf meinen Waschbeutel in die offene Reisetasche, griff mir meine Zigaretten und das Feuerzeug und folgte meiner Nase. Ich liebe Kaffee. Ohne Kaffee kann ich nicht richtig funktionieren. Ich liebe ihn stark und bitter, so wie man es im Süden macht. Mit der dünnen, säuerlichen Filterbrühe, die sich in Deutschland Kaffee nennt, kann ich nichts anfangen.

Und richtig: Der dunkle Korridor führte zur Quelle der Verheißung. Durch einen Spalt konnte ich eine rundliche kleine Gestalt hantieren sehen, und die Katze drängelte sich durch meine Beine. »S'il vous plait, Madame«, sagte ich höflich und hielt der Katze die Küchentür auf.

Odile fuhr herum.

»Guten Morgen«, begrüßte ich sie. Mein Lächeln wurde nicht erwidert. Sie brummte etwas in meine Richtung, bückte sich und streichelte das Tier. Die Katze buckelte unter Odiles knotigen Wurstfingern und schnurrte laut.

»Oh, meine Süße, meine Gute, hast du Hunger? Möchtest du ein Frühstück? Warte nur, ich habe etwas Feines für dich aufgehoben.«

Ich räusperte mich. »Entschuldigung, Madame, ich habe den Kaffee gerochen. Könnte ich vielleicht eine Tasse haben?«

»Hm.« Es klang bejahend. Erwartungsvoll setzte ich mich an den wurmstichigen Küchentisch und blickte mich um, während Odile in der Speisekammer verschwand, um eine Schale blutige Innereien für das Katzenvieh zu holen. Das hier nicht, was man sich unter einer Schlossküche vorgestellt hätte: Ein relativ kleiner quadratischer Raum, die allgegenwärtigen roten Fliesen. Ein in die Wand eingelassener Schrank mit Fliegengittern statt Glas in den Türen. Ein steinernes Spülbecken, Geschirrspüler, Waschmaschine, ein Kofferradio, aus dem France Bleu unerträgliche Heiterkeit verbreitete.

Rums, eine *Bol,* eine Kaffeeschale, wurde unsanft vor mir auf dem Holz abgesetzt. Nescafé! Klumpig. Während ich noch auf diese Katastrophe starrte, öffnete sich hinter mir der Türspalt wieder, und herein kam der unfreundliche junge Mann von gestern: Stéphane. Er warf drei Stangen Baguette auf den Tisch. Ich sprang auf, ergriff meine Kaffeeschale und wollte mich verdrücken.

»Oh, guten Morgen, Mademoiselle Marleen, bleiben Sie doch sitzen!« Kurzsichtig lächelte er mich durch die geflickte Brille an, sah in meine *Bol* und verzog stumm das Gesicht. Und dann – oh Wunder – blinzelte er mir zu.

»Odile, sei doch so lieb und mach uns einen frischen Kaffee, ja? Danke! Und ist noch etwas von deiner hervorragenden Aprikosenkonfitüre da?« Er wartete nicht auf Antwort, sondern holte Geschirr aus dem Wandschrank und deckte für uns. Der Nescafé landete, wo er hingehörte, im Ausguss. In kürzester Zeit sah es tatsächlich nach Frühstück aus: Duftiges Weißbrot, Butter, Marmelade und Kaffee, in dem der Löffel stehen blieb.

»Wo ist mein werter Cousin?«

»Woher soll ich das wissen«, gab Odile missmutig zurück. Mir gönnte sie nach wie vor keinen Blick.

»Mrrau!«, machte die Katze, hüpfte auf die Waschmaschine, hockte sich hin und ringelte ihren Schwanz um ihr Hinterteil, um uns zu beobachten.

»Ich muss Sie um Verzeihung bitten für mein Benehmen gestern«, sagte Stéphane zwischen zwei Bissen. »Mein Cousin hat die einzigartige Gabe, meine schlechtesten Seiten herauszukitzeln.«

Ich fühlte, wie mir die Verlegenheit in die Wangen stieg. »Nein, ich muss mich entschuldigen. Hier einfach so hereinzuplatzen.«

»Na hören Sie mal. Das ist ja wohl das Mindeste, was wir tun können, Ihnen ein Quartier anzubieten. Sie sprechen ausgezeichnet Französisch. Wie kommt's?«

»Meine Mutter war Elsässerin. In den Ferien sind wir Kinder immer zu den französischen Großeltern abgeschoben worden.«

Er lachte und radebrechte: »Gugel'upf, Sauerkraut, Edelzwickör. – Stimmt es, dass Alex Ihnen hintendraufgefahren ist? Wie ist denn das passiert?«

Ich erzählte es ihm.

»Aha. Ja, die Straße ist nicht ungefährlich, und Alex fährt wie eine Wildsau. Und was führt Sie in unsere Gegend?« Er tauchte ein Ende seines Brotstücks in den Kaffee und biss genüsslich davon ab.

»Ich habe den Auftrag, für einen Reiseführer die Hoch-Provence zu erkunden«, sagte ich. Odile hinter uns schnaubte verächtlich.

»Ah!« Er hörte auf zu essen und sah mich zum ersten Mal wirklich interessiert an. Und ich konnte nicht umhin zu bemerken, dass er recht anziehend war. Er sah nicht so smart aus wie sein Cousin, aber sympathisch, heute, da er seine üble Laune abgelegt hatte. Er war von schmaler Statur, hatte ein feines, ovales Gesicht, olivfarbene Haut und Augen von einem warmen Bernsteinbraun. Kaum zu glauben, dass die beiden Männer verwandt waren.

»Und was haben Sie bisher gesehen?«

Auf einmal war er wie ausgetauscht, angefeuert, fragte mich nach Orten, Namen, sprudelte über von Vorschlägen, was ich alles noch anschauen müsste, mit wem ich unbedingt sprechen sollte. »Bitte, Mademoiselle Marleen ...«

»Lene«, korrigierte ich automatisch.

»Leen. Dann müssen Sie aber auch Stéphane zu mir sagen.« Er reichte mir über den Tisch hin die Hand. Wir schüttelten und grinsten. »Bitte bleiben Sie, so lange Sie wollen. Wir haben eine ausgezeichnete Bibliothek mit heimatkundlicher Literatur und alten Karten. Und es wäre mir eine Freude, Sie führen zu dürfen.«

Hoppla!

»Na, da haben Sie ja eine Saite in ihm angeschlagen, *ma chère*!« Alex war unbemerkt eingetreten. Er kam offensichtlich vom Laufen. Sein Jogginganzug hatte Schweißflecken auf der Brust und auf dem Rücken. Die Katze fauchte, machte einen Satz und verschwand durch das hohe Fenster. »Das ist nämlich sein besonderes Steckenpferd! Mein lieber Cousin träumt davon, Touristen in diese gottverlassene Gegend zu locken. Träum weiter, Stéphane! Ja, die Landschaft ist schön. So was guckt man sich gern im Fernsehen an. Aber Urlaub hier verbringen? Wandern, *ma foi*!«

Er legte einen langen Arm um Odiles Schultern und drückte ihr einen Schmatzer auf die Wange. Und sie überschlug sich geradezu in ihrer Hast, Alex ein drittes Gedeck hinzustellen, Kaffee einzugießen, Brot abzuschneiden.

»Ein pochiertes Ei, Monsieur Alex? Brioche?«

»Nein danke, Odile. Heute nicht. Du fütterst mich zu gut. Alte Knaben müssen auf ihre Taille achten. Also, Stéphane: Womit willst du sie locken, deine Goldesel? Mit Dörfern ohne Läden, miserablen Restaurants, Felsen und Ziegenkäse?«

»Was du wieder redest! Du hast es nie gemocht hier oben«, knurrte Stéphane. »Es gibt hier so viel Schönes zu sehen und zu erleben!«

»Oh ja, die Ruhe, die blöden Gesichter der Schafe, ab und zu eine Dorfkirmes – Verzeihung: Käsefest, Kastanienfest, Lavendelfest …«, spottete Alex. »Aber ich gebe zu, es gibt tatsächlich ein paar Orte, die ich Ihnen gern zeigen würde, Mademoiselle Marleen, ein paar Orte mit einem Rest von Kultur.«

Er setzte sich neben mich, ein wenig zu nahe nach meinem Geschmack. »Wie wäre es: Ich entführe sie heute nach Forcalquier, dem kulturellen Mittelpunkt der Haute Provence seit dem Mittelalter. Aber seien Sie nicht zu enttäuscht: Das ist lange her. Immerhin kann man dort ausgezeichnet essen.«

»Nun lass sie doch erst mal die nähere Umgebung entdecken, Alex! Ich wollte ihr gerade anbieten, ihr das Schloss zu zeigen.«

»Ähm …« Ich fühlte mich wie ein Knochen zwischen zwei Hunden.

»Kannst du ja machen, Stéphane, das ist ja rasch erledigt. Inzwischen dusche ich und mache mich stadtfein. Darf ich

Sie in einer Stunde auf dem Parkplatz erwarten, Mademoiselle?«

»Marleen«, korrigierte ich automatisch. Und mit einem fragenden Blick zu Stéphane: »Danke.«

Alex entfernte sich.

»Eh bèh«, sagte Stéphane zu seiner Kaffeeschale. Diesmal hatte es die Bedeutung von »pffft«.

»Hätte ich nicht zusagen sollen?«, murmelte ich verlegen.

Er sah auf und lächelte wieder. »Ach was, warum denn nicht? Alex ist sicher ein guter Führer, er kennt die Geschichten so gut wie ich. Und ich hätte heute ohnehin nicht den ganzen Tag frei. Aber wenn Sie mögen, reservieren Sie mir den morgigen Tag, *va bien*?«

Ich lächelte zurück. »Sehr gern!«

Innerlich führte ich einen kleinen Tanz auf: Was für ein Glück! Ich hatte es zwar so gut es ging verdrängt, aber ehrlich gesagt war ich doch ganz schön nervös gewesen wegen diesem Auftrag. Ein bisschen Edelfeder-Beschreibung und den Rest aus Büchern zusammengeklaut – so macht man keine gute Reportage. Dazu gehören Menschen, Erlebnisse, Anekdoten, und die würde ich jetzt bekommen. Ich musste nur zusehen, wie ich mir diesen flotten Silberfuchs vom Hals hielt.

Ich entschuldigte mich und ging in den Hof, meine lange aufgeschobene Frühstückszigarette rauchen. Der Himmel war etwas bezogen. Die Luft war weich und feucht und von einer Reinheit, dass ich mich beinahe schämte, sie mit Tabakqualm zu entweihen. Beinahe. Als ich fertig war und gerade nach einer Möglichkeit Ausschau hielt, die Kippe loszuwerden, kam der Hausherr nach.

»Arme Raucher«, sagte er grinsend. »Sie sind die Parias der modernen Gesellschaft. Bei jedem Wetter nach draußen verbannt. Werfen Sie Ihre Kippe ruhig dort auf den Haufen mit Bauschutt. Da stört es niemanden.«

Ich ging hinüber und drückte die Kippe in einem Klacks Mörtel aus. »Im Zimmer rauche ich selbstverständlich nicht.«

»Danke! Alexandre ist das egal, mich würde es auch nicht stören, solange Sie das Bett nicht in Brand setzen. Aber Odile würde fuchsteufelswild werden.«

Er wies mit der Rechten den Weg, und wir gingen zum Eingang des Barockhauses im Zentrum des Hofes. Wie ich es mir gedacht hatte, war es im Gegensatz zum Bergfried repräsentativ gestaltet worden, ländlich schlicht zwar, aber dennoch beeindruckend. Der Fußboden der Eingangshalle bestand aus behauenem Feldstein, einem buttrig glänzenden Material, nicht aus der Gegend. Die Wirkung war martialisch. Buntes Licht fiel durch ein Bleiglasfenster, das einen Ritter zeigte. An den Wänden hingen antike Waffen und verschiedene Banner, teils sehr alt, teils neuer, vermutlich der Region und der verschiedenen Vorfahren und Familienzweige. Wir stiegen eine Treppe hoch und noch eine. Die Räume schienen mir sehr verwinkelt, und ich war sicher, dass ich mich hier allein verlaufen würde. Wieder fielen mir helle Flecken auf den Böden und an den Wänden auf.

»Ich habe einiges verkaufen müssen«, erläuterte Stéphane. »Das Schloss ist mehrmals geplündert worden und wurde noch 1944 bombardiert. Ich bin dabei, es wieder herzurichten.«

»War es nicht durchgehend bewohnt?«, fragte ich.

»Schon, aber meine Tante hielt sich mehr auf ihrem Besitz an der Côte d'Azur auf. Die bewohnbaren Räume reichten aus für den Sommer. Ich würde es gern von innen isolieren – im Winter kommt man gar nicht nach mit dem Heizen – und von außen in den alten Zustand versetzen. So ein Schloss wie dieses finden Sie nicht mehr oft im Hinterland.«

Er war stolz darauf, doch aus seinem Ton sprach noch mehr als das, eine Unterströmung, die ich spürte, aber nicht benennen konnte. Nostalgie? Sehnsucht nach dem verlorenen Ansehen des französischen Adels? Durch eine offenstehende Tür blickte ich in einen hellgelb gestrichenen Raum. Die Decke bestand aus nacktem Beton.

»Dies ist das Musikzimmer gewesen. Sie können gern den Schreibtisch für Ihre Arbeit benutzen. Leider haben wir kein Internet. Aber in der Bar des Amis haben Sie freien Zugang.«

An der Wand gegenüber dem Fenster hing das Porträt einer alten Dame: überschlank, mit Hochsteckfrisur. Trotz des silbergrauen Haars hätte man sie als schön bezeichnen können, wäre da nicht ein unzufriedener Zug um ihre schmalen Lippen gewesen. Würdevoll, aber streng blickte sie über mich hinweg in die Ferne.

»Ist sie das? Macht es Ihnen nichts aus, dass ich im Zimmer Ihrer Mutter schlafe?«

»Meiner Tante«, sagte er in einem eigenartigen Ton, den ich nicht deuten konnte. »Meine Tante ist im letzten Winter verstorben. Im reifen Alter von zweiundneunzig. Odile behandelt ihre Gemächer wie ein Heiligtum. Aber mein Cousin hat schon recht: Es ist Zeit, die Toten ruhen zu lassen und nach vorn zu schauen. Schließlich ist es *seine* Mutter gewesen.«

Rasch wandte er sich ab, und ich war gezwungen, ihm zu folgen. Lose Fliesen klapperten unter meinen Schuhen. Der Boden war wellig und durchgetreten. Zur Rechten passierten wir einen Salon, düster und steif in Samt und Gold, dominiert von einem riesigen offenen Kamin, ein umlaufendes Band von gemalten Wappen unterhalb der Zimmerdecke. Wortlos ging Stéphane daran vorbei, den Blick nach vorn gerichtet, als existiere der Raum nicht. Also war er off limits für mich, schloss ich daraus.

Weiter durch einen dunklen Flur. »Mein Arbeitszimmer ist da vorn im alten Teil.«

Er öffnete eine geschnitzte, weiß und gold lackierte Tür. Licht flutete den Gang, und ich kniff die Augen zusammen, als der junge Graf mich in den Raum schob.

»Das habe ich Ihnen rasch zeigen wollen!«

Eine wahrhaftige Bibliothek! Bücher, Bücher vom Boden bis zur Decke, nach Sachgebieten unterteilt, darunter alte und sicher wertvolle Bände, den goldgeprägten Buchrücken nach zu schließen.

»Ah!« Unwillkürlich entfuhr mir ein Seufzer. Gierig sog ich den Duft des »Eau de Livre« ein. Und mein Herz ging auf für einen Mann, der in der Not alles zu Geld machte – nur die Bücher nicht. Es war ein wunderbarer Raum. Wenn er je von Zerstörungen betroffen gewesen war, sah man es ihm nicht mehr an. Die Wände waren in einem bräunlichen Rosenholzton gestrichen, cremeweiße Stuck-Kassetten an der Decke. Abgetretene, aber prunkvolle Aubussonteppiche dämpften unsere Schritte. Zwei tiefe Ledersessel, jeder mit Klapptisch und einer eigenen Leselampe ausgestattet, standen vor einem riesigen Kamin. In den ehemals offenen Kamin hatte man einen Insert mit Scheibe eingebaut, sicher um die Bücher zu schützen. In diesen Raum war Geld und Mühe geflossen.

Stéphane hatte mich genau beobachtet, und ein zufriedenes kleines Lächeln umspielte seine Mundwinkel. »Sie wissen Bücher zu schätzen.«

»Allerdings. Ich arbeite ein wenig als Lektorin und Korrektorin, soweit mir die Familie Zeit lässt. Und ja: Es gibt kaum etwas Schöneres als ein gut gemachtes Buch!«

»Keine Anhängerin des E-Books?«

»Das würde ich nicht sagen. Ich habe natürlich ein Gerät und schätze die Bequemlichkeit, die es bietet. Massenweise Lesefutter auf Reisen, ohne zu schleppen. Und Unterhaltungsliteratur ist so natürlich billiger zu haben – Originalfassungen. Aber das Glücksgefühl, ein wirklich wertiges Buch in der Hand zu halten oder gar so eine Bibliothek zu sehen, ich kann mir nicht vorstellen, dass das je obsolet werden wird.«

»Ich hoffe doch nicht!« Er lachte, und dieses Lachen verwandelte ihn schlagartig.

Plötzlich konnte ich mir vorstellen, wie es wohl sein mochte, mit ihm befreundet zu sein, zu tanzen, Spaß zu haben und ... Oh, Vorsicht Marleen! Der ist zwar süß, aber deutlich jünger als du!

»Gut, Sie sind eine Kennerin. Ich gebe Ihnen freie Hand mit den Büchern. Wenn Sie etwas wissen wollen, fragen Sie mich. Und nun wünsche ich Ihnen einen angenehmen Tag. Bis morgen!« Damit drehte er sich um und ließ mich stehen.

Einen winzigen Augenblick lang spürte ich Panik in mir aufsteigen, allein in einem fremden Haus, noch dazu in einem wahren Labyrinth. Ich fremdele leicht. Aber das durfte ich nicht bei einem solchen Auftrag.

»Vielen Dank! Bis morgen«, rief ich hinter ihm her und wandte mich den Büchern zu, um das System zu studieren. Ich zog einen Band über die Fontänen und Brunnen der Drôme heraus und versank in den schönen Fotos. Die Verzierungen der Brunnen zeigten, wie sehr die Menschen früher das Wasser wertschätzten. Ganz anders, als einen Wasserhahn aufzudrehen, dachte ich. Und wie gut die Wasserläufe innerhalb der Dörfer organisiert waren! Der oberste Brunnen war immer für Trinkwasser reserviert, ein paar Gassen darunter kam das Waschhaus. Aus ihm lief das Brauchwasser weiter hinunter, um endlich als Viehtränke genutzt zu werden.

»Ah – hier stecken Sie!«, rief Alex hinter mir, und ich begriff, dass eine Stunde vergangen war. »Kommen Sie! Wir brauchen eine Weile nach Forqualquier, und vor dem Essen möchte ich Ihnen noch einen besonderen Ort zeigen.«

Ich folgte ihm durch das Labyrinth und hinaus in den Hof. Inzwischen hatte die Sonne die morgendlichen Wolken aufgesogen, und der Himmel strahlte in diesem weichen Blau, dass nur der Provence eigen ist. Schuldbewusst mied ich den Blick auf den angeschrammten Bug des 911ers und stieg ein. Alex gab Gas, kaum dass ich den Sicherheitsgurt angelegt hatte. Mein Kopf flog gegen die Lehne.

Wir rasten durch die Schlucht, als gäbe es kein Morgen. Ich hielt mich etwas krampfhaft am Türgriff fest.

»Was ist? Zu schnell?« Er grinste und fuhr ungefähr fünf Minuten langsamer, dann hatte er es schon wieder vergessen. Fröhlich pfiff er vor sich hin. Den Text kannte ich nur zu gut. *Vor der Kaserne, vor dem großen Tor, steht eine Laterne und steht sie noch davor …*

»Was dagegen, wenn ich Sie Lili nenne?«

»Entschieden«, sagte ich. Was für ein Bart!

Er pfiff weiter und grinste. »Was interessiert Sie denn?«, fragte er nach einer Weile, während Hühner und Katzen sich auf die Randstreifen retteten. »Kultur gibt es jede Menge, Schicht auf Schicht auf Schicht. Aber alles halb verrottet. Wie gesagt: lange her. Heute heißt zwar jede dritte Kneipe ›Zu den vier Königinnen‹, aber es gibt nur noch Bauern und alte Leute.«

»Warum sprechen Sie mit solcher Verachtung über Ihre Heimat?«, entfuhr es mir in meinem Erstaunen.

»Verachtung? Nein, es ist schön hier, keine Frage, aber mich ärgert der mangelnde Respekt vor der Kultur und den Schätzen, die diese Region einmal groß gemacht haben. Man wirbt damit, aber man hält es nicht instand. Die Bauern fahren mit Pflügen über die Reste römischer Villen und Gräber. Gehen Sie mal bei uns oben über ein beliebiges Lavendelfeld. Da finden Sie Scherben römischer Urnen und Glasstücke von Salbenfläschchen. Den Sarkophag eines Bischofs hat man kürzlich auf einem Hof als Schweinetrog wiederentdeckt. Kaum eines dieser Dörfer, das keine großartige Kirche besitzt, kein Schloss oder doch wenigstens Ruinen davon, wenn sie es nicht abgerissen und die Ornamente in ihren Trockensteinmauern verbaut haben. Kürzlich hat die Versammlung der regionalen Bürgermeister sogar den Kulturetat gestrichen.« Er trat scharf auf die Bremse. Eine Ziegenherde strömte um uns herum, wie ein Fluss um eine Insel. Der Hirte warf Alex einen ärgerlichen Blick zu.

»Die Provence vom Meer bis zu den Alpen ist ein Land der Legenden. Herakles raubte die roten Stiere des Geryon und führte sie quer durch unser Land. Maria Magdalena, Jesu Gefährtin, verbrachte ihre letzten Tage in einer Grotte im Massiv de la Sainte Baume. Königin Johanna von Neapel irrte mit ihren Gefährten durch die Berge, nachdem sie ihren Ehemann hatte ermorden lassen. Raymond de Turenne amüsierte sich damit, missliebige Untertanen von einem Felsen springen zu lassen. Am sogenannten Liebeshof von Baux servierte man einer Adligen das gebratene Herz ihres amoureux. Was der Marquis de Sade von seinen interessanten Ideen tatsächlich ausgeführt hat, weiß niemand.«

Wieder ein Dorf flog vorbei. Zum ersten Mal fielen mir die winzigen Fenster auf, Fenster wie Schießscharten.

»Katharer und Waldenser wurden in ihren Kirchen verbrannt, aufsässige Nonnen lebendig eingemauert. Werwölfe und Hexen regierten die Nächte. Sie werden hier oben nicht eine einzige rein schwarze Katze finden. Die wurden alle verbrannt. Wahnsinnige haben dieses Land geprägt. Sie finden es idyllisch? Romantisch? Ich sage Ihnen: Unsere Vorfahren waren von Ängsten getrieben. Ihre Nibelungensage ist ein Kindermärchen gegen das, was sich hier an Verbrechen und Bosheiten abgespielt hat. Es ist das Klima, das die Menschen hart macht, der Wind, die vielen Steine im Boden, die harten Winter und die Trockenheit im Sommer. Die Einsamkeit.«

Ich sah ihn von der Seite an, überrascht und begeistert. Ich gestehe es: In Gedanken machte ich mir Notizen. Das war der Stoff, den Aenne wollte. Und es passte. Solche Geschichten waren es, die diese Landschaft in Worte übersetzten. Heute konnte man von einer herben Anmut schwärmen, da man sich auf Technik und ein soziales Netz verlassen konnte, da man die Flüsse besiegt und die höchsten Berge mit Sendemasten gebrandmarkt hatte. Aber damals? Ich stellte mir die Häuser von Armand im Dunklen vor, absolute Dunkelheit, draußen ein Mistral, der heulte wie tausend verlorene Seelen.

»Sie sind ein guter Erzähler.« Ich lachte und strich mir über den Unterarm. Ich hatte Gänsehaut.

Wir hatten die Nationalstraße am Fluss Durance erreicht.

»Da drüben – Les Mees!«

Ich sah an seinem Profil vorbei auf eine lange Reihe ebenmäßiger Felsformationen, gigantische graue Zuckerhüte.

»Das sind versteinerte Mönche!« Er lachte. »Es heißt, sie hätten sich an gefangenen sarazenischen Frauen vergangen, die sie in ihrer Obhut hatten. Gott habe sie zur Strafe in Steine verwandelt. Aber die Sarazenen sind nicht bis hier oben gekommen. Frauen hatten sie auch keine dabei. Das waren Piraten. Allenfalls haben sie unsere Frauen gestohlen.«

Das sattgrüne Tal der Durance sauste weiter vorbei, eine allzu hastige Schönheit.

Endlich bog er ab auf eine schmale Schotterstraße, die steil nach oben führte.

»Ganagobie«, erklärte er. »Das ist wirklich sehenswert. Darüber sollten Sie schreiben. Es ist nicht nur sehenswert, es ist auch geradezu sprichwörtlich für die düsteren Leidenschaften, von denen ich sprach.«

Auf einem riesigen Parkplatz stiegen wir aus. Es war noch früh in der Saison, und so parkten außer uns nur vereinzelt Touristen, ein deutscher VW-Bus, ein belgischer Camper und ein Reisebus, dem eine Gruppe Chinesen entquoll. Ich schaute mich um und entdeckte ein Schild mit einer Karte des Terrains: Wir standen auf einem abgeflachten Felsenfinger, der zwischen den Hügeln herausragte, dreihundert Meter hoch, über einen Kilometer lang; eine Insel über dem

Dunst, seit zehntausend Jahren besiedelt. Um 900 nach Christi hatte eine religiöse Gemeinschaft sich den Felsen angeeignet. Sie hatten Kirche und Kloster erbaut – oder vielmehr bauen lassen – Höfe für Leibeigene, um Felder anzulegen und Vieh zu halten. Woher sie nur das Wasser genommen hatten auf einem Plateau? Wir gingen zu einem Ausblick am Rand. Das Durance-Tal breitete sich zu beiden Seiten vor uns aus, und man bekam eine Vorstellung davon, wie beherrschend dieser Strom früher einmal gewesen sein musste. Auf der anderen Seite war die Landschaft zu einer Bergkette aufgefaltet worden, blaue, wellige Höhenzüge, einer hinter dem anderen und am Ende weiße Spitzen.

Was ist es an Bergen, das gerade die Nachdenklichen so anzieht? Fühlt man sich erhaben, weil das tägliche Leben klein und entfernt erscheint? Oder weil diese Anreihung von Hindernissen die Endlichkeit verbirgt? Hinter jedem Berg ein neues Tal, etwas Neues zu entdecken.

Auf dem Gipfel der Berge, wie überall für hoffnungsvolle Seelen, ist es immer Morgen, hatte Henri David Thoreau geschrieben. Und hier, bei diesem Anblick fühlte ich mich hoffnungsvoll.

Alexandre hatte sich bereits abgewandt. Ich stolperte in meinen Sandalen hinter ihm her. Er musste schon länger gesprochen haben.

»Mönche!«, knurrte er gerade: »Verkleidete Raubritter eher. Einer ihrer Äbte wurde exkommuniziert. Aber kommen Sie!«

Er führte mich durch ein Wäldchen von Grüneichen an einer hohen Mauer entlang zu einer romanischen Kirche. Links des Eingangs lagen ein paar verwitterte Steinplatten aus vorchristlicher Zeit. Auf einer entdeckte ich eine Spirale, das älteste Symbol des Lebens. Ich fotografierte die Steinmetzarbeiten an den dreifachen Bögen des Portals, fein wie Häkelspitzen. Here be dragons ... drinnen waren die Monster – Schlangen, Drachen, Greife, doppelköpfige Adler, Riesenelefanten mit Häusern auf den Rücken.

Fußbodenmosaiken aus dem zwölften Jahrhundert – siebzig Quadratmeter – hervorragend restauriert. So schöne und fantasievolle hatte ich zuvor selten gesehen.

»Also lässt man doch nicht alles verfallen«, bemerkte ich spitz.

»Nicht alles, nein«, antwortete er. »Das Kloster ist ja noch von Mönchen bewohnt. Und die Besichtigungen bringen der Kirche gutes Geld ein.« Er wies auf eine Glasscheibe, an der sich die chinesischen Touristen versammelt hatten, um einen der Mönche im Kreuzgang anzustarren.

»Wie im Zoo.«

»Warum sollen sie sich nicht betrachten lassen? Wer zahlt denn für ihre Ruhe und Harmonie? Der französische Staat.«

Die Chinesen schwatzten laut und drängten sich, um den einsamen Mönch zu fotografieren. Ihn schien es nicht zu stören. Er nahm einfach keine Notiz von dem Trubel hinter der Scheibe. Für ihn existierten wir nicht.

Wir passierten den Klosterladen, vollgestopft mit Andenken: geweihten Kerzen, billigen Kreuzen, Ansichtskarten, Tees, Marmeladen. Alex zog die Achseln hoch und ließ ein verächtliches Schnauben hören. Auf dem Parkplatz wartete er geduldig, während ich eine dringend benötigte Zigarette rauchte und in das weite Tal blickte, wo sich der Fluss in flachen Armen verlor.

»Und nun? Haben Sie genug Kultur gesehen für einen Tag? Haben Sie Hunger?«, fragte er mich, während er ungewöhnlich vorsichtig den Weg zurück zur Hauptstraße kurvte.

»Ein bisschen.« Ich bin selten richtig hungrig. In letzter Zeit noch weniger als sonst.

»So, nur ein bisschen? Na, warten Sie ab. Wir werden Ihren Appetit schon kitzeln.«

In einer knappen Viertelstunde erreichten wir Forqualquier: ockergelbe Häuser, die gegen einen Hügel anbranden, gekrönt von einem Kuppelgebäude, weithin sichtbares Wahrzeichen der ehemaligen Erzbischofsstadt. Aber auch diese Stadt erschien mir klein, als wir hineinkamen. Vorbei an Bahnhof, Tankstellen, Supermärkten kamen wir ins mittelalterliche Stadtzentrum. Geschickt fädelte Alex seinen gelben Porsche durch das Gewirr der Gassen und Einbahnstraßen und überraschte mich ein weiteres Mal. Ich hatte erwartet, dass er mich in eines dieser steifen französischen Klasse-Restaurants führen würde. Doch er hielt vor einem unscheinbaren Schild: *Bar à Vin*, Wein-Bar.

Wir stiegen eine steile Treppe hinunter. Ich erwartete eine Kellerbar, doch durch eine Glastür gelangten wir unversehens in einen ummauerten Garten, der an einen Weinladen angrenzte. Grellbunt gestrichene Tische und Stühle gruppierten sich um einen Grillplatz und Terrakotta-Töpfe mit exotischen Gewächsen.

Der Inhaber des Ladens, ein drahtiger, grauhaariger Franzose, kam würdevoll hinter der Theke hervor. Die Männer umarmten sich wie alte Freunde und vollführten das Ritual des Schulterklopfens.

»Mademoiselle Lili Marleen«, stellte Alex mich vor, »*une journaliste allemande*. Sie will über die Haute Provence berichten.« Natürlich kannte auch der Patron das Lied, das mir bereits die Schulzeit verekelt hatte. Er spitzte die Lippen. Ich lächelte säuerlich.

»Keine Speisekarte. Es gibt was es gibt. Und das ist immer gut. François hat sich eine Frau aus Martinique mitgebracht. Sie kocht ausgezeichnet.« Mit einem zufriedenen Seufzer ließ sich Alex in einen rosa Korbstuhl fallen und arrangierte seine langen Beine unter dem Tisch.

Wein folgte dem *Apéro* ebenfalls ohne Karte und ohne Fragen. »Er weiß, was ich mag.«

Ich vermutete, man kannte auch die Vorlieben Alexandres in Sachen weiblicher Gesellschaft.

Ich beobachtete Alex' Hände, während er seine Serviette entfaltete: Kräftige Hände mit kurzen Fingern, glatt und gepflegt, sorgfältig manikürt.

»Sie haben gesagt, Sie arbeiten für Buchverlage?« Geschickt brachte er das Gespräch auf Literatur und ließ mich erzählen, ein Meister des Small Talks, wie Leander. Und wer erzählt nicht gern über sich?

Ehe ich mich's versah, stand das Essen vor uns. Eine blutjunge Karibin stieß die Glastür von innen mit ihrem ansehnlichen Hinterteil auf und servierte. Es gab sautierte Jakobsmuschel in einer Safran-Sahne-Soße auf geschmortem Fenchelgemüse, dann ein umwerfend gewürztes Hühnerragout. Ich schmeckte Muskat, Ingwer, Gelbwurz, Chili, Knoblauch. Eingelegte Miniaturzitronen schwammen in einer Soße aus Paprika, Auberginen und Tomaten. Zu meinem Erstaunen aß ich alles ratzeputz auf und wischte noch die Soße mit Brot vom Teller.

»Rien pour le chat – nichts für die Katze übrig«, sagte die Karibin zufrieden beim Abräumen. »Dessert?«

»Oui«, sagte Alex, während ich gleichzeitig, »Non, merci« rief.

»C'est oui!«, überstimmte er mich. »Sie müssen mehr essen, Marleen. Ich sehe Ihnen an, dass Sie nicht gut zu sich sind. Man muss freundlich zu sich selbst sein, nicht darauf warten, dass es andere sind.«

Autsch! Das hatte gesessen.

»Ihr Mann sorgt nicht gut für Sie, eh?« Er hatte meine Hand ergriffen und strich zart mit dem manikürten Daumen über den hellen Streifen an meinem Ringfinger.

»Doch, das tut er. So gut er kann. Er ist oft unterwegs ...« Halt die Klappe, Marleen!

»Tsk«, machte mein Gegenüber und ließ meine Hand los. Er ließ sie so sanft aus seiner gleiten, als sei sie ein Seidenschlips oder eine Blüte. »Aber Sie tragen den Ring nicht mehr. Geschieden?«

Ich senkte den Kopf. Er grinste.

»*Le dessert*!« Der warme Schokoladenkuchen auf einem Mus aus dunklen Beeren war einfach unwiderstehlich. Aber ich war froh, als ich ihn geschafft hatte. Essen ist mir normalerweise nicht so wichtig.

»Ouf! Ich bin an solche üppigen Mahlzeiten nicht gewöhnt. – Darf ich?« Ich angelte meine Zigaretten aus meiner Umhängetasche. Ich liebe diesen Augenblick, wenn der frisch entzündete Tabak zu knistern beginnt, dann der erste Zug, warm, würzig, noch ohne Teergeschmack, reiner blonder Tabak.

»Ach ihr Deutschen, immer so diszipliniert, so lutherisch! Nur keine Exzesse. Aber nun sind Sie im Land der Genießer. Hier geht es nicht nur ums Sattwerden oder gesund Essen. Essen ist ein Ritual, das Gebet der Post-Revolution: Gut zu essen, zu genießen wurde ein Recht des einfachen Mannes und ist es geblieben. Man feiert die Freiheit und die Gleichheit jeden Tag, indem man dem Genuss Respekt entgegenbringt. Das Essen ist unsere Religion, war es zumindest, bis *MacDo* Einzug gehalten hat. Aber ich weigere mich, dem nachzugeben. Ich sage Ihnen: Essen Sie bewusst, dann ist alles besser zu ertragen.«

Ich lachte auf, ein bisschen verlegen. »Wahrscheinlich haben Sie recht.«

»Natürlich habe ich recht.« Alex bestellte Espresso.

Ich griff nach dem Zucker und ließ das kleine Päckchen enttäuscht wieder auf die Tischplatte fallen: Eine dieser länglichen Tütchen, nüchtern weiß. Sucre – Zucker stand in klaren schwarzen Buchstaben darauf, schräg darunter der Schriftzug des Herstellers. Langweilig!

»Ich sammele. Schon seit meiner Kindheit. Früher waren sie hübscher, *plus variés*, vielfältiger, bunter«, erklärte ich.

Alex lachte: »Lili, Sie sind *mignonne*!« Niedlich.

Mir stellten sich innerlich die Nackenhaare auf. »Marleen. Bitte.«

Da war sie wieder, diese leichte Überheblichkeit, die freundliche Herablassung, die ältere und mächtige Männer so ganz natürlich an sich haben. Als ob man einem kleinen Kind den Kopf streichelt. Wenn er meine Verärgerung bemerkte, so zeigte er es nicht. Wahrscheinlich würde er sie nicht begreifen.

»Noch eine kleine Tour durch die Altstadt?«, bot er an.

»Oh ja, sehr gern!«, sagte ich ein wenig beschwipst. Er bot mir seinen Arm wie ein altmodischer Kavalier, und ich hängte mich bei ihm ein.

Man merkte dem Städtchen noch seinen alten Hauptstadtstolz an. Die Häuser waren von einer verblassten Eleganz, wie verarmte Adlige. Das Geld war längst weitergezogen: Die Geschäfte stellten in ihren Fenstern preiswerte und praktische Waren aus: Lebensmittel, Haushaltswaren und Jagdbedarf. Die wenigen Boutiquen dagegen kamen mir überteuert vor, und die Ware sah nach indischer Fertigung aus.

Alex gab mir eine historische Kurzfassung: Römische Bastion auf dem Weg über die Alpen, religiöse Hauptstadt im Mittelalter, Geburtsort der fabulösen Vier Königinnen, nach denen heute Marmeladen, Parfums und Bonbons benannt werden und die durch ihre Heiraten die Geschicke der Provence bestimmt haben: Marguerite, die einen französischen König ehelichte und damit französischen Ansprüchen die Tür öffnete; Eleonore ging nach England an Henri III.; Sancie wurde an einen Sohn von John-ohne-Land und späteren deutsch-römischen König vergeben; Béatrix wurde die Frau eines Königs von Neapel und damit Vorgängerin der blutigen Johanna, die drei Ehemänner überlebte und Avignon an den Papst verschenkte. Hier waren sie aufgewachsen, sonntags in diese Kirche dort gegangen. Troubadoure, die Popsänger des Mittelalters, hatten sie besungen. Es hatte sie wirklich gegeben.

Währenddessen hatte Alex mich sanft zu einem prächtigen gotischen Brunnen gelenkt und wies auf ein Detail: Ich beugte mich vor, sah genau hin und wurde rot. Alex warf den Kopf in den Nacken und lachte laut. Es zeigte zwei grobschlächtige Figuren, Männlein und Weiblein Kopf-an-Schoß, das Weiblein mit dem Penis der männlichen Figur im Mund. Hitze stieg mir in die Wangen, und ich schaute verlegen weg. Ein vorübergehender Bäckerlehrling grinste sich eins. Immer noch lachend brachte Alex mich zurück zum Wagen. Ich brauchte eine ziemliche Zeit, um die Fassung zurückzugewinnen. Das blieb die einzige Anspielung dieser Art an diesem Tag. Der schlaue Silberfuchs hatte seinen Punkt gemacht.

7.

Mit einem schrillen Pfiff breitet das Rotkehlchen seine Flügel aus. Zu spät. Ich lande mit beiden Vorderpfoten und schnappe zu. Heißes Blut auf meiner Zunge. Das Herz des Vogels rast. Sonst verhält er sich still. Ich beiße stärker zu, schüttele ihn. Wehr dich, mach was! Das Herz hört auf zu schlagen. Sie sind nicht sehr haltbar. Mit Mäusen kann man länger spielen. Der Vogel liegt vor mir auf dem Weg, riecht appetitlich. Aber ich bin satt. Ich beschließe, ihn der dicken Frau zu bringen.

Ich nehme ihn wieder auf, sanft diesmal, um ihn nicht weiter zu beschädigen, laufe zur Küchentür und lege ihn auf die Stufe.

Mrrrau!

Sie kommt. Die Filzpantoffeln klatschen, und der Boden vibriert unter ihrem schweren Schritt.

»Oh, Madame! Ein Vogel, oh! Aber Sie sollen doch nicht…«

Sie wagt es nicht, mir Vorwürfe zu machen, hebt den Vogel auf, nimmt ihn mit hinein. Gleich wird sie mir Ziegenrahm bringen, fett und süß. Sie kommt zurück. Die Porzellanschale gibt einen hellen, feinen Ton von sich, als sie auf den Fliesen abgesetzt wird. Die Dicke setzt sich zu mir und streichelt mir respektvoll den Nacken, während ich mich am Rahm ergötze. Nicht wie die Neue, die mich hochhebt und an sich drückt, als wäre ich ein Kinderspielzeug. Ich halte inne. Rahm tropft mir vom Bart. Ich schaue hoch in ihr großes Gesicht. Wie ein Mond schwebt es über mir.

Ich kenne dieses Gesicht. Es hat einen Namen. Das irritiert mich. Ich setze mich auf die Hinterläufe und blicke unverwandt in diesen weichen, teigigen Mond über mir. Odile. Ja, Odile. Und da ist mehr. Ich weiß Dinge von ihr. Schlimme Dinge. Sie hat niemanden mehr als mich. Muss immer bei mir bleiben. Arme Odile! Ich senke meinen Kopf und stoße gegen ihre fetten Knie, die aus den Kniestrümpfen quellen. Sie mag das. Es beruhigt sie.

Ein Ruck durchfuhr mich. Ich hatte das Gefühl zu fallen und riss die Augen weit auf. Sonnenstrahlen fielen durch die angelehnten Fensterläden und bemalten die Umrisse der Möbel mit einem hellen Streifen. Ich bewegte die Füße, dann die Beine und stellte halb bedauernd fest, dass es möglich war. Keine Katze. Hatte ich tatsächlich von der Katze geträumt? Nein, ich hatte geträumt, ich sei die Katze! So realistisch war dieser Traum gewesen, dass ich noch meinte, Vogelfedern auf meinen Lippen zu spüren. Unwillkürlich runzelte ich die Stirn und rieb mir mit der Hand über den Mund.

Kopfschüttelnd warf ich die Decke zurück und schlüpfte in meine Sandalen, um ins Bad zu gehen. Aus dem Treppenhaus erklang Musik. Ich erkannte Berlioz.

Als ich in die Küche kam, saß Stéphane schon am Tisch. Die Katze sprang von der Waschmaschine herunter und begrüßte mich, indem sie buckelnd um meine Beine strich.

»Wo warst du denn heute morgen, du Ungetreue?«, fragte ich. »Ich hatte kalte Füße.«

»Da haben Sie ja eine Eroberung gemacht!«, sagte Stéphane. »Siehst du das, Odile?«

Ich zog den Stuhl gegenüber von Stéphane heraus und setzte mich. »Ja, ich fürchte, sie schläft in meinem Bett – also in dem Bett von ... Darf sie das?«

Eine Kaffeeschale stand bereits am Platz, dazu eine Serviette und ein Messer. Nur das Nötigste. »Darf ich?« Ich griff nach der Kaffeekanne und goss mir ein.

»Sie schläft in Ihrem Bett?«, hörte ich Odile fragen. Empört, entsetzt? Sie klang irgendwie aufgeregt.

»Ja. Aber ich wüsste nicht, wie ich das verhindern sollte. Sie tut es einfach«, antwortete ich, während ich mir Aprikosenmarmelade auf eine Scheibe Baguette strich. »Es stört mich nicht.«

Aus den Augenwinkeln nahm ich wahr, dass Odile mich anstarrte. Stéphane grinste. »Das stört Sie nicht? Aber das ist eine besondere Ehre! Odile glaubt nämlich, dass der Geist meiner Tante in der Katze steckt.«

Hinter mir wurde ein Topf scheppernd abgesetzt.

»Stimmt doch, oder?«

Kein Wort von Odile.

»Sie ist eigentlich eine gute Katholikin, aber da hält sie es mit den Buddhisten. Oder sind es Hindus, die glauben, dass die Seelen gleich nach dem Tod wieder in eine andere Gestalt versetzt werden? Das Rad des Karma? Wie denken Sie denn darüber?«

»Ich weiß nicht.« Darüber hatte ich mir nie den Kopf zerbrochen. Laut meinem Vater, dem evangelischen Pfarrer, gab es das Rad des Schicksals nicht. Jeder hatte ein Leben, einen Durchgang sozusagen, und wenn man den versaute, dann konnte man nur noch auf Gnade hoffen. Eine zweite Chance gab es nicht. Und auf jeden Fall habe ich noch nie an Geistergeschichten geglaubt.

»Wer als Tier wiedergeboren wird, der hat was falschgemacht im Leben und muss auf einer niedrigeren Stufe noch mal anfangen. Oder, Odile? Was hat meine Tante denn abzubüßen, dass man sie in so ein räudiges Katzenvieh steckt, hm?!«

Odile schwieg hartnäckig. Ihr Ärger stand dick in der Luft, man hätte sich eine Scheibe abschneiden können.

Ich stand auf und nahm meine Zigaretten.

Stéphane musterte mich von oben bis unten. »Sie sollten sich lieber was Festes anziehen, Laufschuhe und ein Hemd oder etwas, das die Arme bedeckt. Und einen Hut! Die Sonne sticht schon, und Sie sind nichts gewöhnt.«

»Wo wollen Sie denn hin mit mir?«

»Lassen Sie sich überraschen!«

Ich ging mich umziehen und dann in den Hof, rauchen. Ein Maurer arbeitete an einem der Seitengebäude, jedenfalls wenn es nicht wieder ein verkappter Graf war. Er war klein und rund; ich schätzte ihn auf sechzig oder drüber. Eine Schrumpfversion von Obelix mit Kugelbauch und grauem, drahtigem Pferdeschwanz.

»Bonjour!«, grüßte ich.

»Madame!« Er tippte sich an seine Wollmütze, und sein schwartiges Gesicht überzog sich mit Lachrunzeln. Definitiv über sechzig.

»*Pas mal de boulot*«, sagte ich konversationshalber, ganz schön viel Arbeit.

Sofort und gern ließ er die Kelle sinken und gesellte sich zu mir. Ich bot ihm eine Zigarette an. Er lehnte ab. »Nicht gut!«, erklärte er mir in der Babysprache, die viele Leute Ausländern gegenüber annehmen, gleich ob ihr Gegenüber sich gewählt ausdrückt oder nicht. Ich lachte und zuckte die Achseln.

»Ah-ja«, seufzte er dann. »Viel Arbeit! Viel, viel Arbeit! Und Geld, *ou-la-la*!« Er wedelte mit der Rechten, spitzte die Lippen und machte ein hohes, pfeifendes Geräusch. »Fou! Dabei ist es so ein schönes Anwesen!«

»Es sieht ein bisschen geflickt aus«, bemerkte ich, um ihn zum Reden zu bringen, »von jeder Stilepoche etwas.«

Und schon ging es los: »Ah, das Anwesen hat eine lange Geschichte! Der Fels war seit der Steinzeit bewohnt. Beim Brunnengraben haben sie Pfeilspitzen gefunden. Und eine Schicht weiter oben römisches Glas. Die Römer haben ein Oppidum drauf gebaut, um den Weg durch die Schlucht zu kontrollieren. Wann dann die Burg gebaut wurde, weiß man nicht genau. Seit dem dreizehnten Jahrhundert ist sie nachgewiesen im Besitz der Familie Armand; im siebzehnten haben sie das Wohngebäude hinzugefügt. Während der Revolution wurde es geplündert.« Er beugte sich näher zu mir und raunte in verschwörerischem Ton: »Einer ihrer Vorfahren ist auf der Guillotine gestorben!« Eine Hand fuhr vor dem Hals entlang. »Krk! Er war Sekretär des Papstes – in Avignon!«

»Und dann stand es sicher lange leer?«

»Hundert Jahre lang.« Ein Dornröschenschloss. »Der alte Graf Hugues hat mit der Restaurierung schon angefangen, aber dann kam der Krieg, und da hat das Hauptgebäude einen Treffer abgekriegt. Und dann wurde sein Sohn über der Normandie abgeschossen. Danach hatte er keinen Antrieb mehr. *Eh bèh*! Ein Jammer. Und seine Tochter, Gräfin Estelle, hat sich lieber an der Côte aufgehalten, früher, bevor ... Na ja, Stéphane würde gern, aber wovon? So tut er eben das Nötigste, wann immer ein wenig Geld hereinkommt, und ich helfe ihm.«

Es klang, als sei diese Hilfe von reinem Idealismus getragen. Ehe ich den Mann weiter löchern konnte, kam Stéphane aus dem »Wappenkeller«, wie ich die Eingangshalle für mich getauft hatte.

»Aimé! Ich bezahl dich nicht fürs Schwatzen«, rief er, aber es klang freundlich, kumpelhaft, und der Maurer machte sich grummelnd wieder ans Werk.

Der Himmel war wolkenlos, und es versprach warm zu werden. Die Mehlschwalben, die ihre Nester unter das Dach geklebt hatten, schleppten bündelweise Insekten heran. Stéphane ging zum Parkplatz voraus, warf einen Armeerucksack und einen metallbeschlagenen Wanderstock in einen zerbeulten Geländewagen.

»Zünftig!«, grinste er mit Blick auf meine Gucci-Brille und das schwarze Basecap, das ich mir über die blonden Stoppeln gezogen hatte. »Ich hoffe, Sie haben sich den Nacken eingecremt.« Hatte ich. Schließlich war ich Mutter dreier Kinder.

Im Gegensatz zu Alex fuhr Stéphane schweigend und konzentriert, beide Hände am Steuer. Es ging hinunter, ein kurzes Stück Asphaltstraße entlang durch die Schlucht, dann auf einer schmalen Steinbrücke über den Fluss. Er bremste und fuhr extrem langsam über die Brücke. Die seitlichen Mauern schrammten fast am Blech entlang. Es war Zentimeterarbeit.

»Römisch«, erklärte er. »Die haben nachhaltig gebaut! Aber nur für Reiter und Karren natürlich. Breitere Wagen kommen hier nicht durch.«

Nach zehn Minuten Fahrt immer bergauf kamen wir auf eine Hochebene. Ein paar hundert Schafe und einige Ziegen weideten verstreut auf dem ziemlich kahlen Boden. Nur Disteln und Lavendelsträucher hatten sie stehen lassen. Hellgraue Felsbrocken leuchteten aus der zertrampelten Erde. Sie erinnern mich immer an halb vergrabene Knochen, an die griechische Sintflutsage: Wirf die Gebeine deiner Mutter hinter dich, sagt Zeus zu Deukalion und seiner Frau Pyrrha. Erst sind sie entsetzt, und dann verstehen sie, dass die Steine gemeint sind, und daraus entstehen neue Menschen. Als mein Vater das mal in einer Sonntagspredigt erwähnte, haben Laura und ich einen ganzen Nachmittag lang Steine hinter uns geworfen. Hinterher haben wir Papa gesagt, dass das Lügengeschichten sind und er als Pfarrer sich lieber an die Bibel halten solle.

Zwei Hunde, ein Border Collie und ein Schäferhundmischling kamen angetobt und sprangen an Stéphane hoch. Der Schäfer stand ein Stück weit weg, still auf seinen Stab gestützt.

»Ciao Bernard!«, rief Stéphane. Der andere kam heran, ein junger Mann mit verfilztem Lockenkopf und grober, sonnenverbrannter Haut. Er roch ungewaschen und so durchdringend nach kalten Zigaretten, dass ich unwillkürlich an meinem Ärmel roch und mir wieder einmal schwor, mit dem Rauchen aufzuhören. Bald. Aber nicht heute.

Stéphane drückte dem Mann seine Wagenschlüssel in die Hand. Der nickte kurz, startete den Jeep und fuhr davon.

»Auf geht's. Haben Sie schon mal Schafe gehütet? Nein? Ich mache das gern. Ein oder zwei Mal die Woche hüte ich, dann hat Bernard mal frei und kann seine Besorgungen erledigen.« Er rief den Hunden etwas zu. Sie sausten los, umkreisten die Herde. Schwerfällig wie eine zähe Masse setzte die Herde sich in Bewegung, und wir folgten ihr. Zertretene Kräuter erfüllten die Luft mit ihrem scharfen, sauberen Duft.

»Sind das alles Ihre Schafe?«, fragte ich.

»Ja, obwohl es sich kaum lohnt. Aber es ist ein traditionelles Gewerbe, und ich möchte es gern erhalten.«

Er bemerkte meinen zweifelnden Blick »Nicht standesgemäß? Früher vielleicht nicht. Aber heute sind die Adligen berufstätig wie andere Leute auch. Wir sind Bauern, Industrielle, Ingenieure ... Ich habe mehrere Standbeine, wie jeder: ein bisschen Holzhandel, Wolle, Lavendel. Ich möchte das Schloss so weit herrichten, dass ich auch Zimmer vermieten kann, in kleinem Stil, wissen Sie, so *Bed and Breakfast.*«

Zu mehr reicht's auch nicht, dachte ich. Ein herrliches Ambiente, aber wie will man in die winzigen Zimmer Bäder einbauen? Allein die steile Treppe!

»Es soll alles wieder so schön werden, wie es einmal war«, schwärmte Stéphane weiter. »Das bin ich meiner Tante schuldig.«

Eigenartig: Hatte der Maurer nicht gesagt, dass sie sich gar nicht für das Anwesen interessiert hatte?

»Haben Sie ihre Tante gerngehabt?«, fragte ich.

»Wie? Warum denn nicht? Ach, wegen dem Katzenvieh? Damit habe ich bloß Odile aufziehen wollen.« Er gluckste jungenhaft. »Ich sollte sie nicht ärgern, aber ich kann's einfach nicht lassen. Sie ist abergläubisch wie nur noch wenige der Alten. Achten Sie mal auf die Mariendisteln, die sie in der Küche an den Deckenbalken genagelt hat. Und auf die Zeichen, die sie macht, wenn sie sich unbeobachtet fühlt. Die zwei, die haben sich verstanden, sie und meine Tante. Ständig haben sie irgendwelche Kräutermischungen gebraut.«

»Wie lange ist Odile denn in Diensten gewesen?«

»Hm, da muss ich mal rechnen ... sie ist vier, fünf Jahre vor mir gekommen, vor etwa dreißig Jahren. Sie war damals in einer sehr schwierigen Lage. Da hat meine Tante sie als Haushälterin eingestellt. Und seitdem ist sie natürlich eine Heilige gewesen für Odile.«

Ein uneheliches Kind? Nein, das konnte es nicht gewesen sein. Das wäre immerhin schon in den – neunziger Jahren gewesen. Da dürfte das nicht so ein Problem gewesen sein, nicht mal auf dem Dorf. Es ging mich ja auch nichts an. »Und jetzt, da ihre Tante verstorben ist? Ist Odile nicht im Rentenalter?«

»Schon. Aber sie will nicht ins Dorf zurück. In ein Altersheim schon gar nicht. Und ich kann sie unmöglich rausschmeißen. Wo sollte sie denn hin? Sie besteht darauf, mir den Haushalt zu führen. Aber für die schweren Arbeiten, wischen, bügeln und so, kommt eine Nichte von ihr aus dem Dorf, und die bezahle ich – heimlich, hinter Odiles Rücken. Sagen Sie ihr ja nichts davon.«

Die ganze Zeit ging es aufwärts, in sanfter Steigung zwar, aber bergauf. Was von weiter unten wie ein kegelförmiger Gipfel ausgesehen hatte, zog sich dahinter immer weiter zu einem langen Kamm, hellgrau und von Bruchspalten zerfurcht.

»Ihre Tante, wie war sie?« Ich blieb stehen und zerrte an einem Socken, der immer wieder von den Wanderschuhen gefressen wurde. Ausgerechnet heute hatte ich Rutschesocken erwischt! »Ich bin hoffentlich nicht zu neugierig? Aber irgendwie beschäftigt mich das, nachdem ich schließlich in ihrem Zimmer wohne und das Porträt im Musikzimmer gesehen habe.« Ich war gewohnt, dass mir Leute ohne Scheu alles Mögliche erzählten. Der Vorteil meines Mause-Daseins. Wahrscheinlich wirke ich so harmlos.

»Nein, ist schon in Ordnung. Wie war meine Tante? Tja – manche Leute hier im Dorf haben sie wohl für schwierig gehalten, arrogant. Es hat da so eine Geschichte gegeben, während des Krieges. Danach hat sie den Kontakt zu den Dörflern vermieden, und die jede Berührung mit ihr. Aber zu mir war sie fürsorglich und später sogar ... liebevoll. Manchmal zu liebevoll.« Sein Ton klang bitter, ich schaute ihn von der Seite an. Aber er lächelte schon wieder und sprach rasch weiter. »Sie hat mich aufgenommen, als ich sieben Jahre alt war. Meine Eltern sind bei einem Autounfall ums Leben gekommen.«

»Das tut mir leid«, sagte ich automatisch.

»Muss es nicht. Das ist lange her.«

»Wo hatten Sie vorher gelebt?«

»In Marseille.«

»Oh! Und dann plötzlich hierher?«

»*Eh! Allez chercher!* Hol sie, such sie!« Abrupt wandte er sich von mir ab, brüllte und pfiff den Hunden. Einige der Schafe waren einem Abbruch gefährlich nahe gekommen. Er rannte den Abtrünnigen ein Stück weit hinterher, riss ein Grasbüschel mit einem Klumpen Erde aus und warf es nach einem der Mutterschafe. Protestierend wechselte das Tier die Richtung. Seine zwei Lämmchen hoppelten stelzbeinig hinterher.

»Blöde Biester! Da denken die Leute immer, Schafe hüten sei für Dorftrottel und Faulpelze. Ziegen hüten, ja, das ist einfach, das kann jedes Kind. Ziegen sind schlau, die wissen selbst, was gut für sie ist. Aber auf Schafe muss man höllisch aufpassen. Und wehe, wenn einmal die ganze Herde ins Laufen kommt, dann sind sie nicht zu stoppen.« Der Collie kam angetrabt und sah seinen Herrn mit blanken Augen an. »Ja, mein Guter. Braver Hund, auf dich kann man sich verlassen.« Er beugte sich zu dem Collie herunter und tätschelte die graue Schnauze. »Der Hund wird alt. Aber er lässt den Neuen nicht richtig arbeiten, ist eifersüchtig. Und so müssen wir manchmal die Beinarbeit machen. So ist das.«

»Von Marseille nach Armand, das muss ja ein ganz schöner Schnitt gewesen sein für einen halbwüchsigen Jungen«, erinnerte ich vorsichtig, als wir weitergingen. Winzige wilde Orchideen blühten zu beiden Seiten des Weges.

»*Eh bèh*, das war ein ganz schöner Schock!«, sagte Stéphane. »Das können Sie sich ja wohl vorstellen. Ich, frisch aus der Großstadt, plötzlich ins Nirgendwo versetzt. Meine Eltern weg, meine Freunde weg. Meine Schule weg, kein Kino, keine Läden. In den Achtzigern gab es noch nicht mal Touristen hier oben. Rein gar nichts. Ich habe es gehasst. Absolut tote Hose! Zwei alte Tanten, mit denen ich nichts anfangen konnte. Odile war über vierzig – eine Oma für mich! Und Tante Estelle – sechzig, scheintot!«

Ein dunkelgrüner Peugeot Kastenwagen holperte durch schlammgefüllte Schlaglöcher zum Schloss hinauf. Knabenschuh-Orchideen und wilder Schnittlauch blühten am Wegesrand. Ziegen weideten auf der Böschung.

»Schau, sie haben Zicklein!«, sagte der Fahrer über die Schulter.

»Kackziegen«, kam es vom Rücksitz.

Von oben rollte ihnen eine junge Frau auf dem Fahrrad entgegen und hielt neugierig an, um durch die schmutzigen Scheiben zu spähen. Es war ein Herrenrad. Ihr kurzer Rock bauchte sich über der Stange. An den Füßen trug sie rosa Tennisschuhe mit Pailletten.

Ein Pfarrer im dunklen Anzug mit Kollar saß am Steuer. Das Mädchen grüßte respektvoll. Als der hintere Teil des Wagens vorbeiglitt, beugte es sich vor. Ein schmächtiger Junge drückte sich in den Rücksitz, eine Puppe an sich gepresst. Das Mädchen klopfte an die Scheibe und winkte ihm zu, aber er sah starr geradeaus. Sie streckte ihm die Zunge heraus.

Dann nicht!

Oben angekommen, hielt der Pfarrer vor dem Tor, hupte zwei Mal und stieg aus. Er öffnete den Schlag: »Nun komm, wir sind da!«

Gehorsam stieg der Junge aus.

»Hab keine Angst«, sagte der Priester wohl zum hundertsten Mal. »Es wird dir hier gefallen. Da, schau dich nur um, wie ich versprochen habe: Du wirst in einem richtigen Schloss wohnen.«

Der Junge sah nicht auf, kickte einen Stein vom Weg. »Kackschloss.«
»Jetzt ist es aber genug!« Die priesterliche Geduld hatte ein Ende. »Du solltest Gott dankbar sein. Andere Kinder in deiner Lage müssen in ein staatliches Heim. Da ist es längst nicht so schön wie hier! Du aber hast eine Blutsverwandte, die dich aufnimmt. Du hast ein Zuhause, und es wird dir an nichts fehlen! Und jetzt tu die verflixte Puppe weg und steh gerade, was soll denn deine Tante von dir denken, Stéphane!«
»Ist mir egal. Kacktante.«
Monseigneur Lafitte kniff die Lippen zusammen und zerrte einen schweren Lederkoffer vom Beifahrersitz. »Da, deine Sachen.«
»Will sie nicht.«
Der Pater zuckte die Achseln und stellte den Koffer in den hellen Staub. Undankbarer Bengel – zum Glück nun nicht mehr seine Verantwortung.
Ein Torflügel öffnete sich von innen, und eine hübsche dunkelblonde Frau trat heraus.
»Madame la Comtesse d'Armand?«
»Ich bin die Haushälterin. Ist er das? Komm, Stéphane, ich soll dich zu deiner Tante bringen. Bleiben Sie einen Moment, Hochwürden? Ich habe etwas zu essen für Sie warmgehalten.«
Aber der Priester stieg schon wieder in den Wagen ein. »Vielen Dank, nein. Es ist ein langer Weg zurück nach Avignon.«
Er ließ den Motor an und rollte los. Als der Wagen den geteerten Weg erreichte, kam Leben in den Jungen. »Halt! Warten Sie!«, schrie er. Tränen liefen ihm über die Wangen. »Lassen Sie mich nicht hier! Ich will nicht hierbleiben! Ich will nach Hause!« Er lief neben dem Auto her und riss am Türgriff. Der Pater gab langsam Gas, und schließlich musste der Junge loslassen.
»Komm schon«, rief es von oben. »Was für ein Theater! Los! Deine Tante wartet nicht gern!«
Stéphane blieb stehen und wischte sich mit dem Ärmel über die Nase. Der Wagen verschwand hinter einer Kurve, und bald erstarb auch das Motorengeräusch.

»Arsch!«, sagte der Bengel laut und vernehmlich, wandte sich um und stakste zum Schloss zurück, seine Bewegungen so steif und ungelenk wie die eines Fohlens.
»Na, na, hast du gerade ›Arsch‹ zum Pfaffen gesagt? Lass das bloß Madame nicht hören, aber ich sag's ihr nicht. Komm, Böckchen.« Odile lachte und fuhr ihm über das Haar. »Wir fressen dich nicht.«
Unwillig warf er den Kopf zurück.
»Eh bèh! Ich verstehe. Du bist ein großer Kerl und willst nicht angefasst werden. Auch gut.«
Sie hob den Koffer hoch und ging hinein. Stéphane folgte ihr, als sei der Boden mit Kaugummi bestrichen, Treppen hinauf und Treppen hinunter bis in den Salon. Seine Tante stand auf, als sie ihn sah, aber sie machte keine Anstalten, ihn zu umarmen, wofür er dankbar war.
Er versteckte seine Puppe hinter seinem Rücken und blickte starr auf ihr Halstuch, das sie mit einer Nelke aus Gold am Kleid befestigt hatte.
»Ach herrje!« hörte er sie sagen. »Hm. Da bist du also. Was machen wir nun mit dir?«
Mürrisch zuckte er die Achseln.
»Spielst du Rugby oder Fußball?«
»Nein.«
»Gut.«
»Machst du noch ins Bett?«
Er schüttelte den Kopf.
Sie setzte sich wieder, um mit ihm auf Augenhöhe zu sein. Stumm betrachteten sie sich.
Nach einiger Zeit wandte die Gräfin sich an Odile.
»Geben Sie ihm das blaue Zimmer. Nicht das von Alexandre und nicht direkt neben meinem.«
»Ja, Madame. Komm, Stéphane!« Die Haushälterin wandte sich um und winkte dem Jungen. Die Hände in den Hosentaschen schlurfte er hinter ihr her, hinunter und über den Hof zum Turm.
»Willst du etwas essen?«
»Bin nicht hungrig.«

Odile nahm den Koffer auf und schleppte ihn ächzend die Treppe hoch. Irgendwann stieß sie eine Tür auf: »Dein Zimmer. Da oben, siehst du, ist das Bad. Ich habe dir schon Handtücher hingehängt, die blauen, das sind deine. Hast du eine Zahnbürste?«
Ein Nicken, kaum wahrnehmbar.
»Abendessen gibt es um halb acht. Deine Tante legt Wert auf Pünktlichkeit. Hast du eine Armbanduhr?«
»Hm.« Er hob den Arm, zeigte seine Uhr, die Armbanduhr eines erwachsenen Mannes, Gold mit Krokodilleder-Armband. Sie hing lose an seinem Handgelenk.
Wahrscheinlich hat die seinem verstorbenen Vater gehört, dachte Odile. Armer Kerl.
»Wenn du irgendwas brauchst, kommst du zu mir, ja?«
»Gibt es hier Kinder?«
»Ja, im Dorf gibt es ein paar Jungs in deinem Alter. Die wirst du schon noch kennenlernen. Es ist gar nicht so schlecht hier, wirst sehen.«
Keine Antwort. Leise schloss Odile die Tür hinter sich.
Der Junge hatte sich auf das Bett gesetzt, baumelte mit den Beine. Dann entdeckte er den Teller mit dem Kuchen auf dem Nachttisch und das Glas Milch.
Odile hörte das Bett knarren, als er sich hinüberlehnte und danach griff, lauschte auf die Pause und wie das Glas klirrend wieder auf dem Tischchen abgesetzt wurde.
Von wegen keinen Hunger – in dem Alter! Zufrieden lächelte sie in sich hinein, während sie hinunter in die Küche stieg.
»Anfangs war es mehr Odile, die sich um mich gekümmert hat. Estelle, meine Tante, hatte all die Jahre allein gelebt und war weiß Gott kein mütterlicher Typ. Aber wir haben uns aneinander gewöhnt. Sie war sehr gut zu mir.« Eine winzige Pause. »So gut, wie sie es verstand.«

»Und, Ihr Cousin?«

Stéphanes Gesicht verfinsterte sich. »Der war da schon längst aus dem Haus. Hat sein Sporthotel an der Küste gemanagt und sich nur alle Jubeljahre mal hier oben blicken lassen.«

Und das war auch besser so, besagte sein Gesicht.

In diesem Augenblick überschritten wir die Hügelkuppe. Ich blieb stehen. Meine Hand flog wie von selbst vor meinen Mund. »Oh!«

Vor uns lag der Mont Ventoux. Majestätisch beherrschte er die Landschaft, hoch und einsam inmitten minderer Hügelketten, die Flanken dunkel, mit Kiefernwald bedeckt. Der Gipfel sahneweiß von Kalkgeröll. Ich hatte ihn zwar schon oft gesehen, aber aus dieser Perspektive, wie er da so plötzlich hinter der Passhöhe auftauchte – beherrschte er alles rundum. Bei diesem Anblick konnte ich gut verstehen, warum die Kelten ihn als heilig betrachteten: Ventour, der Gott mit dem rauen Atem.

Stéphane beobachtete mich und grinste zufrieden, die Überraschung war gelungen.

Ich wies auf die dichten Waldflächen, blauschwarz und hellgrün gefleckt. »Was für Bäume sind das?«

»Auf der Nordseite meist Schwarzkiefern, ein paar Zedern dazwischen. Dazwischen, das Helle, das sind Eichen und Buchen. Können Sie sich vorstellen, dass der Ventoux einmal völlig kahlgeschlagen war? Alle Dummheiten, die man begehen kann, muss die Menschheit erst begehen, ehe sie es besser lernt! Im dreizehnten Jahrhundert hat der Markgraf von Baux der Stadt Bedoin den Berg samt Forst geschenkt – ein politisches Geschenk. Und sie haben sich bedient. Oh ja! Sie haben sich bedient.« Er sprach leidenschaftlich jetzt, breitete die Arme aus, als könne er den Wald da drüben umfassen, schützen. »Geschlagen, verkokt, abgebrannt, um Weiden zu gewinnen, die ältesten Stämme an die Flotte verkauft. Töpfereien, Ziegeleien, Glashütten wurden mit dem alten Wald gefüttert, so lange, bis er fort war. Zu Beginn des neunzehnten Jahrhunderts dann gab es Schlammlawinen. Die Bäche traten über die Ufer, weil das Schmelzwasser nicht mehr am

Berg gehalten wurde. Ganze Dörfer wurden weggespült. Dann erst hat man wieder aufgeforstet. Und im Zweiten Weltkrieg wurde wieder abgeholzt in großem Stil – um Gas für die Fahrzeuge der Armee zu gewinnen. Was Sie da sehen, ist junger Wald.«

»Sie sind ja sehr engagiert. Verstehen Sie etwas davon?«

»Ich habe Forstwirtschaft studiert – gegen den Willen meiner Tante übrigens, die das plebejisch fand. Zuerst habe ich die Uni nur benutzt, um mich herumzutreiben: Philosophie, Astronomie, Kunstwissenschaften, brotloses Zeug, das war in Ordnung für Tante Estelle. Damit konnte sie vor ihren Freunden an der Côte glänzen. Doch dann habe ich mich durchgesetzt, endlich einmal durchgesetzt, und so habe ich auch etwas Nützliches gelernt.« Er lächelte verlegen. »Was für ein Idiot ich war.«

Es hörte sich an, als sei er ein Greis.

»*Voilà!*« Stéphane wies auf eine grasige Mulde an einem Felsen mit Blick auf den Ventoux. »Das ist ein schöner Platz für ein Picknick. Dann wollen wir doch mal sehen, was die gute Odile uns eingepackt hat.«

Er ließ den Rucksack von seinem Rücken gleiten und schlug ein paar Mal mit seinem Stock gegen die losen Steinhaufen. »Damit es keine bösen Überraschungen gibt. Die Vipern sind randvoll Gift jetzt im Frühjahr, wenn sie gerade erst aus der Starre kommen.«

Ich zuckte zusammen. Doch Stéphane ließ sich ins Gras fallen und klopfte neben sich auf den Boden.

Ich zog meine Jacke aus und sah mich misstrauisch um, bevor ich sie auf den Boden warf und mich an den Felsen lehnte.

»Da schau her! Das haben wir bestimmt dem Katzenvieh zu verdanken. Odile meint es gut mit Ihnen, jetzt da Sie von ihrer Katze adoptiert worden sind.«

Er zog eine Bota, einen ledernen Trinkbeutel aus dem Rucksack, einen ganzen Käse, ein rundes Bauernbrot und eine Plastiktüte mit runzligen schwarzen Oliven. »Das kennt man hier nicht, ich hab's aus Spanien mitgebracht, praktisch beim Hüten. Man braucht keine Becher.« Er nahm den Verschluss ab und hielt mir den Beutel hin.

Ich schüttelte den Kopf: »Rotwein am Mittag! Wahrscheinlich können Sie mich nachher den Hügel runterkugeln.«

»Ach was, das ist ein simpler Tafelwein, ein Elfprozenter. Der tut auch nicht viel mehr als Wasser. Wissen Sie, wie das geht, ohne sich zu bekleckern?«

Ja, das hatten wir – kleiner Stich: Leander und ich – auf unserer Hochzeitsreise gelernt.

Schlagartig war alles wieder da: Wie jung wir gewesen waren, die Sonne auf unserer Haut, das Lachen und wie er mir den verschütten Wein von der Haut ... Nein, Schluss damit!

Ich nahm die Bota, schaffte es mit einiger Konzentration, mir einen Schluck in den Mund zu spritzen, ohne mich zu bekleckern, und gab den Beutel zurück. »Gut, der Wein.« Es war tatsächlich ein leichter Roter, aber er hatte einen bittergrünen Geschmack nach zu vielen Stielen; mit einigem gutem Willen hätte man von einer Ahnung roter Johannisbeeren sprechen können. Ein Wein zum Socken zusammenziehen.

»Sie müssen nicht höflich sein.« Stéphane grinste. »Er ist so herb wie die Landschaft und das Klima hier. Die meisten Fremden mögen ihn nicht. Für mich schmeckt er nach Heimat.«

Ertappt. »Okay.«

»Aber er ist schön leicht, gut für mittags, macht keine Birne. Und lass uns mit dem Siezen aufhören, ja?«

Stéphane reichte mir ein Klappmesser, und wir aßen in einträchtigem Schweigen. Meist fühle ich mich in Gesellschaft zum Reden verpflichtet. Doch neben ihm war ich erstaunlich entspannt. Der Wind pfiff in den Felsspalten. Ein paar winzige Vögel tschilpten. Vereinzelt zogen Ufo-Wolken über den türkisfarbenen Himmel. Der Blick ging weit, weit. Noch entspannter, und ich wäre zerflossen.

Und dann bekam ich plötzlich richtig Appetit, wie schon lange nicht mehr. Genüsslich biss ich in mein Sandwich. Die goldbraune Kruste knackte unter meinen Zähnen. Darunter das duftende, flaumig-blasige Innere des Brots, dazu der scharf-würzige Schafskäse und Oliven aus Nyons, schwarze Oliven mit einem geradezu sahnigen Geschmack. Ich aß meine ganze Portion, ohne ein einziges Mal innezuhalten, und leckte mir noch das Öl von den Fingerspitzen. Mit einem zufriedenen Seufzer zog ich meine Zigaretten heraus und steckte mir eine an.

An eine solche Landschaft könnte ich mich gewöhnen, dachte ich. Die Berge nicht so mächtig, dass sie bedrückend wirken, doch nicht so flach, dass sie bloße Hügel wären. Wölbung hinter Wölbung hinter Wölbung lösten die Konturen sich nach und nach im blauen Mittagsdunst auf, versprachen Geheimnisse hinter jedem Kamm, endlos und sanft.

»Es scheint, Sie ... du hast dich an die Einöde gewöhnt«, sagte ich mit geschlossenen Augen.

»Ja. Ich würde nirgends anders leben wollen. – Was ist mit dir, wie lebst du dort, wo du herkommst? Bist du verheiratet, Kinder?«

»Verheiratet... noch... Nein: getrennt.« Ich lachte verlegen. »Hab mich noch nicht ganz dran gewöhnt. Drei Kinder, zwei Mädchen. Die erste, Leonie, ist Ärztin, schon lange aus dem Haus. Die zweite, Vivien, hat gerade ihr Abitur gemacht und ist auch bald raus. Mein Sohn Pascal ist bei der Marine.«

»Und du bist Schriftsteller?« Er sagte *auteur*, eine weibliche Form gibt es im Französischen nicht.

»Das wäre ein bisschen übertrieben. Ich habe Journalistin gelernt und früher ein paar Reisebücher und Reportagen gemacht. Nach dem zweiten Kind habe ich nur noch von zu

Hause aus ein wenig nebenher gearbeitet. Jetzt versuche ich wieder in den Beruf zu kommen.«

»Und was macht dein Mann, Verzeihung – Ex?«

Irgendwie hatte ich es geschafft, tagelang nicht an ihn zu denken, und jetzt tauchte er wieder auf, gleich zweimal hintereinander. Wenn das nichts zu bedeuten hatte! Ich sog heftig an der Zigarette, so heftig, dass sich ein glühendes Stück Asche löste und im Wind davonflog.

»Vorsicht mit den Zigaretten hier oben. Die Kräuter enthalten Öl, sind trocken, und es entsteht leicht ein Brand.«

Ich nickte und hielt die Zigarette so, dass sie in meiner Handfläche geschützt war.

»Ich möchte nicht über ihn reden.«

»Pardon.«

»Schon gut.«

Er griff ins Gras, reichte mir die Bota. Ich trank den letzten Rest aus und genoss den warmen Nebel, der sich in meinem Kopf ausbreitete.

»Du bist nicht verheiratet, oder? Gibt's eine Verlobte? Freundin?«

»Nulle. Personne.« Nichts, niemand. Und wie es schien, mochte auch er nicht darüber reden. Wir schwiegen einträchtig.

Nach einem Stündchen gingen wir weiter. Die Schafe hatten das frische Grün direkt über dem Boden abgenagt.

»Ganz schön kahl hier oben.«

Er zeigte auf die vielen Bohnen, die die Schafe hinterlassen hatten. »Die Schafe nehmen, und sie geben. Sie düngen die Erde. Als es noch die großen Transhumanzen gab, die Viehtriebe in die Alpen, da bezahlte man die Hirten sogar dafür, dass ihre Schafe über Nacht blieben. Wenn man nicht immer an derselben Stelle steht mit ihnen, wächst das Gras schnell wieder nach. Nein. Hier oben haben die Köhler gelebt, die *bouscatié*, und die haben alles verkokt, was sie nur zu fassen kriegten. In der Not nach dem Krieg hat man auch noch die letzten Bäume freigegeben. Und anders als am Ventoux wird hier nicht aufgeforstet. Aber du kannst mir helfen.«

Er holte eine Plastiktüte vom Grund des Rucksacks und hielt sie für mich auf. Sie war mit feuchten Eicheln gefüllt.

»Du darfst mich nicht verraten. Das ist Gemeindeland.«

Er warf einen Blick auf die friedlich grasende Herde und reichte mir seinen Hirtenstock. »Da, du stichst die Löcher, und ich stecke die Eicheln hinein. Etwa so tief, wie das Metall geht.«

Er zeigte mir wo, und ich stach Löcher in den karstigen Boden. Er griff in die Tüte, versenkte je eine Eichel hinein und scharrte mit der Stiefelspitze etwas Erde darüber.

»Ich habe sie über Nacht eingeweicht. Mit etwas Glück keimen sie.«

»Und wachsen? Ist es hier nicht zu trocken?«

»Vielleicht geht eine Hälfte an. Davon übersteht noch mal eine Hälfte die ersten drei Jahre. Einen Teil holt das Rotwild. Der Rest hat gute Chancen.«

»Mühselig!«

»Schon, aber es lohnt sich. Da unten, das sind meine.« Er zeigte auf eine Gruppe junger Eichen in einer Mulde.

»Die hast du gepflanzt?«

»Ja, vor achtzehn Jahren. Ich habe damit angefangen, kurz nachdem ich hergekommen bin. Tante Estelle war froh, wenn ich irgendwie beschäftigt war, und da bin ich oft mit dem Schäfer mitgelaufen. Er hat mir das gezeigt mit den Eicheln. Und nachdem er mir erzählt hatte, wie lange Bäume leben können, da habe ich es zuerst für meine Eltern getan. Es hat mir geholfen, über ihren Tod wegzukommen.« Er richtete sich auf und blickte über die kahlen Hügelkuppen. »Jetzt tue ich es für das Land. Wenn ich Geld hätte, würde ich gern großflächig aufforsten. Bäume sorgen mit ihrem weitverzweigten Wurzelwerk dafür, dass das Wasser im Boden gehalten wird. Dann kämen eines Tages vielleicht sogar die Quellen zurück. Man könnte hier oben wieder leben, sogar Korn anbauen – wie früher.«

Er trat die Erde mit dem Absatz fest. »So. Das war die letzte für heute.«

Wir machten uns auf den Rückweg.

»Und warum tust du das insgeheim? Das ist doch eine gute Sache.«

»Wenn man das offiziell machen will, muss ein Antrag gestellt werden, dann eine Kommission gebildet werden, die bestimmt, welche und wie viele Bäume gepflanzt werden sollen. Die streiten sich jahrelang herum. Dann muss das Einverständnis der einzelnen Besitzer geholt werden *et patati et patata* – und so weiter und so fort. Nein, darauf habe ich keine Lust.«

»So, so, Herr Graf sind ein Rebell.«

Er bückte sich und hob etwas auf: »Da, ein Andenken.« Er hielt mir einen runden, flachen Gegenstand hin, einen handtellergroßen Ammoniten, hellgrau und etwas abgeschliffen.

»Danke!« Ich ließ ihn in meine Hosentasche gleiten. Darüber würde Vivien sich freuen.

Wir trieben die Herde nach unten zum Bach, um sie trinken zu lassen. Eine Gruppe Radtouristen hielt an, um uns von der Straße aus zu fotografieren.

»Demnächst findest du dein Foto irgendwo mit der Unterschrift *Provenzalische Hirtin.*« Stéphane lachte und spritzte mich nass. Ich spritzte zurück. Er nahm seine Brille ab, um sie zu putzen, und blinzelte mich dabei kurzsichtig an. Ohne Brille sahen seine Augen größer aus, tief und seelenvoll – italienische Augen.

Als wir wieder oben ankamen, wartete der junge Schäfer schon auf uns. Wir stiegen in den Geländewagen und fuhren zum Schloss zurück.

»Danke für den schönen Tag«, sagte ich. »Und danke, dass ich bei dir wohnen darf. Das ist eine wunderbare Chance für mich.«

Er winkte ab. »*Eh bèh!*«

Auf dem Parkplatz trafen wir Alexandre. Er fluchte. »Verdammtes Katzenvieh! Es hat in meinen Wagen gepinkelt!« Bückte sich und rieb wütend auf dem Leder des Fahrersitzes herum.

Stéphane grinste so zufrieden, als hätte er das persönlich in Auftrag gegeben.

Meine Füße taten viel zu weh, um zum Abendessen ins Dorf zu laufen. Ich griff mir eine Packung Vollkornkekse, meinen Reader und verzog mich in den Rosengarten.

Bing, WhatsApp von Aenne: *Wann kannst du erste Textproben schicken?*

Oh Gott! Jetzt wurde es ernst.

Übermorgen, tippte ich zurück.

Ok. Was hast du heute gemacht?

Bäume gepflanzt.

??

Warte und lies.

Ok. Und – gibt's ein Schlossgespenst?

Sitzt neben mir. Miou war lautlos aufgetaucht. Ich fotografierte sie und schickte das Foto an Aenne.

Bing! Unter Aennes Nachrichten war auch eine von Leander aufgeploppt. Mein Magen fing automatisch an zu brennen.

Erfahre gerade, dass Madame geruhen, sich »auf Reisen« zu befinden. Was treibst du eigentlich?

Ich arbeite. Das wolltest du doch.

Ja, klar, du schreibst ein Reisebuch, hat Leonie mir erklärt. Lächerlich. Was soll das bringen? Du – Schriftstellerin? Geh lieber zum Arbeitsamt. Auf mein Geld kannst du dich nicht mehr lange stützen.

Ich seufzte, tippte aufs Display: *Danke. Du bist aufbauend wie immer.*

Und du hetzt unsere Kinder gegen mich auf. Du bist wirklich das Allerletzte.

Ich habe nichts dergleichen getan – wieso?

Keine Antwort. Er hatte den Austausch beendet.

Ich rief Leonie an.

»Dumont, ja?« Gehetzt.

»Mam hier. Entschuldige, bist du im Dienst?«

»Ja, was ist?«

»Dein Vater wirft mir vor, ich hätte ihn gegen euch aufgehetzt. Ist was vorgefallen?«

»Ach was, der spinnt wieder«, gab meinen Älteste zurück. Im Hintergrund hörte ich eine Fahrstuhltür und das quietschende Rollen eines Krankenbetts auf Linoleum. »Papa hat rausgekriegt, dass wir allein sind, und nun meint er sich kümmern zu müssen. Dabei nervt er nur. Hatte Krach mit Vivien.«

Miou schmiegte sich an mich und schnurrte wie eine Nähmaschine. Ich streichelte sie ein bisschen geistesabwesend mit der Linken.

»Worum ging es? Lass mich raten, mal wieder die Journalismusnummer.«

»Genau.« Ich hörte, wie Leonie die Hand über dem Handy schloss, ein verrauschtes »Frau Friedeberg in OP 3«, dann war sie wieder da: »Er meint, dass Vivien Kunst studieren will, sei Quatsch, brotlos und so weiter und so fort. Und jetzt hat er ihr ein Praktikum bei der Zeit besorgt.«

»Aber Vivien hat sich doch selbst schon eines besorgt.« – Nachdem er ihr monatelang seine Hilfe versprochen hatte und nichts passiert war. Nun hatte sie eine Zusage von einem Theater in Zürich, als Kulissenmalerin. Und sie freute sich wie verrückt darauf.

»Ja. Hat sie ihm gesagt. Aber Papa hat sie angeschrien, das sei doch nichts. Und sie hat ihm gesagt, er kann sich Die Zeit sonst wohin stecken.«

Ich musste kichern. Geschah ihm recht.

»Sie lässt sich aber nicht breitschlagen, oder?« Leander war groß im Breitschlagen.

»Nö. Du kennst ja Vivien. Du, Mam, ich muss jetzt ...«

»Kuss, Große!«

»Kuss, Mam!«

Ich versuchte, Vivien zu erreichen, bekam aber nur den Anrufbeantworter: »Hi, hier ist Vivien. Kann grad nicht. Quatsch hier drauf, okay?«

8.

Manche Tage sind wie unangenehme Nachbarn: Man muss sie über sich ergehen lassen, auf der Treppe stehen bleiben, sich höflich unterhalten, denn schließlich kann man ihnen nicht ausweichen. Und wenn man sich etwas anmerken ließe, dann würden sie nur noch unangenehmer.

Ich hatte gute Fortschritte gemacht, dachte ich jedenfalls, hatte die ersten Texte geschrieben, unter den gestrengen Augen von Madame la Comtesse im Musikzimmer.

Ich hatte einen Fotografen aufgetrieben, einen jungen Engländer, dessen Fotos immerhin als Kalender erschienen. Er wohnte in einer zweihundert Jahre alten Schäferei im Nirgendwo, eigenhändig wieder aufgebaut, wie er mir erzählte. Das Mobiliar war bunt lackierter Sperrmüll. Viel Geld hatten die Aussteiger nicht. Seine Frau arbeitete gegen den gesetzlichen Mindestlohn »SMIC« in einer Töpferei und bemalte tagein, tagaus provenzalische Heiligenfiguren, Santons. Bei Salbeitee aus dem Garten und Honig von den eigenen Bienen hatte er mir seine Arbeiten gezeigt, und ich war begeistert gewesen. Ich hatte ihn gebeten, Aenne ein paar Fotos zu schicken, eins mit einer blauen Hügelkette im Nebel und eins mit einer uralten Feldsteinhütte.

Ich war rundum zufrieden mit mir: Das Kapitel mit der Käsehändlerin geschrieben, den Ölmüller und den Markt von Nyons, Fotograf dazu gefunden und gleich noch ein paar netten Leuten geholfen.

Doch dann hatte Aenne mich angerufen, noch vor dem Frühstück.

»Hi Lene! Danke für die Texte, Klasse die Geschichte mit deiner Marketenderin, tolle Type! Auch die Beschreibung von diesem Schloss! Wirklich spannend. Ich wusste, du hast ein Gespür für solche Sachen. Aber hör mal, die Formulierungen – das ist noch etwas konventionell.«

Ich war beleidigt: Konventionell? Mit anderen Worten: gewöhnlich, Baukastensprache, langweilig. »Aber du hast doch gesagt, ich soll nicht zu literarisch, nicht drechseln ...«, verteidigte ich mich, obwohl ich ganz genau wusste, wie blöd das ist. Der Auftraggeber hat immer recht.

»Ja, sicher, aber – ach, ich hab dir Korrekturen in deinen Text geschrieben und ein paar Beispiele von anderen Autoren, angehängt die schon länger in der Serie drin sind. Sieh mal, wir wollen auch, dass ihr euch nicht zu sehr unterscheidet. Der Stil soll ein Markenzeichen sein. Kannst du heute Vormittag in dein Internet-Café gehen und die Korrekturen runterladen?«

Internet-Café! Ich musste wider Willen doch lachen: Die winzige Bar-Tabac im Dorf mit ihrem Terrazzo-Boden, den Plastikstühlen und nachgemachten Bistro-Tischen, dem Zeitungsständer und der Achtzigerjahre-Musik.

»Ja, mach ich. Und du kriegst dann auch ein Foto von diesem Internet-Café ...«

Ich hatte versucht, leicht zu klingen, aber Aenne, meine Freundin, hörte jede Nuance.

»Es ist nichts Grundsätzliches, was nicht geht mit deiner Schreibe, keine Sorge. Ich habe die Texte umgestellt, sodass sie irgendwie interessanter kommen. Überraschender. Du wirst schon sehen. Sicher musst du jetzt die Übergänge entsprechend anpassen. Und bitte mach's nicht ganz so idyllisch, ja? Weniger Adjektive, keine bunten Häuschen, keine Blumen am Wegesrand. Und auf keinen Fall ›malerisch‹! Oder ›schön‹ ...«

Mag sein, dass es da etwas mit mir durchgegangen war. Aber wie soll man sich denn bloß ausdrücken, wenn eine

Landschaft einem so ans Herz geht. Wie kann man denn etwas so Großes in Worte fassen: Bergketten hinter Bergketten, die sich im blauen Dunst der Ferne verlieren, verdrehte und verwachsene Baumgroßväter am Straßenrand, Gesteinsschichten, in denen Millionen von Jahren lesbar waren, oder auch nur den kurzen Moment der Vollkommenheit, wenn über alldem auch noch ein Adler Kreise zog. Und die Ruhe, die ich beim Betrachten so uralter und mächtiger Dinge empfand. Ich seufzte.

»Lies die Korrektur, dann weißt du schon, was ich meine. Und ich hab noch einen Link angehängt: Ein Artikel von einem Star-Reporter über moderne Reportagen.«

Ich schluckte. »Okay, danke. Du bist der Boss.«

»Jetzt sei nicht sauer, Marleen! Wir haben doch beide gewusst, dass du dich erst wieder einarbeiten musst. Verlier jetzt bitte nicht den Mut. Du bist gut. Du bist mein Trüffelschwein. Und was dir an Coolness noch fehlt, das kriegen wir ganz schnell zusammen auf die Reihe. Also?«

»Ja, ja, ist gut. Ich weiß das. Es hat bloß solchen Spaß gemacht zu schreiben, dass ich einfach irgendwie dachte, das wär's jetzt.«

Ich hasse es so dermaßen, wenn man mir Texte auseinanderreißt. Der Flow ist weg, und sie klingen nach dem Umschreiben nie wieder so frisch und flüssig wie beim ersten Mal.

»Das merkt man den Sachen auch an, dass du mit dem Herzen dabei bist.«

Übersetzt: Das ist Rentnerpoesie. Geht gar nicht. Alles auf Anfang. Ich hatte einen Klumpen in der Magengrube. War Aenne jetzt enttäuscht von mir? Bereute sie schon, mir den Job vermittelt zu haben? Lieber nicht fragen. Ich bemühte mich, zu lächeln beim Sprechen. »Ich verstehe. Und danke, dass du dir so viel Mühe mit mir machst.«

»Gern. Und noch mal: Mach dir keine Sorgen. Das wird. Und sonst? Wie geht es deinen beiden Grafen?«

Ich stand im Hof, rauchte und sah mich über die Schulter um. Kein Mensch zu sehen. Trotzdem ging ich ein Stück vom Hauseingang weg. »Die sind schon ein bisschen merkwürdig. Der Ältere will mir glaub' ich an die Wäsche. Nichts Persönliches, das ist so ein Typ, der meint, das muss.«

»Gott!« Anne lachte laut und angeekelt.

»Der Jüngere ist – hm, interessant.«

»Marleen?!«

»Nee, nicht so, gar nicht! Nicht mein Fall. Zu schwach, zu unentschlossen. Er kommt eher ein bisschen waldschratig rüber, wenn man ihn so sieht. Ewig die gleichen Klamotten, ausgewaschenes, ausgebeultes Zeug, als wär's ihm egal, was er anzieht – Hauptsache er ist nicht nackt. Ist Tag für Tag nur beim Werkeln oder mit seinen Schafen unterwegs. Geht nicht aus, scheint keine Freunde zu haben. Aber wenn man sich mit ihm unterhält, du, der hat total was im Kopf.«

»Tja, Intelligenz ist sexy. Und was ist jetzt mit der verstorbenen Tante? Irgendein düsteres Geheimnis?«

»Nicht dass ich wüsste. Sie scheint ziemlich verschlossen gewesen zu sein. Zu ihrem leiblichen Sohn, dem älteren Grafen, hatte sie kein warmes Verhältnis, und zu dem Cousin, also dem Jungen, auch nicht. Möglicherweise gibt's da aber eine Geschichte über die Haushälterin – eine seltsame Frau ist das! Sie sei von der Gräfin ›aufgenommen‹ worden, hieß es. Und sie scheint Ihre Arbeitgeberin geradezu vergöttert zu haben.«

»Klingt gut. Dann sieh mal zu, wie du an sie herankommst«, knarzte Aennes Stimme durch das Telefon. »Ach, und übrigens: Dieser Fotograf, dieser Mark oder More oder was, hat Fotos geschickt, aber das geht nicht.«

»Wieso?«, fragte ich, nun doch gereizt, obwohl ich mir fest vorgenommen hatte, wie ein braver Arbeitnehmer jede Kritik klaglos anzunehmen. »Ich finde, seine Bilder fangen die Gegend wunderbar ein. Und er ist vor Ort. Ich kann direkt mit ihm zusammenarbeiten.«

»Ja, das wäre nett gewesen, aber das ist zu süßlich, was er macht, zu deutlich auf Touristengeschmack zugeschnitten. Kalenderbilder. Sorry, aber sag ihm ab. Wir schicken einen von unseren, später, wenn die Texte stehen.«

»Bitte«, sagte ich, »wie du willst. Dann geh ich mir jetzt die Korrekturen abholen. Tschüss.«

»Tschüss.«

Grimmig machte ich mich auf den Weg in den kleinen Ort zur Bar des Amis.

»'*jour*«, murmelte ich, bestellte einen Milchkaffee und knallte meinen Laptop auf den Tisch. Mein Milchkaffee kam – mit Kakao drauf natürlich. Gah!

Ich wählte mich ins WIFI ein, das hier oben langsamer ist als eine Postkutsche, und holte die E-Mail ab. Es dauerte eine halbe Stunde, bis ich alles runtergeladen hatte. Inzwischen hatte ich zwei Zigaretten geraucht, und zweimal war die Verbindung weggeknickt.

Mein Zeigefinger tanzte: Löschen, *Penisverlängerung*, *Faltencreme*, löschen, löschen, löschen; *Die Zeit online* – später lesen, *Bewerten Sie Ihren Einkauf bei ...* das könnte euch so passen, dass ich meine wertvolle Zeit drangebe, um für euch Werbung zu machen. Socken bewerten – geht's noch? Löschen! Da waren die Korrekturen! In Rot. Viel Rot. Ganze Absätze gestrichen oder verschoben. Meine Laune sank auf zwanzig Grad unter Null. Na ja, da war nichts zu machen, noch mal drüber beugen. Gerade, als ich mich selbst dazu überredet hatte, die Korrekturen gut und richtig zu finden, schnurrte mein Handy.

»Ja!«

»Uiii! Hast du schlechte Laune?« Viviens Stimme.

»Ja, aber macht nichts. Was gibt's denn?«

»Tut mir leid, Mam, aber hier ist fette Krise.«

Ich verdrehte die Augen zum Himmel und signalisierte dem kahlköpfigen Barbesitzer, dass ich noch einen Kaffee brauchte. »Erzähl.«

»Papa nervt!«

»Hat Leonie schon erzählt. Immer noch wegen deinem Praktikum?«

»Das auch. Aber er wohnt jetzt praktisch hier! Kannst du ihm das nicht verbieten? Mann! Es war so cool ohne ihn!«

Oha! Papa-Tochter will ihren Vater nicht mehr bei sich haben?

»Schnuffel, was ist passiert?«

Vivien stöhnte laut und langgezogen. »Wir befinden uns im Belagerungszustand. Er meckert nur noch! Über dich: Wie du es wagen kannst, uns allein zu lassen. Wir sind alle Versager! Wenn du ihn mir nicht vom Leibe hältst, ziehe ich zu Kevin.«

»Das wirst du nicht tun, Vivien. Darüber hatten wir doch gesprochen. Hör mal, ich möchte ...«

In dem Moment wurde Vivien der Hörer aus der Hand gerissen, und Leanders laute, harte Stimme stürzte auf mich ein: »Weißt du eigentlich, dass deine Tochter magersüchtig ist?«

Mein Mund ging auf und lautlos wieder zu.

»Marleen! Hast du mich gehört? Das also passiert, wenn man dir Verantwortung überträgt. Während du dich selbst verwirklichst, wird deine Tochter magersüchtig. Was für eine Mutter bist du denn?!«

Eine Mutter, die auf Karriere und Beruf weitgehend verzichtet hat. Die immer für alle da gewesen ist. Vierundzwanzig Stunden, samstags, sonntags, feiertags. Und dafür bin ich jetzt in den Popo gekniffen. Aber das ließ sich nicht mehr ändern.

»Ich weiß, dass Vivien zu dünn ist. Aber Leonie hat mir versichert, dass sie nicht magersüchtig ist.«

»Leonie!«

Leonie war eine große Enttäuschung für ihn gewesen. Eine Frau, die Frauen liebt, obwohl doch Prachtexemplare wie er zur Verfügung stehen!

»Vivien isst erst schlecht, seitdem du ausgezogen bist. Dir ist das ja bislang nicht aufgefallen.«

»Ich hab mich auf dich verlassen, verdammt noch mal!«

Der Wirt der Bar des Amis streckte seinen Kopf aus der Tür und sah mich besorgt an. Ich lächelte, hob die Achseln.

Mit leiser Stimme sagte ich: »Du hast es mir überlassen, meinst du. Wie immer. Lass es uns kurz machen: Du bist Teil des Problems, nicht der Lösung. Du hast uns verlassen, nicht umgekehrt. Vivien leidet deinetwegen. Ihre Therapeutin kann das bestätigen. Und wenn du nicht sofort aus dem Haus verschwindest und aufhörst, Vivien zu terrorisieren, dann lasse ich dir das Besuchsrecht entziehen.« Plötzlich stand ich etwa einen Meter neben mir, sah und hörte mir überrascht zu. War ich das? Ich stand auf und ging ein Stück vom Lokal weg. Man muss ja aus seinem Eheleben kein Theaterstück machen.

»Wie bitte? Ich hör wohl nicht recht«, kam es von Leander. Seine Stimme klang quäkig und weit weg. »Ich soll zahlen und darf mein Kind nicht besuchen? Das mich offensichtlich dringend braucht? Noch heute gehe ich zum Anwalt.«

»Papa!« Viviens Stimme von hinten. Es klang nach Tränen.

»Hör auf, Leander«, sagte ich müde. »Hör endlich auf. Es reicht. Siehst du nicht, was du uns antust, dir, mir – das wäre zu ertragen. Wir sind erwachsen. Beschimpf mich ruhig. Aber bitte, bitte mach nicht alles noch schlimmer für Vivien.«

»Und ihre Magersucht? Soll ich einfach zusehen, wie meine Tochter sich tothungert?«

»Jetzt hör doch mal zu: Vivien – ist – nicht – magersüchtig.«

»Woher willst du das wissen!«, hörte ich Leander sagen, aber ich sprach einfach weiter. »Sie isst schlecht. Sie ist zu dünn. Aber Leonie ist Ärztin, und beide haben mir versichert, dass sie das Problem in den Griff bekommen. Was Vivien dafür braucht, ist Ruhe und Stabilität.«

»Ach ja, und deshalb bist du auch nicht da.«

Aua! Nicht ganz falsch, wenn ich an das dachte, was Leonie mir gesagt hatte, aber das musste Leander nicht wissen. Im Übrigen: Wenn, dann waren wir beide schuld. »Bitte hör auf damit! Ich bin da, ich habe nur einen zeitlich begrenzten Auftrag – so wie du das für dich immer in Anspruch genommen hast. Das ist etwas anderes, und das weißt du ganz genau. *Ich* komme zurück. Aber *du* bist ausgezogen. Du hast uns *verlassen*! Das war deine Entscheidung, nicht meine.«

»Da hast du lange dran gearbeitet, Marleen. Du hast mir meinen Sohn entfremdet, und ...«

Immer dieselbe alte Geschichte, ich sollte mich nicht mehr drauf einlassen, aber er hatte mich am Haken: »Genau, Pascal. Frage dich doch mal, welchen Grund es hat, dass er so früh weggegangen ist. Und schau zu, dass du dieselben Fehler nicht auch noch bei Vivien machst.« Ich schluckte und bemühte mich, ruhiger zu sprechen. »Bitte, Leander! Gib den Kindern eine Chance, ihren eigenen Weg zu finden.«

»Ohne mich? Es sind immer noch auch meine Kinder!«

Ah – ja. Fehlt dir die Familie, mein Lieber?

»Ja, natürlich sind sie das. Und das will dir auch niemand nehmen. Aber jetzt geht es ausnahmsweise nicht mehr um dich, sondern um Vivien. Und der ist nicht geholfen, wenn sie von einer emotionalen Krise in die nächste gerät.«

Er schwieg einen Moment. Ich hörte es in der Leitung klicken und schnarren. Zwei fremde Stimmen erschollen irgendwo in meiner Nähe. Zwei Frauen unterhielten sich. Sie lachten.

»Schön, schön.« Klang er enttäuscht? Gut so. »Ich bin also schlecht für meine Tochter. Gut. Wie ihr wollt. Ich bin schon weg. Und wann gedenkst du wiederzukommen?«

»Weiß ich noch nicht genau. Wenn sich die Lage zu Hause nicht normalisiert, breche ich ab und komme sofort.«

»Immerhin.«

»Immerhin. Mach's gut, Leander.«

Ich drückte den roten Knopf.

Als ich zurück in die Bar kam, war mein Kaffee kalt. Ein Glas Schnaps stand daneben, und der Wirt zwinkerte mir mitleidig zu.

»Merci, sehr freundlich.« Ich kippte den Schnaps herunter. Der Magen brannte. Mir fiel ein, dass ich nicht gefrühstückt hatte, und ich bestellte ein Croissant. Locker, feinsüß, feucht – innen fast cremig – und dieser Duft! Warum schmecken Croissants in Deutschland wie trockenes Kuchenbrot, dachte ich übellaunig. Warum kriegen die das nicht hin? Da sind die von der Tanke immer noch am genießbarsten.

Ändern ... Was, wenn man doch was ändern könnte, das Ganze noch mal durchleben und besser. Wenn man die alten Erfahrungen mitnehmen und danach handeln könnte? Ich würde nicht so früh Kinder kriegen. Das ist mal sicher. Lieber zuerst im Beruf arbeiten, so lange, bis ich mir einen Platz geschaffen hatte, bis man mich nicht so rasch vergessen würde. Ich würde mehr auf mein Aussehen achten – berufstätige Frauen waren immer so chic. Ich würde flirten, mein Leben mehr auskosten.

Und dann? Energisch stellte ich die Tasse zurück auf die Untertasse. Was, wenn man zu lange wartete? Das hatte ich im Freundeskreis schon gesehen. Dann klappte es plötzlich nicht mehr mit dem Kinderkriegen. Oder die Ehe ging an Entfremdung kaputt, wenn jeder sein eigenes Ding machte. Und dann – würde ich dieselben Kinder bekommen, die ich jetzt hatte? Ein Leben ohne Pascal, Leonie und Vivien? Nein, das konnte ich mir nicht vorstellen!

Ich zahlte und machte mich auf den Weg zurück zum Schloss. Eine Weile versuchte ich, die zerschossenen Texte am Laptop zu ordnen. Es ging nicht. Ich fand überhaupt keinen roten Faden mehr. Ich würde mir das Ganze ausdrucken müssen, um einen Überblick zu gewinnen. Drucker – ich stand auf und machte mich auf die Suche nach Stéphane.

Er hatte sein Arbeitszimmer im alten Teil, im Wehrturm, wo war das noch mal? Am Salon und an der Bibliothek vorbei, durch einen schmalen Gang, Treppe rauf, noch ein Gang ...

»Wie kommst du dazu, einfach Holz einschlagen zu lassen?« Stéphanes Stimme, ärgerlich, nein mehr als das: voll heißer Wut.

Alexandres Bass, ruhig, spöttisch: »Ich brauche Geld.«

»Und da ordnest du einfach einen Kahlschlag an!«

»Na und, dann pflanzt man eben wieder nach.«

»Pflanzt man eben wieder nach«, äffte Stéphane seinen Cousin nach. »Was verstehst du denn vom Wald? Gar nichts! Ich bewirtschafte ihn. Du hast mir nicht dazwischenzufunken! Dazu hast du kein Recht.«

»Stéphane, diese Diskussion hatten wir schon. Zeig mir den Passus im Testament, der dir den Wald zuschreibt, und du bist mich sofort los.«

»Da steht klipp und klar: Du bekommst den Besitz an der Côte d'Azur – der wesentlich wertvoller ist übrigens – und ich erbe Armand.«

»*Château* Armand. Vom Landbesitz steht da kein Wort.«

»Der gehört dazu, so wie dein Golfplatz da unten zu deinem Schlosshotel gehört. Mach ich dir etwa deinen Scheiß-Golfplatz streitig? Mein Gott, Alex, kriegst du denn nie den Hals voll?«

Es war mir peinlich, und ich wollte das alles nicht hören. Leise legte ich den Rückwärtsgang ein. Gott sei Dank war mein Wagen repariert. Morgen früh würde ich ausziehen, das schwor ich mir. Na ja, übermorgen: Stéphane hatte mich für den nächsten Tag mit einer Bio-Bäuerin verbandelt, einer ausgewanderten Deutschen, die sehr erfolgreich Permakultur betrieb. Sie gab Kurse, und um ihre Waren riss man sich auf dem Markt. Die Drôme Provençal war schon seit den 30er Jahren ein Sammelpunkt für Querköpfe und Ökos gewesen. Solche Leute gehörten zum Bild dazu. Das würde ich noch mitnehmen.

»Ich will, was mir zusteht. Und du«, Alex' Stimme senkte sich zu einem bösartigen Raunen, »du kannst froh sein, dass ich das Testament nicht anfechte, nach allem, was du getan hast.«

Daraufhin schwieg Stéphane. Gleich würden sie merken, dass ich sie belauscht hatte.

Ich zog mir die Schuhe aus und floh die Treppe hinunter. Auf dem Hof traf ich den Maurer Aimé. »Dicke Luft!« Er schielte zum offenen Turmfenster nach oben und wedelte mit der Hand. »Eh bèh. Das Geld, immer das liebe Geld!«

Dann lief also Alexandres Golfhotel auch nicht so gut. Aber ich wollte das gar nicht wissen. Ich brauchte einen Drucker, ersatzweise einen Copyshop. Ob die Bar einen Drucker hatte? Sie hatten immerhin W-LAN, also Internet, also einen Computer, also wahrscheinlich auch einen Drucker. Aber einen Fremden zu fragen, ob er mir mal eben achtzig Seiten ausdrucken könne, das ging nun wirklich nicht.

»Entschuldigung, Monsieur«, wandte ich mich an den Maurer. »Können Sie mir sagen, wo der nächste Copyshop ist?«

»Da müssten Sie nach Nyons oder nach Vaison fahren«, schnurrte Alex' Bass hinter mir. Ich fuhr herum. Den Streit von eben sah man ihm nicht an. Im Gegenteil, er schien sogar ausnehmend guter Laune zu sein. »Oder Sie kommen mit mir nach Manosque. Ich besuche dort einen alten Freund. Wenn ich mir's recht überlege, könnte der auch für Sie sehr interessant sein.«

Er trug dunkelblaue Leinenhosen, ein weißes T-Shirt, das seine Brustmuskulatur diskret zur Geltung brachte. Über die Schultern hing ein dunkelblauer Pullover, die Ärmel vorn geknotet, eine Männermode aus den Siebzigerjahren, die in

Frankreich bis heute überlebt hat. Dunkelblaue Segelschuhe, Ray-Ban-Sonnenbrille, ich konnte nicht anders, als ihn für seine Eleganz bewundern.

»Was macht er denn, dieser Freund?«

»Lassen Sie sich überraschen. Ich garantiere eine gute Geschichte.«

Ohne meine Antwort abzuwarten, ging Alex zum Parkplatz voraus und öffnete mir den Schlag. Misstrauisch betrachtete ich den Beifahrersitz, doch Mious Schandtat schien folgenlos geblieben zu sein. Der Sitz glänzte matt. Ich ließ mich hineinfallen und schnüffelte diskret. Es roch nach Lederpflege und Aqua di Gio. Die Fußmatten schienen frisch gereinigt, überhaupt: Der ganze Wagen blitzte. Auf der rückwärtigen Ablage prangte eine Financial Times wie hindekoriert. Mit einem tiefen Grollen sprang der Motor an. Ich dachte an einen Löwen, der das Maul aufreißt: 20th Century Fox. Der Wagen zog an wie ein Rennpferd, dem man die Zügel angelegt hat. Musste zwanzig, wollte zweihundert. Ein Klang, den man im Schoß vibrieren spürte. Wir erreichten die Landstraße, und Monsieur gab Sporen. Wie schon das letzte Mal schoss der 911er durch die Kurven und die Dörfer. Ich kauerte mich in das schwarze Leder und bemühte mich, nicht dauernd auf der imaginären Bremse zu stehen.

Die Stadt kündigte sich durch einen wuchernden Industriegürtel an. Mit dezentem Blubbern glitt der Wagen vorbei an Möbelhäusern, Garten- und Heimwerkermärkten. Alex parkte vor einem romanischen Stadttor. Die vierstöckigen Wohnhäuser, die es einrahmten, wirkten zierlich gegen die klobigen, grauen Mauern mit dem Zinnenkranz obendrauf.

»Porte de la Saunerie«, sagte Alex. »Von *sau*, provenzalisch für Salz – oder auch von *saunarié*, Schlachthaus. Im Mittelalter wurde durch dieses Tor das Salz in die Stadt gebracht, praktischerweise gleich ins Schlachter- und Gerberviertel. Hier beginnt die Altstadt. Wenn Sie wollen, machen wir einen kurzen Gang hindurch.« Er schaute auf seine

Armbanduhr. »Aber vielleicht möchten Sie zuerst in den Copyshop da drüben? Die Geschäfte schließen pünktlich um halb eins.«

Der Kopierladen war eng und dunkel. Eine junges Mädchen mit Nasenringen lümmelte hinter einem fleckigen Holztresen. Sie blätterte in einer Zeitschrift. Unter ihren Ohrstöpseln hervor drang ein gleichförmiges »umpf, umpf, umpf«, ein bestiefelter Fuß wippte im Takt. Ohne hochzusehen schob sie mir einen Zähler zu und wies mit dem Daumen auf eines von drei Kopiergeräten.

Als ich den Zähler nicht nahm und vor ihr stehen blieb, sah sie hoch und nahm einen der Stöpsel heraus. »Oui?«

Ich erklärte ihr mein Anliegen.

»So was machen wir nicht«, murmelte sie. »Das ist ein Kopierladen, keine Druckerei. Eine Druckerei finden Sie in der Montée de l'Ubac.«

»Ich brauche doch keinen Buchdruck, keine besondere Qualität, nur ein paar einfache Ausdrucke ...«

Sie zuckte die Achseln. »So was machen wir nicht.«

»Aber Sie haben doch bestimmt einen Drucker.«

»Der ist geschäftlich.«

Kein Wunder, dass Frankreich vor dem Ruin steht, bei der Arbeitswut, dachte ich.

Alex trat hinzu und ließ seinen Charme spielen. Schließlich erklärte die junge Dame sich bereit, eine Ausnahme zu machen. Ich ließ ihr meinen USB-Stick da und versprach, in einer halben Stunde wiederzukommen.

Manosque hatte Forqualquier den Rang längst abgelaufen. Es war quirlig und laut. In den Fußgängerzonen der Altstadt drängten sich Touristen. Die Geschäfte an den Hauptstraßen boten Kunst und Kunsthandwerk, teure Innendekorationen, Parfümerien, Cafés, Bistros, Antiquitäten. Ich kaufte in rascher Folge eine Halskette aus Silber für Vivien, ein Paar Sandalen für Leonie und einen Strohhut für Pascal. Alex zog mich schließlich in eine Gasse nahe dem Office de Tourisme und in einen Hof mit einem gelben Haus darin. In dieser geschäftigen Umgebung hob es sich durch sein gepflegtes Äußeres deutlich ab: restauriertes Kopfsteinpflaster, antike Ölkrüge mit Olivenbäumen rechts und links vom Eingang – die salbeigrün lackierten Pforten standen offen. Geschliffene Kalksteinböden spiegelten das Licht, das von der Gartenseite hereinfiel, ein helles, friedvolles Haus, ein Haus mit Geld, ein Kulturzentrum.

Von einem Plakataufsteller lächelte mir ein grauhaariger Mann entgegen, Typ Maigret, aber in freundlich: sonnenverbrannt, Pfeife im Mund, Lachfalten. *Centre Jean Giono* stand darüber. Hier hatte er gewohnt und geschrieben, als er bekannt genug war, um sich das leisten zu können. Und alt genug, um das bequeme Leben zu schätzen.

»Der berühmteste Sohn der Stadt«, erklärte Alex. »Was kennen Sie von ihm?«

Ich hatte den Film *Der Husar auf dem Dach* gesehen, natürlich, und mir im Rahmen der Recherche *Das Lied der Welt* besorgt.

»Ganz gut schon für den Anfang. In unserer Bibliothek steht eine Menge von ihm, signierte Exemplare übrigens. Er war ein paar Mal Gast meines Großvaters. Die meisten seiner Romane spielen in den Voralpen. Ihn müssen Sie lesen, um die Region zu verstehen. Er war ein Träumer, ein Pazifist und einer der ersten Grünen hier, als es das Wort noch gar nicht gab. Hatte bis zum Großen Krieg eine Art Landkommune und hat noch in hohem Alter gegen Stauseen und Atomkraft demonstriert.« Er ließ ein spöttisches Schnauben hören. »Stéphane könnte eher mit ihm verwandt sein als mit meiner Familie.«

Wir besichtigten die Wohnräume, Schaukästen mit Originalschriften und ihm gewidmete Landschaftsbilder an den Wänden.

»Entschuldigen Sie, aber ich habe heute morgen wider Willen den Streit zwischen Ihnen und Ihrem Cousin mit angehört – einen Teil davon jedenfalls. Stéphane möchte die Gegend wieder aufforsten, nicht wahr?«, sagte ich, während wir hinaus in die Sonne traten und unseren Weg zurück zum Copyshop nahmen.

»Ach ja! Unser großer Umweltaktivist! Mit acht hat er Giono gelesen und äfft ihn seither nach: ›Der Mann, der Bäume pflanzte‹. Hat er Sie nicht auch Eicheln pflanzen lassen und getan, als sei es seine Idee?« Ich musste das bejahen. Alex lachte, und ich fühlte mich irgendwie illoyal.

»Sehen Sie: Stéphane ist ein Träumer«, fuhr Alexandre spöttisch fort. »Er hat keinen Sinn für Wirtschaft. Er möchte Natur für die Natur. Aber ich frage Sie: Ist das realistisch? Gucken Sie sich die Dörfer doch an: sie zerfallen. Die Jungen gehen fort, weil es keine Arbeit gibt. Ich würde hier oben eine Pellet-Fabrik bauen, Arbeitsplätze schaffen. Stéphane sträubt sich dagegen. Fabriken sind des Teufels. Nun, wir werden sehen.«

Wir holten meinen Ausdruck ab und gingen zum Wagen. Die Sonne war herumgewandert und hatte die Ledersitze aufgeheizt. Ungerührt stieg Alex ein und startete seine Monstermaschine unter dem bewundernden Blick ein paar kleiner Jungen.

»Sie werden jetzt jemanden kennenlernen, der beides zu verbinden wusste: Heimatliebe und Geschäft. Er hat aus dem Nichts ein internationales Unternehmen geschaffen, ein Unternehmen, dessen Namen man mit der Haute Provence verbindet«, brüllte er über die rauschende Klimaanlage hinweg. »Wir sind mit ihm zum Essen verabredet.«

Wir fuhren aus der Stadt hinaus, über die ehemals mächtige Durance, jetzt ein flaches steiniges Bett mit einem kläglichen Rinnsal in der Mitte, und bogen in die blauen Schatten einer Pappelallee ein. Vorbei ging es an Fabriken, Höfen mit Lastwagen, Gabelstaplern und Obsthorden. Die Straße wurde schmaler, schließlich zu einem Lehmweg, an dem man höchstens noch eine Gärtnerei vermutet hätte. Rechter

Hand verlief ein Kanal, von dem herauf es brackig roch. Auf einmal öffnete sich die Sicht auf einen riesigen gepflegten Parkplatz. Links sah ich moderne Fabrikgebäude, grau und flach. Gegenüber dem Parkplatz aber war das Schaustück der Anlage. Ein gekiester Weg führte durch Miniatur-Hügel, Lavendelbeete und Rosmarinhecken direkt auf ein Verkaufsgebäude zu, Glasfront, ockerrot verputzte Mauern. *La Colline* – Fabrikverkauf stand da. Direkt davor ein seltsames Gerät: Ein kupferner Destillierapparat auf Räder montiert.

»Ein Feld-Alambic«, erklärte Alex. »Damit hat alles angefangen.«

Beim Eintritt wurden meine Sinne von Düften und Farben überflutet. Lavendel, Rose, Zitrusfrüchte und Neroli mischten sich mit den herberen Noten von Rosmarin und Pinie, alle Wohlgerüche der Provence waren hier versammelt. In Regalen, Verkaufssäulen und Weidenkörben häuften sich Seifen, Shampoo- und Parfüm-Flaschen, Cremetiegel und silberne Tuben, dazu Schalen, Tiegel, Töpferwaren, Duftkerzen und Räucherstäbchen, ein Eldorado für Frauen. Ein sorgfältiges Design verschmolz alles zu einer Essenz dessen, was diesen Landstrich ausmachte, das Gefällige und die Härte. Die Felsen, das Licht, die weiche Luft, der Reichtum auf kargen Böden. Ich würde meine Schwierigkeiten haben, darüber nicht in die von Aenne so verachtete blumige Sprache zu verfallen.

Ausgesucht hübsche, junge Provenzalinnen berieten die Kundschaft. Mindestens sechs Frauen liefen mit berauschtem Blick von Regal zu Regal, während ihre Einkaufskörbe sich füllten. Sogar ein paar – sehr gepflegte – Männer kauften hier ein. Ich wollte schon nach einem Körbchen greifen, da nahm Alex meine Hand.

»Ich dachte mir, dass Sie das mögen. Sie können nachher nach Herzenslust Geld ausgeben. Aber jetzt kommen Sie. Und lernen Sie einen der erstaunlichsten Männer der Haute Provence kennen.«

Er begrüßte die Verkäuferinnen, die ihn offensichtlich kannte: Küsschen rechts, Küsschen links. Durch eine Seitentür betraten wir den privaten Teil des Gebäudes und gelangten auf eine kleine Terrasse.

Dort war ein Tisch für einen Imbiss gedeckt. Ein grauhaariger Herr stand aus einem eleganten Korbsessel auf und kam auf uns zu. »Monsieur Olivier«, stellte Alexandre vor. Die Männer begrüßten sich herzlich.

»Diese junge Dame ist Marleen, die Reisejournalistin, von der ich dir erzählt habe.«

Verbeugung, »Enchanté!«, Handkuss. Wie wundervoll altmodisch.

»Ich denke, du repräsentierst eine Seite unserer Heimatverbundenheit, die sie unbedingt kennenlernen sollte, ehe sie nach Hause fährt und nur über Ziegenkäse, aussterbende Bergnester und bröselnde Monumente berichtet. Hier, Marleen, sehen Sie einen der reichsten und erfolgreichsten Männer der Haute Provence.«

Monsieur Olivier lächelte bescheiden, aber durchaus zufrieden: »Ich habe Glück gehabt, eine einfache Idee, gute Freunde, eine wundervolle Frau, die das mit mir durchgezogen hat.« Er bot mir einen Platz an und goss gekühlten Wein in Gläser mit bunt gefärbten Füßen. Und während er uns mit flaumigem Weißbrot, Schinken, Oliven aus Nyons, Kaninchenpastete und Brandade, einer Creme aus getrocknetem Fisch, bewirtete, erfuhr ich seine Geschichte.

Seine Eltern waren mit der ersten Welle der Stadtflüchtigen und Naturbewegten aus Paris in die Hoch-Provence gezogen, wo Land und leer stehende Bauernhäuser noch billig zu erwerben waren. Als naive Neubauern waren sie an der Härte von Land und Klima gescheitert, doch immerhin in der Region geblieben. Olivier hatte Literaturwissenschaft studiert, war dann aber als Student mit einem der Anführer der Ökologiebewegung zusammengetroffen. Er hatte Sehnsucht nach dem Landleben gehabt, eine große Liebe zu dieser herrlichen Natur. Doch das Beispiel seiner Eltern vor Augen hatte er nach realistischen Wegen gesucht, hier zu leben. Und war schließlich auf ein einfaches Rezept gestoßen, mit den natürlichen Rohstoffen, die hier reichlich vorhanden waren, Kosmetik zu erzeugen.

»Haben Sie draußen den Destillierapparat gesehen?« Diese Geschichte hatte er wohl schon oft zum Besten gegeben, machte es aber immer noch charmant. »Das war meine erste Investition. Schon damals eine Antiquität! Den habe ich in der Scheune des Nachbarn gefunden und ihm für ein paar Sous abgekauft. Damit bin ich in die Garrigue gezogen und habe Rosmarinessenz gewonnen. Das habe ich zu einem Shampoo gemixt, selbst in Flaschen gefüllt, selbst die Etiketten aufgeklebt.« Er lachte. »Das konnten Sie damals nur in wenigen Drogerien bekommen und an den Marktständen von befreundeten Bauern, die das Zeug für mich am Straßenrand vertrieben haben, neben Obst und Oliven.«

Inzwischen hatte er ein weltweites Kosmetik-Imperium aufgebaut.

»Wichtig daran war und ist uns: Wir verwenden ausschließlich ökologisch reine Naturprodukte, möglichst von hier. Mein Ziel war es, etwas zu produzieren, was diese Landschaft, meine Heimat, mit allen Sinnen repräsentiert.«

»Eine schöne Geschichte. Und köstliche Produkte. Nur schade, dass sie inzwischen so teuer geworden sind.« Ich hatte vorhin in der Boutique einen Blick auf die Preise geworfen. »An Marktständen bekommt man die heute bestimmt nicht mehr.«

Alex runzelte die Stirn, aber Monsieur Olivier nahm mir die kritische Bemerkung nicht übel. »Nein, die Zeiten sind vorbei. Und warum sollen wir nicht die Preise nehmen, die wir bekommen? Unsere Produkte sind erstklassig. Ich gebe zu, als ich angefangen habe, konnte ich noch nicht ahnen, dass ich so erfolgreich sein würde. Ich habe schon davon geträumt, hier außer meinem eigenen Auskommen ein paar

Arbeitsplätze zu schaffen. Nun schaffen wir Arbeitsplätze in ganz Europa und in den USA. Gute Arbeit sollte gut bezahlt sein, finden Sie nicht? Im Übrigen ermöglichen mir die relativ hohen Verkaufspreise zum Beispiel, weiterhin Lavendelessenz von hier zu verwenden, statt bei der Billigkonkurrenz in China einzukaufen.«

»Sehen Sie, Marleen, das ist es, was ich Ihnen vorführen wollte: Es gibt idealistische Spinner wie meinen Cousin, und dann gibt es Leute, die unsere Region wirklich voranbringen.« Alex erhob sein Glas. »*Santé*, mein Lieber, auf deinen Erfolg und auf die Haute Provence!«

Monsieur Olivier stieß mit uns an, aber er widersprach Alex: »Klar schaffe ich Arbeitsplätze, aber, Alex, nichts gegen deine Ökospinner. Ich war ja schließlich auch mal so einer. Ohne sie, ohne uns hätte sich nie was bewegt.« Er wandte sich an mich: »Hierher hat es immer schon Menschen mit besonderen Ideen gezogen: Schriftsteller, Maler, Lebenskünstler. Nicht ohne Grund ist hier oben eine Hochburg der ökologischen Bewegung. Mehr als anderswo hat man sich hier mit der Natur arrangieren müssen. Wer sie nicht liebt und versteht, der zerbricht an ihr, auch manche, die sie lieben. – Aber was ich sagen will: Arbeitsplätze, Unternehmen, ja, das ist gut. Das brauchen wir. Aber wenn es nur nach Geschäftsleuten ginge, dann würde das Ganze in ein Disneyland verwandelt werden, so wie da unten.« Er wies verächtlich mit dem Daumen in Richtung Küste. »Geld darf nicht die Oberhand gewinnen. Wir brauchen die Hartnäckigkeit und das Traditionsbewusstsein der Bauern und die Begeisterung und Ideen der Spinner. Das alles zusammen macht uns aus.«

Nach dem Kaffee verabschiedeten wir uns von diesem beeindruckenden Mann.

»Kaufen Sie recht viel ein in unserer Boutique.« Olivier grinste. »Und seien Sie mir nicht böse, wenn Sie keinen

Journalisten-Rabatt bekommen. Sie wissen ja: die Arbeitsplätze ...«

Das ließ ich mir nicht zweimal sagen. Doch nachdem ich Geschenke für meine Töchter, für meine Schwestern und für Aenne gekauft hatte, bekam ich noch eine Menge Proben geschenkt. Und Alex überreichte mir einen Geschenk-Karton, den er in der Zwischenzeit für mich hatte richten lassen.

»Kirschblüte«, raunte er mir ins Ohr. »Ich finde, das passt zu Ihnen, Lili.«

Oha! Spazierfahrten im Porsche, Einladungen zum Essen, ein teures Parfum. Jetzt fehlte nur noch eine Packung Champagnertrüffel.

Dennoch verlief der Heimweg ohne Zwischenfälle. Weder fasste Alex mir beim Fahren ans Knie noch bog er auf versteckte Feldwege ab. Ich war fast ein wenig enttäuscht. Pfui, Marleen!

Der Abend war lau. Nachdem ich vor der Bar des Amis mein Croque-Monsieur verzehrt hatte, steckte ich mir eine Zigarette an, sog tief den Rauch ein, um mich zu stärken und zu beruhigen, und wählte schließlich die Nummer meines Sohnes Pascal, der eine Nachricht hinterlassen hatte: *Ruf mich an, heute Abend Landgang!* Ich rechnete nach, plus zwei Stunden, ja das passte.

»Dumont«, meldete er sich prompt. Nix »Böhm-Dumont«. Pascal hatte den Doppelnamen als Erster abgelegt. Schon vor Jahren.

»Ach, wie schön, deine Stimme zu hören! Wo bist du?«

»Djibuti City.«

Im Hintergrund hörte ich infernalisches Stimmengewirr, arabisch, französisch, englisch. Karrengerumpel, Hupen und das übellaunige Gebrüll eines Kamels.

»Neununddreißig Grad, ich sitze im Souk, vor mir ein Glas heißer, knatschsüßer Pfefferminztee. Mama, wünsch dir was! Ich komme nach Hause, sechs Wochen Urlaub! Was soll ich dir mitbringen, eine schöne Abaya, eine silberne Teekanne, Stoff?«

»Pascal, dass du heimkommst und in einem Stück, das ist immer wieder das schönste Geschenk für mich!«

»Ach was, jetzt sei mal nicht so melodramatisch. Ich hab heute schon mit Leonie telefoniert und weiß, was zu Hause los ist.«

»Dein Vater ...«

»Ja, ja, weiß schon. Hat er dich wieder zur Sau gemacht? Mensch, Mama, lass dir doch nicht immer alles gefallen von ihm. In drei Tagen bin ich bei Vivien, und ich pass auf, dass Vater sie in Ruhe lässt. Wenn er weiß, dass ich da bin, hält er sowieso Abstand, und das ist auch verdammt gut so.«

»Ich hab schon überlegt, ob ich hier abbrechen sollte ...«

»Kommt nicht infrage. Mach du dein Reisebuch. Die Mädels und ich, wir kommen schon ein paar Wochen ohne dich klar.« Er murmelte etwas, es klang wie: »Und ohne Vater sowieso.«

Ich war so erleichtert, ich hätte heulen können. »Ach, Pascal. Ich bin so froh!« Nicht dass ich zu Leonie kein Vertrauen gehabt hätte, im Gegenteil. Aber sie war berufstätig. Wenn Pascal Ferien hatte, dann konnte ich wirklich mit gutem Gewissen hierbleiben.

Vor mir entflammte ein superkitschiger Sonnenuntergang die Hügel. Es begann mit einer Schicht durchscheinenden Hellgelbs über den Baumkronen, das sich zu Neapel-Rosa verfärbte, Orange, darüber ein breites Band Magenta, das in Violett und schließlich in ein Tintenblau überging.

Pascal sprach über das Meer, lustige Begebenheiten an Bord, Delfine. Es hörte sich nach einer Kreuzfahrt an. War es nicht. Aber über seine Arbeit durfte er ja nicht reden. Ich berichtete von der Provence und meinen Fortschritten. Die zwei Grafen ließ ich aus.

»Ich hab dich sehr lieb, mein Großer!«

Verlegen: »Ich dich auch, Mam.«

9.

Man soll vor dem Einschlafen nicht lesen, schon gar nicht mit einem elektronischen Gerät. Das habe ich irgendwo aufgeschnappt. Ich hatte es mal wieder ignoriert. Im Bett zu lesen ist einer der wenigen Freiräume, die ich mir bislang genommen habe. Ich liebe es, im Bett zu lesen. Alles ist ruhig. Der geschäftige Lärm der Stadt ist auf ein minimales Grundsummen heruntergefahren. Einzelgeräusche schälen sich heraus: ein haltendes Auto, Türenklappen; ein Spaziergänger, der seinem Hund pfeift, ganz in der Ferne eine Bahn. Die Kinder sind versorgt, niemand will etwas von mir. Eine oder zwei Stunden Freiheit. Die lasse ich mir nicht nehmen.

Natürlich hatte ich diese Gewohnheit fortgesetzt, anders als zu Hause aber mit dem allzu praktischen Reader. Elektronik des Teufels! Egal.

Ich wurde müde. Nachdem ich einen Absatz zum sicher dritten Mal gelesen hatte, ohne auch nur ein Wort davon zu begreifen, schaltete ich das Gerät aus und legte es tastend auf dem Nachttisch ab. Zuerst konnte ich nicht einschlafen. Ich starrte ins Dunkel. Langsam hörte es auf, reines Dunkel zu sein. Der Spalt zwischen den Fensterläden nahm Gestalt an, die Ritzen im verzogenen Holz. Dünne Streifen Nachthimmel nahmen Farbe an.

Entschlossen drückte ich die Augen zu – und war putzmunter. Ich legte mich auf den Rücken, versuchte es mit progressiver Muskelentspannung. Keine Chance. Das Gedankenkarussell nahm Fahrt auf: Pascal, Leander, das verhunzte Manuskript, die Korrekturen, Leander: »Was soll denn das, Marleen, in dem Metier sind längst Jüngere nachgerückt. Als ob die auf dich gewartet hätten.«

Nein! Ich wurde ärgerlich, versuchte mich zu beruhigen. Ärger ist Gift für einen gesunden Schlaf. Ich war müde, verdammt noch mal, wälzte mich, versuchte es in stabiler Seitenlage, in Fötus-Stellung, auf dem Bauch. Die Schlafanzughose zwickte im Schritt. Ich zupfte sie zurecht. Mir wurde heiß, ich warf die Wolldecke herunter. Dann wurde mir kalt, und ich zog sie wieder herauf.

Ich hörte ein schabendes Geräusch von der Tür her. Die Katze drückte sich herein, blieb stehen. Mit sich brachte sie den Duft der Nacht, feuchte Kühle, Erde, süßlich-öliges Fell. Die Krallen klackten auf den Dielen, dann der Absprung. Sie landete auf der Bettdecke und rollte sich hinter meinen Kniekehlen ein.

Irgendwie wirkte sie beruhigend auf mich. Ich begann zu träumen.

Ich laufe durch eine düster silbrige Landschaft, vor mir der helle Gipfel des Ventoux. Aus dem schwarzen Waldsaum zu seinen Füßen steigt dichter Nebel auf. Rechts und links meines Weges nehme ich aus den Augenwinkeln graues Gestein wahr, das im Mondlicht schimmert; verwitterte Felsenfinger. Ich weiß nicht, wie ich mitten in der Nacht hierhergekommen bin, fühle mich unwohl. In meinem Rücken kribbelt es, als lauere da etwas – aber nicht nur hinter mir, sondern überall um mich herum. Als ich mich umwende, um zurückzugehen, ist das Schloss dabei zu verschwinden. Panik ergreift mich. Ich beginne zu laufen. Doch das Schloss weicht immer weiter zurück, wird kleiner und kleiner. Die Felsfinger verwandeln sich in Moai, die Steinwächter der Osterinsel. Ihre Augen beginnen zu glühen.

Zu meinem Entsetzen fühle ich mich unter ihren Blicken schrumpfen. Mein Körper ist gedrungen und behaart, die Beine kurz. Ich renne plötzlich auf vier Beinen. Der Erdboden bebt. Über mir erscheint eine riesige Fratze, ein dreieckiges Dämonengesicht, gelbe Augenschlitze. Fauliger Atem entströmt dem weit aufgerissenen

Maul, spitze Zähne, scharf wie Messer. Ich fühle mich gepackt und hochgehoben. Der Gestank ist überwältigend. Vor Angst schließe ich die Augen und mache mich steif, doch dann werde ich wieder fallen gelassen, komme auf die vier Füße, renne, renne. Rettung: Leander und die Kinder tauchen neben mir auf, auch sie riesig. »Hilfe!«, quieke ich. »Helft mir! Helft mir doch, Hilfe, Hilfe!«, doch sie weichen vor mir zurück. Nur Leander bleibt stehen und lacht, lacht …

Schweißgebadet fuhr ich hoch, saß aufrecht und brauchte ein paar Sekunden, um mir bewusst zu werden, wo ich war. Plopp, mit einem ärgerlichen Schnaufen sprang Miou vom Bett.

Ich fummelte nach dem Schalter und knipste die Nachttischlampe ein. »Meine Güte! Du bist selbst schuld! Was schickst du mir bloß immer für Träume?«

Vorwurfsvoll funkelten ihre gelben Augen mich an.

Seufzend schwang ich die Beine aus dem Bett, stand auf und griff mir eine Sweatjacke. Jetzt half nur noch eins: etwas zu trinken und eine Zigarette. Ich fuhr in meine Tennisschuhe und schlich mich im Schein meiner Handy-Taschenlampe die Treppe hinunter. Die Katze tapste hinterher.

Von oben her drang Schnarchen: Alex oder Stéphane, einer von beiden war bemüht, wilde Tiere zu vertreiben. Leander hatte nie geschnarcht. Dafür war er wohl zu perfekt. Durch die kleine Eingangshalle gelangte ich in den Flur. Kalte Luft zog um meine nackten Knöchel. Leise drückte ich die Klinke der Küchentür herunter und tastete nach dem Lichtschalter. Der Kühlschrank summte. Miou drängelte sich eilig an mir vorbei. »Brrr!«

Die Energiesparbirne der Pendellampe über dem Küchentisch begann den schwerfälligen Prozess des Aufwärmens. Ich überblickte den Raum und schrak zusammen. Gerade außerhalb des funzeligen Lichtkreises saß auf einem Küchenstuhl Odile in einem altmodischen Morgenmantel, die Füße in billigen rosa Fleece-Pantoffeln – mit Kätzchenapplikationen. Sie hatte ihre Perücke nicht auf. Wie sie da so ins Licht blinzelte mit ihrem dünnen Flaum auf dem Kopf, wirkte sie wie ein altes Baby.

»Oh, ich ... Entschuldigung, ich wollte Sie nicht stören«, murmelte ich.

Odile sah auf die Katze und von der Katze zu mir. »Können Sie auch nicht schlafen?«, fragte sie. Es war der erste vollständige Satz, den sie an mich richtete.

»Nein, ich ...«, stotterte ich verwirrt.

Odile stand auf, wobei ihr Morgenmantel auseinanderfiel und den Blick auf ein Flanell-Nachthemd freigab. Sie zog die Stoffkanten über den hängenden Brüsten zusammen und angelte mit der anderen Hand nach dem Gürtel, um den Mantel zusammenzuschnüren, während sie zum Kühlschrank ging.

»Was Sie brauchen, ist eine heiße Milch mit Lavendelhonig«, sagte sie über die Schulter. Ohne meine Antwort abzuwarten, nahm sie eine angebrochene Tüte Milch heraus, leerte sie in einen angedellten, hellblau-emaillierten Topf, entzündete mit einem Streichholz eine Gasflamme und setzte die Milch zum Wärmen auf.

Überrascht von der unerwarteten Freundlichkeit hatte ich Platz genommen. Miou hüpfte auf die Arbeitsplatte und von dort zu ihrem Beobachtungsposten auf der Waschmaschine.

Das leise Fauchen der Gasflamme erinnerte mich an die Küche von Großmutter Frédérique im Elsass. Dort waren wir Mädchen oft in den Ferien gewesen, erst alle drei, dann nur noch Laura und ich. Das Zischen der Gasflamme, die Mischung aus Essensgeruch und getrockneten Kräutern, die leicht muffige Wärme wurden für mich zum Inbegriff der Geborgenheit. Wir hatten ein harmonisches Familienleben gehabt, bis zum Tod meiner Mutter, jedenfalls in Relation zu dem, was ich bei Freundinnen erlebte. Doch mein Vater stellte hohe Ansprüche an uns: Als Pfarrerskinder hatten wir uns vorbildlich zu benehmen. Frédérique, die Älteste, war vorbildlich, Laura, das Nesthäkchen beschäftigte meine Mutter rund um die Uhr. Dazwischen funktionierte ich. Nie hätte ich mich getraut, meiner Eifersucht Ausdruck zu verleihen. Eifersucht ist hässlich und verachtenswert. Deshalb schluckte ich sie herunter. Meine Großmutter muss das gespürt haben. Bei ihr war ich nie unsichtbar.

»War die Katze wieder bei Ihnen im Bett?«, fragte Odile.

Ich lächelte. »Es kommt mir vor, als ob sie mir die Ehre erweist, mich in *ihrem* Bett schlafen zu lassen.«

Odile fuhr herum und musterte mich mit zusammengekniffenen Augen: »Dann spüren Sie es also auch.«

»Was meinen Sie? Dass der Geist der Gräfin in ihr steckt? Tut mir leid, aber ich glaube nicht an so etwas.« Meine seltsamen Träume behielt ich für mich.

»So etwas«, äffte Odile mich nach. Sie prüfte mit dem Finger, ob die Milch heiß genug war, füllte etwas davon in eine Schüssel und trug sie zur Katze auf die Waschmaschine. Die drückte ihren Kopf gegen Odiles Hand und begann höchst ungräflich zu schlabbern.

»Aber ich gebe zu, das Tier hat Persönlichkeit«, fügte ich hinzu.

Die Haushälterin nahm zwei Kaffeeschalen aus dem Wandschrank, schabte über ein kurzes Küchenmesser etwas Muskat hinein, gab für jeden einen guten Löffel Honig dazu und füllte sie mit der dampfenden Milch auf.

»Da!« Sie stellte die Schalen auf den Tisch, zog ihren Stuhl heran und begann, auf ihre Milch zu blasen.

»Danke.« Ich zog meine Schale zu mir, rührte mit dem Löffel um, bis ich spürte, dass der dicke Honig am Grund des Gefäßes aufgelöst war, und kostete.

»Hmm!«, sagte ich. »Das schmeckt aber gut.«

»Lavendelhonig von unseren eigenen Bienen.«

Wir schlürften beide genüsslich.

»Was wissen Sie denn von Seelenwanderung?«, fragte Odile mich unvermittelt.

Ich überlegte laut. »Eigentlich nicht viel, außer der Theorie der Hindus, oder waren es die Buddhisten? Dass man von niedrigen Tieren zu solchen mit höherer Bewusstseinsstufe aufsteigt, bis man schließlich zum Menschen wird – als Auszeichnung sozusagen. Und wenn man sich schlecht verhält, dann geht es zur Strafe zurück in ein Tier, je böser man war, desto niedriger das Tier.« Darauf hatte sich Stéphanes Bemerkung an meinem ersten Morgen in dieser Küche bezogen, eine Bemerkung, die mir seitdem keine Ruhe gelassen hatte. Selbst im Spaß, wie hatte er sich derart über eine Frau äußern können, die doch so viel für ihn getan hatte?

»Und wie viel Sinn hat das für Sie?« Odile hatte sich mit ihrer *bol* in das Halbdunkel außerhalb des Scheins der Hängeleuchte zurückgezogen. Die Beleuchtung ließ ihr Gesicht wie eine dieser symbolischen Masken erscheinen: die Tragödie.

Ich lachte. »Überhaupt keinen«, antwortete ich. »Tiere sind weder gut noch schlecht. Das ist eine unzulässige Vermenschlichung. Und das ist für mich auch das Problem mit diesen ganzen Seelenwanderungsgeschichten: Da ist so viel Wunschdenken dabei, Entschuldigung, aber: primitive Todesängste, naive Vorstellungen aus Zeiten, in denen man es eben nicht besser wusste.«

Odile zuckte mit keiner Wimper. »Ach, wissen Sie, in primitiven Zeiten hat man schon eine ganze Menge gewusst. Lesen Sie mal die naturwissenschaftlichen Schriften der griechischen Philosophen.«

Ich schaute von meiner Milchschale hoch, ein bisschen schnell, erstaunt. Na, das war wieder mal taktvoll, meine Beste!

Mein Gegenüber lachte leise. »Ja, ich, eine kleine Expostbeamte und Betrügerin habe all diese Bücher gelesen. Madame hat mich dazu gebracht, nach und nach. Was ich sagen wollte: Die griechischen Philosophen waren Wissenschaftler. Was sie bereits nur durch Beobachtung und Nachdenken, ohne technische Hilfsmittel, Vergrößerungsapparate, Röntgen, Lasertechnologie und so fort über die Natur der Dinge und des Lebens herausgefunden haben, das war eine unglaubliche Leistung! Lesen Sie mal Aristoteles. Er hat schon so vieles entschlüsselt.«

»Kann ja sein, aber gerade Aristoteles hat auch Blödsinn verzapft. Der Mann allein Träger des Lebenssamens, die Frau nur das Gefäß... Dieser Behauptung verdanken wir unter anderem Jahrtausende von Frauenunterdrückung.«

Sie wackelte kurz mit dem Kopf. »Er hat aber auch gesagt: Der Körper hat potenziell Leben, dass die Belebung verwirklicht wird, ergibt sich durch die Seele.«

Ja, daran glaubte ich. Seitdem ich meine Mutter hatte sterben sehen, wusste ich auf einem unerklärlichen instinktiven Level, dass das Wesentliche fortgeht, genau in dem Augenblick, da ein Mensch aufhört, lebendig zu sein. Ich hatte es in ihren Augen gesehen. Ich glaube fest an die Existenz der Seele. Ob sie aber individuell bleibt oder sich zu einem Großen-Ganzen zurück begibt, wie soll man das wissen? Wie oft habe ich nach ihrem Tod versucht, meine Mutter zu spüren, in der Hoffnung, dass wenigstens dieser immaterielle Teil von ihr noch da sei. Aber da war nichts mehr. Nichts, was ich hätte erreichen können. Wunschvorstellungen! Aber: »Gut, ich werde Aristoteles lesen. Steht sicher in der Bibliothek.«

Die Wanduhr knackte – Eichengehäuse, auf 1900 getrimmt, ein schlechter Nachbau. Eine Motte geriet in den Lichtkreis der Lampe und drohte sich zu verbrennen. Odile stand auf, fing die Motte mit einer Hand ein und setzte sie aus dem Fenster. Bravo, vielleicht ein verkappter Graf, wer weiß?

»Ich merke, Sie haben sich nicht wirklich damit befasst, mit der Reinkarnation. Es ist wahr, früher war die Theorie vermischt mit Religion und Dogmen. Aber seither hat es ernsthafte und völlig sachliche Forschungen dazu gegeben.

Madame hat mit Wissenschaftlern korrespondiert und die Theosophische Gesellschaft in London finanziell unterstützt – das hat Alexandre zur Weißglut gebracht. So viel Geld für diesen esoterischen Quatsch, hat er geschrien. Sie haben sich ganz schön gekracht deswegen. Einmal ist sie sogar in die USA geflogen – 19... warten Sie, in den Fünfzigern war das. Da stand ein Artikel in Time-Life, dass eine irisch-stämmige Hausfrau aus Colorado sich unter Hypnose an ihr früheres Leben in Irland erinnert hätte. Im neunzehnten Jahrhundert. Sie konnte erstaunliche Einzelheiten erzählen: Von ihrem Dorf, den Leuten, der Kirche, der Dorfschule; sie beschrieb die Landschaft, die Küste – und war doch nachweislich nie in Irland gewesen.«

»Und?« Mit so was haben sich ja Leute immer wieder mal ins Rampenlicht gebracht. Wer weiß, ob sie nicht doch da war, oder sie kannte einen alten Menschen, der von dort stammte.

Odile stellte die Tasse in den Abwasch. Während sie zum Brotkasten watschelte, sich eine dicke Scheibe Baguette absäbelte und sie mit Marmelade bestrich – »möchten Sie auch ein Stück? Ich bekomme nachts immer Hunger« –, erzählte sie weiter. »Es konnte kein Betrug nachgewiesen werden. Psychiater und Journalisten haben diese Frau wohl dermaßen durch den Wolf gedreht, dass sie dann irgendwann ihre Ruhe haben wollte. Verständlich.«

»Hat Madame Estelle ihr denn geglaubt?«

»Oh ja, aber das war nur der Anfang. Für sie war ja wichtig nicht die Tatsache, dass – sondern der Nutzen. Kann man in der neuen Inkarnation aus Fehlern des alten Lebens lernen, es besser machen? Das ist die entscheidende Frage.«

Genau das, worüber ich heute Nachmittag nachgedacht hatte – und nicht zum ersten Mal. Eine zweite Chance! Aber ob anders dann wirklich besser wäre? Würde man nicht andere Fehler machen? Wir Menschen waren nun mal nicht perfekt. Und der Zufall tut sein Übriges.

Meine Zweifel müssen mir deutlich im Gesicht gestanden haben, und Odile bezog sie auf sich. »Ich weiß schon, Sie denken: Die spinnt, die Alte. Monsieur Alex meint das auch. Stéphane, der tut so, als glaube er mir nicht. Aber er fürchtet sich.«

Die Katze stand auf, buckelte ausgiebig und streckte ihre Beine. Dann sprang sie von der Waschmaschine auf die Arbeitsplatte und von dort auf Odiles Schoß. Sie reckte sich und stieß ihren Kopf unter das Kinn der alten Frau. Odiles Gesicht wurde weich.

»Meine arme *patronne*! Sie hat es in diesem Leben nicht leicht gehabt. Und ihr Tod ...«

Ich schwieg, um sie zum Weitererzählen zu veranlassen, so liest man das ja immer im Krimi.

»Sie war sehr einsam, wissen Sie. Sie hat keine guten Erfahrungen mit der Welt da draußen gemacht, und unter dem Hass zwischen den beiden Jungen hat sie sehr gelitten. Alexandre war selten hier, und Stéphane wollte auch fort, das hat sie gespürt. Beide wollten sie verlassen, dabei waren sie die einzigen Menschen auf der Welt, die ihr noch geblieben waren.«

Sie schenkte sich noch eine Schale Milch ein und tunkte den Brotkanten mitsamt Marmelade hinein, um ihn zu verzehren. Dabei schnaufte sie laut. Sie bekam zu wenig Luft während des Kauens.

»Alex hat alles bekommen, was ein junger Mann erwarten kann: eine gute Erziehung auf den besten Internaten in Frankreich, England, den USA ... Und der kleine Stéphane: Er war sieben, als seine Eltern mit dem Wagen verunglückt sind. Zuerst wusste die Gräfin wenig mit ihm anzufangen. Sie war da ja schon an die sechzig und hatte nicht damit gerechnet, noch einmal zu einem Kind zu kommen.«

»Wie alt war Alex zu der Zeit?«

»Oh, lassen Sie mich rechnen.« Sie knibbelte mit den Fingern. »37, denke ich. Er war schon längst aus dem Haus und hat an der Riviera ein lustiges Leben geführt.«

»Was hatte er denn gegen seinen Cousin? Der hat ihm doch nichts weggenommen?«

»Nun, kann sein, dass die Gräfin einige Fehler gemacht hat ihm gegenüber. Sie war keine liebevolle Mutter für ihn. Für Stéphane dann um so mehr – erstaunlicherweise! Das hat Alexandre ihr übel genommen. Es hat ihr leid getan, aber sie konnte es ja nicht mehr ungeschehen machen. Wenn wir jung sind, tun wir vieles, was wir später gern ungeschehen machen würden.«

Allerdings.

»Wie sind Sie eigentlich zu dieser Stelle gekommen?« Die Frage war mir so herausgeplatzt. »Entschuldigung. Es geht mich nichts an.«

Odile stellte ihre Schale auf den Rand der Steinspüle hinter sich und begann die Katze zu streicheln. »Ich sag es Ihnen. Warum nicht? Im Dorf weiß ohnehin jeder Bescheid. Und da werden Sie verstehen, was für ein wundervoller Mensch sie war, Madame Estelle. Ich habe damals auf dem Postamt gearbeitet. War eine hübsche junge Frau, auch wenn Sie das jetzt nicht mehr sehen. Bin gern ausgegangen, wollte auch mal ein hübsches Kleid, auch mal eine Flasche Champagner. Eine eigene Wohnung, hübsche Möbel. Das konnte ich mir alles nicht erlauben bei meinem bisschen Gehalt. Also habe ich hier und da von Kundenkonten was abgezweigt. Nur ein paar Sou. Ich wollte ja niemandem wehtun. Hat auch lange keiner gemerkt. Aber als sie mir dann auf die Schliche gekommen sind, hatte sich einiges summiert. Ich war ja selbst entsetzt, als mir das so richtig klar wurde. Und – na ja ...« Sie kratzte sich den Kopf und seufzte. »Dann habe ich natürlich alles hergeben müssen. Hatte Schulden, war vorbestraft. Die Leute haben über mich getuschelt. Natürlich hat mir niemand Arbeit gegeben, keiner! Außer ihr. Stellen Sie sich vor: Sie hat meine Schulden für mich bezahlt und mir diesen Posten gegeben, als Haushälterin, später Gesellschafterin. Ich war ihre Schülerin, vielleicht sogar Freundin, eine große Ehre für mich.«

Sie verstummte. Der Minutenzeiger der Wanduhr schnellte klackend von einem Teilstrich zum nächsten, und nach dem vierten oder fünften Klacken begriff ich, dass die Unterhaltung zu Ende war.

»Hm, warum sollte man nicht jemanden anstellen, der einen Fehler gemacht und dafür bezahlt hat?« Sie hat ja wohl auch was davon gehabt: eine ergebene Haushälterin und Vertraute, dachte ich. Ich bekam keine Antwort, na gut. »Danke für die Milch. Gute Nacht.«

Ich stand auf, spülte meine Schale aus und stellte sie auf die Abtropffläche.

»Machen Sie das Licht aus«, murmelte Odile, als ich durch die Tür ging.

Ich legte den Schalter um und sah zurück. Durch das hohe Oberlicht bestrich Mondschein die Umrisse von Frau und Katze. Vier Augen glänzten im Dunkel.

10.

Dröhnende Musik weckte mich – die Orphée, wie jeden Morgen. Zuerst die Morgenstimmung, Geigen und Harfe, dann der Schmerz des Verlustes, das Klagelied und die Hoffnung.

Vertraue dem Eros. Die Götter fühlen Mitleid.
Zeus erbarmt sich deiner. Steige hernieder
Zu Lethes schrecklichem Strande, wo sie jetzt weilt,
Unter den Schatten der Toten; rührest du dort
Mit dem Zauber des Sanges die Furien ...

Ich legte mich auf den Rücken, verschränkte die Arme unter dem Kopf und lauschte.

Der Text wirkt heute lächerlich, dachte ich, aber die Musik ... Wie kommt es, dass Musik einem so direkt ins Herz fahren kann? Keine Sprache kann das. Bei Sprache gibt es immer die zwei Seiten: Sender und Empfänger. Und so viele Möglichkeiten, wie etwas gemeint ist und wie es ankommt. Das ist so kompliziert. Nur Musik funktioniert unmittelbar – bei jedem, auf der ganzen Welt. Man kann sich ihr nicht entziehen, nicht einmal die Furien der Hölle konnten das. Ich musste lächeln: Wie pathetisch. Doch dann – Geigen, perlende Klarinetten, der weiche Holzklang der Oboe schob sich nach vorn – Orpheus flehte um die Rückkehr seiner Geliebten Eurydike vom Tod ins Leben. Wenn man das nur könnte, das Schicksal rückgängig machen, wenn man nur eine zweite Chance bekäme, wenn ich mutiger gewesen wäre, meine eigenen Interessen stärker verfolgt hätte, wäre ich dann attraktiver für ihn gewesen? Seine Neue wäre Politikerin, hatte ich gehört. Die hatte sicher mehr zu erzählen als eine Hausfrau und Mutter. Wenn wir nur mehr Wunderbares gehabt hätten, mehr Erotik statt Heim, Kinder, Herd? Während Orpheus in die Unterwelt stieg, tagträumte ich von einer anderen Marleen mit einem anderen Leander.

Sehnsucht ergriff mich, die mir die Brust zusammenquetschte. Aber wonach – nach dem, was wir wirklich gewesen waren, oder nach dem, was wir hätten sein können?

Die Musik brach ab.

Stéphanes Stimme: »Können wir nicht ein Mal was anderes hören?!«

Odile: »Aber Madame hat bestimmt, dass ...«

Stéphane: »Das Testament einer Wahnsinnigen. Aber wenn du glaubst, dass du mich für den Rest meines Lebens mit diesem Gejaule malträtieren kannst, dann ...«

Die Stimmen entfernten sich. Ich schwang die Beine aus dem Bett.

Ich zog mich an, aß zwei Kekse und rauchte, die Ellbogen auf dem Fenstersims. Die Katze haschte Schmetterlinge im Rosengarten. Ein ganz normales Tier. Ich musste lachen bei dem Gedanken an das Gespräch der letzten Nacht. Was für ein Unsinn! Nächstens würde diese Odile mir noch weismachen wollen, dass die Gräfin ermordet worden war und in Gestalt der Katze ihre Rache betrieb. »Ihr Tod ...« Sie hatte das so eigenartig im Raum stehen lassen, sicher um mich zu ködern. Also wirklich: Ein altes Schloss, der Geist einer Ermordeten im Körper einer Katze, das war ja Kitsch pur!

Doch das Thema Reinkarnation faszinierte mich irgendwie. Es hatten sich ja durchaus kluge Geister damit befasst. Ich ging in die Bibliothek, um mir anzuschauen, womit Estelle sich so beschäftigt hatte.

Es war ruhig im barocken Hauptgebäude. Ich stieg die Treppen hoch, vorbei am Musikzimmer und dem Salon. Von der Küche im Turm her ratterte die Waschmaschine im Schleudergang. Ein Topfdeckel fiel scheppernd auf den Boden. Aus der Richtung von Stéphanes Arbeitszimmer hörte ich ein einseitiges Gespräch. Er telefonierte.

In der Bibliothek standen die Fenster offen. Odile klaubte schnaufend einen Stapel Bücher vom Boden auf. »Haben Sie die hier liegen lassen?«, knurrte sie mich an.

»Nein!«, verteidigte ich mich. »Ich stelle alles, was ich mir leihe, wieder an seinen Platz.«

Spitz: »Natürlich, immer ordentlich – *comme une bonne Allemande*«, wie eine gute Deutsche. Als Deutsche kann man es der Welt nie recht machen.

Kopfschüttelnd ging ich an den Regalen entlang, und meine Augen überflogen die Buchrücken. Aha – Philosophie: Pierre Bayle *Dictionnaire Historique et Critique* eine Ausgabe aus dem achtzehnten Jahrhundert, was die wert sein mochte? Und dann bunt durcheinander alle Autoren, mit denen ich mich in meiner Studienzeit herumgequält hatte. Und immer ging es um Wiedergeburt und Seele.

Ich zog einen Band Platon heraus. Platon hatte an die Existenz einer ewigen Seele geglaubt. Die Wanderung erklärte er mit einer Art Sündenfall. Die niederen Begierden fesselten die Seele an den Körper, während die Vernunft quasi eine schwache Erinnerung an ein früheres gottgleiches Dasein sei. Um aus der Körperlichkeit erlöst zu werden, müsse die Seele also nach Vernunft streben.

Aristoteles sah in der Seele zwar *das Bewegende*, den Lebenshauch, meinte aber, die Seele stürbe mit dem Körper. Aus und vorbei. *Zu kurz gedacht!*, hatte die Gräfin in fast wütenden Federhieben daneben geschrieben. *Wo bleibt dabei die Lebenskraft? Das Leben ist nicht Teil des Körpers. Es kommt vom Universum, und die Seele ist Träger der Lebenskraft. Stirbt der Körper, geht die Kraft zum Universum zurück!*

Ein anderes Buch sprang mich geradezu an, schmal, braun, Goldprägung auf Leder. Jitzchak Lurja in lateinischer

Schrift, darunter der Titel in Hebräisch, dieser geheimnisvoll geflammten Schrift, als sei sie direkt im Dornbusch entstanden. Innen stand auf der linken Seite der hebräische Text, rechts eine französische Übersetzung. Der schmale Band wirkte sehr alt, sicher rar und wertvoll, doch auch hier hatte die Gräfin mit schwarzer Tinte etwas auf den Vorsatz geschrieben: *Je reviens* – Ausrufezeichen, zweimal unterstrichen. Die Seitenzahl drei war eingekringelt, das dürfte den Wert erheblich mindern.

Ich fand Pico della Mirandola, der die Kabbala übersetzt hatte und darum bemüht war, Übereinstimmungen in allen großen Religionen nachzuweisen. Dafür war er bei seinem Papst in Ungnade gefallen.

Dann Giordano Bruno, den man 1600 als Ketzer verbrannt hatte: *Nimmer vergeht die Seele, vielmehr die frühere Wohnung tauscht sie mit neuem Sitz und lebt und wirkt in diesem.* Und in Madames Schrift am Rand: *Ecco!* – Genau! Wenn Bruno an die Seelenwanderung geglaubt hat, dann kann ja die Hinrichtung kein allzu großer Schrecken für ihn gewesen sein, dachte ich und ließ weiter meine Finger über die Bücherrücken streifen. Ach, und guck mal: deutsche Namen: Gotthold Ephraim Lessing, Johann Georg Schlosser, Hebbel, Heine, Wedekind, Steiner, Schopenhauers *Die Welt als Wille und Vorstellung.*

»Entschuldigen Sie«, sagte Odile. »Das war unfreundlich. Wahrscheinlich ist es Alexandre gewesen. Er hat mal wieder nach Verkäuflichem gesucht. Aber dann soll er die Sachen doch wenigstens wieder aufräumen. Das Bücken fällt mir so schwer.«

Ich lächelte sie an, zum Zeichen, dass ich die Spitze nicht übel genommen hatte, und wandte mich wieder Schopenhauer zu. Ein Eselsohr markierte eine Stelle im Band. »*Nicht verschwinden die gewollten, aufgeschichteten Taten spurlos, ohne dass man eine Wirkung von ihnen verspürt, sei es in dieser, sei es in einer zukünftigen Existenz. So sicher wie ein em-*

porgeworfener Würfel immer wieder fest zu stehen kommt, so sicher gelangen die Wesen infolge ihrer Taten zu einem neuen Dasein.« Oje! Kein Wunder, wenn es mit der Welt bergab geht. Ich klappte das Buch zu, wobei es eine kleine Staubwolke entließ, und stellte es an seinen Platz. Die Gräfin musste eine hochgebildete Frau gewesen sein, wenn sie all das im Original gelesen hatte!

Odile hatte die Fenster geschlossen und bewegte sich zur Tür.

»Haben Sie eine Ahnung, warum die Gräfin wollte, dass man jeden Morgen dieses Lied spielt?«

»Sie wollte sich daran erinnern, wer sie war. Hier, wenn Sie Madame verstehen wollen, auch nur ein kleines bisschen, dann lesen Sie das. Und das, und das!«

Zielsicher zog sie mehrere Bände heraus und legte sie auf eines der Lesetischchen.

»Danke.« Ich legte den Kopf schief, um weiter die Titel zu studieren. Das 1857 erschienene *Buch der Geister* von Allan Kardec, dem französischen Oberspinner; Rudolf Steiner – gut, der war fundierter, Helena Petrovna Blavatskys *Evolution durch Wiedergeburt* und mehrere Bände von einem gewissen Aleister Crowley. Der Name kam mir auf unangenehme Weise bekannt vor. Ich zog eines seiner Bücher heraus und schlug es auf. Prächtige Vierfarbdrucke eines Kartenspiels sprangen mir entgegen, schön, aber auch gruselig: *Die Königin der Schwerter, der Gehängte, der Tod*... das Crowley-Tarot. Meine Schwester Laura war als Teenager mal damit nach Hause gekommen. Wir hatten damit gespielt, versucht, unsere Zukunft vorauszusagen, und Vater hatte uns erwischt. So wütend hatte ich ihn selten gesehen. »Ein bösartiger Irrer. Er hält sich für einen Hexenmeister! Zu seinen bevorzugten Methoden gehörten Tieropfer, Sadismus, unnatürliche, widerliche sexuelle Praktiken. Her damit! Nie wieder will ich solchen Schmutz in euren Händen sehen!« Die Karten verbrannte er persönlich auf dem Kompost. »Der einzige Ort, wo sie was Gutes tun!« Hastig stellte ich das Buch zurück.

Ich setzte mich in den Sessel und nahm das erste Buch zur Hand, das ich mir ausgesucht hatte, ein schmales Bändchen nur, Aristoteles, *Über Gedächtnis und Erinnerung*. Ich brauchte eine Weile, um für mich auf den Punkt zu bringen, wie er beides unterschied. Im Alltag haben wir uns ja angewöhnt, diese beiden Begriffe zu vermischen. Ich machte mir Notizen: Das Gedächtnis ist das Festhalten von Wahrnehmungen. Es funktioniert über ein Vorstellungsbild. Das Vorstellungsbild ersetzt den Gegenstand der Wahrnehmung. Erinnerung dagegen ist die Wiedererlangung des Vorstellungsbilds einer Wahrnehmung, die man früher hatte.

Und wie kann man sich erinnern, wenn man etwas vergessen hat? Erinnerung kommt durch Bewegung zustande: *Daher vollzieht sich die Erinnerung am glücklichsten, wenn sie vom Beginn des betreffenden Ereignis- oder Sinnzusammenhangs anhebt.* So wie man ins Wohnzimmer zurückläuft, wenn man in der Küche vergessen hat, was man da wollte. Das kannte ich.

Die Gräfin hoffte also, mit der Musik einen Assoziationskette in Gang zu setzen. Das könnte funktionieren. Schließlich erinnert man sich für immer an die Musik, die man gehört hat, als man zum ersten Mal verliebt war – und diese Musik wird für immer die Erinnerung an einen Menschen, ein Gefühl, eine bestimmte Situation auslösen. Kaoma – Lambada, Leander und ich waren über die Tanzfläche gewirbelt wie an der Hüfte zusammengewachsen. Leander war so plötzlich stehen geblieben, dass ich auf dem Po über die ganze Fläche gesegelt wäre, hätte er mich nicht festgehalten. Er hob mich hoch, bis wir Nase an Nase waren: »Lass uns zusammenziehen.« – Nein, diese Assoziationskette führte entschieden in die falsche Richtung. Schnell an was anderes denken! Ich ließ das Buch aus der Hand fallen wie ein Stück Glut.

Für Madame d'Armand war die zentrale Frage: Welchen Nutzen hat man von der ewigen Seele, wenn man sich ihrer Erfahrungen nicht bedienen kann? Wie kann meine Seele in einem zukünftigen Körper da anknüpfen, wo ich bereits gewesen bin? Danach und nach nichts anderem hatte sie wieder und wieder ihre Bücher durchsucht.

Gotthold Ephraim Lessing, *Die Erziehung des Menschengeschlechts*, schwer zu lesen, fand ich. Die Sprache war so fremd. Zusammengefasst meinte er wohl, dass man unterscheiden müsse zwischen den Fortschritten, die die Menschheit als Ganzes macht, und denen, die einzelne Menschen erreichen.

Eben die Bahn, auf welcher das Geschlecht zu seiner Vollkommenheit gelangt, muss jeder einzelne Mensch (der früher, der später) erst durchlaufen.

Kollektive Vervollkommnung, doch der Einzelne vergisst? Das würde ja ewig dauern, das kann nicht sein!, hatte die Gräfin in ihrer steilen Schrift daneben geschrieben.

Ein vergilbtes Schwarz-Weiß-Foto fiel mir entgegen. Die Gräfin d'Armand mit einem Baby auf dem Arm. Neben ihr ein schnurrbärtiger Mann im Anzug. Kleiner als sie, drahtig, Narbe über einer Augenbraue. Ein weißes *Képi* mit schwarzem Schirm. Die Gräfin trug ein langes Kleid im X-Stil der Fünfzigerjahre, enganliegendes Oberteil, weiter Stufenrock, Schicht über Schicht kostbarer Spitzen, das dunkle Haar hochgesteckt. Schön, schlank und sehr elegant. Ihr Lächeln wirkte eisig und verloren.

»Oh, ich sehe, du hast die okkulte Sammlung meiner Tante entdeckt«, sagte Stéphane von der Tür her.

Ich wurde rot. »Entschuldigung!« Ich hatte vollkommen vergessen, dass ich verabredet war.

»Nichts zu entschuldigen, ich habe dir ja den Gebrauch unserer Bibliothek angeboten.«

Ich reichte ihm das Foto. »Das hier ist aus einem der Bücher gefallen.«

Er betrachtete es mit unbewegter Miene. »Alex als Baby. Danke, ich werde es ihm geben.«

»Sie war eine schöne Frau.«

»Ja, das war sie. Hat ihr aber nicht viel genützt.«

»Wie meinst du das?«

»Glück hat es ihr nicht gebracht. Sie hat in ihrer Jugend eine Dummheit gemacht, hat sich mit dem Falschen eingelassen. Dann wurde sie hastig verheiratet, so wie das damals war – beschädigte Ware.«

Ich schüttelte mich innerlich. Ekelhaft! Was für eine Denkweise das gewesen war! »Dann ist das der Ehemann? War es keine gute Ehe?«

»Nein. Vor allem war es eine kurze Ehe.« Stéphane lachte bitter. »Er war ein Fremdenlegionär. Gleich nachdem der Schwiegervater verstorben war, hat der feine Gatte sich nach Südamerika abgesetzt mit dem größten Teil ihres Vermögens.«

Er steckte das Bild in eine der Schenkeltaschen seiner jägergrünen Cargohose, wenig sorgfältig, wie ich fand. Er packte mich am Arm und zog mich mit sich. »Komm! Das Wetter ist zu schön, um sich in der Bibliothek zu vergraben! Heute ist Vide-Grenier in Banon.«

»Trödel?« Vide Grenier bedeutet wörtlich übersetzt: den Dachboden leeren.

»Genau. Schätze sind da zwar nicht zu finden. Inzwischen wissen die Leute, was gute alte Sachen wert sind. Und die Profis grasen gleich morgens um acht ab. Die Leute haben noch nicht mal richtig ausgepackt, da sind die Händler schon dazwischen und greifen die besten Sachen ab. Aber es ist immer ganz lustig da, ein bisschen wie ein Dorffest. Hast du Lust?«

»Ja, sicher. Aber können wir vorher an einer Reinigung vorbeifahren?«

Ich wies auf einen Beutel Schmutzwäsche, die sich angesammelt hatte. Bislang hatte ich meine Unterwäsche und die

T-Shirts im Waschbecken durchgenudelt, aber inzwischen hatte ich kein wirklich sauberes Kleidungsstück mehr.

»Reinigung? Aber warum denn? Gib das einfach Odile.« Damit bückte er sich, hob den Beutel auf und lief mit seinen langen Schritten zur Küche voraus, während ich hinter ihm her trippelte und vergebens versuchte, ihm den Beutel zu entreißen. »Aber nein, nicht doch! Das kann ich ihr doch nicht zumuten. Ich will niemandem zur Last fallen.«

»Ach was!«, sagte er über die Schulter. »Du bist unser Gast. Und Odile braucht ja bloß auf einen Knopf zu drücken. Odile?«

Er öffnete die Küchentür mit einem sanften Fußtritt. Ich sah an ihm vorbei: Odile war dabei, feuchte Wäsche aus der Trommel in einen hellblau lackierten Weidenkorb umzuladen.

»Kannst du bitte noch eine Ladung für Leen aufsetzen?«

Odile grunzte ihn missmutig an, aber mir nickte sie zu. Ein Hauch eines verschwörerischen Lächelns, so rasch vorbei, als seien wir beide Geheimnisträger, die sich in der Öffentlichkeit nicht kennen durften. Oh Wunder. Was ein nächtlicher Plausch doch so alles bewirken konnte.

»Danke, meine Liebe!« Stéphane schob mich hinaus. »Siehst du.«

Ich nahm mir vor, Odile etwas Hübsches zu kaufen.

Der Geländewagen war nicht aufgeräumter als das letzte Mal. Lehmspritzer zierten die Kotflügel bis auf Hüfthöhe. Drinnen roch es nach Schaf und nassem Hund. Stéphane griff Schlapphut und Jagdzeitung vom Beifahrersitz und warf sie, ohne weiter hinzuschauen, nach hinten.

Das Plateau d'Albion, bei meiner Ankunft noch vorfrühlingshaft kahl, hatte sich belebt. Kleefelder blühten rosa, an den Straßenrändern blau der wilde Salbei. Vorbei an ehemaligen Raketensilos, Hubschrauberlandeplatz und Radaranlagen ging es über die weite Hochebene: frisch umgegrabene Felder, lange, parallele Reihen von Lavendelbüschen, unterbrochen von Eichenwäldern und hellgrün leuchtenden Maronenpflanzungen.

»Esskastanien!«, überbrüllte Stéphane den alten Motor. »Das Brot der armen Leute. Noch vor fünfzig Jahren hätte man dich erschießen dürfen, wenn man dich beim Kastanienklauben erwischt hätte.«

Der Ventoux legte seinen Auftritt hin und blieb zurück. Die Straße war zweispurig und in Bestzustand hier oben, eine Hinterlassenschaft der französischen Armee.

»Dagegen hat dein Lieblingsautor Giono doch auch angeschrieben, nicht wahr?«, bemerkte ich, um meine Belesenheit unter Beweis zu stellen.

»Schon.« Stéphane lachte. »Aber er hat sie gründlich missverstanden, die Leute hier. Sie haben sich gefreut, als die Armee kam und Schulen gebaut und für Straßen und Arbeitsplätze gesorgt hat. Und sie sind mächtig sauer jetzt, weil sie wieder allein von der Landwirtschaft leben müssen.«

»Das war wohl nichts, Marleen«, hätte Leander gesagt.

Hinter einem Steinbruch erschien Banon vor uns, an die Südseite eines Hügels geschmiegt. Die Luft war warm und roch intensiv nach Honig.

Eine Wiese vor dem Ortseingang war vorübergehend als Parkplatz ausgewiesen. Junge Bauern mit Armbinden regelten den Besucherverkehr. Mit wichtigen Mienen winkten sie die Autofahrer auf ihre Plätze und sprachen in Walkie-Talkies. Man sah ihnen an, dass sie ihren Spaß dran hatten. Stéphane parkte seinen Wagen und schwatzte kurz mit einem der Parkwächter. Eine Traube Neugieriger bewegte sich auf die Häuser zu, andere kamen bereits mit Beute zurück.

Wir tauchten in die Gassen ein und kamen zum Marktplatz, La Place du Jet d'Eau – Platz des Wasserstrahls. Tapetentische und Stände gruppierten sich in drei Reihen um den Brunnen. Manche der Verkäufer hatten ihre Waren auch einfach auf Teppichen oder Decken am Boden ausgebreitet.

Langsam schritten wir die Reihen ab. Ich ließ meinen Blick über die kitschigen Pressglasvasen und Figurinen schweifen, Baby- und Kinderkleidung, Spielsachen aus Plastik, Häkeldecken, Souvenirs. Ich kaufte schließlich eine leicht zerschlissene Seidentasche, in der Damen früher ihre kostbaren Strümpfe aufbewahrten. Das wäre etwas für meine jüngste Schwester. Laura war sogar zuzutrauen, dass sie Strumpfhalter besaß.

Stéphane war bei einem alten Mann stehen geblieben, der rostiges Werkzeug, Tierfallen und eine uralte Flinte auf einer zerschlissenen Armeedecke feilbot. Das heißt: Er bemühte sich nicht sonderlich, saß stumm auf einem Klappschemel und begaffte die Vorübergehenden. Seine Haut war eine einzige Sammlung tiefer Furchen, nicht unähnlich seinem Acker wahrscheinlich, der Blick flink und schlau. Ich trat hinzu. Stéphane bückte sich, nahm das eine oder das andere Gerät in die Hand. »Siehst du die verschiedenen Hacken? Alle handgeschmiedet und unterschiedlich geformt. Die hier mit dem breiten Blatt ist für schwere Böden, die mit den zwei Zinken für steinige. Die dreieckige da ist zum Unkrauthacken gemacht, die abgerundete zum Häufeln. Sehr spezialisiert. War besser für die Böden als die schweren Maschinen heute.« Bedauernd ließ er die Hacken fallen und bückte sich nach einem Haufen Tierglocken unterschiedlicher Größe, teilweise noch an dicken, staubigen Lederhalsbändern befestigt.

»*Ils sont à combien*?« Wie viel kosten die?

»*Depends.*« Das kommt drauf an, sagte der Alte. »Wenn Sie alle nehmen ...«

Stéphane nahm zwei der Glocken in die Hand und läutete sie gleichzeitig. Unzufrieden mit dem Zweiklang legte er die größere wieder hin und versuchte es mit einer anderen. Der Bauer bückte sich ebenfalls, hängte sich eine Reihe Halsbänder über den Unterarm, und nach und nach läuteten sie sämtliche Kombinationen, bis eine zufriedenstellende Harmonie gefunden war. Ein paar Einheimische und Touristen hatten einen Kreis um die beiden gebildet und gaben Kommentare ab.

»Das sind Glocken von der Transhumanz.«

»Ja, das sind Glocken von der Transhumanz.«

Einer bückte sich und hob ebenfalls eine Glocke auf. Nun bimmelten sie zu dritt, und das höchst ernsthaft.

»Das war früher ein wichtiges Geschäft, die Wahl der Glocken!«

»Eh bèh, dafür hat man sich Zeit genommen.«

»Nicht wie heute.«

»Nein, nicht wie heute. Heute klingen sie alle gleich. Kommen aus der Fabrik. Die da sind handgemacht.«

»Die sind aus der Zeit, als noch riesige Herden zu Fuß in die Alpen getrieben wurden, im Sommer«, erklärte Stéphane mir und den anderen Touristen. »Man hat die Glocken sehr sorgfältig ausgesucht beim Glockenmacher, sodass man eine schöne Musik hatte, beim Marschieren und nachher auf der Alm.«

Noch einer und noch einer nahm Glocken auf. Der Marktplatz war von dem Gebimmel und Gebammel erfüllt.

»Jede hatte ihre eigene Bezeichnung, nach Größe und Klang und Funktion. *Cloches, clappes, clochettes, grelos, sonnailles,* die großen Wegglocken der Leittiere – die wurden oben abgenommen; dann die *sonettes* und die *clarines*!«

Der alte Schafhirte genoss sichtlich die Aufmerksamkeit, sagte aber kein Wort dazu.

»Der kennt sich aus!«, warf einer der Umstehenden ein, der Pizzahändler von gegenüber, der seinen Stand verlassen hatte, um dem Ereignis beizuwohnen.

Brummende Zustimmung rundum. »Ja, der kennt sich aus. Das geht alles verloren heutzutage.«

»Genau. Heute kommt alles aus Fabriken. Nicht dasselbe.«

»Nein, ganz und gar nicht dasselbe.«

Schließlich grub Stéphane einen Zwanziger aus seiner Hosentasche, und drei der Glocken wechselten den Besitzer. Zufrieden fischte der Alte in seiner Jackentasche und steckte sich eine filterlose Zigarette zwischen die ausgeleierten Lippen. Ich holte mein Feuerzeug hervor und gab ihm Feuer. Das gelbe Maispapier flammte auf und verbreitete einen scharfen Gestank. Er bleckte braune Zahnstümpfe, als er meine gerümpfte Nase bemerkte. Weiß der Teufel, was für eine krude Mischung der Mann qualmte. Gitanes waren die reinste Medizin dagegen.

Stéphane lachte und zog mich gut gelaunt weiter. »Komm! Ich habe noch eine Überraschung für dich. Wetten, das hättest du hier oben nicht vermutet.« Wir gingen um eine Ecke, und er wies mit der großen Geste eines Magiers oder eines Zirkusdirektors auf ein Geschäft, in dem ein noch größerer Andrang herrschte als zwischen den Trödelständen. *Le Bleuet* verkündete ein gemaltes Holzschild über dem Eingang, eine gemalte Kornblume lieferte die internationale Übersetzung dazu. Ein Buchladen. Und was für einer! An einem guten Buchladen komme ich nie vorbei. Ich ging hinein in der festen Absicht, nur zu gucken, und kam mit einer schweren Tüte heraus. Einigen wunderbaren Bildbänden und Heimatliteratur von kleinen, örtlichen Verlagen, mit viel Liebe gemacht und sicher kaum über dem Selbstkostenpreis hatte ich nicht widerstehen können.

»Willst du die Oberstadt besichtigen – es gibt dort einige schöne Häuser aus der Renaissance – oder möchtest du lieber gleich essen gehen?«, fragte mein Guide.

»Später. Jetzt würde ich mich lieber erst mal setzen.« Erschöpft hielt ich die schwere Tüte hoch. Also zurück auf den Platz, um den sich eine Bäckerei, ein Fleischer, eine Alimentation und zwei kleine Bistros gehalten hatten. Die Seitentür der Backstube stand offen, um die Hitze herauszulassen. Als ich hineinlugte, wurde gerade eine Ladung Baguettes aus dem Ofen gezogen. Ein junger Mann mit Dreadlocks und geknotetem Kopftuch lächelte mich an.

»Darf ich?« Ich hob mein Handy hoch. Er nickte, und ich schoss ein Foto von ihm und seinen Broten.

»Eh! Stéphane«, rief es von einem Tischchen neben unserem, als wir uns auf die Terrasse eines Bistros am Platz setzten. Wir schauten uns um, und ich sah eine attraktive Frau, etwa Mitte bis Ende dreißig, neben einem groben, bärtigen Kerl sitzen. Vor ihnen standen zwei Gläser, ein Schälchen Oliven und eine angebrochene Flasche Rotwein.

Sie hatte lockiges, beinahe schwarzes Haar, das ihr bis auf die Hüften fiel, und riesige, dunkle Augen. Als junges Mädchen mochte sie eine Schönheit gewesen sein. Doch harte Arbeit unter freiem Himmel hatte sie vorschnell altern lassen. Ihre Züge wirkten ein wenig rau, wie Audrey Tautou, die ein paar Jahre auf Parkbänken geschlafen hat. Dennoch: bemerkenswert.

»Du siehst wohl auch niemand mehr.«

Stéphane stand auf, sie auch. Sie umarmten sich ein wenig steif, sodass sich ihre Körper nicht berührten; Küsschen rechts, links, rechts. Drei Mal, aha: Gute Bekannte also.

»Wie geht's?«

»Gut, und dir?«

»Ist das deine Neue?«, fragte sie und wies mit spitzem Kinn in meine Richtung. Mein Nicken und mein höfliches Lächeln wurden nicht beantwortet.

Der Bärtige war sitzen geblieben und betrachtete Stéphane feindselig aus alkoholgetrübten Augen.

»Nein, das ist Marleen, eine deutsche Journalistin, die über die Gegend berichtet. Sie wohnt ein paar Tage bei uns.«

Nun endlich nickte sie mir zu. Knapp: »Madame.«

Und zu Stéphane: »Was machen die Schafe?«

»Es geht ihnen gut. Gibt viel Grün in diesem Frühjahr. Aber nicht mehr lang. Es ist zu trocken.«

»Na, mir ist das recht.«

»Ja, für dich ist das gut.«

»Man sieht sich.«

»Ja klar. Bis bald mal.«

Damit war die Unterhaltung beendet. Stéphane setzte sich zu mir, und wir bestellten Eintopf mit Lamm. Aufgeschnittenes Weißbrot kam in einem Körbchen. Dazu ein Schälchen Öl. Wir nahmen jeder eine Scheibe, zerpflückten es, tunkten die Brocken in das grün-goldene Olivenöl. Die beiden ebenso. Es war hauptsächlich sie, die redete, in einem aufgesetzt fröhlichen Ton.

Ab und zu fühlte ich ihre Blicke auf mir wie kleine Nadelstiche. Wenn ich hinübersah, schaute sie rasch weg. Na, das war ja ziemlich eindeutig. Der Lammtopf kam, eine sämige Mischung aus zarten Fleischwürfeln, Speck, Rotwein, Rosmarin und Thymian, Zwiebel und Knoblauch.

»Eine ehemalige Freundin?«, fragte ich, als unsere Tischnachbarn aufgestanden und fortgegangen waren.

»Ja«, sagte er. »Das ist Lucile. Sie ist Bio-Bäuerin. Wir waren mal sehr verliebt mit fünfzehn oder so, *eh bèh*, wie das so ist.«

»Waren? Sie scheint aber noch interessiert zu sein.«

»Ach ja, meinst du?« Überrascht sah er sich nach ihr um. Sie hatte sich bei dem bärtigen Kerl eingehängt und schmiegte sich demonstrativ an ihn. »Das glaube ich nicht. Wir waren doch Kinder damals. Wir haben uns heimlich verlobt.« Er wischte genüsslich den letzten Rest Suppe mit einem Stück Brot vom Teller und schüttelte grinsend den Kopf. »Bei einer Flasche geklautem Clairette. Zu Sonnenaufgang auf dem Pass oben. Haben geschworen, ewig aufeinander zu warten. Aber dann bin ich ins Internat nach Nizza gekommen, und das war's. Aus den Augen, aus dem Sinn. Ist doch auch ganz normal in dem Alter.«

Irgendwie klang es nicht, als ob er das normal gefunden hätte. Hm, das Mädchen schien ziemlich einfach zu sein –

und er adelig. Das sollte heute eigentlich keine Rolle spielen, aber die Lebensweisen waren doch sehr verschieden. Und er hatte studiert ... Ein Verdacht keimte in mir auf. »Hatte deine Tante etwas dagegen?«

Er winkte nach der Kellnerin, wodurch eine kleine Pause entstand: »Kathi, bringst du uns zwei kleine Schwarze? Du magst doch Kaffee, oder?«

»Ja, gern, aber für mich Milchkaffee«, sagte ich und sah ihn weiter unverwandt an. Ich hatte eine Frage gestellt und beabsichtigte, eine Antwort zu bekommen.

Er schien zu überlegen, wie viel er mir erzählen sollte. Sein Blick glitt an den Hausmauern nach oben und folgte den Schwalben über dem Dächergewirr.

»Ob sie dagegen war? Na und ob!«

»Willst du mir deine kleine Freundin nicht vorstellen?« Es war keine Frage gewesen. »Bring sie am Sonntag nach der Kirche zum Essen mit.«

»Wie, sie hat mich eingeladen?« Lucile war beängstigt und begeistert zugleich.

»Oje! Was soll ich denn anziehen? Ich hab gar nichts Passendes!«

»Zieh irgendein Kleid an, keine Hosen. Reg dich nicht auf. Es ist doch nur ein Mittagessen.«

»Irgendein Kleid! Oh Gott! Das sagst du so. Sie ist immer so elegant, eine richtige Dame!«

»Sie ist eine alte Tante, und du bist jung und total süß.« Er küsste sie und begann, durch den dünnen Stoff ihres T-Shirts ihre festen, runden Brüste zu betasten.

»Hör auf!« Sie schubste ihn zurück.

Noch zwei Tage bis zur Vorladung. Lucile trieb ihre Mutter in einen Stoffladen nach Manosque und nähte wie besessen.

»Sehe ich dich später?«, raunte Stéphane ihr auf dem Schulhof zu.

»Keine Zeit! Das Kleid ist noch nicht fertig«, flüsterte Lucile zurück.

»Ich komm nachher bei euch vorbei, dann kannst du es mir vorführen.«

»Kommt nicht infrage! Es soll eine Überraschung werden.«

Der Samstag kam. Mit ihm Alexandre.

»Ich höre, du führst uns morgen deine Verlobte vor.« Das Wort klang lächerlich aus Alex' Mund, irgendwie kindisch. Fast hätte Stéphane sich der Erinnerung geschämt: Der Sonnenaufgang über den Hügeln, rosa Zirruswolken, wie Federn auf blauem Grund. Das Gras noch feucht und kalt. Eine endlose Weile hatte er am Korken herumgeschraubt und gedrückt, ehe er endlich herausgeflogen war. Der Clairette war sofort übergeschäumt, und Lucile hatte quietschend ihren Rock in Sicherheit gebracht. Dann der Kuss, heilig, heilig war das gewesen!

»Halt's Maul!«

»Olà! Willst du frech werden, kaum dass dir ein paar Härchen am Sack gesprossen sind? Die letzte Kraftprobe schon vergessen?« Alex packte den Jungen im Genick, veränderte die Geste jedoch sogleich in eine freundschaftliche Umarmung, als Odile vorüberging.

Sie warf ihnen einen scharfen Blick zu.

Alex lächelte sie unschuldig an. »Keine Sorge, nur ein kleines Männergespräch, meine Liebe.« Leise fügte er hinzu: »Mal sehen, vielleicht reite ich sie dir ein, wenn sie mir gefällt.«

»Halt dich von ihr fern, du Schwein!«

Sonntagmorgen. Gräfin Estelle und Alexandre hielten ihre Andacht in der Schlosskapelle. Stéphane war in die Dorfkirche gegangen, um seiner Freundin beizustehen. Ängstlich und stolz hatte sie aus der Bank gelugt und – oh Gott – der Aufzug, als sie aufgestanden war. Hätte sie ihn doch nur nicht überrascht!

Plateauschuhe, Spitzen-Leggins, darüber ein Minikleid in neongrün!

»Und! Wie sehe ich aus?«, fragte sie aufgekratzt.

Wie vom Marseiller Straßenstrich, dachte Stéphane, aber sagt man seiner Liebsten so was? Nein, sagt man nicht.

»Super! Du bist wunderschön«, stammelte er und begann sich ernstlich vor dem Mittagessen zu fürchten.

Es fing aber ganz friedlich an. Höflich stand Alexandre auf, als die beiden ins Speisezimmer kamen.

»Tante Estelle, Alexandre: Das ist meine Freundin Lucile Chapon. Lucile: meine Tante Estelle, mein Cousin Alexandre.«

»Enchanté.« Estelle verzog keine Miene. »Was für ein entzückendes Kleid. So farbenfroh.«

»Selbstgenäht!« Lucile knickste und drehte sich, um ihr Werk bewundern zu lassen.

»Darauf wäre ich nie gekommen!«

Alex reichte Lucile seinen Arm und führte sie zu ihrem Platz. Hinter ihrem Rücken warf er Stéphane einen spöttischen Blick zu und blies sich über die Fingerspitzen, als habe er sich verbrannt. Aber dabei ließ er es bewenden.

»Chapon, Chapon?«, sagte die Gräfin. »Ihr Herr Vater heißt André, nicht wahr?«

»Ja, genau. Er hilft ab und zu bei Ihnen aus, Madame.«

»Richtig. Er mäht unsere Wiesen und liefert uns im Winter das Holz, nicht wahr? Ein fleißiger Mann.«

»Muss er wohl sein. Sechs Kinder«, warf Alexandre ein. Die Ironie war an Lucile vergeudet.

»Wir haben Epeautre- und Lavendel-Felder und außerdem vierunddreißig Ziegen. Mutter macht Käse und verkauft ihn auf dem Markt. Sie hat sich einiges einfallen lassen, um die Laibe speziell zu machen; sie wälzt die Käse in Asche oder in getrockneten Kräutern. Oder sie trocknet sie zu ganz kleinen Hartkäsen, bouchons. Und Zwiebelmarmelade verkauft sie auch.«

Estelle besaß die Freundlichkeit, darauf einzugehen, und eine Weile lang kreiste das Gespräch um unterschiedliche Arten der Käsebereitung, um Ziegenrassen und ihre Vorzüge. Lucile war in ihrem Element und erzählte angeregt von ihren Tieren, deren Charakteren und kleinen Macken.

Odile trug die Vorspeisen auf: in Cognac gebratene Gänsestopfleber auf Salaten, dazu Croûtons und Süßwein. Man hatte zwar großes Besteck aufgelegt, aber Lucile schaute zu Stéphane hinüber, bevor sie nach dem korrekten Besteckssatz griff. So hatten sie es vorher vereinbart. Der erste Gang verlief ohne Zwischenfälle. Stéphane begann, sich zu entspannen.

Beim Lammbraten ging es um schulische Belange. Fünf Jahre Elementarschule hatten die beiden hinter sich gebracht und wurden nun jeden Morgen vom Schulbus abgeholt und ins Collège gebracht.

»Boah! Nur noch ein Jahr.« Lucile stöhnte. »Dann habe ich es hinter mir.«

Estelle: »Ach, Sie mögen wohl Schule nicht?«

Lucile: »Oh Gott, nee! Grundschule, das ging noch, da konnten wir schöne Geschichten lesen und malen und so. Aber jetzt: Mathematik und Physik, eine Quälerei, sag ich Ihnen! Wozu soll das gut sein? Das brauchen wir doch nie wieder im Leben! Literatur, also schön, das lass ich mir noch gefallen…«

»Sie lesen gern?«

»Lucile liest viel«, warf Stéphane ein.

»Ja, beim Ziegenhüten hat man viel Zeit dafür. Da schlepp ich immer Taschenbücher und so Heftchen mit mir rum.«

»Tatsächlich, was denn zum Beispiel?«

»Asterix und Obelix …«

Estelle ließ ein trockenes Hüsteln hören.

Lucile wurde rot: »Na ja, gut, das sind Comics. Ich lese aber auch richtige Bücher.« Sie führte einige Namen an.

»Trivialliteratur.« Die Stimme der Gräfin war schneidend.

»Oh, ich habe auch die Klassiker gelesen, Dumas, die Musketiere, den kleinen Prinzen …«

»Saint Exupéry, gut, aber die wahren Klassiker lesen sich recht trocken.«

Alexandre kam ihr charmant zu Hilfe. »Nun sei nicht so streng, Maman. Es kann nun mal nicht jeder Literatur studieren.«

Stéphane sah ihn dankbar an. Auch diese Klippe war genommen.

Beim Dessert vergaß Lucile ihre Zurückhaltung.

»Oh, Mousse au chocolat!« Sie schlug die Hände zusammen und strahlte übers ganze Gesicht. Ruckzuck war ihr Schüsselchen leer.

»Ach, nehmen Sie doch auch meins. Ich habe keinen Hunger mehr.« Estelle schob dem Mädchen ihre Schüssel zu.

»Sie mögen wirklich nicht?«

»Nein, wirklich. Essen Sie nur. Wir freuen uns, wenn es Ihnen schmeckt.«
Lucile haute rein. Alexandre zog die linke Augenbraue hoch.
»Odile, kann ich auch eine zweite Portion haben«, rief Stéphane. So weit, so gut.
Beim Café im Salon ließ Estelle die Bombe platzen. Alexandre hatte sich entschuldigt. Lucile saß auf dem Rand des Sessels und zupfte am Saum ihres viel zu kurzen Rocks, als Madame fragte: »Dann werden Sie wohl nächstes Jahr die Schule beenden?«
»Oh ja!«, rief Lucile. »Dann sind ja die zehn Jahre rum!«
»Und was werden Sie dann tun?«
»Die Ziegen hüten. Papa auf dem Feld helfen. Das ist doch klar.«
»In der Tat. Ihnen ist aber auch klar, dass Stéphane das Abitur machen wird, und studieren danach.«
Lucile sah Stéphane an. Ihm wurde heiß und kalt. Er öffnete den Mund, hob die Hand, um seine Tante zum Schweigen zu bringen. Zu spät.
»Genau gesagt: Mein Neffe wird nach den Ferien nicht ins hiesige Collège zurückkehren. Er wird auf eine Internatsschule in Nizza gehen. Das wussten Sie nicht? Also weißt du, Stéphane, das hättest du deiner kleinen Freundin doch sagen müssen.«
Lucile sah aus, als hätte sie eine Ohrfeige bekommen. Kerzengrade saß sie da, atemlos, die Augen weit: »Du gehst weg?«
»Ja, aber …«, begann Stéphane.
Lucile sprang auf. »Was, aber? Wieso weiß ich nichts davon?«
Die Gräfin begann keuchend zu hüsteln und nestelte nach einem Taschentuch.
»Ich, äh … ich wollte es dir noch sagen …« Stéphane hatte seine Tasse abgestellt und war ebenfalls aufgestanden.
»Ach! Wolltest du? Das ist ja toll! Wann denn? Am Tag deiner Abreise?«
»Nein, so ist es nicht. Es sind doch noch zwei Monate bis dahin. Und ich komme in den Ferien wieder und an den Wochenenden!«
Das Husten der Gräfin war stärker geworden. Sie krümmte sich und hielt ein weißes Spitzentaschentuch vor ihren Mund: »Aber Kind-

chen, eh, eh! Sie sind doch so jung! Sie werden schon noch einen passenden jungen Mann kennenlernen. Eh, eh, eh!«
Wütend starrte das Mädchen die alte Dame an. »Ah, passend, ja? Ich verstehe, einen Bauern oder Ziegenhirten, einen von meiner Sorte! Das hätte ich mir denken können. Schon mal was von der Revolution gehört? Égalité? Und du …«, wandte sie sich an Stéphane, »du spielst da mit? Was ist denn mit unseren Plänen, mit Verlobung und so? Hast mich die ganze Zeit an der Nase rumgeführt. Und dich schiefgelacht über mich blödes Landei? Dann geh doch nach Nizza, du Arsch!«
Sie drehte sich auf dem Absatz um, stolperte mit den ungewohnt hohen Ansätzen über die Teppichfransen, fing sich wieder und stürzte davon.
»Lucile! Warte!«
Just in diesem Augenblick wurde die Gräfin bleich und begann um Luft zu ringen. »Freches Ding!«, keuchte sie. »Stéphane! Mein Inhalator!«
Schon halb auf der Schwelle wandte der Junge sich nach seiner Tante um. Alex war nirgends zu sehen. Schweißperlen bildeten sich auf Stéphanes Stirn, von der Chaiselongue kamen entsetzliche Geräusche.
Hastig rannte er los, durch den langen Gang in den Wehrturm, um kurz darauf mit dem Inhalator wieder zu erscheinen.
»Hier Tante, mach den Mund auf, so!«
Zwei Stöße aus der Pumpflasche. Die Atemzüge der Gräfin beruhigten sich, und ihr Gesicht nahm langsam wieder eine normale Farbe an. Lucile war verschwunden.

Die Kaffeetassen klirrten vor uns auf die Blechplatte. Resigniert betrachtete ich die fettige Kakaospur, unter der mein schöner Milchschaum bereits zerging.

»Danke, Kathi!«

Ich blies empört Luft aus. »Hat sie das absichtlich gemacht?«

Stéphane nahm den kleinen Löffel auf und rührte nachdenklich in seiner Tasse. »Ich weiß nicht. Ich weiß bis heute nicht, was von diesen Anfällen vorgetäuscht und was echt war. Ich habe es nie gewusst. Tatsache war, dass die Ärzte in Nizza ihr ein leichtes Asthma bescheinigt haben. Tatsache war aber auch, dass die Anfälle auffällig häufig kamen, wenn es ihr in den Kram passte.«

»Hm. Kann ja sein. Asthmaanfälle kriegen Leute ja wohl auch, wenn sie sich über was aufregen«, murmelte ich diplomatisch.

»Klar: Später kam dann noch ein Herzschaden dazu – vom Asthma ausgelöst. In ihren letzten Jahren war sie total auf mich angewiesen. Sie hat es abgelehnt, sich von irgendeinem Fremden versorgen zu lassen. Nur Odile und ich durften bei ihr sein. Egal. Vorbei.«

Ich beäugte meine Zuckerstücke. Zweimal Lavendel. Das hatte ich schon. Stéphane hatte Edelweiß und irgendwas Gelbes. Es zuckte mir in den Fingern, er würde doch nicht?! »Aber wie ist es denn mit deiner Freundin weitergegangen? Hat sie dir verziehen?«

»Du hast sie ja erlebt. So richtig wohl nie. Wir haben uns anschließend zwar versöhnt. Aber irgendwie war ein Knacks drin. Im selben Herbst kam ich dann nach Nizza aufs Internat und natürlich nicht jedes Wochenende nach Hause. Wir hatten uns geschworen, aufeinander zu warten und uns zu schreiben. *Eh bèh*!«

»Und?«

»Sie hat meine Briefe nie beantwortet.«

»Du hättest sie doch anrufen können.«

»Habe ich auch, zwei, drei Mal. Aber da kann man sich nicht richtig unterhalten. Sie mitten im Wohnzimmer, und die ganze Familie hörte zu. Was soll man sich da schon sagen?«

»Hat sie nicht gewartet?«

»Ach was, wie gesagt: Wir waren ja noch halbe Kinder. Da verspricht man sich viel.« Mit gesenkten Augen rührte er in seiner Kaffeetasse herum, obwohl er keinen Zucker hineingetan hatte. »Mit achtzehn hat sie geheiratet. Ich war ziemlich enttäuscht, obwohl wir da schon nicht mehr zusammen waren. Sie hat auch keinen guten Griff getan. Er war ein hübscher Filou. Mit dreiundzwanzig war sie schon wieder geschieden. Hat ihren Sohn allein aufgezogen, Loic. Jetzt lebt sie mal mit dem, mal mit dem zusammen. Ihr Männergeschmack ist nicht besser geworden.«

Er hob die Tasse zum Mund und trank den Kaffee mit einem Zug aus.

»Kann ich deine Zuckerstücke haben?«, fragte ich.

»Klar.« Lächelnd schob er sie mir zu. Dabei berührte sich unsere Hände. Ganz leicht nur, aber ich zuckte zusammen. Er ging darüber hinweg, nahm seine Hand ganz ruhig wieder fort. Ein Test? »Sammelst du?«

»Ja, seit meiner Kindheit.« Ich erklärte ihm meine Theorie über den Verfall der Zuckerkultur. »Albern für eine Frau in meinem Alter, oder?«

»In deinem Alter? Wie alt bist du denn?«

»Fünfundvierzig.« So, da hast du es.

»Ach nein! Du siehst eher wie fünfunddreißig aus.«

Du meine Güte, Marleen, musst du so plump sein, hätte Leander mir zugeraunt, wären wir auf einer seiner Prominenten-Partys gewesen. Ich spürte eine leichte Röte in meine Wangen steigen.

»Entschuldige. Ich wollte nicht nach Komplimenten angeln. Ich bin so ungeschickt manchmal.«

Stéphane legte leicht seine Hand über meine. »Du bist so hart zu dir selbst. Warum denn? Warum sollte eine hübsche Frau nicht nach Komplimenten angeln, wenn schon der Mann ihr gegenüber nicht von selbst darauf kommt, welche zu machen. Es ist an mir, mich zu entschuldigen.«

Überrascht sah ich auf und wurde von seinem Blick gefangen. Was für wundervolle Augen er hatte. So seelenvoll. Plötzlich fand ich ihn geradezu hübsch, trotz geklebter Brille und Stoppelbart. Ich bemerkte zum ersten Mal so richtig die gerade Nase, den feinen Mund, die hinreißende dunkle Strähne in der Stirn.

Leander sah besser aus, sicher. Weltläufiger, wacher. Er hatte eine scharfe Großstadt-Intelligenz, die alles sieht, auf Schwächen anderer gepolt. Dazu kam Selbstbewusstsein und diese gewisse Ausstrahlung, die ihn zum Mittelpunkt machte, sobald er einen Raum betrat. Daneben würde man Stéphane glatt übersehen. Aber näher betrachtet hatte Stéphane etwas, das Leander fehlte: etwas Beruhigendes, eine Grundfreundlichkeit anstelle permanenter Kritikbereitschaft. Bei Stéphane lässt meine Wachsamkeit nach, dachte ich. Nanu? Hieß das im Umkehrschluss, dass ich bei Leander ständig auf dem Zaun gesessen hatte?

Ach, Leander! Plötzlich ergriff mich ein solches Gefühl der Sehnsucht, dass es mir den ganzen Brustkorb zusammenzog. Ja, er konnte so arschig sein, aber da waren die Erinnerungen, die Wärme, das Gefühl von Zusammengehörigkeit. Hatte ich es zerstört?

Merkwürdig, was man so alles denken kann, während nur ein paar Sekunden vergehen. »Danke, das war nett«, sagte ich leise, zog aber vorsichtig meine Hand zurück. Die Welt um uns herum kehrte zurück mit dem Geschirrklappern aus der Küche, den Gesprächen und Rufen der Vorübergehenden, dem Autolärm. Die Händler waren am Einpacken.

11.

Ich fuhr aus dem Sommer zurück in den Frühling. Während mein alter Volvo schnaufend und hustend die steilen Kurven nach Lioux hochkroch, veränderte sich die Natur. Unten in der Ebene standen die Kirschplantagen in das Gebrumm unzähliger Bienen gehüllt. Rosa Blütenkonfetti wirbelte im Sog der Fahrzeuge. Je weiter ich nach oben kam, desto kahler und grauer wurde es. Im Hochland, der Haute Provence, lag die Natur um schätzungsweise vierzehn Tage zurück.

Doch die Sonne brannte. Kaltes Land mit heißer Sonne, hatten schon die Römer die Provence genannt. Mein T-Shirt klebte am Rücken. Die alte Familienkutsche hatte keine Klimaanlage. Etwas kühler war es hier oben, aber die Luft war schwer wie Mayonnaise. Ich kurbelte die Fenster herunter – Handkurbel, keine Automatik – und ließ mir den Fahrtwind um die Nase pfeifen. Sonst regte sich kein Hauch. Alles stand wartend geduckt, so kam es mir vor. Der Gipfel des Ventoux war in Wolken gehüllt.

Ich parkte den Wagen auf dem Parkplatz des Schlosses, brachte den Laptop auf mein Zimmer und zog Laufschuhe an. Nach der Fahrerei wollte ich mir Bewegung verschaffen. Ich bin nicht sportlich, jogge, walke, schwimme nicht, ich muss ja keine überschüssigen Kalorien loswerden, eher das Gegenteil. Aber ich achte darauf, nicht ganz schlapp zu werden, seit Leander mir einmal spöttisch in den Po gekniffen hatte mit den Worten: »Ich möchte mal wissen, worauf du eigentlich sitzt.«

Aimé stand im Hof und unterhielt sich mit dem jungen Schäfer. Das heißt: Aimé redete auf ihn ein, und der Schäfer nickte dazu.

»Gehen Sie lieber nicht zu weit!«, rief der Maurer hinter mir her. »Sie haben Gewitter angekündigt.« »Sie«, das war der Wetterbericht im Radio, das hatte ich inzwischen gelernt. »Sie« waren eine Autorität.

»Ja, es wird Gewitter geben«, bestätigte brummelnd der Schäfer.

»Ich geh nur ins Dorf«, sagte ich und hielt meinen Taschenschirm hoch.

Aimé winkte ab. »Den bläst es Ihnen weg.«

Der Schäfer nickte. »Den bläst es weg.«

Ich ging trotzdem los. Es sah noch nicht unmittelbar nach Regen aus, fand ich. Und von Wind keine Spur. Ich lief ein Stück durchs Dorf und auf die gegenüberliegende Hügelkette. Dort setzte ich mich zwischen die duftenden Kräuter, die dunkelgrünen Thymiansträucher und das blau blühende Berggras, und holte das Handy heraus. »Vivien – Kaninchen!«

»Hallo Mam!«

»Wie geht's euch? Ist Pascal schon angekommen?«

»Der kommt morgen. Leonie und ich holen ihn vom Flughafen ab. Mann, ist das geil, wir drei wieder mal zusammen! Und sturmfrei – Leonie ist langweilig, immer nur müde. Hoffentlich kann man mit Pascal was unternehmen!«

»Bestimmt. Sag mal, wie sieht es mit dem Essen aus bei dir?«

»Okay. Ich habe wieder zugenommen.«

Halleluja!

»Wie kommst du mit dem Schreiben voran«, fragte Vivien.

»Gut. Es ist so schön hier, man kann komplett zur Ruhe kommen. Ich mail dir ein paar Fotos. Für euch wäre es sicher langweilig: Nur Landschaft, keine Clubs, zum Tanzen muss man vier Stunden nach Marseille fahren und zum nächsten Kino zwei Stunden in die nächste größere Stadt. Man kann reiten, wandern, Rad fahren. Das war's.«

Vivien kicherte: »Mach ich dann später mal, in fünfzig Jahren oder so. Aber was ist denn mit den beiden Grafen? Führen die dich wenigstens mal aus? Mit welchem von beiden flirtest du?«

»Ich sollte wohl, hm? Am besten mit dem Jüngeren, wenn ich es deinem Vater nachtun wollte. Will ich aber nicht. Ich werde schon jemand Neues finden, irgendwann.«

»Sicher wirst du. Jemanden, der zu dir passt. Du siehst echt noch gut aus, sagen alle meine Freunde. Ich hab dich lieb, Mama!«

»Ich dich auch, Schnuffel. Du bist richtig klasse, weißt du das?«

»Klar! Ähm – Mam?«

»Ja?«

»Papa hat ein paarmal versucht, dich zu erreichen, sagt er – du sollst ihn dringend zurückrufen.«

Oh Gott, was denn nun schon wieder? »Mach ich.«

»Ärger dich nicht! Drück dich ganz doll. Bye!«

Ein Blick auf verpasste Anrufe: Tatsächlich – drei Mal Leander. Hatte ich nicht gehört. Ich schaute rasch noch mal nach. Keine Mail – ein gutes Zeichen! Er wollte mit mir reden. Endlich! Die Sehnsucht von gestern kam zurück. Leander, wie er mich in den Arm nahm, Leander auf dem Segelboot, lachend und unbeschwert; Leander, wie er mir meinen Verlobungsring auf die Hand steckte, das Picknick im Regen …

Das müsste doch zu machen sein, dass wir wenigstens wie Freunde miteinander umgingen. Und dann vielleicht, wenn er sich ausgetobt hatte, würde er zu mir zurückkommen. Ich wählte seine Nummer.

»Böhm.«

»Leander! Gott, ist das schön, deine Stimme zu hören. Du, ich wollte ...«

»Du hast ja wieder eine Art, den falschen Zeitpunkt zu treffen.«

»Entschuldige, ich kann auch später, Vivien hat gesagt ...«

»Nein, lass mal. Ich muss dich dringend sprechen.« Er hielt eine Hand über das Telefon, und ich hörte vernuschelte Stimmen, dann eine Tür klappen. »So, da bin ich wieder. Dann lass uns das gleich erledigen, wenn Madame schon mal in der Stimmung ist zurückzurufen.«

Stop in the name of love! »Stopp, nein! Nicht wieder streiten, bitte nicht!«

Leander hatte das Zittern in meiner Stimme gehört. »Ach, Marleen!« Er holte tief Luft und stieß sie lang und seufzend wieder aus.

»Ich habe solche Sehnsucht nach dir!«

Pause, Klacken in der Leitung.

»Hör auf.«

»Leander, was ist nur passiert mit uns? Können wir es denn nicht kitten? Ich weiß, du hast eine Andere, aber Leander: Das ist doch nichts. Wir – wir sind doch zusammengewachsen. Wir gehören zusammen!« Ich redete und redete, nur um ihn nicht zu Wort kommen zu lassen. »Du sagst zwar immer, ich sei schuld, und ich gebe zu, ich habe mich zu sehr auf dich gestützt, dich belastetet. Ich weiß das inzwischen. Es tut mir leid! Ich werde das ändern. Du siehst ja, ich habe wieder angefangen zu arbeiten. Schluss mit dem Cinderella-Komplex.« Ich lachte nervös. »Aber – nein – hör mir bitte zu: Du trägst auch einen Teil der Schuld. Deine Mutter – deine Angst vor Abhängigkeit ... es liegt nie an einem allein. Lass uns zu einer Eheberatung gehen, Leander. Gib uns diese Chance ...«

Er fand die Lücke. »Hör auf. Es ist zu spät.«

Die Luft blieb mir weg.

»Elena ist schwanger.«

»Was?!«

»Sie bekommt Zwillinge. Wir heiraten nächste Woche. Ich muss mit dir über Geld reden. Wie du weißt, gilt vor dem Gesetz die Zweitfamilie ebenso viel wie die erste, das heißt: Du wirst mit deutlich weniger Unterhalt auskommen müssen. Und wie lange willst du eigentlich allein in dem Haus hocken bleiben?«

»Aber ich ... aber Vivien ...«, stotterte ich.

»Vivien zieht aus. In eine Wohngemeinschaft.«

Aha. Wieso wusste er das, und ich nicht?

»Das Haus wird verkauft, die Summe geteilt, und damit sind wir auseinander.«

Aha. Mein Kopf war leer. Die Wangen brannten.

»Hörst du mir zu? Ich habe schon einen Interessenten, aber es eilt. Wann kommst du endlich zurück? Du musst deine Einverständniserklärung zum Verkauf geben.«

Jetzt holte ich tief Luft: »Da kannst du lange drauf warten«, sagte ich giftig.

»Ach, ist das billig, Marleen.«

Ja, das war es, aber ich hatte eine solche heiße Wut in mir, dass ich mir nicht anders zu helfen wusste. Bin ich denn Jesus, dass ich immer bloß die andere Wange hinhalte? Erst war es nur eine Entfremdung, keine Andere. Nein, natürlich nicht! Dann doch eine Andere, eine Jüngere. Und jetzt Kinder, gleich zwei, na wie schön! Die hatte er ja wohl nicht gerade gestern gemacht. Ich fühlte mich miserabel, wusste genau, wie ekelhaft ich mich benahm. Einen Rosenkrieg hatte ich nie gewollt, hatte gedacht, das würde es nie geben zwischen uns. Und wenn, dann wäre es nur er, der sich schlecht benehmen würde. Aber ich konnte nicht anders, in diesem Moment, Gott helfe mir, konnte ich nicht anders: »Dann warte mal ab, wie billig ich noch werden kann.« Ich trennte die Verbindung. Wie unbefriedigend, dass man beim Mobiltelefon keinen Hörer aufknallen kann!

Inzwischen hatte sich der Himmel verfinstert, als sei der Abend bereits hereingebrochen.

Das Licht wirkte bläulich. Die Felsen des Bergs gegenüber sahen aus wie unter Wasser. Als befände ich mich am Grund eines Aquariums.

Ich angelte in meiner Jeansjacke nach der zerdrückten Zigarettenschachtel und dem Feuerzeug. Als ich mir selbst Feuer gab, bemerkte ich, dass meine Hand zitterte. Nach einigen tiefen Zügen beruhigte ich mich langsam, aber der Druck in meiner Magengegend blieb. Das muss der Hunger sein, beschloss ich, stand auf und klopfte mir die Sitzfläche ab.

In der Bar des Amis bestellte ich mir ein Croque Monsieur und ein Viertel Roten und steckte mir die nächste Zigarette an. Das Schinken-Käse-Sandwich kam, der Wein auch. Keine Ahnung, wie viel Zeit vergangen war, als mir den Wirt auf die Schulter klopfte. Ich fuhr zusammen.

»Ah, ah! Sie haben ja fast gar nichts gegessen! Jetzt ist es kalt«, sagte er mitleidig und ein wenig vorwurfsvoll. Ich starrte auf meinen Teller, den ich unwillkürlich ein Stück weit weggeschoben hatte. Der angebissene Toast wellte sich nach oben, und der Käse sah aus wie Gummi.

»Soll ich das wieder mitnehmen? Möchten Sie etwas anderes? Vielleicht ein Stück Aprikosenkuchen? Hat meine Frau heute morgen frisch gebacken.«

»Ja, nehmen Sie das bitte weg. Nein, danke, keinen Kuchen. Aber noch ein Viertel Roten.«

Scheiße, Scheiße, Scheiße. Ich hatte es so was von verkackt! Meine Tochter magersüchtig wegen mir. Mein Mann weg. Das Haus weg. Ein lausiger Freelance-Job, den ich nur aus Freundschaft bekommen hatte. Auf der falschen Seite der Vierzig. Was gab es jetzt noch für mich?

»Noch ein Viertel!«

Was sollte jetzt noch kommen? Wir, oder vielleicht auch nur ich, hatte vom zusammen Altwerden geträumt. Ich hatte mich in Sicherheit gewiegt. Idiotin, beschimpfte ich mich. Hätte ich doch mehr aufgepasst. Liebe gibt es nicht umsonst. Um Liebe muss man kämpfen. Ich hätte mich hübscher machen sollen, hätte mehr auf seine Bedürfnisse achten müssen, Jahre ohne Sex – das kann ja nicht gut gehen, aber ich war so zufrieden gewesen in meiner Mutterrolle. Ich hätte, hätte, hätte …

Hups! Kein Wein mehr da? »*Encore un*«, ich hob die leere Karaffe an und schwenkte sie.

Wind kam auf, und die Luft roch nach Regen.

»Sie sollten lieber zum Schloss zurück, bevor es losgeht«, wurde ich gewarnt.

»Ja, gleich. Aber vorher noch ein Viertel.«

»Entschuldigen Sie, Madame, Sie haben jetzt schon einen dreiviertel Liter getrunken.« Hatte ich? »Möchten Sie nicht lieber einen Kaffee oder ein Wasser? Der Kaffee geht aufs Haus.«

»Nein, ich möchte noch ein Viertel Wein«, sagte ich trotzig. Ich war ja schließlich eine erwachsene Frau und wenn ich mich betrinken wollte, dann war das ja wohl meine Sache. Aber nach einem weiteren Glas schmeckte mir der Wein nicht mehr.

Ich zahlte und machte mich schwankend auf den Weg. Kichernd dachte ich an den kleinen Herrenwitz, den mein Vater so liebte: Lasst uns ins Horn machen und auf den Weg stoßen! Ich kicherte. Und spürte einen heftigen Druck in der Blase. Mist. Ich hätte in der Bar aufs Klo gehen sollen. Ich schaute mich nach einem einigermaßen blickdichten Gehölz um, entdeckte auch eines und hockte mich in einem Stand von Eichen hin. Ein Blitz schlug so nahe neben mir ein, dass ich es regelrecht knistern hörte. Hastig zog ich den Schlüpfer hoch und stolperte zum Weg zurück.

Die ersten dicken Tropfen schlugen auf und brachten den rissigen Asphalt zum Glänzen. Ich rannte los. Blitze zuckten rundum. Es krachte Mal um Mal. Der Donner hallte von den

Bergkämmen wider, sodass ich meinte, taub zu werden. Dann öffneten sich die Schleusen, und der Regen fiel wie eine Wand. Ich war klatschnass und zitterte vor Kälte, als ich das Schloss erreichte.

Ich lief um die Ecke zum Eingang des Wohnturms, riss die Tür auf und stand tropfend in dem kalten, kleinen Eingangsraum.

»Lili, sind Sie das?«, klang Alexandres Stimme von oben.

»Ja«, sagte ich kläglich und versuchte mit klammen Fingern, mir die Jacke vom Leib zu pellen.

»M*ais non*! Aber nein, was machen Sie denn? Bei solchem Wetter geht man doch nicht spazieren!« Und noch ehe ich antworten konnte, war Alexandre bei mir. Er half mir, die Jacke auszuziehen, und ließ sie einfach auf den Boden fallen, während er mich nach oben und ins Badezimmer zog.

»Sie müssen sofort aus den nassen Sachen heraus!«

Ich nickte und konnte nur mit den Zähnen klappern. Auf der Schwelle stolperte ich. Und dann ging alles ganz schnell. Alex' Hände waren überall. Er zog mich aus, hüllte mich in ein Badehandtuch und rubbelte mich ab. Aus dem Abrubbeln wurde ein Abtasten.

»Mein Gott, bist du schön«, murmelte er tief und heiser. »Dein Mann ist ein Idiot. Komm zu mir, Lili, meine Süße, lass mich dich wärmen.«

Sein Mund fand die empfindsame Stelle zwischen Hals und Schulter, und er saugte daran, während er mich gleichzeitig mit einem Arm an sich presste und mit der anderen Hand mein Hinterteil knetete. Ich fühlte seinen erigierten Penis durch den Stoff seiner Hose. Er drückte seinen Mund auf meinen, öffnete meine Lippen und steckte die Zunge tief hinein. Ich fühlte ein wildes Begehren in mir aufsteigen und erwiderte seine Berührungen gierig.

»Nein, aber doch nicht hier.« Er lachte leise, als ich an seinem Reißverschluss nestelte. »Komm, meine kleine Lili Marleen!« Er hob mich hoch und trug mich mitsamt Handtuch zu meinem Zimmer, stieß die Tür auf – er musste sich ein wenig bücken, um hindurchzukommen. Mit dem Fuß kickte er die Tür hinter uns zu, ließ mich aufs Bett fallen und begann, sich hastig zu entkleiden. Undeutlich nahm ich seine durchtrainierte Figur war, den massigen Körperbau, seinen männlichen Geruch. Einen kurzen Augenblick lang flog mir der Gedanke durch den Kopf, dass das Schlafzimmer seiner Mutter wohl noch sehr viel unpassender war als das Bad. Aber dann gewann die Begierde Oberhand, und ich ließ alles mit mir geschehen. Das geschah Leander recht! Ich konnte auch Sex haben! Alex legte sich zu mir und begann ein routiniertes Vorspiel, begleitet von gelegentlichen Blitzen und anschließendem Donner. Alex lachte leise auf, jedes Mal wenn ich zusammenzuckte. Es dauerte nicht lange, und er zog sich ein Kondom über, dass er sich offensichtlich bereits zurechtgelegt hatte. Das hatte ich gar nicht bemerkt. Mit einem Knie schob er meine Beine auseinander, bestieg mich und stieß sein Glied bis zum Heft in mich hinein. Ich stöhnte vor Lust und Ungeduld. Er begann, sich schnell und rhythmisch zu bewegen. Genau gesagt: Er rammelte, als wolle er mich ans Bett nageln. Ich konnte mich kaum bewegen, meinen eigenen Rhythmus nicht finden. Und dann tat er etwas, was ich absolut hasse: Er griff nach meinem rechten Schenkel und zog ihn hoch wie einen Henkel. Meine Lust verflüchtigte sich. Um wenigstens etwas von dem ganzen schwitzigen Geschiebe zu haben, konzentrierte ich mich nur noch darauf, zum Höhepunkt zu kommen. Wir kamen beide rasch und heftig, und ich begann zu weinen.

Überrascht zog Alex sich zurück, legte sich neben mich und strich mir über die Wange. »Na, na, war es nicht schön für dich?«

»Doch«, murmelte ich und weinte noch mehr.

»Du hast es doch auch gewollt.«

»Ja, natürlich.« Ich nickte unter Tränen. »Aber es war ein Fehler.«

Alex rieb mir mit dem Daumen über die Hand, hin und her, ein wenig mechanisch, wie mir schien. Kurz darauf sammelte er seine Kleidung vom Boden und war auch schon verschwunden.

Nach einiger Zeit stand ich auf, wickelte mir das Handtuch wieder um und schlich ins Bad. Dort stellte ich die Dusche so heiß ein, wie ich es nur aushalten konnte, und schrubbte mich von oben bis unten mit Seife ab, bis meine Haut glühte. Ich roch an meiner Schulter und glaubte noch einen Rest Bocksgeruch wahrzunehmen. Also schrubbte ich mich noch einmal. Sauber fühlte ich mich immer noch nicht.

Jemand hatte meine nassen Kleider aufgehoben und auf den Wäscheständer gehängt. Alex? Wohl kaum. Barfuß und wieder in das inzwischen klatschnasse Handtuch gewickelt, tappte ich über den Flur, als mir Stéphane entgegenkam.

Er sah mich nicht an, und ich wusste, dass er wusste. Ich hatte mich zwar bemüht, leise zu sein, Alex aber nicht. Es war mir peinlich.

»Gute Nacht«, flüsterte ich, wütend auf mich selbst. Was hatte mir das denn peinlich zu sein? Keiner von beiden hatte schließlich ein Recht auf mich. Und dennoch fühlte ich mich miserabel.

Im Zimmer zog ich mir Höschen und T-Shirt an, suchte nach den Zigaretten, ging zum Fenster und paffte hinaus in die feuchte Nachtluft. Ich hatte wohl das Zimmer der Gräfin entweiht. Jetzt war es auch egal. Das Gewitter war vorbei, der Guss in einen beständigen Landregen übergegangen. Die Tür klappte fast lautlos auf, und Miou schob sich herein. Sie sprang aufs Bett, schnüffelte an den Laken. »Mrrau!« Der Geruch gefiel ihr nicht. Mit einem Satz war sie wieder unten, lief zum Sessel und rollte sich dort ein. Irgendwie hatte ich das Gefühl, mich bei ihr entschuldigen zu müssen. Das war wirklich albern.

»Bist du mir böse?«, fragte ich leise. Die Katze hob ein langes Bein und begann geräuschvoll, sich den Anus zu säubern.

Ich drückte die Zigarette auf dem gemauerten Fenstersims aus und ging ins Bett. Rotwein und Sex übten ihre bewährte Wirkung aus. Ich fühlte mich grässlich, doch schlief ich bald ein.

Wieder bin ich in dieser vom Mondlicht verwandelten Landschaft am Ventoux.

Nebelschwaden umgeben den hellen Gipfel, sodass er seltsam schwebend aussieht. Zu beiden Seiten des Wegs glühen die steinernen Augen der Moai. Und als ich auf den Weg vor mir schaue, da ist auch er von grauem, waberndem Dunst einhüllt. Den Boden unter meinen Füßen kann ich nicht sehen. Wieder verspüre ich ein Gefühl der Bedrohung in meinem Rücken. Ich schaue mich um. Und da ist die Katze. Sie hat mich gesehen und setzt sich mit langen, kraftvollen Sprüngen in Bewegung. Wieder will ich weglaufen, und wieder fühle ich meinen Körper schrumpfen. Meine Beine werden kurz. Ich beginne zu rennen und komme doch nicht voran. Die Katze kommt näher und näher. Schon spüre ich den Raubtieratem auf mir, da erscheinen Menschen am Wegesrand: Leander, Alex, Stéphane und ein alter Herr, den ich noch nie vorher gesehen habe. »Helft mir! Hilfe, Hilfe!«, rufe ich.

Sie schauen mich mit traurigen Gesichtern an und wenden sich ab. Nur der alte Herr bleibt stehen. Er beugt sich zu mir herab mit seinem hageren, vornehmen Gesicht: »Pute! – Hure!«, zischt er. Die Moai schließen die Augen, und ich bin allein im Dunkel.

12.

Ausnahmsweise schlief ich in den Tag hinein, nicht einmal die tägliche Dosis Orphée hatte mich wecken können. Als ich die Läden aufstieß, wurde mir klar, dass ich nichts versäumt hatte. Die Wolken hingen tief und schwer. Der Wind trieb Nieselregen ins Zimmer, und ich schloss die Fensterflügel rasch wieder. Miou rekelte sich auf dem Sessel und gähnte so gewaltig, dass ich einen Leberfleck an ihrem Gaumen sehen konnte.

Ich ging in die Knie, hockte mich vor sie und streckte vorsichtig die Hand aus. Sie einfach so zu knuddeln, empfahl sich nicht. Bei der ersten solchen Gelegenheit hatte ich mir sofort ein paar blutige Kratzer eingefangen. Diesmal ließ sie sich gnädig streicheln. Ich ließ meine Hand über ihr warmes Fell gleiten und roch an ihrem Kopf. Sie schnurrte leise, und ich empfand mehr sinnliches Vergnügen als bei der ganzen Vögelei gestern Nacht.

»Ich bin so ein Idiot, Mieze!« sagte ich. Sie schloss vor Wonne die Augen zu schmalen, glitzernden Schlitzen.

Später, als ich mich im Spiegel des gemeinsamen Badezimmers betrachtete, hatte ich noch mehr Gelegenheit zu bereuen: Ich sah furchtbar aus, die Augen und die Nase verschwollen, käsebleich. Mein Mund schmeckte nach Pferdeäpfeln. In meinem Kopf legte jemand eine Schnellstraße an. Oje! Und über meiner Kopfhaut war das Blond herausgewachsen. Das sah nun wirklich nuttig aus. Ich putzte mir die Zähne und duschte kalt. Danach ging es mir etwas besser. In Jeans und T-Shirt stieg ich nach unten. Aus den anderen

Zimmern kam kein Mucks. Von den beiden Grafen keine Spur.

Schon im Flur schlug mir durchdringender Geruch von Fleisch, Speck und Knoblauch entgegen. Es würgte mich, doch wollte ich Kaffee haben, musste ich es wohl oder übel durchstehen. Ich setzte eine fröhliche Miene auf.

»Guten Morgen, Odile!«

Sie stand am Herd und rührte in einem Topf.

»Ist noch etwas Kaffee übrig?«

Sie gönnte mir keinen Blick, sondern wies bloß mit einer Kopfbewegung zum alten Holzherd, auf dem die Blechkanne warmstand. Oha! Auch sie hatte es also gehört. Und verachtete mich dafür.

»Danke.« Ich griff mir eine *Bol* aus dem Regal, goss mir den eingedampften Kaffee ein und wollte schon wieder zur Tür hinaus, da hielt mich Odile am Ärmel fest.

»Sie müssen was essen«, knurrte sie und drückte mir ein dick mit Butter bestrichenes Croissant in die Hand. Vergebung auf französisch.

»*Merci bien*«, sagte ich noch einmal und machte mich aus dem Staub. Draußen war es ungemütlich, aber ich hatte das dringende Bedürfnis nach frischer Luft. So ging ich rasch um das Barockhaus herum, um mich in die zugige Wappenhalle zu setzen.

»Guten Morgen, Mademoiselle Marlään!«, empfing mich dort der ewig gut gelaunte Aimé.

»Einfach Marleen«, korrigierte ich automatisch. »Guten Morgen, Aimé! Wo sind denn alle?«

Er war dabei, einen Riss in einer Wand auszubessern. »Die Herren sind heute in aller Frühe fortgefahren. Monsieur Alexandre nach Nizza und Stéphane nach Marseille.« Er ließ die Kelle sinken und raunte mir zu: »Er will zu seinem Bankier und um einen weiteren Kredit bitten.«

Das war ziemlich indiskret, aber ich war ja auch neugierig. »Wer?«

»Stéphane.«

»Ach? Wieso denn das? Er hat doch gerade geerbt?«

»Den wertvolleren Besitz und das Barvermögen hat Monsieur Alexandre geerbt. Stéphane hat zwar Château Armand bekommen, aber das ist ein Fass ohne Boden!« Aimé wedelte mit der rechten Hand.

»Aber es gehört doch auch viel Land dazu und Wald, hat er mir jedenfalls erzählt. Davon könnte er doch was verkaufen.« Ich hatte mein Croissant mithilfe des Kaffees heruntergebracht und zündete mir eine Zigarette an. Ich winkte mit der Zigarettenschachtel.

Aimé gesellte sich zu mir und angelte sich eine heraus. »Merci.«

Wir saßen auf der hohen, steinernen Türschwelle, rauchten und sahen in den Regen.

»Es ist nämlich so«, begann Aimé wieder und schaute sich rasch um, ob ihn Odile auch nicht beim Tratschen erwischte. »Madame d'Armand hat ihn an den Besitz gefesselt. Er muss zehn Jahre hier wohnen bleiben, darf keinen einzigen Quadratmeter davon verkaufen, sonst geht alles an den französischen Staat. Erst nach diesen zehn Jahren kann er damit machen, was er will. So steht es im Testament!«

»Das ist hart. Wie soll er diese zehn Jahre denn durchstehen ohne Vermögen? Mit dem bisschen Forstwirtschaft ist so ein altes Gemäuer nicht zu halten.«

»Forstbeamte verdienen ja nichts ...«, flüsterte Aimé und machte mit Daumen und Zeigefinger eine Geste die zeigte, wie gering das war. »Und Holz schlagen lässt er nur im Notfall. Nur zur Pflege.«

»Und dann sitzt ihm auch noch Alexandre im Nacken. Aber das muss Madame d'Armand doch gewusst haben.«

»Eh bèh! Das verstehe, wer will. Dabei hat sie Ihren Neffen viel mehr geliebt als ihren leiblichen Sohn. Da würde man doch denken, dass sie ihn abgesichert hätte! Hat Stéphane wohl auch gedacht. Bei der Testamentseröffnung soll er aus allen Wolken gefallen sein.« Er schüttelte den Kopf, schnipste den Stummel in den nassen Hof hinaus und stand auf. »Danke für die Zigarette. Ich muss wieder an die Arbeit.«

»Ich auch«, seufzte ich. Ich ging ins Musikzimmer und wandte mich entschlossen den Korrekturen zu. Am Ende war es gar nicht so schlimm: die umgestellten Passagen verbinden, überflüssige, kitschige Adjektive streichen, Adverbien sowieso, Beschreibungen durch Handlung auflockern – voilà! Erleichtert klappte ich den Laptop zu, der sich auf dem Louis-XV-Sekretär so unpassend ausnahm. Die zierlich gewölbten Griffe der Schubladen lachten mich an. Pfui, nein, Marleen! Wahrscheinlich sowieso abgeschlossen. Ich zog am Griff der breitesten Schublade unterhalb der Arbeitsfläche. Sie ging auf wie geölt.

Drinnen lag ein Haufen Korrespondenz, der Umschlag jeweils säuberlich an die entfalteten Briefe geheftet.

Obenauf lag ein vergilbtes, gewelltes Parfümetikett, schlicht türkisblau mit einem goldgeprägten tanzenden Paar darauf. Ich nahm es heraus, roch daran – nichts außer einem schwachen Hauch von Klebstoff. Ich drehte es um. Auf der Rückseite stand ein Gedicht:

Ich starb als Mineral und wurde Pflanze.
Ich starb als Pflanze und wurde Tier.
Ich starb als Tier und wurde Mensch.
Warum soll ich mich fürchten?
Wann wurde ich weniger durch einen Tod?

Sie hatte das geschrieben. Warum? Warum ausgerechnet auf ein Parfumetikett? Merkwürdig. Schuldbewusst schaute ich mich um, horchte auf Geräusche aus dem Flur, aber alles war still. Ich blätterte weiter. Die Briefe kamen aus der ganzen Welt: aus Russland, aus Israel, Kanada, USA, einige besonders prächtig aussehende Briefe waren in London gestempelt: *The Theosophical Society Adyar* mit einem Siegel, das mir freimaurerisch vorkam, ein Pentagramm mit einem Ankh-Symbol – der Schlüssel des Lebens.

Die Korrespondenz schien in den Achtzigern begonnen worden zu sein und ging bis 2009. Theosophical Society – das war die Organisation von Helena Petrovna Blavatsky. Ich googelte sie rasch: Theosophie – das Wissen um göttliche Dinge. Es gab die Gesellschaft heute noch, angeblich in fünfzig Ländern. Ihr Ziel: Feindschaften und Hindernisse zwischen den Religionen auszuräumen und nach der einen göttlichen Wahrheit zu suchen. Ein gutes Vorhaben. Ich wünschte ihnen viel Glück, aber das brachte mich nicht weiter.

erste von 1997, mit Schreibmaschine getippt:
Institute of Psychiatry and Neurobehavioral Sciences
University of Virginia
Charlottesville, VA
United States

Eine handfeste wissenschaftliche Institution. Das war schon mehr mein Fall. Ich strich die zerknitterte, oft gelesene Seite glatt.

Charlottesville, June, 3rd, 1997
Madame Estelle Virginie Anastasie, Comtesse d'Armand-Poincy,
ich bin beeindruckt von der Breite und Gründlichkeit Ihrer Studien zum Konzept der Seelenwanderung. Und haben Sie herzlichen Dank für Ihr Angebot der finanziellen Unterstützung. Glücklicherweise bin ich gut ausgestattet durch Mr. Chester Carlson, Arzt und Erfinder der Xerografie, der meinem Institut eine Million Dollar hinterlassen hat. Dank dieser Spende war ich in der Lage, weit zu reisen und all diese Befragungen durchzuführen, von de-

nen Sie gelesen haben. (Leider kann ich heutzutage nicht mehr weit reisen. Mit 79 beginne ich das Alter zu fühlen – haha!)
Einige dieser Kinder, ja, waren wohl beeinflusst von ihren Eltern. Und – wie meine Kritiker immer wieder angemerkt haben – es ist möglich, dass ich mich gelegentlich zu suggestiven Fragen habe hinreißen lassen. Aber ganz sicher nicht in bedeutender Anzahl. Warum die wissenschaftliche Gemeinschaft meine Ergebnisse ignoriert, kann ich also nicht sagen. Nur so viel: Wir haben uns zu sehr an Instrumente, Maschinen und Maßsysteme gewöhnt. Meine Kollegen haben das Vertrauen in das beste Instrument verloren, das Gott uns gegeben hat: Unseren Verstand. Leider, leider!
Zu Ihrer Frage, wie man Erinnerungen an frühere Leben anstoßen kann: Dieses Problem habe ich bislang nicht lösen können. Wir haben es im Institut mit Fotografien versucht, mit Musik, Gerüchen, Farben, Geschmack – aber diese sind natürlich mit Sicherheit suggestiv.
Und überdies: Wie transportiert man individuelle Erinnerungen von einem Leben ins nächste? Liebe Gräfin, wenn wir das wüssten, dann wären wir wohl dem Paradies so nahe, wie es der Menschheit bestimmt ist. Niemals mehr Fähigkeiten, Erkenntnisse oder Erfahrungen zu verlieren – ich habe keinen Zweifel daran, dass dies eines Tages möglich sein wird. Aber das muss ich zukünftigen Generationen von Wissenschaftlern überlassen. Dieser Tage bin ich schon froh, wenn ich meinen Hund nicht vor dem Supermarkt vergesse.
Ich kann Ihnen leider nicht weiterhelfen. Aber ich bin weiterhin überaus interessiert an Ihren Ideen und Vorschlägen.
Mit meinen besten Wünschen für fortdauernde Gesundheit und Geistesgegenwart,
Ihr

Ian Pretyman Stevenson

Jovialer alter Knabe! Ich gab in die Suchmaschine ein: *Ian Pretyman Stevenson* … tatsächlich: Professor der Psychiatrie an der Universität von Virginia, Charlottesville, bekannt durch seine Veröffentlichungen zu paranormalen Phänomenen, insbesondere Studien von dreitausend Kindern weltweit, die angaben, sich an ein früheres Leben zu erinnern, viele davon in Indien. Ja, ganz bestimmt! Da hatten wohl die Eltern ein bisschen nachgeholfen in der Hoffnung auf Geld und Publicity. Aber dass es bis heute ernsthafte Forschungen zur Reinkarnation gab, war mir nicht bewusst gewesen.

Der zweite Brief war ein Computerausdruck, ebenfalls aus Charlottesville:

Institute of Psychiatry and Neurobehavioral Sciences
University of Virginia
Charlottesville, VA
United States

Estelle Virginie Anastasie, Comtesse d'Armand-Poincy
Château Armand
26444 Poincy
France

Charlottesville, 2.10.2009

Sehr geehrte Mrs. Armand-Poincy,
danke für Ihr Schreiben vom 14.08.2008.
Leider muss ich Ihnen mitteilen, dass Professor Ian Stevenson im Jahr 2007 verstorben ist. Professor Tuck, der eng mit Mr. Stevenson zusammengearbeitet hat, ist sein Nachfolger in diesem Lehramt.
Er hat mich gebeten, Ihnen Folgendes mitzuteilen: Wir haben derzeit keinerlei Erkenntnisse darüber, ob und wie individuelle Erinnerungen in eine neue Lebensform übertra-

gen werden könnten. Das ist auch nicht Gegenstand unserer Forschungen.
Prof. Stevenson schien allerdings recht angetan von Ihren Ideen, und hat in seinen Unterlagen dazu notiert, dass es in all den Fällen von Erinnerungen an frühere Lebenszeiten eine auffällig hohe Anzahl von Menschen gegeben habe, die auf unnatürliche Art gestorben waren. So stellte er bei Personen, die angaben, in einem früheren Leben erschossen worden zu sein, eine ungewöhnliche Schreckhaftigkeit fest: Sie reagierten stark auf Impulsgeräusche wie Explosionen, das Knallen von Fehlzündungen, fallende Objekte und Ähnliches.
Professor Stephenson zog daraus den Schluss, dass ein plötzlicher Tod möglicherweise die unzureichende Löschung von Erinnerungen zur Folge hat. Als Methode scheint uns das aber nicht empfehlenswert.
Für weitere Informationen empfehlen wir den Besuch unserer Webseite:
Mit freundlichen Grüßen
Carol Smythe, Bachelor of Science
Personal Assistent of Prof. Stephen B. Tuck, Division of Perceptual Studies

Tja, das war wohl das Ende der Korrespondenz: Der alte Knabe tot, die Forschung hatte andere Wege beschritten. Und Madame La Comtesse – als Katze wiedergeboren? Tja, Gnädigste, der Anschiss lauert überall.

Ich schob die Schublade wieder zu, stand auf und reckte mich, bis meine Nackenwirbel knackten. Was jetzt? In einem Anfall von Hüttenkoller rief ich eine Nummer an, die Stéphane mir gegeben hatte. »'Alo! Guten Tag. Ich heiße Marleen Dumont und arbeite für einen Verlag von Reiseliteratur. Darf ich Sie besuchen? Heute ... das geht? Prima, ich bin in einer Dreiviertelstunde bei Ihnen.«

Die Dame betrieb ein Bed & Breakfast und war natürlich begeistert über die Möglichkeit, für sich zu werben. Die Adresse ein Geheimtipp, hatte der junge Graf gesagt, das Haus sehr hübsch, typisch für die Gegend, und der Ort an der Südseite des Plateau d'Albion ungewöhnlich.

»Grüßen Sie sie von mir! Sie hat eine Weile für meine Tante gearbeitet.«

Simiane la Rotonde war eines dieser alten Dörfer, die sich an Bergflanken schmiegen, erbaut aus dem *Pierre du Midi*, jenem goldgelben Kalkstein, der vom Mittelalter bis ins neunzehnte Jahrhundert ein Exportschlager gewesen war.

Ich parkte meinen Wagen oben an den Resten eines mittelalterlichen Schlosses, beherrscht von einer grobschlächtigen Rotunde, die dem Ort seinen Namen gegeben hatte. Es regnete wieder heftiger. Ich spannte meinen Taschenschirm auf, doch der Wind zerrte daran. Kaum war ich zwischen den Häusern eingetaucht, fühlte ich mich in die frühe Neuzeit versetzt, Renaissance vielleicht. Die mit uralten Kopfsteinen gepflasterten Gassen verliefen gefährlich steil, meist in flachen Stufen, die man hier *»pas de l'âne«* nennt: Eselstritt. Sie sind so angelegt, dass Esel sie beschreiten können. Klar: Sonst hätte man sich hier wohl kaum versorgen können.

Das Dorf hatte eine deutlich andere Ausstrahlung als die Bauernsiedlungen ringsum, wohlhabender, vornehmer. Die Häuser waren von einem einheitlichen Stil, hoch für die Zeit, in der sie gebaut waren, bis zu sechs Stockwerken. Fast jedes Haus hatte ein winziges Terrassengärtchen. Alles wirkte gediegen und gepflegt. Hier hatte immer schon Geld gewohnt.

Das Haus, das ich suchte, lag in einer Gasse quer zur Bergflanke. Die Tür mochte mehrere hundert Jahre alt sein: verwittertes Eichenholz mit Messingnägeln verziert, von vielen Schichten Wachs dunkel gefärbt. Ich benutzte den Türklopfer. Eilige Schritte näherten sich von drinnen. Die

Tür wurde aufgerissen, ich wurde am Arm gepackt und in die Wärme gezogen. Eine winzige Frau um die sechzig empfing mich.

»Kommen Sie schnell herein, kommen Sie!« Schon hatte sie meine nasse Jacke in der Hand. »Das hängen wir vor den Kamin zum Trocknen. Kommen Sie! Was für ein schauderhaftes Wetter! Furchtbar, furchtbar. Aber es ist gut für die Natur. Die Quellen füllen sich. Das ist gut nach diesem trockenen Winter!«

Ehe ich mich versah, saß ich in einem Sessel am offenen Kamin mit einer Tasse Tee in der Hand.

»Arrosé – begossen?« Ich dachte ans Auto und hob abwehrend die Hand, aber schon hatte ich einen Schuss Schnaps in der Tasse. »Sie fahren Auto? Das macht nichts. Bei dem Wetter bleiben die Gendarmen auf dem Revier.« Sie kicherte mädchenhaft. »Bitte: Tuiles d'amande – Mandelziegel! Ich habe sie heute morgen frisch gebacken, nehmen Sie!« Noch eine Spezialität der Haute Provence, hauchdünne, wie Ziegel gebogene Kekse mit Mandelraspeln. Ich knabberte einen und schaute mich um: Die Wände waren dunkelgrün gestrichen, mit Gold abgesetzt, dunkle Möbel, viele kleine Bilder an den Wänden, Kissen mit Pompons, überall Spitzen, Borten und Troddeln, sogar an den Schlüsseln.

»Ein wunderbarer Ort, in dem Sie leben! Die hohen Häuser, das Kopfsteinpflaster und die kleinen Gärten! Und alles so gut erhalten«, warf ich zwischen zwei Keksen ein.

»Ach, früher, da war der Ort reich. Hier waren fast alle Glasmacher. Aber dann waren die Wälder abgeholzt, und aus war's. Und es ist ja so mühsam, hier oben zu leben und da unten die Felder zu bestellen. Der Ort war sehr heruntergekommen und beinahe verlassen, wissen Sie, bis in den Siebzigerjahren die Leute aus den Städten sich hier Ferienwohnungen gekauft haben. Die haben uns gerettet. Und die

Touristen. Im Winter ist es zwar ein bisschen still, aber so ist es nun mal.«

Wir unterhielten uns eine Weile. Sie zeigte mir ihr Gästebuch. Sie war Witwe und hatte offensichtlich viel Freude daran, Leute bei sich aufzunehmen und liebevoll zu bewirten. Ihre Küche war Legende, das hatte ich schon zu hören bekommen. Ich wünschte mir inständig, ich wäre hier gelandet und nicht in dem zugigen Schloss mit seinen streitlustigen Bewohnern. Ich versprach ihr, sie auf die Liste der Unterkünfte zu setzen, und machte ein paar Fotos.

»Schade, dass es heute so diesig ist«, sagte sie. »Bei Sonnenschein haben Sie aus diesem Fenster eine großartige Sicht auf das Tal des Calavon, bis hin zu den Ockerbrüchen.«

Aber die hatte ich auf dem Weg aus den Alpen nach Apt ja schon gesehen. Kilometerweite Wege durch Hügel und Täler, die durch den Abbau des Ockerpigments entstanden waren. Und Ockerpigmente, das hatte ich von einer Freundin, die malt, gelernt, sind nicht nur gelbbraun, sondern können alle Erdfarben haben von hellstem Gelb über helle und dunklere Braun- und Rottöne bis hin zu Grüntönen. Es war, als ob man direkt durch ein Gemälde marschierte.

»Ach, und ich soll Sie von Stéphane d'Armand grüßen«, sagte ich.

»Ah! Stéphane!« Eine kleine Sonne ging auf in ihrem Gesicht. »Wie lieb von ihm, dass er an mich gedacht hat. Dabei war ich nur ganz kurz auf dem Schloss – als Sekretärin für Madame Estelle. Wie geht es ihm?«

»Ganz gut, denke ich.« Wie sollte ich das beurteilen? Ich kannte ich ja erst ganz kurz. Aber meistens verlangen solche Fragen keine tiefschürfenden Antworten.

»Finanziell ist es wohl eng. Er würde das schöne Schloss gern renovieren, aber seine Tante hat ihm außer dem alten Gemäuer nichts hinterlassen.« Warum hatte ich das nun gesagt? Um irgendwas von Interesse zu erzählen? Ziemlich indiskret.

»Ach was?« zwitscherte meine Gastgeberin. »Das wundert mich aber! Und ich hatte immer gedacht ... na ja, so kann's halt gehen.« Sie knusperte ein Stück von ihrem hauchdünnen Mandelgebäck und sah nachdenklich drein. »Nein, also das ... hmm!«

Mehr bekam ich nicht aus ihr heraus.

Als ich gegen sieben zurück zum Schloss kam und in mein kaltes Zimmer gehen wollte, steckte Odile den Kopf aus der Küche.

»Mademoiselle Marleen, sind Sie das?«

»Ja?«

»Kommen Sie, essen Sie mit mir.«

»Es gibt eine Brouffade« erklärte sie, als ich in die Küche kam. »Einen Rinderschmortopf mit Kapern und Sardellen.«

Ich zog die Augenbrauen hoch ob dieser Zusammenstellung.

»Warten Sie's ab! Das ist gut! Stéphane hat es sich für heute extra gewünscht. Zu Madames Zeit mussten wir alle vegetarisch essen. Aber jetzt – und dann galoppiert er einfach davon. Es schmeckt besser frisch als aufgewärmt. Da, decken Sie den Tisch.«

»Nur für uns beide?«

»Nur für uns beide. Die Jungs sind ja weg. Keine Ahnung, wann sie wiederkommen.«

Ich nahm Suppenteller und Besteck aus dem Wandschrank, wischte die Wachstuchdecke ab und stellte alles zurecht. Es roch lecker. Odile stellte den Schmortopf aus glasiertem Ton auf eine alte Bodenkachel.

»Wein?«

»Nein danke«, sagte ich schaudernd.

Wir löffelten schweigend. Es war köstlich, butterweiches Rindfleisch aus der Nuss, vermutlich in Öl und Kräutern mariniert. Ich schmeckte Lorbeer, schwarzen Pfeffer, Nelke und

Muskat heraus. Zwiebeln waren darin, gehackte Cornichons, Kapern und jede Menge Knoblauch natürlich. Von den Anchovis war dagegen kaum etwas zu merken, bis auf einen feinen, salzig-pikanten Beigeschmack, der aus dem einfachen Schmortopf eine raffinierte Sache machte. Ich würde mir das Rezept geben lassen. Bei Schmortopf kann nicht mal ich etwas falschmachen.

Odile wischte sich den Damenbart an ihrem Schürzenzipfel. »Sie sind Ihretwegen weg.«

»Meinetwegen? Oh Gott! Wieso?«

»Na, können Sie sich das nicht denken?«

»Doch. Es ist irgendwie passiert.« Ich wurde tiefrot.

Odile lachte maliziös: »Irgendwie passiert? Es hätte mich gewundert, wenn es nicht passiert wäre. Alex ist ein Schürzenjäger. Vielleicht hätte ich Sie warnen sollen. Aber schließlich sind Sie erwachsen.«

»Es tut mir leid«, stotterte ich. »Ich war betrunken – und einsam. Ich hatte gerade erfahren, dass mein Ex bereits eine neue Familie hat, und ich hab mich so verlassen gefühlt, und da ...«

Odile fischte mit den Fingern ein Lorbeerblatt aus ihrer Suppe und legte es auf den Tellerrand. »Sie müssen mir nichts erklären, Kindchen. Ich weiß, warum ich nie geheiratet hab. Sie können nichts dafür. Ich habe schon gemerkt, dass Sie eine nette Person sind. Alex ist leider weder nett noch ein Kavalier. Er hat heute morgen beim Frühstück mit seiner Eroberung geprahlt.«

Oh nein! Ich fühlte, wie mir das Rot in die Wangen schoss. Am liebsten hätte ich mich in Luft aufgelöst.

»Stéphane hat ziemlich wütend dreingeschaut.« Odile langte über den Tisch und tätschelte mir die Hand. Sie stand auf und stellte ein Glas Wein vor mich hin. »Ich schätze, jetzt können Sie doch einen gebrauchen.«

Das stimmte.

»Er hat es getan, um Stéphane zu ärgern. Immer schon war das so: Mochte Stéphane etwas, hat Alex versucht, es ihm wegzunehmen.«

Sprachlos sah ich sie an.

»Doch, doch, ist schon so. Alex ist im Grunde kein schlechter Kerl. Ich habe beide lieb. Es hat mir fast das Herz gebrochen zu sehen, wie sie sich befehdet haben. Was soll schon dabei herauskommen, wenn eine Mutter das leibliche Kind verstößt und das angenommene über die Maßen verwöhnt. Das gibt Krieg, sage ich Ihnen. Krieg! Aber meine Patronin war nicht umzustimmen in dem Punkt.«

»Das habe ich nicht geahnt.«

»Natürlich nicht. Ich sage es Ihnen nur, damit Sie sich nicht so schlecht fühlen. Es ging nicht um Sie.«

Na vielen Dank auch. Trotz meines inneren Ärgers putzte ich meinen Teller leer und wischte mit Weißbrot nach. Nanu, Marleen? War der Hosenbund enger geworden?

Später, auf meinem Zimmer, stellte ich mich ans Fenster und wählte meine bewährte Notnummer.

»Aenne?«

»Ja, na sag mal – wer sonst? Du klingst so piepsig, was ist los?«

»Hast du grade Zeit?«

»Aber ja. Burghard ist auf einer Fortbildung, und in der Glotze gibt es, was es immer gibt. Pilawa oder Mord. Warum die das nicht mal verbinden: Mord an Pilawa. Das würd' ich mir glatt angucken.«

Ich musste lachen. »Ach, Aenne! Es tut so gut, mit dir zu reden.«

»Na bisher hab ja nur ich geredet. Und das ist ja auch nicht so selten, dass wir telefonieren. Was ist denn passiert?«

»Ich hab was Idiotisches gemacht.«

»Was diesmal?«

»Ich habe mit einem meiner Gastgeber geschlafen.«

»Mit den Jungen oder mit dem Alten?«

»Mit dem Alten.«

»Ja, das ist allerdings idiotisch.«

Wider Willen musste ich grinsen. »Das ist es nicht. Ich meine, dass ich überhaupt. Du weißt, ich bin da altmodisch: Sex ohne Liebe, das ist nicht meins. Aber ich war blau und einsam und total fertig.«

»Und das hat er ausgenutzt.«

»Ja. Ich denke schon. Mir war ja klar, dass er es drauf angelegt hat. Gelber Porsche, weiße Mähne, Testosteron zum Abwinken. Was willst du da erwarten. Und ich war ja auch nicht dagegen. Aber als es dann passiert ist, da war es nicht aufregend, sondern – ekelhaft. Ich hab mich so benutzt gefühlt. So schmutzig. Es war wie in einem Porno. Und dann, ich fasse es nicht, hat er auch noch vor seinem Bruder damit angegeben.«

»So ein Arschloch! Unglaublich!«

»Ich hätte mich nie drauf eingelassen, wenn ich nicht so fertig gewesen wäre. Weißt du, was Leander getan hat?« Ich erzählte es ihr.

»Passt«, kommentierte sie unbarmherzig.

»Und mir fällt nichts Besseres ein, als ganz schnell mit einem Anderen ins Bett zu hüpfen. Als ob ich ihn damit bestrafen würde. Mich habe ich bestraft. Ach, ich bin so unglücklich, Aenne!« Ich fühlte schon wieder meine Nase anschwellen. Heulsuse!

»So jetzt hör mal zu, meine Kleine: Lass das mit dem Selbstmitleid. Es ist nun mal passiert. Schade, dass du nicht wenigstens Spaß hattest. Aber du bist und bleibst nun mal 'ne Pfarrerstochter.«

»Ja, aber ...«

»Nix, ja aber! Es ist passiert. Vorbei. Es ist noch alles dran. Hack jetzt nicht auf dir selber rum. Wir leben im einundzwanzigsten Jahrhundert! Lerne draus.«

»Nie wieder betrunkenen Sex.«

»Nein. Das meine ich nicht, Lene. Ich meine, du fällst immer wieder auf dieselben Kerle rein: Älter als du, gutaussehend, überheblich. Alpha-Tiere, Machos eben. Überleg mal, warum du das machst.«

»Weil ich mir selbst nichts zutraue.«

»Richtig. Falsch! Wir führen dieses Gespräch ja nicht zum ersten Mal. Jetzt bist du richtig lang hingeschlagen, und nun zieh endlich die Konsequenzen daraus. Mensch, Lene, du bist eine intelligente, kreative Frau. Du hast drei wunderbare Kinder großgezogen, die Familie gemanagt, hast nebenher noch einen Beruf ausgeübt ...«

»Das bisschen Heimarbeit.«

»Lass das! Hör auf damit, dich kleinzumachen. Mir glaubst du nicht, also mach endlich eine Therapie. Lass dir helfen, sonst geht es immer so weiter. Ich würde es hassen, wenn du vor die Hunde gehst!«

»Danke, Aenne!« Ich zog ein reichlich zerfleddertes Papiertaschentuch heraus und schnäuzte mir geräuschvoll die Nase.

»Aenne?«

»Jaaa.«

»Ich muss immerzu darüber nachdenken, ob ich Leander hätte halten können, wenn ich mir mehr Mühe gegeben hätte ...«

»Mensch, Lene!«

»Mit meinem Aussehen, meine ich.«

»Marleen ...!«

»Hab ich dir erzählt, wie seine Neue aussieht? Designer-Mini, Heels, roter Nagellack ...«

»Ja, hast du«, unterbrach mich Aenne. »Mehrmals.«

»Bestimmt trägt sie Reizwäsche.«

»Jetzt ist es aber mal gut! Liebe hängt doch nicht von der Absatzhöhe ab. Und außerdem: Es ist ja nicht so, als ob du ständig in Hausmeister-Krause-Trainingshosen rumgelaufen wärst.«

Nein, das natürlich nicht, aber immer praktisch.

»Wann kommst du wieder?«, lenkte meine Freundin ab. »Material hast du ja nun genug zusammen. Die Korrektur ist in Ordnung. Das Kapitel über diesen Trödelmarkt ist gut beobachtet. Ich wusste doch, dass du was draufhast. Das kann ich absolut vorzeigen. Und das Landschloss: das i-Tüpfelchen. Nur noch eine gründliche Überarbeitung, wenn du ein bisschen Abstand hattest und wieder zu Hause bist.«

Noch eine Überarbeitung? Ich stöhnte laut. »Ja, okay. Aber wenn es dir nichts ausmacht, würde ich gern noch ein bisschen bleiben.«

»Wegen deinem gräflichen Lover?«

»Bloß nicht! Nein, aber du hast recht gehabt. Hier gibt es eine Geschichte. Etwas Eigenartiges ist hier vorgegangen. Ich habe bisher nur Bruchstücke, aber ich habe Blut geleckt. Vielleicht mache ich einen Roman daraus.«

»Sieh an – erzähl mir mehr!«

»Ach nein, noch nicht«, sagte ich verlegen. »Es ist bisher nur halbgares Zeug. Warte, bis ich etwas mehr Substanz zusammenhabe, dann erzähle ich es dir. Ich finanziere meinen weiteren Aufenthalt hier selbst – keine Sorge«, schob ich schnell nach.

»Kein Ding. Stöber ruhig noch ein bisschen. Kostet uns ja fast nichts. Wenn dich das ablenkt. Aber lass mich wissen, wenn etwas Spannendes passiert, ja?«

»Versprochen! *Bise* – Küsschen!«

»Küsschen retour! Und keine Selbstzerfleischungen mehr!«

Der Aenne-Trost-Effekt hielt nicht lange an. Eigentlich war es noch viel zu früh, um schlafen zu gehen. Aber ich wusste nichts Besseres mit mir anzufangen. Leer im Hirn und im Herzen ging ich ins Bad. Das Rasierzeug der beiden Männer fehlte. Odile hatte geputzt und aufgeräumt. Da hingen noch meine Sachen von gestern über dem Trockenständer. Trocken, aber nicht sauber, die Hosenbeine schlammbespritzt. Das T-Shirt roch nach Schweiß und war mit Rotwein bekleckert. Angewidert knüllte ich alles zu einem Ball zusammen und warf ihn auf den Boden. Morgen würde ich die Sachen waschen.

Ich dümpelte ein wenig im Bad herum, duschte, rasierte mir die Beine und die Achselhöhlen, cremte mich, schnitt meine Fußnägel. Angewidert vermied ich den Blick in den Spiegel, putzte mir rasch die Zähne und floh in mein, nein: in Estelles Zimmer. Frische Bettwäsche? Das musste Odile gewesen sein. Oh Gott, war das peinlich! Andererseits war ich sehr froh.

Dort legte ich mich ins Bett, verschränkte die Arme hinter dem Kopf und hing meinen trüben Gedanken nach. Irgendwo tropfte Regenwasser aus einer undichten Stelle der Regenrinne und traf unten auf Stein. Ein hastiges, rhythmisches Tropfen.

Es ist unwiderruflich, dachte ich. Wie gern hätte ich die letzte Nacht rückgängig gemacht.

Wie kindisch! Was war denn schon passiert? Anderen Frauen geschieht viel Schlimmeres. Du hast dich auf eine schnelle Nummer mit dem falschen Kerl eingelassen. Na und? Aber ich schämte mich. Natürlich hatte ich vor Leander schon zwei, drei Erfahrungen gemacht. Aber jedes Mal war ich verliebt gewesen, irgendwie. Alexandre mochte ich nicht mal besonders. Mir war, als hätte ich das bisschen Marleen, das ich gewesen war, nun vollends kaputtgemacht.

13.

Das Wetter hatte sich nicht gebessert. Ein milder, aber starker Wind nutzte jeden Winkel, Erker und Schornstein, um zu heulen und zu pfeifen. Er rüttelte am Baugerüst im Hof, an den Ziegeln und ließ die Wimpel knattern.

»Das ist der Marin, kommt vom Meer. Der Marin dauert immer drei oder sechs oder neun Tage«, behauptete Odile beim Frühstück. Miou kam hereingeschlenzt, das Fell nass und struppig, das Maul zu einem winzigen Mercedesstern zusammengekniffen. Missbilligend schüttelte sie sich die Pfoten aus.

»Oh, Madame, Sie werden sich erkälten!« Mühsam ließ die dicke alte Frau sich auf die Knie nieder und rubbelte die Katze mit einem Küchenhandtuch ab. Hoffentlich nicht mit demselben, mit dem sie nachher das Geschirr trocknete. Wahrscheinlich doch.

Zu meinem Erstaunen fühlte ich mich heute morgen besser. Ich aß mit gutem Appetit zwei von den göttlichen Croissants, dick mit Aprikosenmarmelade bestrichen. Der Kaffee war stark, heiß und frisch, ein guter Anfang. Meine Klamotten fuhren Karussell in der Waschmaschine.

»Was haben Sie heute vor?«

Ich strich mir mit der Hand durch meine Igelfrisur. »Am liebsten würde ich mich mal ein bisschen aufarbeiten lassen. Wo gibt es denn hier einen guten Friseur?«

»In Sault ist einer. Aber wenn Sie was Schickes haben wollen, dann fahren Sie lieber nach Vaison oder nach Apt.«

Kurzentschlossen setzte ich mich ins Auto und guckte auf der Straßenkarte nach: Vaison war näher. Ein Touristenzentrum, das sah man gleich. Schon der Kreisverkehr und die Zufahrt in den Ort waren mit Zypressen bepflanzt. Vermutlich bereits als Drei-Meter-Bäume gekauft, schätzungsweise achthundert Euro das Stück, eine ganze Allee davon. Hotels überall mit Namen wie Caesar, Tiberius, Carpe Diem und so fort – der Ort lebte von seinen römischen Ruinen: Thermen, Theater, antike Villen und kopflose Skulpturen. Eine siebzehn Meter überspannende Bogenbrücke aus dem ersten Jahrhundert nach Christus, die Hochwasser und versuchte Sprengung durch deutsche Truppen überlebt hatte.

Der Friseurladen am Cours Taulignan war gähnend leer. Die Inhaberin stand mit missmutigem Gesicht am Fenster und kratzte mit dem Fingernagel an einem alten Aufkleber herum.

»Guten Tag. Hätten Sie Zeit, mir den Ansatz aufzuhellen?«

»Moment«, sagte sie und schaute in ihr Terminbuch. »Ja, bis zur nächsten Kundin bleibt mir eine gute halbe Stunde. Das müssten wir hinkriegen.«

Haha, dachte ich. So richtig überfüllt sah der Laden nicht aus.

»Auch schneiden?«

»Nein danke, nur blondieren«, sagte ich nach einem Blick auf ihren Olivia-Newton-John-Schnitt.

Eine Dreiviertelstunde später war ich wieder halbwegs zufrieden mit mir. Ich holte die Kreolen aus meiner Umhängetasche und befestigte sie in meinen Ohrläppchen. Noch besser. Ich zahlte und ging im Café gegenüber einen Crème trinken. Wieder diese Einheitszuckertütchen! »*Sucre*, Zucker«, stand drauf, na, wer hätte das gedacht? Enttäuscht schob ich sie weg.

Während ich in meinem Milchkaffee rührte, beobachtete ich die vorbeischlendernden Touristen, junge Pärchen Hand in Hand, Rentner in Shorts, Sandalen und Wollsocken, Engländer (laut), Holländer (selbstbewusst), Deutsche (mit Reiseführer in der Hand). Selbst zu dieser frühen Jahreszeit schoben sich die Bleichgesichter in Massen über die Bürgersteige. Die Hauptstraße war eine einzige Touristenfalle, ein Café, ein Sandwichladen, ein Andenkenladen neben dem anderen. Nicht mein Geschmack.

Ich stand auf und ging in irgendeine Gasse, um das wirkliche Vaison zu finden, das Vaison der schattigen grünen Höfe, der flatternden Wäsche von Fenster zu Fenster, Geruch nach feuchten Steinen, Geranien auf der Fensterbank. Wie sich herausstellte, musste ich gar nicht weit gehen, um es zu finden. Radio FIP schallte aus einem Fenster im dritten Stock. Zwei taube alte Frauen unterhielten sich von Haus zu Haus. Ihre Stimme hallten von den Mauern. Tauben gurrten von den Dächern. Und dort, in dieser Welt von gestern, kam ich an einer Drogerie vorbei. Aus dem Schaufenster lächelte mich eine verblasste Schönheit an, die für Creme Mouson warb. Gab's die überhaupt noch? Ihr zu Füßen Putzmittel, grellfarbige Fliegenklatschen, Mausefallen und ein Sortiment Bürsten. Alles, was die moderne Frau braucht.

Die kuriose Zusammenstellung machte mich neugierig, und ich ging hinein.

Der Laden war dunkel und verkramt. Es roch nach Lavendelseife. Eine Schatzhöhle für Nostalgiker. Über der Ladentheke, eingerahmt von Aufstellern, für die man auf dem Trödelmarkt sicher Höchstpreise erzielt hätte, tauchte das Gesicht einer sehr alten Dame auf.

»Sie wünschen?«, fragte sie mich würdevoll.

»Ah – ähm …« Was wollte ich eigentlich? »*Rouge à lèvres*! Sie haben doch Lippenstifte, oder?«

»Bien sur.« Sie wies mich in den hinteren Teil des Raumes, wo einige angetrocknete Tester vor einem winzigen Spiegel aufgereiht lagen. Ich entdeckte ein bräunliches Pink, das mir gut gefiel: Rosa Lippenstift, hatte ich mal gelesen, signalisiert Hilflosigkeit; roter: Sex, bräunlicher dagegen Unabhängigkeit. Hilflose Unabhängigkeit? Interessante Mischung. Wie der Rest der Auslagen: Staubwedel aus Straußenfedern, Yardley-Lavendel-Seifen, armenisches Papier, schauderhafte Porzellanfiguren. Die Verkäuferin war mir nachgekommen. »Sie verändern ihre Farbe mit dem Wetter! Heute, bei dem Regen, sind sie rosa. Bei trockenem Wetter färben sie sich sie hellblau.« Mit liebevollem Blick nahm sie die Figur eines blauen Pudels aus dem Regal, pustete den Staub herunter und hielt sie mir entgegen. Er hatte Silberflitter im Porzellanfell.

»Niedlich, nicht?«

Ich schluckte. »Ja, süß!« Oh, ich kann lügen, wenn ich muss. Sozialkompetenz nennt man das, trainiert durch unzählige diplomatische Veranstaltungen, zu denen ich Leander begleitet hatte. Die Frau von. Da fiel mein Blick auf eine einzelne Parfumpackung, die in einem Winkel vergessen schien: Schlichter türkis-grünlicher Karton, im Zentrum ein winziges goldgeprägtes Tänzerpaar. Es kam mir bekannt vor – ich erkannte das Etikett aus der Schublade im Musikzimmer, nur ein wenig moderner. *Je reviens.* Unwillkürlich griff ich danach. »Das gibt es noch?«

»Ach das«, antwortete sie. »Das steht schon sehr lange dort. Normalerweise habe ich kein Parfüm mehr im Angebot. Das können die Supermärkte billiger abgeben.«

Ich machte den Deckel auf und zog einen dunkelblauen Flacon heraus. Die Flasche sah alt aus. Nicht das Design von heute. Ob der Inhalt noch gut war?

»Ich kann Ihnen im Preis entgegenkommen! Fünfzehn Milliliter reines Parfum, sagen wir zwanzig Euro?«

Ich kaufte es spontan und ohne zu prüfen.

Als ich am späten Nachmittag zum Château zurückkam, brannte ein gemütliches Feuerchen im Kamin der Bibliothek.

Odile saß in einem der Sessel und löste Kreuzworträtsel aus alten Ausgaben des Provençal. Die Katze schlief zusammengerollt vor dem Kamin.

»Da sind Sie ja.« Odile schaute hoch. »Und, wo waren Sie?«

»In Vaison La Romaine.« Ich drehte und wandte meinen Kopf. »Jetzt sieht es wieder gut aus, finden Sie nicht?«

Odile lächelte scheu und kurz, bevor ihr Blick sich wieder verschloss. »Ja. Aber brünett steht Ihnen sicher auch sehr gut.«

»Macht es Ihnen etwas aus, wenn ich mich mit hersetze?«

»Natürlich nicht.«

Ich rückte mir den zweiten Sessel an den Kamin und schaute noch mal bei Aristoteles nach. Warum, das wollte ich gern verstehen, hatte Madame d'Armand den Namen eines Parfums überall notiert und ein Etikett davon bei ihrer Korrespondenz aufbewahrt? Düfte wecken Gefühle und Erinnerungen, ebenso wie Musik, soweit war es logisch. Aber genügten ein Duft, eine Musik, um sich an ein ganzes früheres Leben zu erinnern? Ich meine, eine Persönlichkeit, die man einmal innehatte, ist doch viel zu komplex dafür. Jeder kennt die Frauen, die behaupten, in einem früheren Leben mal eine Hexe gewesen zu sein. Oder eine Prinzessin! Putzfrau war keine.

Aha – hier stand es: *Wenn man das Wissen oder die Wahrnehmung, die man früher hatte, wiedererlangt, dann ist dies Erinnerung ... Oft können wir uns nicht mehr unmittelbar erinnern, bei gezielter Anstrengung aber vermögen wir es und finden das Gesuchte. Das glückt, indem man mannigfaltige Bewegungen in Gang setzt.* Assoziation, hatte die Gräfin geschrieben, Assoziation verlaufe immer rückwärts, natürlich. Als Beispiel führte Aristoteles eine Reihe an: *Milch, weiß, Nebel, feucht, Herbst* – ein bestimmter Herbst und von da aus Ereignisse, die in diesem Herbst stattgefunden haben. Ich lachte laut auf: Bei Milch würde ich bestimmt nicht an Herbst denken!

»Sie finden Aristoteles amüsant?« Odile sah von ihrer Zeitung auf. Ich erklärte es ihr.

»Sie versuchen, Madames Gedankengänge zu rekonstruieren.«

»Theoretisch kann man das ja mal durchspielen«, sagte ich verlegen. »Also angenommen, man glaubt daran, dass man wiedergeboren wird, dazu noch in eine vertraute Zeit und Umgebung – welche Anstöße könnten die Erinnerung an ein früheres Ich in Gang bringen?«

»Wir sprechen hier vom autobiografischen Gedächtnis, und das ist ein Teil des episodischen Gedächtnisses«, dozierte die alte Köchin. »Persönliche Erinnerungen und das Selbstbild sind in Form von kurzen Episoden gespeichert.«

Stimmt: Kindheitserinnerungen sind ganz kurz, Schlaglichter praktisch. Ein zerschlagenes Vogelei auf einem grauen Stein. Da hatten Laura und ich ein Nest ausgenommen und versucht, das Ei auf einem sonnenwarmen Stein zu braten, so wie wir es in einem Comic gesehen hatten. Raten Sie mal, wer dafür eins hinter die Löffel gekriegt hat. Je frischer die Erinnerungen, an desto längere Zeiträume kann man sich erinnern: der Abi-Ball, ich in einem geänderten Kleid von Fredi, grün war es, mit weißen Tupfen. Ich hatte mich vor dem Ball gefürchtet, weil ich genau wusste, dass die anderen neue Kleider tragen würden. Und dann war ich das plötzlich das It-Girl, weil alle das alte Kleid so stylish gefunden hatten! Gut, also: Beim Anblick eines Vogeleis wurde ich ohne eigenes Zutun an meine Kindheit erinnert, bei einem bestimmten Grün an meine Abiturzeit und daran, wie mein Standing in der Klasse gewesen war.

»Schön, das ist mir klar, aber Erinnerungen ruft man ja selten absichtlich hervor. Ich kenne es nur so, dass ich zufällig einen Geruch wahrnehme – sagen wir Grießbrei –, und dann denke ich automatisch an den Kindergarten. Aber wenn ich mich an etwas erinnern möchte, dann habe ich ja eben keine Anhaltspunkte. Wie soll ich da etwas finden, das diese gesuchte Erinnerung auslöst?«

»Sie suchen eine Erinnerung aus Ihrer Kindheit. An Ihre Kindheit erinnern Sie sich doch, oder? Dann suchen Sie eben zunächst nach Äußerlichkeiten, an die Sie sich erinnern: das Haus, in dem Sie mit Ihrer Familie gewohnt haben, ein Erinnerungsstück. Madame hat zum Beispiel eine Liste von Gegenständen hinterlassen, die auf keinen Fall weggeräumt oder veräußert werden dürfen.«

Ich dachte darüber nach, und plötzlich wurde ich ganz aufgeregt. »Die Lieblingsteetasse meiner Großmutter!« Laura hatte sie auf dem Trödel verkaufen wollen, aber ich hatte sie ihr entrissen. »Wenn ich sie betrachte und fühle, dann sehe ich die Hände meiner Großmutter vor mir und von da aus ihr Gesicht. Dann höre ich ihre Stimme, erinnere mich an Dinge, die sie gesagt hat. Sie wird mir plötzlich wieder ganz gewärtig.« Ein warmes, gutes Gefühl überkam mich, wie immer, wenn ich an meine Elsässer Großmutter dachte.

Odile sah mein Lächeln und wusste, dass es funktioniert hatte. »Sehen Sie: von dort aus wird sich die Erinnerung erweitern lassen. Oft genügt es, an die Gegenstände zu denken, um die Assoziationskette in Gang zu setzen. Sie müssen nicht einmal körperlich vorhanden sein.«

»Aha.« Jetzt war ich jetzt platt. Man soll Leute eben nie unterschätzen.

»Madames Idee war nicht einfach, mit Düften, Musik und Farben eine vertraute Umgebung herzustellen, sondern damit Assoziationsketten in Gang zu setzen und so schließlich das autobiografische Gedächtnis Stück für Stück wiederherzustellen.«

»Konnte sie denn voraussetzen, dass sie am selben Ort wiedergeboren wird? Und dann noch relativ zeitnah, sodass die Umgebung immer noch gleich ist?«

»Es gibt Methoden, die Seelen anzuziehen. Aber darüber kann ich Ihnen nichts sagen.«

Sprach sie jetzt doch von Magie?

»Möchten Sie die alten Fotos von Madame sehen?«, fragte Odile rasch und wechselte den Tonfall.

»Wie? Oh ja, gern.«

»Da unten, hinter den Türen finden Sie ein paar Alben. Es ist nicht abgeschlossen. Nehmen Sie heraus, was Sie interessiert. Ich mache uns inzwischen einen Tee, und dann erzähle ich Ihnen etwas dazu.«

Ich kniete mich vor das Regal und zog die Türen auf. Wenn ich etwas wie die liebevoll beklebten und kommentierten Fotoalben meiner Mutter erwartet hatte, dann wurde ich enttäuscht. Es gab überhaupt nur drei Alben aus altersweicher schwarzer Pappe, mit Kordel gebunden. Ich nahm sie heraus und blies den Staub herunter, setzte mich in meinen Sessel und blätterte. Der erste Band enthielt eine lose Sammlung von uralten Bildern, ausgebleicht und sepiafarben: Eine stattliche Dame posierte mit Sonnenschirm und kleinem Mädchen auf dem Schoß. Weiter glockiger Rock, kurzes Jäckchen mit Spitze an den Ärmeln und am Kragen, ein samtener Topfhut. Sie mochte um die dreißig sein, wirkte aber wie eine Matrone. Estelles Mutter? Dann diverse Verwandte, allesamt ehrfurchtsvoll vor der Kamera versteinert. Eine Aufnahme vom Schloss im Winter, über einen vereisten Wasserfall gesehen. Monte Carlo, ein Besuch im Spielcasino. Verwischte Aufnahmen von einem Ball. Ein paar Postkarten aus Italien.

Das nächste Album enthielt Bilder von Schloss und Dorf, Bilder von Estelle als jungem Mädchen und die eines dunkelhaarigen jungen Mannes in Fliegeruniform.

»Das ist Maurice, Estelles älterer Bruder. Er ist im Zweiten Weltkrieg umgekommen. Abgeschossen über der Normandie.«

Odile stellte ihr Tablett auf ein zierliches vergoldetes Tischchen zwischen uns und schenkte ein. »Honig?«

»Ja, bitte.«

Sie reichte mir ein Honigglas mit einem klebrigen Löffel darin. »Gott sei Dank hat Madame Suzanne das nicht mehr erleben müssen. Die Mutter der Comtesse ist früh gestorben.«

Ich bewunderte die herrlichen alten Autos. Gräfin Suzanne am Steuer eines silbernen Peugeot 401 Roadster – das absolute Luxusauto seiner Zeit. Ach, diese lang geschwungene S-Form vom Trittbrett zum Kotflügel! Wenn man doch heute wieder so etwas bauen würde! Stattdessen: Toilettenschränkchen auf Rädern oder plump-aggressive SUVs.

»Was für ein herrliches Auto«, murmelte ich. »Was Teures sicher.«

»Das kann man wohl sagen.« Odile grinste. »Ich würde mich auch nicht auskennen, aber wenn Sie einen zwölfjährigen Jungen um sich haben, dann sind Sie über Autos informiert. Es ist der Familie ja damals gut gegangen.«

1938: Schnappschüsse von verschiedenen Männern, lachend, beim Bier, mit nacktem Oberkörper bei der Heuernte, bei der Schafschur. Odile hielt ihre Tasse in der Linken und deutete mit der Rechten über das Lesetischchen hinweg: »Der da, der gehörte zum Widerstand. Der auch. Den da haben die Nazis 1944 erschossen.«

Und dann das Bild eines würdevollen alten Herrn in Uniform, mit Orden behängt. Den kannte ich doch! Aber woher nur?

»Der alte Graf Hugues, Estelles Vater.«

»Aber...« Mein Mund klappte auf und wieder zu. Odile schlürfte geräuschvoll ihren Tee und bemerkte meine Verwirrung nicht. Graf Hugues d'Armand! Ihn hatte ich in meinem Traum gesehen, er war es gewesen, der mich als Hure beschimpft hatte. Wie war das möglich? Verrückt! Einen Moment lang war ich verunsichert. Ich musste wohl unbewusst schon anderswo im Haus ein Bild von ihm gesehen haben. Ja genau, das war es.

»Ich sehe gar keine Frauen auf den Bildern.«

»Es war eine Männerwirtschaft hier. Es gab mal eine Gouvernante für Estelle, wo ist sie nur? Hier!«

Oje, was für eine Fregatte. So hoch wie breit. Sie sah nicht aus, als hätte sie die Kraft gehabt, ein vitales junges Mädchen unter Kontrolle zu halten. Estelle auf einer Vespa, in Hosen und Männerhemd, die Ärmel hochgekrempelt. Und doch strahlte sie eine sichere Eleganz aus, wie man sie nur in die Wiege gelegt bekommen kann. Lernen lässt sich das nicht.

»Sie muss ziemlich wild gewesen sein damals.«

»Ja, das sagt man. Kein Vergleich zu den jungen Frauen heute, aber eine Handvoll, *une poignée*. Das steht fest.«

Ich nahm das dritte Album zur Hand. Hier wechselte es von schwarz-weiß zu Farbe. Und da war auch Stéphane. Stéphane als dürrer kleiner Wicht von sieben oder acht; mürrisches Gesicht, Schiebermütze, die Hände in den Taschen. Stéphane mit Schulranzen, zu Pferd, beim Tennis; Stéphane, unsicher lächelnd, die Tante am Arm. Mit Doktorhut. Nur vereinzelt Bilder von Alexandre.

»Der war damals schon – oh – über dreißig und ein Rugby-Star.«

Stéphane und Alexandre auf einem Bild: Alex in Jeans und Muskelshirt, die Hand auf Stéphanes Schulter, breit grinsend. Der Junge schaute ein bisschen ängstlich zu seinem älteren Cousin hoch.

»So, so, du bist also Stéphane. Erinnerst du dich an mich? Beim Familientreffen vor ein paar Jahren, da hab ich dich gesehen. Da warst du ein Dreikäsehoch.«

Er erinnerte sich dunkel an einen großen Kerl mit lauter Stimme.

»Das ist dein Cousin Alexandre. Er spielt Rugby«, hatte Mama ihm zugeraunt. Damals hatte Stéphane angefangen, sich für den Sport zu interessieren, hatte Panini-Bilder gesammelt und ein Foto seines

großen Cousins aus dem Provençal ausgeschnitten. Und ob er sich erinnerte.

»So sieht man sich also wieder. Dreh dich, Bürschchen, lass dich anschauen. Ganz schön schmächtig bist du!« Ein Schubs.

»Hé!«

Ein sanfter Nasenstüber. »Was, hé? Willst du frech werden, Kleiner, wie? Hein?! Ich sag dir was: Ich mach einen Mann aus dir. Soll ich dir Rugby beibringen?«

»Ja? Das ginge? Au, das wär' klasse!« Da würden seine Schulkameraden Augen machen!

»Na los, dann zieh dir eine Trainingshose an. So was hast du doch? Ihr macht doch Sport in der Schule, oder? Ich hab gehört, du bist eine lahme Ente. Das müssen wir ändern.«

»Na ja, ich bin kleiner als die meisten. Und ich muss eine Brille tragen.«

»Klein macht nichts, wenn man zäh und wendig ist. Das bringe ich dir schon bei.«

Alexandre zog die Schranktür auf, wühlte in den Sachen herum, bis er das Gewünschte fand. »Zieh das an, und hier, deine Sportschuhe. Adidas, da schau her! Nur das Beste für den kleinen Hosenscheißer. Jetzt komm!«

Der Junge ging voraus. Der Mann folgte ihm. Bevor er die Zimmertür hinter sich schloss, fiel sein Blick auf das Bett des Jungen: »Glaub ich jetzt nicht, eine Puppe!«

Durch den Gang, vorbei an der Bibliothek. Estelle sah von ihrem Buch auf.

»Wo wollt ihr hin?«

»Bisschen trainieren.«

»Alexandre!«

»Stell dich nicht an, Mutter. Ich werde ihm schon nichts tun, deinem Zuckerbubi. Drin rumhocken und lesen, das ist doch nichts für einen Jungen. Der muss mal raus an die Luft, rennen, toben. Komm, Kleiner! Das wird dir gefallen!«

Hinaus und durch das Tor.

»Erst mal ’ne Runde Dauerlauf. Zum Dorf und zurück!« Alexandre lief voran in einem mühelosen, leichten Schritt, die Brust gewölbt, die muskulösen Arme angewinkelt. Stéphane zockelte hinterher. Die Sohlen seiner Turnschuhe klatschten auf den Weg.
»Schneller! Das soll Dauerlauf sein? So rennen Mädchen. Heb die Füße!«
Stéphane lief, so schnell er konnte. Nur keine Blöße geben.
Der Schweiß ließ seine Brille rutschen.
»Mensch, nimm doch die Brille ab! Kannst du denn gar nichts sehen ohne?«
»Doch«, keuchte der Junge. »Aber verschwommen.«
»Na bitte, reicht doch. Nimm sie ab und steck sie in die Hosentasche. Und jetzt weiter! Arme hoch, Füße hoch! Eins, zwei, eins, zwei.«
Am Dorfrand blieb Stéphane stehen. Er krümmte sich vornüber und stemmte die Arme in die Seiten.
»Und zurück! Was ist denn nun schon wieder?«
»Ich hab Seitenstiche.«
»Na und? Renn weiter, dann gehen sie weg. Zurück zum Schloss, das wirst du doch wohl schaffen.«
Ein Stoß in die Rippen.
»Au! Schubs mich nicht!«
Alexandre tänzelte. Der Junge blinzelte gegen die Sonne.
Noch ein Stoß. »Komm, fang mich, dann darfst du mir einen Tritt in den Hintern geben. Komm, räch dich!«
Das feuerte Stéphane an. Und Titi und Dedé, die hinter einer Scheune vorlugten, noch mehr.
Ja, da glotzt nur: Mein großer Cousin trainiert mich! Schmissig drehte er sich um und rannte seinem Cousin nach. Seine Lungen stachen.
»So, mein Lieber. Das mal zum Aufwärmen. Hat’s Spaß gemacht?« Ein Schlag auf den Rücken. »Klar hat’s Spaß gemacht. Haha! Und jetzt zeig ich dir, wie Rugby geht. Das …«, er zog mit der Schuhspitze eine Linie in den mit grobem Kies vermischten Sand, »… ist deine Hälfte. Das ist meine Hälfte. Hier ist der Ball.«

Stéphane kniff die Augen zusammen und sah, wie sein Cousin etwas Helles, Rundes in die Höhe hielt.

»Ich versuche jetzt den Ball in deine Hälfte des Spielfelds zu tragen. Du kannst mich daran hindern, indem du mich zu Fall bringst. Du kannst dich mir in den Weg stellen oder mich umklammern und festhalten. Das nennt man tackle. *Festhalten, verstehst du? Schlagen, kratzen, beißen und Bein stellen ist nicht erlaubt. Klar?«*

»Klar.«

Alex tänzelte langsam auf die Linie zu. Stéphane kam von vorn, senkte den Kopf und versuchte, ihn zu rammen. Eine ausgestreckte Hand griff nach seinem Haar und hielt ihn fest.

Alex lachte. »Ja, gut! Aber nicht mit dem Kopf, mit der Schulter! So! Noch mal!«

Stéphane nahm Anlauf und rannte wie ein kleiner Stier, drehte sich seitlich, schob die Schulter nach vorn – doch da, wo er den Gegner vermutete, war blankes Nichts. Mit einem Knall, der ihm die Luft aus der Lunge trieb, kam er auf dem Boden auf und schlitterte der Länge nach über den Kies. Seine Unterarme waren aufgeschürft. Das Kinn schmerzte. Wütend wischte er sich darüber und betrachtete das Blut auf seinem Handrücken.

»Haha, reingefallen! Hier ist der Ball. Komm, hol ihn dir!«, schrie Alex. »Try!«

»Ich hab genug!« Stéphane rappelte sich hoch und fischte in seiner Hosentasche nach seiner Brille. Er setzte sie auf. Die Umgebung wurde gestochen scharf.

»Wie du willst.« Alex ließ den Ball fallen und kickte ihn sauber zu dem Jungen hinüber. Der fing ihn auf und blieb wie angewurzelt stehen.

»Neeeeeein!« Tränen schossen ihm in die Augen. Es war der Kopf seiner Puppe.

»Alexandre hat Stéphane drangsaliert.«

»Wie unfair. Ein erwachsener Mann gegen einen kleinen Kerl wie den! Sind Sie da nicht eingeschritten?«

»Anfangs habe ich es nicht gemerkt. Wir haben es beide nicht bemerkt, Madame und ich. Stéphane hat es vor uns verborgen, um das Verhältnis zu Monsieur Alexandre nicht noch weiter zu belasten.«

Ich trank vorsichtig, um die alten Fotos nicht zu bekleckern. Der Tee schmeckte scharf und bitter. Salbei! Das bekamen meine Kinder nur, wenn sie erkältet waren. Aber so frisch aufgebrüht schmeckte er mir. Ich hob das Album näher ans Gesicht. Alex auf dem Fahrrad, Stéphane auf dem Lenker. Sie sahen so fröhlich aus.

»Zuerst waren es nur Sachen. Sein Spielzeug ging ständig kaputt. Wir dachten, er sei eben ungeschickt. Er verlegte ständig seine Brille oder schaffte es irgendwie, sie zu zerbrechen. Das war ärgerlich, denn man musste damals weit fahren, um eine neue zu bekommen. Bücher, die er las, waren zerfleddert oder beschmutzt. Madame wollte ihm zuerst die Benutzung der Bibliothek untersagen, aber ich habe sie davon überzeugt, dass eine solche Strafe nicht sinnvoll sei.

Dann fand ich einen Brandfleck in Stéphanes bestem Hemd. Er sagte, er habe heimlich geraucht und steckte die Schelte von mir ein. Sein Fahrrad hatte plötzlich eine Acht im Vorderrad. Er sei gestürzt. Oft hatte er blaue Flecken, aufgeschlagene Knie und Hände. Na schön, er war halt ein Junge. Aber irgendwann fiel mir auf, dass sich diese Missgeschicke immer dann ereigneten, wenn Monsieur Alexandre zu Besuch war, und ich habe aufgepasst.«

»Na Kleiner, hier versteckst du dich!«

Stéphane hockte mit angewinkelten Knien in einem ausrangierten Sessel auf dem Dachboden. Er sah von seinem Buch hoch und runzelte die Stirn.

»Ciao, Alex.«

»Was ist denn das für eine Begrüßung. Haben die Tanten dir nicht gesagt, dass ich komme?«

»Hm-hm«, grunzte Stéphane. Deswegen hatte er sich ja verzogen. Er musterte seinen älteren Cousin. Fast vierzig war er schon, der reinste Methusalem! Aber immer noch fit, der alte Sack. Langsam konnte er es wohl mit ihm aufnehmen.

»Und, laufen wir 'ne Runde?«

Alex war, wie meist, im Trainingsanzug. Fanatisch, was den Sport betraf. Na ja, er ist eben auf dem absteigenden Ast, dachte Stéphane. Er hat's nötig.

»Nein danke. Ich will nicht laufen.«

»Ach nee! Wolltest du nicht Rugby lernen?«

»Damit du mich wieder rumschubsen kannst? Nein. Damit ist es vorbei. Das ist nichts für mich. Hab ich dir letztes Mal schon gesagt. Lass mich in Ruhe, Alex. Ich will lesen.«

Die Augen des Älteren verengten sich zu Schlitzen. Das werden wir ja sehen!

Alex trat nah heran und riss dem Jüngeren das Buch aus der Hand. »Was lesen wir denn da? Patrick Süskind? Das ist doch so ein Scheiß-Boche! Und ein Jude dazu. Warum liest du so was?« Das Buch flog in die Ecke.

»Lass das, Idiot!« Stéphane sprang aus dem Sessel, drücke sich an Alex vorbei und hob das Buch auf, Fast zärtlich staubte er es ab, strich die vom Sturz zerknitterten Seiten glatt.

Alex stemmte die Arme in die Seiten und schüttelte den Kopf. »Man möchte brechen, wenn man dich so sieht. Bist du schwul?«

»Bloß weil ich nicht mit Testosteron um mich spritze? Würde dir auch mal ganz gut tun zu lesen. Dass du übrigens Scheiß-Boche sagst … du hast es grade nötig.«

Mit zwei raschen Schritten war Alexandre bei ihm. Sein Gesicht war dunkelrot angelaufen. Er packte Stéphane am Hemdkragen, hob ihn in die Luft und warf ihn gegen einen der Stützbalken.

»Bist du wahnsinnig?!« Stéphane rappelte sich hoch, stürzte sich auf seinen Cousin und brachte ihn durch schiere Wut zu Fall. Schon rollten sie sich auf den staubigen Dielen, jeder bemüht, so viel Schaden anzurichten wie möglich. Der ungleiche Kampf war bald vorbei. Alexandre bekam einen mageren Arm zu packen und drehte ihn. Ein trockenes Knacken, ein Aufschrei! Schritte auf der Treppe, die Tür flog auf.

»Und da hab ich ihn auf frischer Tat erwischt. Ich habe es auf dem Dachboden poltern gehört, dann einen Schrei von

Stéphane. Oh, ich weiß noch wie heute: Das klang schlimm! Das war nicht nur eine Rauferei! Also: Ich hoch, damals war ich noch besser zu Fuß, und wie ich die Tür zum Dachboden aufmache, da liegt Stéphane am Boden, kreidebleich sag ich Ihnen! Er sagt kein Wort, die Tränen laufen ihm das Gesicht runter. Und Alex hat immer noch versucht, so zu tun, als wäre es eine kleine Rangelei unter Brüdern. ›Steh auf, mach nicht so ein Theater‹, sagt er. Stéphane steht nicht auf. Er guckt ganz glasig, ist halb bewusstlos vor Schmerz. Alex hat ihm den Arm gebrochen. ›Weg von ihm!‹ schreie ich. ›Fass ihn bloß nicht an. Ich rufe die Ambulanz!‹ Noch auf dem Weg ins Krankenhaus hat Stéphane mich beschworen, seiner Tante nichts zu sagen.«

»Verständlich«, zischte ich. »Er hatte Angst, es sich endgültig mit seinem großen Cousin zu verderben. Schließlich war er nur angenommen. Eine Waise. Und Alex der leibliche Sohn.«

»Korrekt. Aber diesmal musste ich es meiner Patronin sagen.«

»Stéphane! Was ist passiert?«

»Nichts, Tante, lass! Ich bin gestürzt«, stieß der Junge zwischen zusammengebissenen Zähnen hervor, während die Sanitäter ihn die Treppe herunterbugsierten. Sein Arm hing leblos in einer schwarzen Schlinge. Schweiß stand auf seiner Stirn.

»Er hat den Arm gebrochen, Madame. Ein offener Bruch. Sieht schlimm aus.«

»Wie ist das passiert?« Die Gräfin stand am Fuß der Treppe und rang die Hände. »Alex! Alex!«

Das Gesicht des Cousins erschien oben in der Tür zum Dachboden.

»Er hat nichts damit zu tun,« stöhnte Stéphane. »Bin … gestürzt.«

Estelle sah Odile an. Die schüttelte leicht den Kopf.

Die Pfleger mit dem Verwundeten waren m Treppenfuß angelangt, als Stéphane sich vornüber krümmte: »Ich muss mich übergeben!«

Die Gräfin trat einen Schritt zurück, als ihr der Schwall vor die Füße klatschte.

»Verzeihung!«

»Unsinn, Junge, wofür denn?! Was machen Sie denn«, herrschte sie die Sanitäter an. »Holen Sie eine Bahre! Wollen Sie, dass er auch noch kollabiert? Und du, Alexandre, glaubst du, ich bin blind? Ich weiß Bescheid! Bislang habe ich es für Raufereien unter jungen Männern gehalten. Aber das – das geht zu weit!«

Stéphane setzte sich auf einen eilig herbeigetragenen Stuhl. Odile rannte nach einem Putzlappen.

Alexandre stieg über das Erbrochene hinweg. Kalt schaute er seine Mutter an.

»Ach Gott, das Schoßhündchen hat Schaden genommen. Weißt du noch, was du gesagt hast, als mir die Dorfjungen die Nase gebrochen haben?« Giftig äffte er eine Frauenstimme nach: »›Blute mir den Teppich nicht voll!‹ Damals hattest du stärkere Nerven, Mutter.«

Endlich kam die Bahre. Dankbar legte sich der Junge darauf. Mutter und Sohn funkelten sich über den Verletzten hinweg an. Die Sanitäter hoben die Trage hoch und traten damit hinaus auf den Hof.

»Odile: Du fährst mit ihm ins Krankenhaus. Und du, Alexandre, kommst mit mir ins Arbeitszimmer. Ich habe mit dir zu reden!«

»Na, der wird sein Fett weggekriegt haben«, kommentierte ich.

»Und wie! Madame hat ihn aus dem Haus gejagt und ihn erst zum darauffolgenden Weihnachtsfest wieder eingeladen. Er hat Stéphane danach nie wieder angerührt. Körperlich wenigstens.«

Nachdenklich klappte ich das Album zu und reichte es an Odile zurück.

»Aber wenn Alexandre sich Stéphane gegenüber so ungerecht verhalten hat, warum habe ich dann das Gefühl, dass Sie ihn immer noch vorziehen?«

»Meinen Sie? Wie wollen Sie das beurteilen?« Odile stand auf und rückte ihre Perücke zurecht. »Ich habe zu tun. Die Hühner müssen gefüttert werden. Bleiben Sie ruhig am Kamin sitzen. Schön, wenn man so bequem sein Geld verdienen kann.« Ziemlich abrupt verließ sie die Bibliothek.

Hallo? Was hatte ich jetzt wieder Falsches gesagt? Mein Handy summte in meiner Hosentasche: Leonie.

»Hallo Große!«

»Hallo Mam. Wie geht es dir? Nein, sag nicht ›gut‹«, als ich ansetzte, um ihr genau das zu versichern. »Vivien hat mir alles erzählt. Papa ist so ein Idiot! Ich habe ihm extra gesagt, er soll das noch ein bisschen unter der Decke halten.«

»Wie bitte?« Schon wieder fühlte ich Ärger aufsteigen. »Du hast es gewusst, dass die kleine Nut... Dingsda ... schwanger ist? Vivien weiß es auch schon, wie weit hat er es denn noch herumgetratscht?«

»Mama, er ist ein Kerl. Was erwartest du?«, kam es wie aus der Pistole geschossen. »Das muss er doch vorzeigen, was er da Tolles geschafft hat.«

Nun musste ich doch unfreiwillig lachen. Leonie ist lesbisch, hat einen Mann als Samenspender benutzt und wird das resultierende Kind mit ihrer Partnerin aufziehen. Undenkbar zu meiner Zeit. Und auch nichts für mich. Ich bin nun mal unrettbar hetero. Aber es tröstet mich, wenn ich Beziehungen wie die von Leonie sehe. Es ist ja nicht so, dass Hetero-Beziehungen unbedingt besser halten. Sieht man an mir.

»Arme Mam, ich weiß, dass dich das furchtbar verletzt haben muss.«

»Ja, Leonie, hat es. Ich bin so wütend! Vor allem weil er das benutzt, um mich jetzt auf die Straße zu setzen!«

»Du hast ja recht. Aber wenn du ehrlich bist, ist das sowieso fällig irgendwann. Mit der Hälfte vom Verkaufspreis kannst du dir eine kleine Eigentumswohnung kaufen. Bist gut abgesichert. Und eine neue Umgebung wird dir guttun. Du willst doch nicht für immer inmitten der Erinnerungen hocken bleiben, oder?«

Erinnerungen, da war es wieder. Ich hatte ja schon das Schlafzimmer neu gestrichen, Möbel umgestellt, andere Bilder hingehängt … Ach, mein Gärtchen! Und das schöne Haus, jammerte ich insgeheim. Neue Wohnungen mögen wunderbar und aufregend für andere Leute sein. Ich fühlte mich wie eine Schnecke – fest mit meinem Haus verwachsen. Aber ich wollte nicht rumheulen. »Ja. Es tut mir jetzt schon gut, in einer anderen Umgebung zu sein. Und das Gefühl, etwas zu leisten, auch etwas zu können außer KKK, das macht viel aus. Ich bin euch dankbar, dass ihr drei mir das ermöglicht.«

»Ah, pah! Kein Ding. Die Kiste läuft. Pascal kocht und bäckt wie ein Weltmeister. Vivien hat heute zwei Stücke Kuchen gegessen – Kuchen, stell dir vor! Mach dir um uns keinen Kopf.«

»Das hört sich gut an. Meinst du, man kann sie jetzt bald weglassen? Sie hat sich doch so auf die Reise gefreut!«

»Na, sagen wir noch zwei Kilo plus. Dann würde ich das Okay geben.«

»Danke Leonie. Ich drück euch!«

»Drück dich zurück, tschüss!«

Als Odile mich zum Essen rief, schaute ich hoch und erkannte, dass es draußen dunkel geworden war. Schweigend vertilgten wir die Reste der *Brouffade.* Anschließend warf Odile einen brummenden alten Röhrenfernseher an und wir guckten gemeinsam. Es gab eine Art Glücksrad, wie schön. Die Show schien mir ebenso dümmlich wie gleichartigen Veranstaltungen im deutschen Fernsehen: eine bombastische Bühnendeko, dramatische Musik und mehr oder weniger komische Wortbeiträge prominenter Gäste. Gegen Ende bekamen zwei Kontrahenten einen Lachanfall. Das war derart ansteckend, dass Odile und ich mitlachen mussten, ich sogar, obwohl ich kaum verstand, worum es eigentlich ging. Der Lachsack-Effekt. Das war das Beste an der ganzen Show.

Von dem Lachanfall befreit wünschte ich *bonne nuit* und ging auf mein Zimmer. Jetzt erst packte ich meine Umhängetasche aus. Der Lippenstift kam ins Schmink-Necessaire, ein Shampoo für *schimmerndes Blond* in die Waschtasche. Da stieß ich wieder auf das alte Parfum: *Je reviens* – ich komme wieder. Ich brach das Siegel, zog den Glasstopfen aus dem Flacon und schnupperte daran. Zitrus ... Bergamotte fiel mir als Erstes ein. Und dieser unwiderstehlich marzipanige Duft – was war das noch? Südsee ... weiße Blüten ... Ylang Ylang, genau. Darunter ein Hauch von Frühlingsblumen und etwas Herbes. Vielleicht – ja – eine Andeutung Weihrauch? Eine komplexe Mischung. Erstaunlich, das Parfum hatte durch die lange Lagerung keinen Schaden genommen.

In einer Laune betupfte ich mir die Handgelenke und den Hals, für wen, das hätte ich nicht sagen können. Für mich, verdammt, warum denn nicht für mich. Und als ich mich bettfertig machte, zog ich nicht wie üblich Slip und T-Shirt an, sondern suchte das zarte Nachthemd heraus, das ich in Grenoble gekauft, aber noch nie getragen hatte. Für mich.

Ich lag im Bett und lauschte in die Nacht. Der Regen schien nachzulassen. Ein Nachtvogel schrie klagend. Miou sprang von außen gegen die Tür und kam hereingetappt. Vor dem Bett blieb sie stehen. Statt hinaufzuspringen wie sonst, sah ich im Mondlicht, wie sie ihren Kopf hob, den Hals langmachte. Ich hörte sie schnuppern. Sie nieste, wandte sie sich ab und sprang auf den Sessel am Fenster. Na dann nicht. Um so besser: kann ich wenigstens die Beine bewegen.

Das Letzte, was ich aus dem wachen Zustand mitnahm, war der Eindruck von spinnwebzarten Vorhängen, die sich im Nachtwind blähten.

Mäuse trippeln im Gebälk, Käferklopfen im Holz, das Schwirren lederner Schwingen. Das raue Bellen einer Füchsin hinter dem Hügel. Weicher Stoff unter meinem Bauch und Läufen. Voller Wanst.

Das Mondgesicht hat uns genährt. Zufrieden hebe ich meine Pfote und lecke die Sohlen. Spreize die Zehen. Ein Tropfen Blut klebt dazwischen. Der Geschmack gefällt mir, doch plötzlich mischt sich etwas Fremdes dazwischen, ein Geruch, nicht Blut, nicht Fleisch, nicht Holz, nicht Gras. Blumen, künstlich, menschengemacht, zu scharf, zu süß! Der Dunst steigt mir zu Kopf. Verwirrt mich. Lässt mich nicht los. Da ist etwas, das will heraus.
Flieder, Hyazinthe, Rose, Eichenmoos. Vetivèr.
Ich strecke meine Pfote wieder aus und betrachte sie. Etwas stimmt nicht damit. Was? Angst überfällt mich wie ein Schatten am Himmel. Ich beiße in diese Pratzen und bin überrascht, dass es schmerzt. Falsch! Falsch! Was? Und dieser Geruch … ich kenne ihn.

14.

Ihr Gesicht war übel zugerichtet: Ein Auge blau und halb zugeschwollen, Abschürfungen an Kinn und Wangen. Sie trug Jeans, dreckige Stiefel, ein T-Shirt und eine verschossene Daunenweste darüber. Sonntag, elf Uhr. Sie saß in der Bar des Amis an einem Tisch in der Ecke. Den Stuhl hatte sie so weit zurückgekippt, dass ihre Schulterblätter die Mauer berührten. Sie starrte vor sich hin. Beneidenswert, was für lange, dunkle Wimpern sie hatte! Vor ihr auf dem Tisch ein halb volles Glas Rotwein und ein Packung Gauloises.

Das halbe Dorf schien da zu sein, die Männer jedenfalls: die jungen an der Bar, die alten am Stammtisch. Die Luft war zum Schneiden, aber was will ein Bauer in seiner Freizeit auch mit frischer Luft? Die hat er ja die ganze Woche.

»Darf ich mich zu Ihnen setzen?«, fragte ich. Lucile öffnete ihr unversehrtes Auge.

»Bitte. Es ist ja frei.«

Das klang nicht einladend, aber ich setzte mich dennoch.

Der Wirt kam zu uns.

»Ich hätte gern einen Milchkaffee mit Zimt obendrauf statt Kakao. Geht das?«, fragte ich laut und überdeutlich.

»Aber sicher. Warum soll das nicht gehen? Und du, Lucile, noch einen Roten?«

»Nein. Aber ein Croque Monsieur kannst du mir bringen.«

»Für mich ein Croissant, wenn Sie noch eines haben«, setzte ich rasch nach.

»Was ist Ihnen denn zugestoßen«, fragte ich leise, nachdem der Wirt gegangen war.

»Mein Kerl hat mich verdroschen. Ich hab ihn vor die Tür gesetzt.«

»Gut gemacht!« Ich hob die Tasse, sie – nach kurzem Zögern – ihr Glas.

Toast und Croissant kamen.

»Ich nehm' doch noch einen«, ein Nicken mit dem zerschrammten Kinn in Richtung Glas.

»Kommt!«

Wie aßen schweigend. Ah, diese Croissants hier. Auf die Gefahr hin, dass ich mich wiederhole: Außen hauchzart blätternd, nicht etwa knusprig, nein. Knusprig sind aufgebackene Hörnchen, ein schweres Vergehen. Der Teig innen süß und buttrig, ohne fett zu schmecken, von einer beinahe seidigen Konsistenz. Das können sie nicht in Deutschland.

Das inzwischen leere Rotweinglas verschwand, ein volles war erschienen.

»Ich habe nichts mit Stéphane«, sagte ich, während ich mir den Mund an einer Papierserviette abwischte und in meinem Umhängebeutel nach dem Selbstständig-hilflos-Lippenstift kramte.

»Wie kommen Sie drauf, dass mich das interessiert. Du musst mich übrigens nicht siezen. Kein Mensch siezt mich.«

»Marleen.«

»Lucile.«

Ein rituelles Prosten mit Weinglas und Kaffeetasse.

»Ich hatte wohl den Eindruck, dass Sie – Verzeihung – dich das interessiert.«

Sie grinste amüsiert, dabei verzog sich die malträtierte Haut um ihr Veilchen.

»Au!« Unwillkürlich legte sie die Fingerspitzen darauf. »Das Schwein!«

»Stéphane?«

»Quatsch. Mein Ex.«

»Stéphane hat mir von Ihnen, äh, euch beiden erzählt. Dass du seine erste Liebe gewesen bist. Er habe dir aus dem Internat geschrieben, aber du hättest nie geantwortet. Also, er klang immer noch enttäuscht.«

»Wie? Ich hab ihm doch geschrieben. Tonnenweise.« Nachdenklich drehte sie den das Glas in ihrer rechten Hand. »Eh bèh!« (Da soll mich doch der Teufel holen!) »Bestimmt hat die Alte die Briefe abgefangen.«

»Haben ... habt ihr denn nie drüber geredet?«

»Nein. Man hat ja seinen Stolz.« Sie schüttelte den Kopf, dass die dunklen Locken flogen. »Blöd, *non*? Ach, was soll's. Vorbei. Und ich glaub auch nicht, dass ich noch mal was mit Kerlen zu tun haben will. Scheißkerle. Wenn ich doch bloß lesbisch wäre!«

Ich lachte laut auf. »Das habe ich auch schon gedacht. Aber ich bin's nun mal nicht. Mein Mann hat mich nach dreiundzwanzig Jahren Ehe verlassen. Für eine Jüngere. Viel jünger.«

»Wie ekelhaft ist das denn! Kinder?«

»Drei.«

»Scheißkerle!«

»Scheißkerle.«

Wir stießen erneut an. Die Welt war eben ein paar Grade freundlicher geworden.

»Aber Stéphane ist doch nicht so ein Macho«, bemerkte ich gerechtigkeitshalber. Na, da hatte ich ins Wespennest gestochen.

»Nein, dafür ein Feigling, ein Weichei, ein richtig windelweicher Arsch! Was will ich denn mit so einem? Weißt du, wie der mich vor seiner Tante hat stehen lassen? Sie hat so getan, als ob sie mich akzeptiert, hat mich zum Essen eingeladen aufs Schloss! Du ich dummes Huhn bin ihr ins offene Messer gelaufen: Geradezu geschlachtet hat sie mich!« Sie äffte den affektierten Ton der besseren Gesellschaft nach: »Ein entzückendes Kleid, so farbenfroh! – Nicht diese Gabel,

Kindchen, die ist fürs Dessert. – Ihr Vater mäht unsere Wiesen, nicht wahr? Betonung auf ›unsere‹. Und das Beste: Sie lesen?« Und wieder in ihrem normalen Tonfall: »Und Stéphane, was macht der? Sitzt dabei und sagt kein Wort. Er hätte mich doch verteidigen müssen! Nicht mal nach Hause gebracht hat er mich, der Schlappschwanz.«

Ihre Stimme klang scharf. Dabei war es doch so lange her …

»Das hat er mir erzählt. Er konnte dich nicht bringen, weil gerade in dem Moment seine Tante einen schweren Asthma-Anfall hatte.«

»Asthma-Anfall. Oh ja! Asthma, Depressionen, Arthritis, Herzleiden, Migräne – ja, ja. So was konnte sie gut. Ich sag dir was über diese hochwohlgeborene Dame! Ein Biest war sie, Estelle d'Armand, eine egoistische, herrschsüchtige alte Katze!« Lucile war laut geworden.

Zwei der alten Männer am Nebentisch wandten ihre Köpfe zu uns.

»*Une pute*«, Hure, zischte einer von ihnen, ein eingetrocknetes Männchen von achtzig plus. Ich erschrak und dachte schon, sie meinten Lucile.

»Naziliebchen«, murmelte der andere. Aha, sie sprachen von der Gräfin.

»Entschuldigen Sie, Mademoiselle«, rief einer der Jüngsten am Tisch, vielleicht siebzig, zu mir herüber. »Hör mal, Pôl, die Dame ist Deutsche. Das ist nicht höflich, vor ihr solche Reden zu schwingen.«

»So? Wenn die Deutschen wieder herkommen, dann können sie sich verdammt noch mal auch anhören, was ich zu sagen habe. Und ich sage, die Gräfin war eine Nazihure.« Die anderen Alten nickten. Der Siebzigjährige hob die Achseln und sah mich entschuldigend an.

Der Frühschoppen hatte mich mutig gemacht. »Wie war es denn hier während der Besatzung?«, fragte ich.

»Wollen Sie das wirklich wissen?«

»Klar, sonst würde ich nicht fragen.«

»Macht Ihnen das nichts aus?«

»Nein. Ich bin 18 Jahre nach dem Krieg geboren. Ich habe nichts getan.«

»Das stimmt«, sagte der, der die Gräfin als Hure bezeichnet hatte, Pôl. Er mochte einmal groß und massiv gewesen sein. Schultern und Brustkorb wirkten massig. Er hatte ein kantiges, hartes Gesicht und volles weißes Haar, war immer noch ein gutaussehender Mann. »Tja, wissen Sie. Zuerst war es gar nicht so schlimm, hat mein Vater erzählt. Das war die Wehrmacht, verstehen Sie: einfache Soldaten, wie wir. Die freuten sich, in Frankreich zu sein. Die waren höflich. Und wir dachten: Na gut, wir sind besetzt worden. Die sind uns über.«

Proteste am Tisch. Alles sprach durcheinander.

»Ja was denn? Lasst uns ehrlich sein! Nicht wenige hier in der Gegend waren für die Vichy-Regierung. Man hat die Deutschen sogar bewundert.«

»Also hör mal!«

»Doch, doch! Aber dann kam die SS, das war eine ganz andere Sache.«

»Ja, das war nicht dasselbe!«

»Oh ja! Eine ganz andere Geschichte!«

Mathieu, der Wirt, kam dazu. »Wann war das, Francis? 42, 43?«

»43. Im Winter 42–43 muss das hier losgegangen sein mit dem Maquis Ventoux. Und im Herbst 43 ist die Waffen-SS in die Provence eingerückt, Division Brandenburg.«

Nach zwei Jahren Besatzungszeit, erzählte der große Weißhaarige, hatten die Franzosen allmählich gemerkt, dass die höflichen Deutschen ihnen ihr Land leer geräumt hatten. Es gab kaum mehr was zu essen. Paris wimmelte von vergnügungssüchtigen Quadratköpfen, und die Franzosen hatten genug von ihnen.

»Ich war ja ein kleiner Junge damals«, sagte ein anderer, ein Dicker, dessen Nase und Wangen rot geädert waren, schwarz gekleidet mit einem Barett schief auf dem Kopf. »Meine Eltern hatten eine Eisenwarenhandlung. Und ich weiß noch wie heute: Da kam ein Offizier herein, der verlangte ein Besteck, ein Besteck zum Essen, verstehen Sie?«

Er gestikulierte, ich nickte.

»Er ließ sich alles zeigen, suchte sich das Beste aus und steckte es einfach ein. Mein Vater hat natürlich nicht gewagt, nach Geld zu fragen. Und wie der ihn behandelt hat! Als wäre er Dreck.«

»Ja, ja, *la guerre* – Scheiße«, sagte der Breitschultrige mit dem harten Gesicht. »Aber die da oben auf dem Schloss, die hat fein getafelt mit dem Drecks-Boche, ihrem Offizier. Und getanzt hat sie mit ihm und hat sich nach Avignon ausführen lassen, die Nutte!« Das weiß ich von meinem Vater!

»Raus! Raus! Die Deutschen kommen!«

»Merde!« Die zwei abgerissenen Gestalten, die sich in der Küche den Bauch vollschlugen, sprangen auf. »Wo? Wie viele?«

»Ein Kübelwagen und ein Lkw! Sie kommen gerade den Berg hochgefahren!«

Hastig griffen sie ihre Jacken, stopften noch rasch ein, zwei Bissen in den Mund. Einer nahm ein Brot und steckte es unter sein Hemd.

»Durch den Garten!«

Ein Blick durch den Türspalt, und sie rannten wie die Hasen.

»Mensch!« Der junge Bauer ließ sich schweratmend auf einen der frei gewordenen Stühle sinken. »Warum hat denn keiner aufgepasst? Wir haben doch schon vor einer Stunde das rote Hemd auf die Leine gehängt!«

Jetzt hörte man den Motorenlärm aus der Kurve unterhalb der Burgmauer.

Geistesgegenwärtig setzte die Köchin sich an den Tisch vor einen der halb leer gegessenen Teller und schob dem Jungen den anderen hin. »Los, iss! Wir haben niemanden gesehen.«

Gewehrkolben krachten an das Hoftor.
»Unverschämte Bande!«
Sie hörten, wie geöffnet wurde, dann in schnarrendem Befehlston: »Durchsuchung! Alle Bewohner dieses Hauses haben sich unverzüglich im Hof einzufinden!« Dann in schlechtem Französisch: »Tous dehors! Papiers! Wo ist der Hausherr, le patron, hol ihn, zack, zack!«
Man hörte rennen, die Soldaten waren vom Lastwagen gesprungen und durchsuchten das Schloss. Türen knallten, Gegenstände wurden umgeworfen.
»Tiens, les cochons! – Hör dir diese Schweine an.«
»Sei still, iss. Stell dich blöd! Kann ja nicht so schwer sein für dich.«
Stiefel knirschten im Kies des Hofes, kamen näher. Die Küchentür wurde aufgerissen.
»Wer sind Sie? Personal? Ausweisen – papiers-papiers!«
Die Köchin und der junge Bauer kauten und schauten verständnislos hoch.
»Komm lass, eine alte Frau und ein Bauernlümmel!« Die Tür flog wieder zu.
»Ouf!« Der Junge schob den Stuhl zurück und wischte sich mit dem Ärmel über die Stirn.
»Was ist hier los?!« Graf Hugues war inzwischen heruntergekommen und musterte den deutschen Offizier, schlank, hochgewachsen, blond. Die dunkelgraue Uniform saß wie angegossen. Ein Schmiss am Kinn. Das verhasste Zeichen am Kragenspiegel: Waffen-SS, die Bluthunde von diesem Irren, der die ganze Welt in Brand steckte. Hellwache, blaugraue Augen blitzten hinter der Nickelbrille, das überraschte und schreckte den Grafen immer wieder: Dass dieses Viehzeug intelligent war, ja kultiviert.
»Obersturmführer Cassian, Baron von Walersberg.« Eine angedeutete Verbeugung.
»Hugues, Comte d'Armand.«
»Verzeihen Sie, falls meine Männer grob geworden sind, Monsieur d'Armand. Sie sind es leid, dass man sie aus dem Hinterhalt beschießt. Man hat uns gemeldet, dass Sie dem Maquis Unterschlupf gewähren.«

»Das ist nicht der Fall.«

»Ich hoffe es für Sie. Es wäre mir sehr unangenehm, Ihnen Schwierigkeiten machen zu müssen.«

Graf Hugues Mund verzog sich. »Natürlich.«

»Wer ist im Haus?«

»Meine Tochter Estelle, ihre Gouvernante, Madame d'Armand-D'Entressangles und Personal.«

»Lassen Sie das Personal antreten, mit Papieren bitte. Die Damen brauchen wir nicht zu belästigen.«

In dem Augenblick ertönte aus den oberen Stockwerken ein spitzer Schrei, gefolgt von schrillen Beschimpfungen.

»Schon geschehen, fürchte ich.«

Der Offizier trat zurück, legte die Hände an den Mund und brüllte: »Heda! Benehmen bitte!«

Unter rauen Ermunterungen hatte sich das Schlosspersonal im Hof eingefunden: die Köchin, ein junges Mädchen aus dem Dorf, das putzte, ein Pferdeknecht, der alte Leibdiener des Grafen. Sie wurden kontrolliert und für harmlos befunden.

»Der hier hat keine Papiere bei sich.« Der junge Bauer wurde aus der Reihe gezerrt und warf hilfesuchende Blicke zu Comte Hugues.

»Das ist Michèl Bonnefoy. Er hat Brennholz geliefert. Ich bürge für ihn.«

»Na schön.«

Michèl durfte gehen.

Nach und nach fanden sich die Soldaten wieder im Hof ein. Einer trug ein Bündel auf dem Arm und warf es klirrend vor dem Offizier auf das Pflaster: Zwei Jagdgewehre, ein Paar antike Pistolen und einige Säbel, die man von den Wänden des Wappenraumes gerissen hatte.

»Das ist alles, was wir an Waffen gefunden haben.«

Von Walersberg hob die Pistolen auf und untersuchte sie. »Schöne Duell-Pistolen. Gepflegt. Funktionstüchtig.«

»Erbstücke«, sagte der Graf kurz.

»Mit solchen Erbstücken kann man ebenso gut töten wie mit modernen Waffen. Sie wissen, dass Sie die Waffen hätten abgeben müssen. Auf jeden Fall die Jagdgewehre.«

»Und womit sollen wir dann die Wildschweine vom Acker vertreiben? Mit Knallerbsen?«

»Monsieur Le Comte, Befehl ist Befehl. Das wissen Sie. Aber ich will darüber hinwegsehen. Ich nehme an, Sie sind ein Mann von Ehre. Geben Sie mir Ihr Wort, dass das alles ist?«

»Oui.«

Walersberg drehte sich zu den Männern um. »Abtreten! Und nehmt das Zeug hier mit.«

Die Soldaten sprangen auf den Lastwagen, der fuhr davon. Der Obersturmführer und zwei seiner Männer blieben. »Monsieur, ich will annehmen, man hat uns falsch informiert. Ich denke aber, wir werden ein Weilchen hierbleiben. Quartier für mich und meine Männer, es ist Ihnen doch recht?«

Neben dem Roadster des Comte nahm der lehmbespritzte Kübelwagen sich plebejisch aus.

Auf der Stirn des Grafen bildete sich eine steile Falte. »Manou?«

Das junge Mädchen trat vor, dicklich und verlegen. Ihre Wangen brannten, als sie den Blick der Gefreiten auf ihrem Busen fühlte. »Oui, Monsieur.«

»Mach die zwei unteren Gästezimmer fertig, das rote für den Obärrrsturrrmführärrr«, er zog das Wort lang und schnarrte es so übertrieben, dass es sich lächerlich anhörte, »und das Zimmer daneben für seine Begleiter. Monsieur. Ich nehme wohl an, Sie essen mit uns? Dîner um halb acht. A plus tard.«

Er machte auf dem Absatz kehrt und ging hinein. Während seine Männer das Gepäck ausluden, schaute Walersberg sich im Hof um. Sein Blick glitt über die Stallungen, Mauern, Erker und Türme und blieb an einem Fenster des Burgfrieds hängen. Ein blasses ovales Gesicht, von dunklem Haar umrahmt, zog sich hastig in den Schatten des Zimmers zurück. Walersberg lächelte. Ein junges Mädchen, gut, dieser Aufenthalt würde vielleicht nicht ganz unangenehm werden.

»Der Graf war in Ordnung«, sagte jetzt der Achtzigjährige. »Er hat sein Schloss dem Maquis als Hauptquartier zur Verfügung gestellt.«

»Hauptquartier, meine Fresse, was weißt du denn schon davon?«

»Mein Vater hat gesagt: Graf Hugues war auf der Seite des Maquis.«

»Auf der Seite des Maquis! Das waren alle – hinterher. Er hat sich nach allen Seiten hin abgesichert. Bei dem wusste man nie so genau. Und das Hauptquartier, das war ganz woanders!«

»Ach, immer dieses Nazizeugs«, murmelte Lucile mir ungeduldig zu. »Hättest du bloß nicht davon angefangen. Ich geh raus, eine rauchen. Kommst du mit?«

Ich bedankte mich bei den Kombattanten und ging hinter ihr her.

»Warum interessiert dich das? Ich denke, du bist beim Fernsehen oder schreibst einen Reiseführer oder so was.«

»Mach ich auch. Aber ich interessiere mich eben auch für die Geschichte der Region. Ehrlich gesagt, besonders für die Geschichte der Gräfin. Was ist denn da dran, dass sie ein Verhältnis mit einem Deutschen hatte?«

»Ach, was weiß ich. Ja, ich hab mal gehört, Alexandre sei das uneheliche Kind eines Nazibonzen. Aber ihn selbst sprichst du darauf lieber nicht an. Da wird er fuchsig! Frag Stéphane, wenn du es genau wissen willst.«

Mein Gesicht musste sich bei der Erwähnung des Namens Alex verfinstert haben.

»Eh bèh!« Lucile grinste. »Diesen Blick kenne ich doch. Sag bloß, er hat dich auch rumgekriegt?«

»Wieso auch?«

Lucile wurde wieder ernst: »Ich hab mit ihm geschlafen, kurz nachdem Stéphane aufs Internat gegangen ist. Das war so blöd! Aber ich war in meinem Stolz verletzt, weil Stéphane vor seiner eingebildeten Pute von einer Tante nicht für mich eingetreten ist. Und dann ist Alexandre gekommen, hat mich in seinem Sportwagen herumgefahren, mir Komplimente gemacht, *et tatati et tatata*! Wie das eben so ist. Später ist mir klar geworden, dass er mich bloß wollte, weil ich zu Stéphane gehörte. Danach war es mit Stéphane und mir nie wieder so wie vorher.«

»Aber du warst doch erst – wie alt?«

»Ich war sechzehn, als es passiert ist.«

»Minderjährig. Das war doch strafbar nach damaligem Gesetz. Oder war das in Frankreich nicht so?«

»Und ob! Aber Alex hat sich noch nie um Regeln oder Gesetze geschert. Mein Vater hat ihm mit Klage gedroht, ist mit der Mistgabel auf ihn los, als er es aus mir rausgeprügelt hatte. Aber der Herr Graf hat nur gelacht. Der hatte seine Freunde überall sitzen, auch bei der Justiz. Und wie hätten wir es denn beweisen sollen?«

»Sag bloß, er war dein Erster?«

Sie nickte und zog an ihrer Zigarette, dass die Funken flogen.

»Das war wirklich gemein! Ich bin wenigstens erwachsen, obwohl es sich nicht gerade toll anfühlt, wenn du merkst, dass du benutzt worden bist.«

Mathieu steckte seinen Kopf aus der Tür: »Noch Wünsche, die Damen?«

»Noch 'nen Roten für mich«, sagte Lucile.

»Für mich auch einen«, fügte ich hinzu.

»Hat's denn keinen Spaß gemacht? Alex war eigentlich ganz gut im Bett. Ich hätte es schlechter treffen können beim ersten Mal.«

Verstohlen musterte ich sie von der Seite. Ganz schön abgebrüht. Wenn ich es doch auch so leicht nehmen könnte! Sie merkte es und schaute mich belustigt an: »Jetzt sag bloß nicht, du bereust es.«

Ich schwieg.

»Dann geh doch beichten.«

»Hast ja recht. Ich hab mich aus den falschen Gründen drauf eingelassen. Wenn's wenigstens gut gewesen wäre. Aber das war es nicht.«

»Also das ist wirklich schade. Der alte Junge lässt nach, wie?«

Der Wein kam. Ich nahm einen tiefen Schluck und fühlte, wie er mir im Magen brannte und sofort in den Kopf stieg. Lucile schien das Trinken besser zu vertragen, hatte wohl mehr Übung darin.

»Jedenfalls habe ich fürs Erste genug von Kerlen.«

»Ich auch!«

Wir stießen an.

»Aber irgendwann will ich wieder einen.«

»Ich auch. Ich will nicht allein sein!«

»Ein Gutes hatte die ganze Sache ja«, sagte Lucile nach einer Weile. »Das hat mich so gepikt, diese Verachtung von der Alten, dass ich mein Abitur nachgemacht hab. Und lesen tu ich jetzt auch, sogar schwierige Sachen.«

»Brauchen tust du das aber nicht ...«

»Na und? Kommt ja nicht drauf an, was einer für'n Beruf hat oder für Geld, sondern darauf, was man im Kopf hat.«

Wir lehnten uns beide zurück, streckten die Beine aus und sahen die Dorfstraße hinunter. Die Sonne hatte sich hinter einer Wolke hervorgeschoben.

»Der Regen zieht ab. Ab morgen wird es wieder besseres Wetter geben. Wird auch Zeit. Meine Erdbeeren verfaulen mir sonst.«

Eine alte Frau schob mit ihrem Rollator vorbei. Sie trug ein mädchenhaftes Kleid, unter dem ihre Stützstrümpfe hervorblitzten. Ein schwarzer Hund kam über den löchrigen Asphalt geschlendert und hob sein Bein an einem der Tische.

»Nicht viel los hier«, kommentierte Lucile. »Die meisten Jungen sind weg.«

»Es gibt wohl kaum Jobs hier, oder?«

»So gut wie nichts. Und in der Landwirtschaft will kaum jemand arbeiten. Viel Arbeit, wenig Geld, nie Ferien. Meine Geschwister sind alle weggezogen. Zwei meiner Brüder arbeiten in Marseille, einer im Atomkraftwerk Pierrelatte«, ein bitteres Lachen. »Eine Schwester ist Lehrerin in Valence.«

»Aber du bist geblieben.«

»Hm. Stadt ist nichts für mich. Ich brauche – das hier«, ihre Hand beschrieb einen Halbkreis über die gescheckten Ziegeldächer mit den Schwalbennestern, die terrassierten Felder, die sich hinter dem Dorf ersteckten, bis in den klaren blauen Himmel, über den Schäfchenwolken trieben.

»Wenn mir der Himmel auf den Kopf fällt, fahre ich nach Marseille zum Tanzen! Komm doch mal mit.«

15.

Sonne im Nacken, die Finger dicht an der feuchten Lehmerde, schnitt ich Salat.

Wie hatte ich das als Kind geliebt, einfach in den Garten zu gehen und frisch aus der Erde ziehen, was man später essen würde. Natürlich hatte ich keine Ahnung davon, was es für Arbeit bedeutete. Die hatte meine Großmutter gemacht.

Ein paar Reihen weiter dünnte Odile die Möhren aus.

»Genug?«, rief ich und hielt den Korb hoch.

»Ja, das reicht.« Odile erhob sich stöhnend und klopfte sich Erdkrumen von den Knien. Ich reckte mich und blinzelte in die Sonne: »Herrlich! Ich hätte auch gern so einen Gemüsegarten.«

»Ja, schmeckt auf jeden Fall besser. Und die Preise für Gemüse heutzutage! Was kostet denn Salat bei Ihnen in der Stadt?«

Ich sagte es ihr.

»Nicht möglich! Und Tomaten?«

Ich dachte kurz nach und nannte ihr die gängigen Preise für Gurken, Tomaten und französische Aprikosen. Aprikosen sind eine Spezialität des Drôme provençal. Sie sind größer und habe eine schönere Farbe als die türkischen. Wenn sie am Baum gereift sind, haben sie rote Bäckchen.

»Und unseren Bauern zahlen sie nur ein paar Cent das Kilo! Ja, das ist nett mit so einem *potager*, aber eine Mordsplagerei. Lange halte ich das nicht mehr durch.«

Na ja, sie war alt und viel zu dick. Ich hätte zu gern mein eigenes Gemüse gezogen! Aber mit drei Kindern und einem handtuchgroßen Gärtchen hatte das keinen Sinn gemacht. Es entsprach auch nicht dem Lebensstil, den Leander für uns gewünscht hatte. Eine Frau mit Erde an den Knien und abgebrochenen Fingernägeln hätte sich auf den Empfängen etwas schräg ausgenommen. Und jetzt war es zu spät. Ich würde von Glück sagen können, eine Zweizimmerwohnung bezahlen zu können.

»Madame hat auch gern im Garten gearbeitet. Aber sie hat nur die leichten Sachen gemacht, Säen, ernten, Blumen schneiden.« Was hohe Herrschaften eben so unter Gartenarbeit verstehen, verriet Odiles Gesicht. Genau. Das hätte ich machen dürfen. Aber das interessierte mich nicht.

Da fiel MIR wieder ein: »Ich war gestern in der Bar des Amis. Ein paar alte Männer haben sich ein wenig abfällig über Madame Estelle geäußert«, sagte ich vorsichtig. »Dass sie ein Naziliebchen gewesen sei …«

Odile harkte das Unkraut zusammen und trug es in den Komposter, der in einer Ecke des Gartens stand. »Die haben es gerade nötig, das Maul so aufzureißen, die Kerle! Maquis, was? Ihre Väter alles große Helden, wenn man ihnen heute am Stammtisch zuhört! Aber so heldenhaft waren die auch nicht, das sage ich Ihnen! Sie haben sich nichts dabei gedacht, ein unschuldiges junges Mädchen in die Arme eines Deutschen zu treiben, wenn's ihren Zwecken gedient hat. Hinterher wollte es dann keiner gewesen sein. Männer!«

»Verfluchter Boche! Fährt im Automobil deines Vaters herum, als gehört es ihm!«

»Er borgt ihn sich bloß aus. Immerhin. Hätte ihn ja auch einfach beschlagnahmen können«, gab Estelle zurück, während sie Lippenrot auftrug.

»Wie freundlich von ihm«, knurrte Tante Thérèse. »Und putz dich bloß nicht so heraus für das Schwein. Schlimm genug, dass du unbegleitet mit ihm herumfährst! Was sollen denn die Leute denken? Ich verstehe nicht, wieso sich dein Vater darauf eingelassen hat, unverantwortlich ist das! Unanständig!«

»Hör schon auf, Tante Thérèse. Du weißt doch warum.« Estelle war es nur recht, ihren Anstandswauwau für ein paar Stunden los zu sein. Jeden Spaß konnte die einem verderben. »Glaubst du, er erzählt mir was, wenn du hinter ihm sitzt und ihm alle zwei Minuten mit dem Gehstock auf die Schulter klopfst, damit er langsamer fährt?«

»Als ob er einem jungen Ding wie dir etwas Wichtiges erzählen würde! Er will dir unter den Rock, das will er.«

»Pfui, Tantchen«, Estelle wurde rot.

»Pass ja auf! Ich weiß, was Männer wollen.«

Natürlich, und deshalb hast du auch keinen abgekriegt, dachte Estelle, weil du so viel von Männern verstehst. »Ja, ja.« Sie kicherte und hüpfte die Stufen in den Hof hinunter.

Da stand von Walersberg in seiner besten Uniform. Orden blitzten, die schwarzen Stiefel frisch gewichst. Und diese eisblauen Augen! Höflich, gebildet, amüsant! Er hatte eine vornehme Haltung, nicht wie die Lümmel vom Maquis, die sich breitbeinig im Salon ihres Vaters lümmelten. Boche mochte er wohl sein, aber er wusste wenigstens, wie man sich einer Dame gegenüber verhielt.

»Mademoiselle ...« Von Walersberg hielt ihr den Wagenschlag auf. »Wo bleibt denn Madame Tante?«

»Indisponiert.«

»Das tut mir aber leid.« Ein spitzbübisches Lächeln umspielte seine Mundwinkel.

Kies spritzte, als der Roadster anfuhr. »Ich nehme an, dann darf ich heute etwas schneller fahren, als die Hühner rennen?«

»Fahren Sie, Mann!« Estelle warf den Kopf zurück und lachte übermütig. »Geben Sie Gas!«

Das Lokal geräumt in Carpentras, das beste Restaurant vom Platz.

»Wo sind denn die anderen Gäste?«

»Es gibt keine. Wir haben das Lokal für uns.« Und auf den fragenden Blick: »Sie zerreißen sich hinterher bloß das Maul: Eine Französin mit einem deutschen Offizier – Sie wissen schon, dass man Sie verdächtigen wird, Mademoiselle, nicht wahr?«

Wie rücksichtsvoll er war, fürchtete gar um ihren Ruf!

»Der Patron wird schweigen, keine Sorge.«
Ein Stehgeiger, ein deutscher Soldat zwar, aber er spielte wunderbar. Mozart, Schubert, Mendelssohn. Rosen, Austern, Champagner. Von allem das Beste mitten im Krieg.
»Und Sorbet!«
Er lächelte.
Wie sie die ewige Kornsuppe hasste. Und das ewige Grau, die geänderten Kleider, Zichorienkaffee ohne Zucker.
»Estelle«, jetzt beugte er sich über den Tisch, legte seine Hand über ihre. »Sie sind immer noch so reserviert. Müssen wir denn Feinde sein?«
»Es gefällt mir auch nicht.« Sie zog ihre Hand weg. Schauderte. »Aber die Erschießungen!«
»Auge um Auge, Zahn um Zahn. Was sollen wir tun, wenn man unsere Männer aus dem Hinterhalt attackiert?«
»Niemand hat Sie gebeten, in ein fremdes Land einzufallen! Der Maquis verteidigt doch nur …«
Jetzt zog auch er seine Hand zurück. »Ach ja, der Maquis! Für uns sind das Verbrecher, Mademoiselle. Keine Helden. Frankreich hat einen Waffenstillstand unterzeichnet.«
»Pétain hat ihn unterzeichnet!«
»Ihre Regierung! Frankreich hat seine Niederlage anerkannt und die Waffen niedergelegt. Wer jetzt noch aus dem Hinterhalt auf uns schießt, ist kein Soldat, sondern nichts als ein Krimineller. Würde ein Franzose sich nicht wehren, wenn man ihn hinterhältig angreift? Aber kommen Sie, Estelle. Reden wir über was anderes. Weder Sie noch ich haben uns diesen Scheißkrieg ausgesucht. Lassen Sie uns doch einen Abend lang einfach Mensch sein. Ich bin Ihnen doch nicht ganz zuwider, nicht wahr?«
Sie tanzten, ein einsames Paar, einen einzigen langsamen Tanz.
»Ich danke Ihnen, Estelle. Das war sehr schön.«
Später im Wagen wagte Estelle die Frage zu stellen, die man ihr aufgetragen hatte.
Von Walersberg lachte bitter auf: »Gott, wie naiv! Glaubst du nicht, ich weiß, dass der sogenannte Maquis dich benutzen möchte? Die

Kerle haben keinen Funken Ehre im Leib. Und für die willst du Mata Hari spielen?« Er bremste den Wagen ab und rollte auf einen Waldweg. »So, meine Kleine. Genug gespielt. Du kannst wählen: Entweder ich lasse deinen Vater an die Wand stellen – oder …«

Ich schluckte, fremdschämte mich.

»Ja, so war das. Vielleicht hatte er wirklich was in der Hand, vielleicht hat er sie auch nur einschüchtern wollen. Jedenfalls konnte man bald sehen, dass sie schwanger war.«

»Und er?«

»Na, er war weg. Im Mai 44 haben sie die Provence räumen müssen und gewütet auf dem Rückweg. In einem Nachbarort haben sie vierzig Männer an die Wand gestellt. Und der Obersturmbannführer ist unterwegs bei einem Attentat erschossen worden.«

Odile stand auf. »Kommen Sie. Ich zeig Ihnen etwas.«

Sie führte mich zu einer winzigen Kapelle aus Feldsteinen. Drinnen war sie mit Lehm verputzt. Hier und dort sah man noch mittelalterliche Wandbemalungen, stark abgestoßen und verblasst, die typischen klobigen Gestalten. Vier Bänke nur, eine Familienkapelle. Auf dem Altar stand ein neuzeitliches Madonnengemälde, annähernd impressionistisch im Stil, die Arbeit eines guten Amateurs.

»Das hat ein Rückkehrer gestiftet. Er war als Zwangsarbeiter in Deutschland gewesen und hatte dort geschworen, wenn er heil wieder nach Hause kommt, dann stiftet er der Madonna ein Bild. Und wissen Sie, was komisch war: Ich hab ihn noch gekannt. Er aß nur noch Kartoffeln. Das hatte er in der Gefangenschaft gelernt. Und er sprach gut von den Bauern, wo er gewesen war. Sie haben ihn anständig behandelt.«

In versöhnlicher Stimmung traten wir hinaus ins Sonnenlicht. Odile nahm den Korb mit unserer Salaternte auf. Ich folgte ihr in die Küche, um mir die Hände über dem steinernen Ausguss zu schrubben.

Eine traurige Geschichte, ein verdorbenes Leben. Was man wohl nach Abzug der Wehrmacht mit ihr gemacht hatte? Da gab es diesen furchtbaren Chanson von George Brassens, *La Tondue*, die Geschorene, der mich immer schaudern lässt: Die allzu simple Rache des Siegers. Die armen gedemütigten Frauen, von den einen wie den anderen als Besitz behandelt.

»Hat man die Gräfin ...?«

»Geschoren?« Odile rupfte den Salat brutal auseinander und zerschnitt eine Schnecke mit der Küchenschere.

»Das hätten sie nicht gewagt! Erstens wegen dem Comte, ihrem Vater. Und zweitens war sie *fada*, meine Herrin, von den Feen berührt. Die alten Leute im Dorf haben das gewusst. Schon als sie ein junges Mädchen war, sind sie zu ihr gekommen zum Handauflegen, wenn sie kein Geld für den Arzt hatten oder keiner mehr hat helfen können. Der alte Graf hat es verboten. Aber sie haben sie auf der Straße abgepasst, wenn er nicht dabei war. Und jetzt, da hatten sie viel zu viel Angst, sie könnte ihnen was anhexen, die Helden!«

16.

Wenn ich davon überzeugt wäre, wiedergeboren zu werden, und wenn ich es darauf anlegen würde, mich an mein voriges Leben zu erinnern – wie würde ich das anstellen?

Mein Kopf schwirrte von Platon, Lessing, Schopenhauer, Steiner, Blavatsky und all den anderen Geistesgrößen, deren Schriften die Gräfin studiert hatte. Die Bücher wimmelten von ihren Unterstreichungen und Anmerkungen, sogar die wertvollen Erstausgaben waren davon nicht verschont geblieben. Wäre sie eine Berühmtheit gewesen, dann hätte das den Wert der Bücher eher gemehrt. Doch so: Wer kannte schon die Gräfin Estelle-Marie Leticia von Armand?

Über Jahre hinweg hatte sie das Thema Seelenwanderung mit zunehmender Besessenheit verfolgt. Und nur gelten lassen, was ihr in den Kram passte.

In Aristoteles' Vorlesung über die Seele waren lange Passagen ausgestrichen mit wütenden Bleistift-Hieben: *Nein!!! Er hat unrecht!*, stand da in krakeliger Altersschrift. *Die Seele ist göttlich und unsterblich!!*

Ein vergoldetes Lesezeichen und ein *Je reviens!* im Platon. *Die Seele sitzt im Herzen, aber sie stirbt nicht.* Neben das Zitat hatte sie die Zahl *4* geschrieben.

So ging es weiter mit buddhistischen Theorien: An denen gefiel ihr nicht die Möglichkeit des Rückschritts in tierische Formen.

Tiere haben kein Unrechtsbewusstsein. Wie sollten sie da ihr Karma verbessern?

Ich musste lächeln. Stellte mir ein Karma-Gericht vor: »Diese Katze hat Mäuse gequält und mit Fliegen gespielt. Im Namen des Kosmos: Sie wird zur Existenz als Ameise verurteilt!« Hatten sie Gesetzbücher mit strafmildernden Umständen, Tabellen mit Vergehen und den dazugehörigen Existenzstufen?

Lächerlich!, hatte die Gräfin am Rand kommentiert. Da hielt sie es eher mit den arabischen Gelehrten. Das heißt: Eigentlich widerspricht der Gedanke der Reinkarnation dem Islam. Wie die Christen glauben auch Muslime an die persönliche Auferstehung. Allerdings gibt es einige Koranworte, die auch anders ausgelegt werden können, und einige Häretiker hatten das auch getan. Und da fand ich auch das Gedicht wieder, das sie auf der Rückseite des Parfum-Etiketts notiert hatte, ein Auszug aus dem Mathnawi von Rumi, einem persischen Dichter des dreizehnten Jahrhunderts.

Bei Lessing hatte sie an den Rand geschrieben: *Henry Ford: Arbeit ist sinnlos, wenn wir die Erfahrung, die wir im Leben sammeln, nicht im nächsten verwenden können.*

»Das können wir doch«, murmelte ich vor mich hin. Die Katze, die wie gewöhnlich vor dem heute kalten Kamin lag, blinzelte mich an. »Dazu braucht man den ganzen Hokuspokus nicht. Wir tun es seit Jahrhunderten, wie sonst wäre die Menschheit so weit gekommen? Wir lesen und lernen. Wir bauen doch ständig auf den Erfindungen und Erfahrungen voriger Generationen auf.«

Aber um die Verbesserung der Menschheit war es Estelle schließlich nicht gegangen.

Ich hatte keine Lust, mir diese ganzen altmodischen und mit Religion vermischten pseudowissenschaftlichen Theorien weiter anzutun, sondern war dazu übergegangen, die ganze okkulte Abteilung systematisch nach Eselsohren und Anmerkungen zu durchsuchen. Bei Blavatsky stieß ich schließlich auf die entscheidende Bemerkung. Die Passage war fett unterstrichen, Eselsohr; und die Art der Unterstreichungen zeigte, wie starrsinnig und getrieben Madame nach den befreienden Worten, und nur nach diesen, gesucht hatte:

Reine göttliche Liebe hat ihre Wurzeln in der Ewigkeit, Liebe über das Grab hinaus hat eine magische Kraft, die auf die Lebenden einwirkt. Sie wird sich in ihren Träumen und oft auch in verschiedenen Ereignissen zeigen, wo sie erleben werden, dass sie beschützt werden. Karma wird früher oder später all jene, die einander liebten, wieder in der gleichen Familiengruppe zur Inkarnation bringen. Alles was ihr nicht gefiel, hatte Estelle ausgestrichen, sodass nur blieb, was sie die ganze Zeit gesucht hatte. Daneben hatte sie geschrieben: *Habe Alexandre nicht lieben können und Stéphane... Aber ich werde alles wieder gut machen, wenn wir uns wiedersehen! Und wir werden glücklich sein.*

Helena Blavatsky, na, die sah zünftig aus: Ein schwarz gekleidetes russisches Mütterchen, meist mit der Hand unter dem Kinn posierend, unheimliche wässrig blaue Augen! Eine Figur wie geschaffen für einen Gruselfilm.

Kopfschüttelnd klappte ich Blavatsky zu und stellte sie wieder an ihren Platz.

Wir alle wurden geboren in ein Leben voller Möglichkeiten. Und nach und nach verdarben wir sie, liefen an ihnen vorbei, trauten uns nicht. Erst wenn es zu spät war, blickten wir zurück und sahen, was wir versäumt hatten. Das Rad mussten wir nicht mehr erfinden, doch unser persönliches Leben behandelten wir wie eine Generalprobe.

Für die Buddhisten war es das – eine Probe, eine nach der anderen, bis das Theaterstück *Leben* endlich einmal perfekt ausgeführt war? War das überhaupt möglich? Wenn Gott uns perfekt hätte machen wollen, sagte mein Vater gern, dann hätte er es getan. Aber er hat uns mit Fehlern gemacht, damit wir uns verbessern können. Das sei unsere Aufgabe.

Ich war an eines der hohen Fenster getreten. Was würde ich anders machen in einem nächsten Leben, wenn ich mich erinnern könnte, fragte ich mich, während mein Blick über die knotigen Olivenbäume und in der Ferne die blauen Hügelketten im Dunst glitt. Noch war der Boden gesättigt vom Regen. Morgens war es klar und frisch gewesen. Gegen Mittag begann die Sonne Feuchtigkeit aufzusaugen, und nachmittags ballten sich die Wolken wieder zu Wattetürmen auf.

Und zu meinem großen Erstaunen beantwortete ich mir meine Frage mit – Nichts. Ich würde nichts ändern. Eigentlich, stellte ich fest, war ich ganz zufrieden mit mir. Vereinzelte Fehler hätte ich gern zurückgenommen, Dinge, für die ich mich schämte. Wenn ich einen anderen Menschen unnötig verletzt hatte. Aber das war gar nicht oft gewesen. Ich wäre gern ein bisschen mutiger, aber um das zu ändern, brauchte ich kein neues Leben anzufangen.

Die Katze hatte sich erhoben, saß mit gestrecktem Rücken auf den Hinterläufen.

Ein Lichtstrahl vom Fenster fiel in ihre Augen und brachte sie zum Aufglühen. Katze und Mensch schauten sich an. Die Stille in der Bibliothek knisterte förmlich. Aber dann verdarb Miou die feierliche Stimmung, indem sie gähnte. Sie legte den Kopf in den Nacken und riss das Maul auf, so weit, dass ich das Fischgrätmuster ihres Gaumens erkennen konnte. Die Zunge wurde eingerollt und die Kiefer schnappten mit einem hörbaren Klacken zusammen.

Ein Hupkonzert auf dem Parkplatz riss mich aus meinen Gedanken. Kurz darauf hörte ich Rufen und Lachen im Hof.

Alex: »Odile! Wir haben Gäste!«

Ich steckte den Kopf aus der Bibliothek und hörte Odiles ärgerliches Gebrumm:

»Wo soll ich die alle unterbringen, Monsieur? Im Louis XVI. ist kein Bett, im Jean-Giono regnet's rein ...«

»Ach was, der Regen ist abgezogen, also die Herren ins Jean Giono und Anouschka zu der Deutschen.«

In meiner Neugier war ich bis zur Treppe geschlichen. Und ehe ich mich zurückziehen konnte, war Alex auch schon halb oben und hatte mich erblickt.

»Bonjour, Lili. Auch noch da?«

Charmant!

Hinter ihm erklang Gepolter, und das Schleifgeräusch von Gepäck über das alte Pflaster. Ein Gesicht tauchte hinter dem Grafen auf. Im dunklen Aufgang nahm ich eine blonde Mähne wahr und einen knallroten Mund wie eine aufgeschnittene Wassermelone.

Rückzug, dachte ich. Jetzt wird es peinlich. Doch Alexandre ließ mir nicht einmal das. »Wir trinken gleich ein Glas Champagner auf der Terrasse. Komm doch, Lili, gesell dich zu uns!«

Ich stammelte etwas und ging in mein Zimmer hinüber. Was für ein Drecksbenehmen! Ein Lümmel, da halfen auch Titel, Geld und Golfhotel nicht. Ich setzte mich vor den Frisiertisch und legte Kriegsbemalung an: Einen diskreten Lidstrich, Wimperntusche, eine leichte Tönungscreme, kein Lippenstift; oder doch: ganz wenig Gloss. Herrje! Warum machst du das? Er ist ein Arschloch. Wozu ihn beeindrucken? Draußen wurde Gepäck die Treppe hochgezerrt. Poltern im Zimmer nebenan, die Stimmen entfernten sich gleich wieder.

Ich stand auf und betrachtete mich in dem verwitterten Spiegel: Ausgewaschene Jeans, schmuddelige Segelschuhe, verschossenes Borussia T-Shirt von Pascal. Gut! Er sollte bloß nicht denken, dass ich Wert auf seine Meinung legte, der alte Sack.

Das Wort »Terrasse« war ebenso irreführend, wie das Wort »Schloss«. Die Blondine warf schmollende Blicke auf den teils mit blätternder Dachpappe bedeckten Zementboden. Schmuddelweiße Plastikstühle gruppierten sich entlang der bröselnden Balustrade. Im Blumenkübel hatte sich das Unkraut gegen einen vertrockneten Lorbeer durchgesetzt.

Die Frau lehnte an der Brüstung mit dem Rücken zum Garten, die Hände hinter sich auf die Mauer gestützt, Girlie-Kleidchen mit viel Spitze und Ausblick. Ihre Begleiter hatten auf den Plastikstühlen Platz genommen und guckten wie zwei Schmalspur-Bodyguards. Sie mochten Anfang zwanzig sein, blasse, hungrige Gesichter, Muskelshirts, Beutelhosen, billig nachgemachte Nikes. Der eine hatte den Schädel kahlrasiert, der andere lief Reklame für Steaklets.

Alex betrat die Bühne, eine Magnumflasche Kribbelwasser unter dem Arm, fünf langstielige Gläser zwischen den Fingern. »Jungs!«

Die zwei jungen Männer sprangen auf und nahmen ihm die Gläser aus den Händen. Alex kam auf mich zu, Küsschen rechts, Küsschen links. Er beugte sich zu mir herunter, hob mein Kinn mit zwei Fingern an, leise: »Geht es dir wieder besser, *ma poule*, mein Hühnchen?« Wohlwollend tätschelte er meine Wange, na, na, mach dir nichts draus. Und laut: »Anouschka, das ist Marleen Dumont, Journalistin. Freundin des Hauses. Sie recherchiert für ein Buch über Schloss Armand.« So, so.

Er eilte weiter zu seiner neuen Flamme, ein längerer Kuss: »Anna Anouschka – Malerin«, ein beiläufiges Kopfnicken: »Vitalij, Stenja.«

Vitalij, der mit der Glatze, und Stenja Steaklet, musterten mich. Das Ergebnis konnte ich an ihren Mienen ablesen: zu alt. Eh bèh!, dachte ich nach guter provenzalischer Tradition. Na und! Die Treffsicherheit dieses doch so flexiblen Ausdrucks freute mich.

Während Alexander mit geübten Griffen Folie und Draht von der Magnumflasche pellte, betrachtete ich meinerseits die sogenannte Malerin. Anna Anouschka, offensichtlich ein Künstlername, denn Anuschka ist die Koseform von Anna. Ich schätzte sie auf Mitte dreißig. Sie war groß gewachsen und wäre bei einer Model-Show mit ihren Kurven glatt durchgefallen. Eine Kaskade honigblonder Haare fiel ihr über die Schulter, zu viel Haar, um echt zu sein. Angeschweißt, garantiert. Sie hatte tiefblaue, beinahe violette Augen – Kontaktlinsen? –, hohe Wangenknochen, ein spitzes Kinn und einen harten Zug um den Mund.

»Anouschka wird hier im Schloss ausstellen.«

»*Magnifique*! Was malen Sie denn so?« Maler hassen es, wenn man die Frage in dieser Form stellt. Darunter kommt nur noch: »Vielleicht kaufe ich Ihnen ein Bildchen ab.« Pfui, Marleen. Zum Glück verstand sie die Spitze nicht.

Der Korken flog mit einem angenehmen Plopp aus dem Flaschenhals, und Alex schenkte die erste Runde ein, zuerst Anouschka, dann mir, dann den beiden Begleitern. Wir prosteten uns höflich zu. Ich nippte: Taittinger Brut Réserve, da sag ich doch nicht nein. Über den Glasrand hinweg traf sich Anouschkas berechnender Blick mit meinem. Ich setzte das Glas ab, lächelte und zuckte ganz leicht mit den Schultern. Erleichtert lächelte sie zurück.

»Eher abstrakt«, gurrte sie. »Keine Lavendelfelder und chübschen Bauernchäuser, verstähn Sie? Mich interessieren Liiicht und Farben, der Rhythmus einer Landschaft.« Der russische Akzent war sorgfältig kultiviert. Sie wusste sich zu verkaufen.

»Öl?«

»Acryl. Öl ist so uuunpraktisch auf Reisen. Trooocknet zu laaangsam.«

»Vielleicht kann Marleen einen Artikel über dich schreiben, was, Lili? Oder du lässt Anouschka in deinem Buch vorkommen. Eine russische Malerin, eine Vernissage in einem südfranzösischen Schloss…«.

»Mal sehen.«

»Ich kann dir Verbindungen zu französischen Zeitungen herstellen, *ma belle*. Nice Matin, Riviera Times, Le Provençal.«

Le Provençal, na klar, das örtliche Revolver-Blatt!

»Vielleicht kommt France Bleu und macht eine Radioreportage.«

»France bleu« ist ein Netzwerk von lokalen Radiostationen unter dem Hut von Radio France. So kleinteilig lokal, dass sie zu Ausstellungen unbekannter Künstler in entlegene Landschlösschen kommen, waren sie aber nun auch wieder nicht.

»Wirst sehen, chérie, das wird wunderbar!«

Anouschka sah nicht überzeugt aus. Aber sie schmiegte sich besitzergreifend an Alexandre.

»Wo kommen Sie denn her«, fragte ich sie. »Moskau? St. Petersburg?«

»Nischni Nowgorod. Scheene Stadt, große Stadt, Geburtsstadt von Maxim Gorki. Aber zu viel Industrie jetzt. Viel reiche Leute, aber kein Geld für Kuuuunst.«

»Sie meinen, die Leute dort geben kein Geld für Kunst aus?«

»Intellektuelle – kein Geld. Reiche Leute – kein, wie sagt man? Verstehen nicht Kunst.«

»Sie haben keinen Kunstverstand.«

»Richtig: Kuuunstverstand. Die kaufen nur Namen. Künstler wie Aktien.« Sie leerte ihr Glas mit einem Zug und streckte den Arm aus.

Alexandre beeilte sich nachzuschenken. »Ah, aber jetzt bist du in Frankreich, meine Liebe, hier ist das anders. Wir Franzosen wissen Kunst und unsere Künstler zu schätzen.«

»Warum darf ich dann nicht in Golf-Chotel ausstellen? Chier ist doch nichts los! Wer wird chier zu Ausstellung kommen?«

Eine berechtigte Frage.

»Aber du hast doch gesehen, wie es an der Côte ist: Alles hängt voller Bilder, jedes Café, jedes Hotel stellt Bilder aus. Alles voller Amateure! Da guckt doch keiner mehr hin. Hier oben sind die Leute nicht so überfüttert. Und außerdem ...«, er machte eine weit ausholende Geste, »das ist unser

Stammsitz, kein Hotel; eine mittelalterliche Burganlage, Schloss aus dem siebzehnten Jahrhundert. Eine einmalige Kulisse für deine Werke: Tradition trifft Moderne.«

Anouschka lächelte gnädig und ließ sich zu einem Zungenkuss herbei. Ich griff nach der Flasche. Glatze grinste mich frech an. Steaklet hielt mir sein Glas hin.

»Wie viele Ausstellungen habt ihr denn schon gemacht hier oben, Alex, mein Bester?«, fragte ich.

Ihre Lippen trennten sich mit einem hörbaren Schmatz. Erwartungsvoll sah die Malerin ihren Sponsor an. Eine Pause entstand, in der Alex mir einen ärgerlichen Blick zuwarf.

»Wir geben unser Haus nicht für jeden hergelaufenen Pinsler her«, antwortete er dann würdevoll. »Anouschka wird die Erste sein, die ein solches Privileg genießt.«

»Na dann: Auf den Erfolg!«

»Auf den Erfolg!«

»*Na zdorovje!*«, riefen die zwei jungen Kerle.

Ich entschuldigte mich und flüchtete in den Hof. Aimé warf mir einen mitleidigen Blick zu. Hatte er etwa auch von meinem One-Night-Stand gehört?

Trotzig stellte ich mich zu ihm und beobachtete ihn bei der Arbeit. Er hatte den hässlichen grauen Putz von der Mauer des Stalls abgeschlagen und verschmierte die Ritzen zwischen den Feldsteinen mit Mörtel, dem er ein Ocker-Pigment zugesetzt hatte. Stolz wies er auf die rötlichen Linien, die das Grau der Feldsteine zum Leuchten brachten.

Der Eindruck war harmonisch schön auf eine Weise, die man mit Chemie niemals erreichen kann, fand ich. Hatte vielleicht damit zu tun, dass alles aus einer Gegend kam, alles miteinander gewachsen war über Millionen von Jahren hinweg.

Ich holte meine Zigaretten aus der Hosentasche und hielt ihm die offene Schachtel hin.

»Ja, gern. Zeit für eine Pause.« Er wusch sich die Hände in einem Wassereimer, nahm sich eine Zigarette, und wir setzten uns, inzwischen auch eine Tradition. Von der anderen Seite des Gebäudes drang Gelächter und betrunkener Gesang.

Aimé grinste: »Na, da hat er sich ja eine schöne Gesellschaft mitgebracht. Stéphane wird nicht erfreut sein. Und das ist wohl der Zweck der Sache.« Ein forschender Blick zu mir. Aha, er wusste Bescheid.

»War Alexandre immer schon so gemein?«, entfuhr es mir.

»Gemein? Na ja, was Frauen betrifft – ich kann das nicht beurteilen. Rücksichtslos, ja.« Er sah sich um, ob ihn auch niemand hörte, und beugte sich verschwörerisch zu mir. »Er ist ein Machtmensch, muss einfach immer die Oberhand haben. Er war der Schrecken von Armand! Und später im Internat auch, hab ich gehört – unten an der Küste.« Wegwerfende Handbewegung: »*La bas*!«

»Sie haben sich als Kinder gekannt?«

»Ha! Und ob! Er ist ein paar Jahre älter als ich, so hab ich nicht so unter ihm gelitten. Zu uns Kleineren war er ganz in Ordnung. Wenn man sich ihm unterordnet, kann er sehr freundlich sein. Loyalität wird belohnt, wie früher, verstehen sie? Aber meinen älteren Bruder hat er mal verdroschen, *Ou-la-la*!« Er wedelte mit der freien Hand und lachte. Irgendwie anerkennend, fand ich.

Männer!

»Fils de boche!« Halblaut.

»Was hast du gesagt, eh?« Der Junge in Bluejeans wandte sich um und baute sich drohend vor dem anderen auf. Er war breit und kräftig gebaut, aber Loic, der Sohn des Schäfers, war um ein gutes Jährchen älter und so zäh, wie man wird, wenn man von klein auf körperlich arbeiten muss.

Etwa dreißig Kinder verbrachten die Pause auf dem Hof der Dorfschule. Die warme Luft war mit Geschrei erfüllt. Ein paar der Kleine-

ren spielten Einkriegezeck um den Stamm der Platane, die ihren fleckigen Schatten auf das Kopfsteinpflaster warf. In einer Ecke am Schulhaus spielten die Mädchen Gummitwist.
Die beiden Kontrahenten standen sich gegenüber, schätzten sich ab. Ein Kreis Dorfjungen bildete sich um sie, wie Fett auf dem Wasser um einen Spülmitteltropfen. Zwei weitere Jungen kamen angerannt. »He, da gibt's was!«
»Hehee! Der kleine Prinz kriegt 'ne Abreibung.«
»Na los, sag es noch mal, wenn du dich traust.«
»Eh bèh!« Beifall heischend sah Loic sich um. »Was gibt's da zu trauen? Fils de boche hab ich gesagt, weiß doch jeder, dass du der Sohn eines Scheißdeutschen bist.«
Alexandre ballte die Fäuste. »Bin ich nicht. Das nimmst du zurück.«
»Und was, wenn ich's nicht tu? Was?!« Loic stieß den Jüngeren vor die Brust und drehte sich zu seinen Zuhörern um. »Was ist der Unterschied zwischen einer Schwalbe und einem Scheißdeutschen?«
Gemurmel und Gelächter. Ein paar vorsichtige Blicke zu Alexandre. Mit dem war nicht zu spaßen.
»Eine Schwalbe nimmt ihre Kinder mit, wenn sie weiterfliegt, aber ein Scheißdeutscher lässt seinen Nachwuchs hier zurück!«
Zack, hatte Alex zurückgeschubst, und Loic fand sich auf dem Boden wieder.
»Eins zu null für den kleinen Prinzen!« Die Zuschauer lachten.
»Na warte, du kleiner Bastard, das wirst du büßen.«
Und schon rollten sich die zwei am Boden, begleitet von anfeuernden Rufen:
»Los, Loic, gib's dem Quadratkopf!«
»Zeig's dem Nazi-Bastard!«
Die Mädchen hatten mit dem Seilhüpfen aufgehört und schauten mit großen Augen herüber. Eines flitzte los und verschwand in der Tür zum Schulgebäude.
Schon hatte Loic Alexandre im Schwitzkasten: »Gib zu, dass du ein fils de boche bist. Los sag's, oder ich lass dich Dreck fressen.«
Alexandre lief blaurot an im Gesicht, aber er gab keinen Laut von sich, strampelte weiter und schlug um sich.

»Hör auf, du erstickst ihn noch!«
»Quatsch, er soll's sagen, dann lass ich ihn los. Los, sag's: Ich bin ein fils de boche!«
Alexandres Körper erschlaffte plötzlich. Erschrocken lockerte Loic den Griff, ein Fehler. Ein Ellbogen landete auf seiner Nase, und Blut schoss hervor. Der Ältere heulte auf vor Schmerz und Wut, die Hände vor dem Gesicht. Alexandre sprang auf und begann seinen Gegner mit Fäusten und Tritten zu traktieren. Bis er sich am Kragen gepackt und weggezogen fühlte.
»Genug! Sofort aufhören!«, donnerte die Stimme eines Lehrers über ihm. »Was ist hier los?!«
»Der Drecksack hat meine Mutter beleidigt!«
»Sei still, Armand, zu dir komm ich noch!«
Still und bleich lag Loic im Staub. Nur das Blut, dass in Schüben über seinen Mund und das Kinn tropfte, zeigte, dass er noch am Leben war.
»Sie mussten ihn ins Krankenhaus bringen: Zwei gebrochene Rippen, Milzriss, Gehirnerschütterung! Danach hat keiner mehr ein schiefes Wort zu Alexandre gesagt.«

»Boah!«, rief ich aus. »Ein richtiger kleiner Killer!«

»Genau.«

»Und was hat die Gräfin dazu gesagt?«

Aimé schnippte mit dem Daumen die Asche von seiner Zigarette. »Keine Ahnung. Ich weiß bloß, dass Alexandre kurz drauf in ein Internat geschickt wurde. Kam nur noch in den Ferien her. Da unten hat er wohl bald mit Rugby angefangen. Das war das richtige Spiel für ihn. Draufhalten, koste es, was es wolle. Gemein – nein, ich glaube nicht. Er setzt sich durch, ist zu allem entschlossen. Man ist entweder für ihn oder gegen ihn. Dazwischen kennt er nichts. Wenn man so was in einem Menschen spürt, dem stellt man sich nicht in den Weg. Ich jedenfalls nicht.«

Er stand auf und trat seine Kippe sorgfältig in einer Pfütze aus. Ich tat es ihm nach.

»Muss wieder an die Arbeit. Einen schönen Tag, Mademoiselle Marlään!«

Um Alex und seinen Russen auszuweichen, machte ich einen langen Spaziergang. Der Regen hatte die Natur zum Explodieren gebracht. Grün quoll mit Macht zwischen den Steinen hervor. Vieles, was hier wuchs, kannte ich von zu Hause aus Blumenläden und Gärtnereien. Am liebsten hätte ich überall Ableger ausgebuddelt, aber die würde ich nie heil nach Hause bringen, selbst wenn ich morgen losführe.

In der Bar des Amis aß ich zu Abend, ein Croque Madame, was im Prinzip das gleiche ist wie Croque Monsieur, nur mit einem Spiegelei obendrauf. Dazu einen Roten.

Beim kleinen Schwarzen telefonierte ich mit Leonie. »Vivien backt mit Pascal Kuchen, stell dir vor!«

»Vegan!«, brüllte Vivien von hinten.

»Pfui Deibel«, sagte ich.

Vivien: »Das hab ich gehört!«

Leonie: »Ich bin ja froh, dass sie sich für Essen interessiert.«

Ich saß sofort kerzengerade, und mein Herz raste: »Wie? Hat sie wieder abgenommen?«

»Nein, nein, Mam, beruhig dich. War nur so'n Spruch. Alles unter Kontrolle hier.«

Vivien von hinten: »Rüblitorte! Schmeckt voll geil. Mach ich für dich auch, wenn du zurückkommst.«

Leonie: »Wie läuft es, was hast du Neues erlebt?«

»Außer mir ist jetzt eine russische Malerin zu Gast. Es wird eine Vernissage geben.«

»Klingt gut. Viel Spaß, Mam! Küsschen von uns beiden!«

Sehnsucht packte mich und drückte mich zu Boden.

Als ich in der Dämmerung auf mein Zimmer schlich, ließ sich die Tür nur einen Spaltweit öffnen. Etwas wurde beiseitegezerrt, dann riss Anouschka sie auf und trat zurück, um mich einzulassen. Drinnen konnte man kaum treten. Man hatte in dem ohnehin winzigen Zimmerchen noch ein Feldbett aufgestellt. Eine offene Reisetasche lag darauf, Kleider und Wäsche auf jeder verfügbaren Oberfläche. Von der Katze keine Spur.

»Entschuuuldigung, chäum gleich zusammen!« Sie machte aber keine Anstalten dazu. »Iiist ein wänig eng, aber ich schlaff ja nischt hier«, dazu ein verschmitztes Grinsen.

Anouschka setzte sich wieder auf ein Ende des Feldbetts und lackierte sich die Fußnägel. Feuerwehrrot. Sie trug eine Art Babydoll und war frisch geschminkt. Dressed up to get messed up.

»Macht dir niiicht, odär«, fragte sie mich lächelnd. »Alexandre hat gesagt, mit dir – ihm – vorbei?«

»Keine Sorge, wir haben keinen Interessen-Konflikt.«

»In-tär...? Ah, du willst ihn niiicht? Gutt! Vielleicht die andere? Stéphane? Aber er – armes Schwein.«

Ich musste lachen, Anouschka fiel ein.

Erstaunlicherweise begann ich sie zu mögen. Aber als sie aus dem Zimmer schwebte in ihrem Babydoll, stopfte ich mir Ohropax in die Ohren.

17.

Ich zog mir die Stöpsel aus den Ohren. Im Feldbett neben mir schnarchte leise die russische Blondine. Ohne Make-up sah sie aus wie ein Kind.

Ich kletterte aus dem Bett und stakste vorsichtig um das Feldbett herum, schnappte mir meine Waschtasche und schlich mich ins Treppenhaus, um ins Bad zu gehen. Rasch, ehe die ganze Bande aufwacht!

»Mais non! Wer war das?! Wer hat das getan!« Verzweifelte Schreie kamen aus dem Barockhaus. Meine Schritte wandten sich von selbst dorthin. Im Musikzimmer kniete Odile auf dem Boden, um sie herum ein einziges Chaos: die Platten der Gräfin aus der Kommode gezerrt und auf dem Boden verstreut, schmutzige Teller und Gläser auf jeder erreichbaren Oberfläche. Mein Manuskript hatte mehrere Weinränder, aber das machte nichts, es waren ja nur der Ausdruck von Aennes Korrekturen.

Viel schlimmer war, dass Odile auf dem Boden kauerte und weinte. »Sehen Sie sich das nur an! Das war Alex mit seinen Russen! So eine Schweinerei!«

Ich kniete mich ebenfalls hin und half ihr, die Platten einzusammeln.

»Nein!« Der nächste Aufschrei. Odile hielt die Scherben einer Vinylplatte hoch: »Die *Orphée*! Ausgerechnet, was soll ich jetzt nur spielen?«

Alexandre stand plötzlich in der Türfüllung, ein spöttisches Lächeln im unrasierten Gesicht. Er hatte Schatten unter den Augen und Tränensäcke, aber er sah zufrieden aus.

»Dann spiel halt was anderes. Die Scheiß-*Orphée* ging uns allen schon lange auf die Nerven!«

Odile rappelte sich hoch und ging auf Alexandre los: »*Porcine sal*, du undankbarer Mistkerl! Das hast du mit Absicht gemacht, gerade das! Die Lieblingsplatte deiner Mutter. Du ruhst nicht eher, bis du alles zerstört hast, was an sie erinnert!« Dabei schlug sie ihm die Hülle der *Orphée* um die Ohren. Alex lachte nur und hielt mit Leichtigkeit ihr Handgelenk fest.

»Jetzt hör mal, nun mach nicht so ein Theater! Wir haben halt die alten Platten gehört, gestern Nacht. Dabei ist eine kaputtgegangen, ja? Ich kauf eine neue.«

Ich stand auf, legte meinen Arm um Odiles Schulter und führte sie zu Madames Sessel. Sie sank hinein. Alex verschwand und ich hörte die Haustür unten klappen. Verdammt, das hast du nun davon.

»Aber ich soll doch ... sie wollte doch, dass ... was mach ich jetzt nur«, murmelte Odile.

»Madame Estelle hatte doch noch mehr Musik. Wir nehmen einfach etwas, das sie auch oft gehört hat.« Ich blätterte in den Papphüllen und zog eine heraus. »Kein Mensch hört gern jeden Tag dasselbe. Wie wäre es mit Piaf? Hat sie die gemocht?«

»Ja, schon«, schnüffelte Odile.

Ich legte die schwarze Scheibe auf den Gummiteller und senkte vorsichtig den Abspielarm herunter. Es knisterte, dann erklang unverkennbar die Stimme des Spatzen von Paris:

Padam, padam, padam!
Die »Ich lieb dich« vom 14. juillet,
Padam, padam, padam!
Die »Für immer« aus dem supermarché,
Padam, padam, padam,
Die »willst du« in Massen und paquets ...

Ich kannte dieses Lied, wie auch nicht. Meine Eltern sind frankophil gewesen, wir haben all die großen Chansonniers gehört zu Hause, als meine Mutter noch gelebt hat. Juliette Greco, Françoise Hardy, Patachou, Piaf. Plötzlich sah ich meine Mutter, wie sie sich zum Spaß die Haarbürste vor den Mund hielt, die Schürze kokett raffte und sang, und wir ... Auch vorbei. Ich kannte den Text, die Worte von Enttäuschung und gebrochenen Versprechungen. Dennoch, das hatte etwas Triumphierendes, etwas, das vorwärtstrieb, einen wilden Hunger auf Leben. Trotz allem: Hier bin ich! Padam!

Ich zog Odile aus dem Sessel und in einen Tanz. Anfangs sperrte sie sich – »aber nein, das geht doch nicht, was tun Sie denn«, dann lachte sie unter Tränen. Als das Stück zu Ende war, machte sie sich rasch los, ging hin und setzte den Plattenarm zurück. Und noch mal tanzten wir.

Stéphane ging vorbei, blieb kopfschüttelnd stehen. Und mir wurde bewusst, dass ich im Negligé tanzte, mit borstigem Haar, barfuß, die Zähne ungeputzt.

Stéphane ging weiter. Odile und ich sammelten die Gläser und Teller ein und brachten sie in die Küche.

»Dieser Alexandre!«, sagte sie noch. »Er ist nicht bösartig. Aber er hat seiner Mutter nie vergeben. Wer nicht vergibt, findet auch selbst keinen Frieden.«

Es gelang mir, vor den anderen Gästen ins Badezimmer zu schlüpfen und mich herzurichten.

Leander war das »Für immer« aus dem Supermarkt, Verfallsdatum abgelaufen. Stéphane – »willst du« – wich mir aus, seit er zurück war. Alexandre war fertig mit mir.

Padam, padam, padam! Ich hatte gute Laune. So half ich Anouschka, Glatze und Steaklet die Gemälde aus dem Kofferraum eines japanischen SUVs auszuladen und sie im Wappenzimmer aufzuhängen, so gut es ging. Es ging nicht gut. Galerieschienen gab es nicht. Die Nägel bogen sich in der Feldsteinmauer, oder der Putz bröselte heraus. Als wir sie endlich eingeschlagen bekommen hatten, hingen die Bilder alle in unterschiedlichen Höhen. Es war einfach dilettantisch.

Was die Bilder betraf, so fand ich sie gar nicht schlecht. Abstrakt eben. Sie fingen die Farbigkeit des Südens gut ein, das Lichte und Flirrende, das Leuchtende der Pinien, helle Ockergelbtöne, blaue Schatten, ein paar schwungvolle schwarze Linien. Gefällig oder gut – ich konnte das nicht unterscheiden. Mir gefielen sie.

Als Alex – nach getaner Arbeit – herunterkam, fauchte Anna ihn an: »Iiis schlächt chier! Keine Licht, keine Leite.«

»Du meinst: Leute.«

»Leite, sag ich doch!«

»Die kommen schon noch. Ich habe Einladungen verschickt. Samstag ist eh' Besichtigungstag, das läuft, wirst schon sehen.«

»Wehe wann nicht! Golf-Chotel wäre besser gewesen!«

Und um Alex ganz deutlich zu machen, dass ihre Gunst nicht gratis zu haben war, beschloss Anouschka, den Abend mit mir zu verbringen. Auch ohne Glatze und Steaklet. »Gäht in Bibliothek! Läsen ist gut fir euch!«

Zu mir: »Ist langweilig chier. Wo kann man gähän?«

Und so saßen wir abends um halb neun in Luciles fahrendem Toilettenschränkchen. Bis Carpentras ging es über kurvige Landstraßen. Traumlandschaften im Sonnenuntergang. Weinfelder lösten die Olivenplantagen ab. Anna drehte sich ein Kraut. »Steert dich?«

»Non«, sagte Lucile. »Aber paff aus dem Fenster. Falls wir angehalten werden. *Moi non, merci.*«

Anna rauchte und begann zu kichern: »Drei Frauen von Alexandre in selbe Auto, oder? Du auch geschlafen mit Alex, Lucile?«

»Lange her«, brummte sie.

Ich zuckte die Achseln. »Mmh.«

Anouschka fand das köstlich. »Wie er iiist? Ich findä: Nicht schlecht, aber zu – wie heißt das: kein Fantasie. Immer selbe.«

Überrascht sah ich sie an und musste lachen: »Stimmt schon. Er hat so seine Vorgehensweise, und davon weicht er wahrscheinlich nicht ab, oder?«

»Saufen, fummeln, ficken«, steuerte Lucile bei. »Hals küssen, Brüste kneten, so um das Feld vorzubereiten, dann abwärts und los.«

»Genau.« Ich prustete los. Anouschka haute mich auf den Oberarm und kreischte vor Lachen. »Wie Rezept in Kochbuch. Ganz gutt, aber immer selbe, sag ich doch! Ein-Stern-Fick. Denkt aber er Drei-Stern.«

Irgendwie fühlte ich mich erleichtert und nicht mehr so beschämt. Der Joint tat seine Wirkung bei mir, nur durch die Schwaden, die hereinwehten. Ich bin so was nicht gewohnt.

Freitagabend auf der A 7 im Einzugsgebiet um Marseille, das heißt: ab Avignon das reinste Tollhaus, die Autos klein, alt, vollgepackt mit amüsierwilligem Jungvolk vom Land. Die Blechkisten fuhren bis kurz vorm Abheben und dröhnten samt und sonders im Elektro-Sound. Ich sah es als Comic vor mir, wie sich die Verdecke ausbeulten und die Scheiben klirrten. »Umpf, umpf, umpf!«

Lucile stand auf »Köntrii«.

»Wie bitte«, brüllte ich den überforderten Motor nieder.

»Kön-triii! Kennst du nicht? Jonni Kääsch?«

»Ach – Country!« Kann man dazu tanzen? Gibt es Diskotheken in Marseille, die so was spielen? Konnte man. Gab es.

Ein abgerockter Kleinwagen mit vier Jungs drin hielt auf der Spur neben uns das Tempo, hupte. Drinnen machten sie Faxen, um unsere Aufmerksamkeit auf sich zu ziehen. Mensch, Jungs, ich könnte eure Mutter sein, dachte ich. Aber von Auto zu Auto sahen sie nur drei Frauen. Einer küsste die Scheibe, sah komisch aus. Endlich gaben sie auf und Gas. Schwarzer Rauch kam aus dem Auspuff. Vroooom!

Lucile fuhr zielstrebig eine *boite* an, Boite de nuit heißt das hier, Nachtschachtel.

Anscheinend ihr Stammlokal. Sie parkte auf Stoß ein, französische Art: Rums, rums, passt.

Über einen dreckigen Bürgersteig, drei Betonstufen hinunter, und wir standen vor einer Eisentür. Lucile klingelte. Ein tätowierter Ochsenfrosch öffnete die Tür einen Spaltweit, und tatsächlich: *Sweet home Alabama* quoll uns entgegen, gemischt mit dem Geruch von Schweiß, Parfum und Haschischdünsten. Ochsenfrosch erblickte drei Weiber und freute sich.

»Ouh, Thomas!«, quietschte Lucile und flog in seine Arme, Küsschen rechts, Küsschen links, noch mal rechts, noch mal links. Ich fragte mich schon, wie lange das noch so weitergehen sollte, da wurden wir hineingeschoben.

Ich muss sagen, ich hatte Bedenken: Ich bin Mitte vierzig, eine gestandene Mutter von drei erwachsenen Kindern. In einer Diskothek war ich seit mindestens zwanzig Jahren nicht mehr gewesen. Wenigstens war es keine Kinder-Disco und kein Techno. Dank für kleine Gnaden.

Hinter Lucile her drängelten wir uns durch eine gut gelaunte Menge. Das dauerte eine gefühlte halbe Stunde, weil Lucile immer wieder gedrückt und geküsst wurde:

Kreisch! »Lucile!« Schmatz, schmatz, schmatz und schmatz! Vier Mal in Marseille also. Endlich am Tresen orderten wir zünftig Southern Comfort und machten uns gegenseitig auf gutaussehende Kerle aufmerksam. Was die hier für »Köntrie« hielten, war meist Southern Rock und französisch Nachgesungenes. Bei Bruce Springsteen *Born in the USA* hielt ich es nicht mehr aus und musste los. Anouschka hielt mich an der Schulter fest und reichte mir mein Glas. Stimmt, was ich Vivien immer sage: Das Glas im Auge behalten. Nichts stehen lassen – austrinken oder neu bestellen. Ich trank also mein Gesöff mit einem Zug aus und boxte mich zur Tanzfläche durch. Rockte ab, was das Zeug hielt, mit gereckter Faust und allem Drum und Dran.

Du bist so peinlich, Mam, hörte ich im Geiste Vivien sagen.

Das macht nichts, antwortete ich, hier sind alle peinlich.

Dwight Yoakam, K. D.Lang, Calexico – der DJ da oben verstand sein Geschäft. Man konnte sich zwar kaum bewegen auf der Tanzfläche, aber ich versuchte es trotzdem. Der Typ hinter mir machte sich einen Spaß daraus, mich dauernd mit seinem breiten Hintern anzurempeln. Dann entschuldigte er sich jedes Mal, indem er mich antatschte. Auch 'ne Methode. Anouschka und Lucile drängten sich zu mir durch.

»Willst du das?«, brüllte Lucile mir mit einem Kopfrucken in Richtung auf Breitarsch ins Ohr.

»Nein!«

Da nahm sie mich kurz in den Arm und küsste mich. »Entschuldige – so wirst du ihn am schnellsten los«, schrie sie. Breitarsch hatte es gesehen und rückte ab.

Ich war nie eine besonders gute Tänzerin, hab einfach nicht dieses Körpergefühl, das richtig gute Tänzer ausmacht. Ich bewege mich eben halbwegs im Takt und passe auf, dass mich niemand plattwalzt, weil ich so leicht zu übersehen bin. Aber im Halbkreis mit zwei anderen Frauen, beide größer als ich, fühlte ich mich wohl. Überhaupt ohne Männer: Ich musste nicht die beste Tänzerin der Welt sein, weder besonders hübsch noch sexy. Nichts zu beweisen. Tanz, hatte mir ein Typ mal erklärt, diene der Anbahnung von Sex. Ich fand das blöd. Für mich dient Tanz dem Tanzen und sonst gar nichts. Und ich tanzte! Schweiß lief mir in Strömen den Rücken runter, die Welt flackerte und drehte sich, überall lachende Gesichter.

Wenn Leander mich jetzt sehen könnte, dachte ich ganz kurz, dann hatte ich ihn schon vergessen.

Irgendwann grölte der ganze Laden bei Smokie mit, *Who the fuck is Alice*, als Lucile mich anrempelte und mit dem Finger auf ihre Armbanduhr tippte: Nach zwei. Vor uns lagen drei Stunden Fahrt zurück ins Bergland. Ich löste Anouschka aus dem Klammergriff eines der Asphaltcowboys, eines langen Typen, der seine Galliernase in Annas Halsbeuge vergraben hatte. Unter Catcalls und Buhrufen schoben wir uns dem Ausgang zu. Die frische Luft traf uns wie ein kalter Guss. Lieber Gott, jetzt mit einem Knall im Bett liegen!

»Kannst du noch fahren?«, fragte ich Lucile ein bisschen verspätet. Ich hätte es nicht gewagt.

»Kein Ding. Ich habe seit einer Stunde nur noch Kaffee getrunken.« Sie brauchte ein bisschen, um das Schlüsselloch zu finden, und beschädigte beim Ausparken ein, zwei andere Fahrzeuge, aber was soll's, dachte ich. Hier nehmen sie das wohl nicht so genau. Rums, rums, bums, raus, und ab ging es durch die sternenklare Nacht. Um wachzubleiben, hörte Lucile laut Musik und rauchte bei offenem Fenster. Ihr schwarzes Haar flatterte im Fahrtwind. Was für eine tolle Frau! Stéphane war ein Idiot. Ob ich vielleicht doch ein bisschen lesbisch ...? Quatsch, ich war es nun mal nicht.

Dass ich eingeschlafen war, merkte ich erst, als mich meine Zigarette zwischen den Fingern brannte. Ich schoss hoch, fluchte, drückte sie aus und warf sie aus dem Fenster. »Entschuldige!«, sagte ich zu Lucile.

»Macht nichts.« Ihre Stimme klang wie Kies.

Anouschka hatte sich auf dem Rücksitz zusammengerollt. Kein Wunder, ich hatte sie mit ein paar Typen eine Riesentüte rauchen sehen.

»Jetzt kannst du mir helfen«, sagte Lucile, als wir nach Vaison auf die Bergstraßen kamen. »Guck am Straßenrand nach Wild, und wenn du was siehst, schreist du.«

Ich war schon wieder am Einnicken, da bremste Lucile. Ein paar Rehe spazierten gemächlich über die Straße. Später sahen wir noch ein Wildschwein und kurz vor dem Schloss einen Dachs in einem Graben. Er hatte einen breiten, schaukelnden Gang. Seine Streifen schimmerten im Mondlicht.

Am Tor ließ Lucile uns aussteigen.

»Danke«, sagte ich aus tiefstem Herzen. »Das habe ich gebraucht.«

»*De rien*!« Da nich für. Schon gab sie Gas, und wir hörten, wie ihr kleines Auto die Serpentinen hinunter auf das Dorf zu knatterte.

Ich legte mir Anouschkas Arm über die Schulter, zerrte sie durch den dunklen Hof und nach oben. Ich glaube, wir haben einen ziemlichen Krach gemacht. Ich erinnere mich an Pausen und mehr oder weniger unterdrückte Lachanfälle.

Endlich drückte ich die Zimmertür auf, zog Anna die hochhackigen Schuhe aus – wie kann man in so was tanzen? Ich ließ sie auf ihr Feldbett plumpsen und war zwei Minuten später selbst weg von dieser Welt.

18.

»Stéphane?« Ich hatte ihn in der Kaminhalle abgefangen.

Er blieb stehen, schaute in meine Richtung, unwirsch, ungeduldig. »*Oui*?«

Ich sprang auf, überbrückte die Distanz in ein paar Schritten, griff seinen Arm und zog ihn mit mir. »Bitte, Stéphane! Ich muss mit dir reden!«

Er schwieg, blieb jedoch stehen.

»Es tut mir leid. Ich hätte nicht ... ich wollte gar nicht ... aber ich war betrunken und fühlte mich einsam. Am Nachmittag hatte ich gerade erfahren, dass mein Mann mit seiner Neuen bereits Kinder gemacht hat. Und da habe ich mich betrunken und dann ...«

Jetzt endlich blickte er mir in die Augen. Er wirkte schockiert.

Wie peinlich, Marleen, dachte ich. Jetzt belästigst du deinen Gastgeber auch noch mit unappetitlichen Einzelheiten. Stéphane starrte mich einen langen Moment an. Dann schüttelte er den Kopf, wie um etwas loszuwerden.

»Um Himmels willen, Marleen! Nein, nein, ich bin es, der sich entschuldigen muss.«

Er zog mich zu einem der Sessel und drückte mich sanft hinein. Dann kniete er sich vor mich hin, sodass wir auf Augenhöhe waren. »Verzeih, ich habe mich benommen wie ein Esel! Sieh mal: Ich habe mich ein wenig verliebt in dich. Ich hatte mir Hoffnungen gemacht. Und als du dich dann für Alex entschieden hast, da war ich eifersüchtig.«

»Aber …« Ich habe mich keineswegs für Alex entschieden, wollte ich sagen, doch er unterbrach mich.

»Wir sind erwachsene Menschen, und ich hatte nicht das geringste Recht, irgendetwas zu erwarten. Und du mein Gast! Bitte sag, dass du mir vergibst!«

Du meine Güte. Was für ein Kuddelmuddel! Jetzt musste ich doch lachen. »Bitte steh auf. Das sieht ja aus wie ein Theaterstück aus dem neunzehnten Jahrhundert.«

Er stand auf und zog sich den Sessel heran, sodass wir nahe beieinandersaßen.

»Es war ein Unfall. Ich wünschte, ich könnte es rückgängig machen.«

»Aber du musst mir nichts erklären.«

»Will ich aber.«

»Magst du meinen Bruder denn nicht?«

»Ach, mögen, mögen – ja, er ist charmant. Aber mit Verliebtsein hatte das nichts zu tun. Ich war nur eine Trophäe für ihn. Ich stand auf seiner Abschussliste, und das tut weh. Ich brauche keine Liebhaber. Ich brauche einen Freund.«

Er nahm meine Hand. »Darf ich das sein, Leen? Du bist das Opfer unserer Rivalität geworden. Er hat sich immer an die Mädchen rangemacht, die ich mochte.«

»Ich weiß.«

»Woher weißt du das?«

»Von Lucile. Wir haben uns kennengelernt, in der Bar des Amis.«

»So?« Jetzt überlegte er wohl, was sie mir über ihn erzählt hatte.

»Sie trauert dir immer noch hinterher.«

»Meinst du? Ach was! Das glaube ich nicht.«

»Trauern ist vielleicht der falsche Ausdruck. Sie tut so, als wäre da nichts mehr, aber dafür ist sie viel zu emotional, wenn die Rede auf dich kommt.«

Stéphane schaute nachdenklich, aber dann schüttelte er den Kopf: »Sie war verheiratet inzwischen, geschieden, hat einen festen Partner …«

»Nicht mehr. Den hat sie gerade vor die Tür gesetzt.«

Ein Funken glomm in seinen italienischen Augen auf, um gleich wieder zu verlöschen. »*Eh bèh.* Vorbei ist vorbei.«

»Wie du meinst.« Ich grinste ihn herausfordernd an. Wie können zwei erwachsene Menschen nur so blöd sein. Das sah doch jeder, dass die miteinander nicht fertig waren.

Anouschka war wieder abgereist mit Steaklet und Glatze, wie erwartet. Am Samstag hatte es eine kleine Vernissage gegeben. Alexandre hatte die Dorfprominenz eingeladen, und sie waren alle pflichtgemäß erschienen: der Bürgermeister und der Direktor der örtlichen Crédit Agricole nebst Gattinnen, die Apothekerin, drei Gemeinderäte, die Tierärztin, ein paar Rentner aus Marseille, die im Sommer Ihre Ferienhäuser bewohnten – rund zwanzig Besucher standen herum, Sektgläser in den Händen. Sie hörten sich Alexandres kurze Rede an, während sie die Knabberschälchen leer fraßen. Anschließend machten sie brav die Runde, lobten die Bilder und schüttelten Anouschkas Hand, um sich dann in Grüppchen zu versammeln, das Wetter, das Viehzeug und die Ernte zu diskutieren. Die Einzige, die etwas kaufte, war ich. Anouschka tat mir leid.

Am nächsten Morgen war sie früh aufgestanden, hatte ihre Bilder abgehängt und war abgedampft ohne ein Wort des Abschieds. Das sieht immer so romantisch aus mit dem Künstlerleben, aber ich wusste, wie hart es war. Nur die Wenigsten schafften es auf die Einkaufsliste von Sammlern. Alle anderen müssen mit dem Arsch wackeln. So ist das. Selbst wenn ich Talent gehabt hätte, ich hätte mich nie drauf eingelassen. Um Künstler zu sein, braucht es viel Mut, eine gewisse Verachtung für Geld und Sicherheit, Fanatismus. Kunst kommt nicht von können, sondern von müssen. Es machte mir nicht wenig Sorgen, dass Vivien Kunst studieren wollte, nicht für den Lehrberuf, nicht Design oder Werbung, sondern *Art pour l'Art* – darstellende Kunst pur. Ich würde ihr nicht im Weg stehen, aber im Gegensatz zu ihr konnte ich mir vorstellen, wie das werden würde, wenn sie es nicht in die Galerien schaffte. Mit Anfang zwanzig kein Geld zu haben, ist cool. Mit fünfzig oder sechzig sieht die Geschichte anders aus. Und mangelnde Anerkennung zerfrisst Künstler noch mehr als alle anderen, weil sie mit ihrem Herzblut malen. Zeit, dass ich zurückfuhr und mich um sie kümmerte.

»Ich werde auch abreisen«, sagte ich. »Ich habe deine Gastfreundschaft lange genug in Anspruch genommen.«

Zu meiner Überraschung wurde Stéphane blass. »Nein, bitte bleib noch!« Er ergriff meine Hände. Ließ sie wieder los. »Entschuldigung.«

»Was ist denn?« Das mit dem Verliebtsein hatten wir ja wohl abgehakt?

»Ich ... Ach, es wäre mir einfach lieber, wenn du noch ein bisschen bleiben würdest. Wir kennen uns ja noch nicht wirklich, aber ich betrachte dich als Freundin. Zumindest habe ich das Gefühl, dass du mich verstehst. Odile ist gegen mich ...«

»Nanu? Wieso gegen dich? Was ist denn los?«

Stéphane lehnte sich zurück, verschränkte die Arme und starrte an die Decke. »Ich weiß nicht. Irgendwas hat er vor. Alexandre.«

»Aber du hast doch gesagt, das Testament sei eindeutig.«

»Da habe ich mir in die Tasche gelogen, ehrlich gestanden. Wenn die Sache vor Gericht kommt, ist es eine Auslegungssache. Alexandre hat viel bessere Verbindungen als ich.«

Das konnte ich mir gut vorstellen. Ich hatte ja erlebt, dass er reiche und wichtige Leute kannte. Und sein Charme war unbestreitbar, wenn er Lust hatte, ihn einzusetzen. Stéphane dagegen lebte wie ein Waldschrat, hatte sich um so etwas wie ein Netzwerk nie gekümmert.

»Ich weiß, dass Alex mit seinem Golfhotel in Schwierigkeiten ist. Es hat ihm nicht gepasst, dass ich das Schloss geerbt habe. Ich kann ihn auch verstehen in gewisser Weise: Es ist das Haus seiner Vorfahren. Aber er hat sich bisher nie dafür interessiert, hat keinen Handstreich dafür getan. Ich habe so dafür geschuftet, mir nichts gegönnt. Jeder Centime, jede Stunde Zeit, die ich hatte, sind in die Restaurierung und in die Pflege des Waldes geflossen.« Und etwas leiser: »Ich habe nichts, wohin ich gehen könnte.« Ruckartig stand er auf. »Entschuldige bitte. Das ist alles nicht dein Problem. Ich weiß gar nicht, was mit mir los ist. Aber ich würde mich freuen, wenn du noch ein paar Tage dranhängen könntest. Vielleicht hast du Lust, morgen mit mir zu wandern. Ich möchte dir so gern noch etwas zeigen, etwas das kein Tourist zu sehen bekommt!«

»Ja, einverstanden, gern«, sagte ich mit leichtem Zögern.

»Gut, abgemacht.« Er ging rasch hinaus, als ob ihm sein Ausbruch unangenehm wäre. Er war es nicht gewohnt, sich anderen Menschen zu offenbaren. Wenn er so mit Lucile umgegangen war, dann wunderte es mich nicht, dass die beiden nicht wieder zusammengefunden hatten. Aber hatte ich mich denn so anders verhalten? Vor anderen hatte ich immer so getan, als wäre meine Ehe in Ordnung. Nicht einmal vor meiner besten Freundin Aenne hatte ich mir etwas anmerken lassen. Fassade, Fassade bewahren um jeden Preis. Wie dumm das ist!

Kopfschüttelnd ging ich in den verwilderten Garten, um mit Aenne zu telefonieren.

»Hi Süße, schon am Packen?«

»Ich wollte eigentlich, aber etwas ganz Eigenartiges geht hier vor. Ich weiß gar nicht, was ich davon halten soll.«

»Ah ja? Hat es mit deiner Gräfin-Katze zu tun? Hexerei?« Aenne lachte spöttisch, und ich hörte, wie ihre Tastatur klackerte.

»Stör ich dich auch nicht?«

»Och bitte: Stör mich! Bin grad an einem stinklangweiligen Manuskript.«

»Ach so?« Das Herz fiel mir in die Socken.

»Nicht deins, Süße! Das ist in Ordnung. Ich habe die Korrekturen fast alle so angenommen. Die letzten paar Änderungen hab ich rasch selbst gemacht. Du hast ja gesagt, ich darf ...?«

»Ähm – ja klar.«

»Wir drucken es. Du musst jetzt nichts weiter machen, als eine Rechnung zu stellen. Los, erzähl!«

Puh! Mit zitternden Fingern steckte ich mir die Knöpfe in die Ohren, kramte eine Zigarette hervor und zündete sie mir an. »Stéphane, der Jüngere von beiden, hat mich mehr oder weniger um meine Unterstützung gebeten. Er fürchtet, dass Alexandre – das ist der Ältere, der mit dem Golfhotel – versucht, irgendwie den Wald an sich zu bringen. Und ohne den Wald kann Stéphane den alten Kasten nicht halten.« Ich zog und ließ den warmen Rauch in meine Lungen strömen. Auch ein Wahnsinn irgendwie. »Ich weiß nicht, vielleicht geht es auch um was ganz anderes. Irgendwie ist mit dem Tod der alten Gräfin auch nicht alles in Ordnung – habe ich den Eindruck. Aber was soll ich dabei? Ich kann doch gar nichts tun.«

»Vielleicht hält es den Alten in Schach, dass eine Fremde dabei ist, jemand Neutrales. Vielleicht hat er irgendwas vor, bei dem er keine Zeugen gebrauchen kann. Und was sagt die gräfliche Katze dazu?«

»Hör bloß auf, das wird immer unheimlicher! Ich hatte heute Nacht einen echt scheußlichen Traum.« Meine Hand fuhr wie von selbst zu meiner Kehle. Die letzte Nacht hatte ich extrem schlecht geschlafen. Anna hatte mich im Morgengrauen geweckt, um sich zu verabschieden. Danach hatte ich mir die Schlafmaske aufgesetzt und war wohl wieder eingeschlafen.

Nebel, Nebel – wo kommt nur dieser Nebel her? Ich war doch im Haus. Vertraut, doch nicht vertraut. Der Teppich zu nah, die Sessel so hoch. Ich schaue an mir herab und sehe, wie meine Hände sich verwandeln. Die Finger schrumpfen, die Nägel wachsen, biegen sich, werden spitz. Schwarze Seide fällt rauschend von mir ab und bleibt zurück wie etwas Totes. Ich stoße mich ab und springe. Lautlos. Etwas stürzt, zerschellt mit hellem Geräusch wie brechendes Eis. Splitter im Mondlicht. Der Geruch! Rose, Hyazinthen und Vétiver.

Der Nebel folgt mir, hüllt alles ein, die Gesichter an den Wänden, der Teppich verschwindet, es quillt an den Möbeln hoch. Ein rauer Schrei entfährt mir. Angst.

Angst! Ich bekomme keine Luft mehr. Der Nebel hüllt mich ein. Ich springe höher. von der Couch auf den Kartentisch. Nebel folgt, fett und dunkel wie Rauch. Der Raum verschwindet. Da sind nur noch diese glühenden Augen. Ein Moai beugt sich zu mir herab mit steinernem Gesicht. Aus dem Augenwinkel Rot auf Grün. Rosen. Rosen? Dann: Ersticken. Keine Luft. Dunkel.

»Es war echt gruselig! Ich schwöre dir, ich habe gefühlte Minuten gebraucht, um zu kapieren, dass ich *ich* bin, dass ich kuschelig im Bett liege. Und dass ich atmen kann. Ich bin tatsächlich aufgestanden und durchs Haus gelaufen, um zu sehen, wo dieser Rauch herkam. Aber das war kein Rauch, nichts. Gar nichts! Und am Himmel das schönste Morgenrot! Keine Spur von Nebel. Es hängt mir immer noch nach, so echt war dieser Traum.«

»Hört sich übel an, du Arme. Aber alles leicht erklärbar: Du hast von Leander geträumt, der dich im Stich gelassen hat, von riesigen Figuren – du fühlst dich überrannt, der Situation nicht gewachsen. Du hast Angst vor dem, was auf dich zukommt. Die Zukunft scheint dir undurchsichtig, beängstigend: deshalb der Nebel. Die großen Figuren sind deine Ängste – nach meiner Küchenpsychologie.«

»So weit nachvollziehbar, das habe ich auch schon gedacht, Aenne, aber ersticken?!«

»Ersticken ist ein bekanntes Traumsymbol: Es weist auf Selbstzweifel, darauf, dass derjenige, der träumt, sich von negativen äußeren Einflüssen am Atmen gehindert fühlt.«

»Und dass ich mich als Katze träume?«

»Wundert mich gar nicht, wo du dich doch dauernd mit diesem Wiedergeburtsscheiß befasst.«

»Ich weiß es nicht, Aenne, ich weiß es einfach nicht. Mit mir selbst hat das nichts mehr zu tun. Ich habe im Traum überhaupt nicht mehr das Gefühl, dass ich – na dass ich eben ich bin, verstehst du?«

»Nee, nicht wirklich.«

»Ich war die Katze, aber auch wieder nicht. Ich war eine Katze, die sich wie ein Mensch fühlt. Und ich hatte richtige Todesangst!« Ich schüttelte mich. Die aufgerauchte Zigarette brannte an meinem Fingernagel, und ich drückte sie rasch zwischen den Bodenplatten aus. Hier draußen bei hellem Tageslicht hätte mir der Traum absurd vorkommen müssen. Aber das tat er nicht. Er war fast realer als der Tag um mich herum. Die Steine waren sonnenwarm. Bienen summten auf den Kissen von Seifenkraut.

Die Katze, Urheberin meiner Albträume, daran zweifelte ich nicht mehr, rollte sich in einem Haufen alter Blätter. So harmlos, ja fast albern sah sie aus. Und doch. Und doch ...

»Krass.«

»Und es wird noch viel seltsamer, Aenne. Stéphane hat mich gebeten, noch zu bleiben. Er möchte nicht allein mit Alexander und Odile sein. Ich sei seine einzige Freundin im Haus oder so.«

Aenne lachte laut auf: »Das ist aber eine komische Art der Werbung. Originell! Sag mal: Spielt der dir irgendeine Gespenstergeschichte vor, um dich zu interessieren?«

Ich kniete mich zu Miou hin und zupfte ihr Kletten aus dem struppigen Fell. Sie ließ es sich gefallen.

»Nein, kein Theater. Glaube ich nicht. Irgendwas bahnt sich an, was Ungutes. Ein bisschen so ein Gefühl wie dieser

Nebel. An der Oberfläche ist alles in Ordnung, aber untendrunter brodelt irgendwas. Odile und der alte Maurer, Aimé, haben ja einiges erzählt. Oberflächlich mögen sich die beiden Grafen nicht besonders. Okay, kommt vor. Aber ich glaube, die hassen sich. Jedenfalls hasst Alex Stéphane. Da ist eine Menge unausgesprochene Wut im Spiel.«

Katze hatte genug von der Fellpflege und versetzte mir einen Schlag mit leicht ausgefahrenen Krallen.

»Au!«

»Was ist?!«

»Nichts. Die Katze hat mich gekratzt.« Blut quoll aus zwei haarfeinen Rissen auf meinem Unterarm. »Mistvieh!«

»Du hör mal«, sagte Aenne, plötzlich ernst. »Das reicht jetzt. Pack deine sieben Sachen und reise ab! Lass dich da in nichts verwickeln. Die sollen ihre Familienstreitigkeiten unter sich austragen.«

»Nein«, sagte ich, ohne zu überlegen. »Ich bleibe.«

»Bist du jeck? Lene, was ist mit dir los? Du bist doch keine achtzehn mehr, dass man dich durch mitleidheischende Hundeblicke zu jedem Blödsinn überreden kann!«

Ich stand auf und leckte das Blut von meinem Unterarm. Miou setzte sich auf und starrte mich mit ihren grünen Augen unverwandt an. Die Augen waren groß und starr, die Ohren leicht angelegt.

»Iss ja gut, Mieze! Aenne, du hast doch selbst gesagt, ich soll ruhig noch bleiben. Das gäbe eine interessante Geschichte.«

»Ja, solange es um tote alte Damen und Seelenwanderung ging. Aber das jetzt, das ist sehr real und das hört sich an, als dass wirklich was passieren kann. Das geht dich nichts an. Damit hast du nichts zu schaffen. Du kommst sofort nach Hause.«

»Nein!«

»Sag mal …« Aenne japste schwer ins Telefon.

Ich lachte. »Nun hör schon auf zu unken. Ich halt dich auf dem Laufenden. Tschüss.« Ich beendete das Gespräch.

Es dauerte keine Viertelstunde, da war Leonie am Telefon: »Mam? Hi, hier ist Leonie. Wollte mal hören wie's dir geht.« Ha ha. Nachtigall!

»Mir geht es bestens. Alles fein.«

Pause. »Mam, wann kommst du zurück?«

»Bald. Bislang hattest du es ja nicht so eilig damit.« Das war jetzt ein bisschen fies, aber ich hatte Lust, fies zu sein. Ich – als Ursache von Viviens Magersucht, das hatte gesessen. Das hatte wehgetan.

»Ach, Mam! Sei doch nicht so. Ich hab es doch nicht böse gemeint. Es war nicht deine Schuld, aber du weißt doch, wie furchtbar das ist, einen Menschen leiden zu sehen, den du lieb hast.« Und ob ich das wusste.

»Vivien hat dich leiden sehen, und Papa ist ja nicht grad hochempathisch mit der ganzen Situation umgegangen. Deshalb war es gar nicht so schlecht, dass sie ein bisschen Abstand von euch beiden bekommen hat.«

Bitter, aber wahr.

»Mam, es ist gar keine Magersucht. Sie hat Depressionen.«

»Was? Aber sie ist doch erst achtzehn!«

»Ja, das geht leider heute schon ziemlich früh los. Ich habe sie einmal in ihrem Zimmer völlig verheult gefunden. Sie konnte mir dafür keinen Grund nennen. Mit Kevin ist alles in Butter, aber er hat mir auf Nachfrage bestätigt, dass Vivien oft traurig sei. Da ist mir ein Licht aufgegangen. Ich war mit ihr bei der Chefärztin unserer psychiatrischen Abteilung …«

Immer gut, wenn man solche Verbindungen hat. Normale Patienten warten monatelang auf einen Termin.

»Kurz und gut: Die Diagnose war reaktive Depression – heilbar, mit der Zeit. Sie bekommt jetzt Medikamente und ist sehr gut eingestellt. Wir nehmen an, dass es von der Trennung ausgelöst wurde, hauptsächlich. Ich erklär dir das alles genau, wenn du wieder da bist. Frau Dr. Bengsch möchte auch mit dir reden.«

»Ja sicher! Das möchte ich auch.«

Ich konnte nicht anders, ich steckte mir die nächste Zigarette an. Wieso hatte ich das nicht gemerkt, ich Rabenmutter? Klar war sie traurig gewesen wegen der Scheidung, aber ich dachte, das sei ganz normal, geht vorbei. Sie hat ihren Papa ja nicht verloren.

Depression mit achtzehn! Was ist das bloß mit dieser Welt! Ich glaube ja, eines Tages wird man herausfinden, dass es an irgendeinem Umweltgift liegt, das wir bedenkenlos in die Luft blasen oder ins Wasser leiten. Wie das mit dem Blei bei den alten Römern. Oder am ständigen Lärm, der uns umgibt.

»Mam, bitte komm nach Hause. Wir vermissen dich!«

»Hat Aenne dich alarmiert?«

»Ja-a, schon. Aber wir vermissen dich wirklich! Und jetzt, da Viviens Zustand geklärt ist, haben Papa und ich ihr erlaubt, die Abiturreise anzutreten. Aber sie möchte sich gern richtig von dir verabschieden.«

Meine Kleine, jetzt verlässt sie endgültig das Nest. Es gab mir einen Stich.

»Okay, ich komme bald nach Hause. Ihr fehlt mir auch. Ganz doll!« Und wie. Urplötzlich drohte das Heimweh mich zu Boden zu drücken wie ein Dreimeterbrecher. »Höchstens eine Woche, dann bin ich da, versprochen.«

»Ich liebe dich!« Ungewöhnlich uncool von Leonie. Ihr Piepser kam mir zu Hilfe.

Pieps, Pieps, Piiiiieps! »Sorry, ich muss, Mam! Ruf mich an, wenn du losfährst. Und bitte lass dich nicht einwickeln. Wir brauchen dich nötiger als irgendein Landgraf oder so!« Knack. Weg war sie.

Mein Blick fiel wieder auf die Katze. Ich hockte mich hin, nahm ihren Kopf zwischen meine Hände und schaute ihr in die Augen. »Was? Sag's mir. Oder lass es mich träumen.«

Sie schnurrte.

19.

Schafe drängeln. Das fand ich überraschend und ein bisschen beängstigend. Ich hatte immer gedacht, Schafe wären … na eben schafsdoof und lammfromm. Besonders schlau sind sie nicht, das ist wohl so. Und sie erschrecken leicht, reagieren auf die Bewegung eines einzelnen sofort als Pulk. Das lässt sie »blöd« erscheinen, weil wir eben vermenschlichen. Unter Menschen gilt es als intelligent, nicht automatisch mit der Gruppe zu laufen, sondern sich selbst ein Bild zu machen, als Individuum zu entscheiden. Das können sich Schafe nicht leisten. Ihre Feinde sind zu schnell. Herdentiere sind darauf angewiesen, auf das mindeste Anzeichen einer Gefahr sofort zu reagieren. Und sind sie einmal in Bewegung, kann man sie nicht so leicht wieder zum Halten bringen.

Ich fühlte mich wie ein menschlicher Punchingball, so wurde ich geschubst, gerempelt und angebufft.

»Ho! Ho! Weg mit dir!« Stéphane packte einen Widder an den Hörnern und zog ihn an mir vorbei, sonst hätte er mich glatt umgenietet. Der ganze Hang war dicht an dicht mit Schafen bedeckt, die blökend und schnaufend aufwärts rannten. Über uns die dunklen Kronen der Kiefern. Ein paarmal rutschte ich auf dem weichen, aufgewühlten Waldboden weg und konnte mich gerade noch an einem der klebrigen Stämme festhalten.

»Gibt's keinen richtigen Weg da hoch?«, rief ich Stéphane zu.

»Nein, tut mir leid. Schaffst du das?«

»Ja, ja, geht schon«, keuchte ich. Es ging steil bergan, und ich verfluchte wieder mal meine Quarzerei.

»Es ist nicht mehr weit.«

Und tatsächlich, es wurde heller. Blauer Himmel drang durch die Lücken zwischen den Stämmen und durch die Baumkronen. Die Herde war vor uns oben, hörte augenblicklich auf zu rennen und verteilte sich. Der Patou warf sich ins Gras und hechelte. Ich warf meinen Rucksack ins Gras, stemmte die Arme in die Seiten, krümmte mich vornüber und rang nach Luft. Mir war bewusst, dass ich rot im Gesicht war und verschwitzt.

»Hier, trink was.« Stéphane hielt mir eine Wasserflasche hin. Selten hatte mir kaltes, klares Wasser so gut geschmeckt wie nach diesem Gewaltmarsch auf die Bergkuppe. Der Anblick belohnte uns. Vor uns lag eine weite Wiese mit hohen Gräsern bestanden, die in der Sommerglut schon begannen, gelb zu werden.

Vereinzelte Wildrosenbüsche und Besenginster betupften die fahle Fläche unregelmäßig mit ihrem staubigen Grün. Dahinter Hügel und Berge im Dunst, und in der Ferne die weißen Gipfel der Alpen. Wie jedes Mal ließ dieser Anblick mein Herz weit werden. Wo war die ängstliche, ordentlich kleine Lene geblieben? Hier war ich eine andere: hoffnungsvoll, mutig und voller Lebenslust. Mag sein, dass meine Träume mich an meine Ängste erinnern wollten, aber im Wachzustand fühlte ich mich stark wie nie.

»Kannst du wieder?«, fragte Stéphane.

»Noch weiter?«

»Nur noch ein paar hundert Meter Luftlinie, und ab hier ist es nicht mehr so steil. Du wirst sehen: Es lohnt sich!«

Seufzend setzte ich den Rucksack wieder auf und gab mir einen Ruck. Nur noch ein paar Schritte. Dann würde ich mich auf den Boden werfen und mich in den nächsten Stunden kein Stück mehr bewegen.

Es war wirklich nicht mehr weit. Über die Wiese und eine Rampe hoch. Dort erhob sich zwischen Gras und verwitterten Felsblöcken ein Boris, der größte, den ich bislang gesehen hatte. Boris, die rundlichen Hütten aus trocken aufgeschichteten Feldsteinen, waren meist klein und niedrig, geradeso, dass ein Mann in einem Unwetter darin Schutz suchen konnte. Dieses hier war ein regelrechtes Haus: zwei Stockwerke hoch. Eine Brettertür hing lose in den Angeln. Mittelalterliche Technik, ein dünner Baumstamm, oben und unten in einem Loch verankert, daran war die Tür recht und schlecht mit Lederriemen befestigt.

Stéphane zog sie auf und winkte mir. »Komm!«

Ich zögerte. Da drin hatte sich doch sicher allerhand unangenehmes Viehzeug versteckt: Schlangen, Skorpione, Werweißwas ...

»Keine Sorge. Es ist sauber«, missverstand mich mein Begleiter. »Wir pflegen die Hütte seit Jahren, Bernard und ich. Im Sommer bleiben wir oft nächtelang hier oben, solange die Quelle Wasser gibt.«

Ich sah mich um. Jetzt fiel mir der Trog auf, um den die Schafe sich drängten, halb in den Stein gehauen, der Fels darüber war feucht und mit Moos überzogen. Wasser lief in einem dünnen Rinnsal in das Becken. Ich drängte mich an den Tieren vorbei, hielt die Handflächen unter das Rinnsal und trank. Es schmeckte frisch und mineralisch.

Dann folgte ich Stéphane in die Hütte. Der Boden war aus gestampftem Lehm. Ein paar grobe Möbel standen darin, aus Ästen und groben Brettern zusammengefügt, ein Schemel, ein niedriger Lehnstuhl, eine Art Tisch. In der Mitte des Raums gab es eine Feuerstelle, deren Rauch wohl im günstigen Fall durch eine Aussparung im Zwischenboden und einem Loch im Dach entweichen konnte.

Stéphane kletterte schon über eine schmale Hühnerleiter nach oben in den ersten Stock. Ich folgte ihm. Als ich meinen Kopf durch das Loch steckte, erblickte ich ein Lager aus

Strohsäcken und Decken, daneben ein paar zerfledderte Bücher und eine Coleman-Laterne. Das Bett war so ausgerichtet, dass man vom Kopfende aus geradewegs in den Sternenhimmel blickte. Nicht schlecht!

»Hier bleibe ich im Sommer oft tagelang, so lange, bis sich die Rückkehr in die Welt nicht vermeiden lässt. Manchmal geht mir alles auf die Nerven: die Touristen, die Leute, der Computer, die Nachrichten, die allgemeine Geschwätzigkeit. Ein paar Nächte hier oben, und ich kann alles besser ertragen.«

Einsamer Wolf. »Ich hoffe, ich habe dich nicht daran gehindert?«

Ich begann die Leiter rückwärts wieder hinunterzuklettern. Stéphane kam nach.

»Nein, nicht du. Alexandre. Seit Monaten geht er mir auf die Nerven. Vorher hat er sich nie dafür interessiert, und seit dem Tod meiner Tante hängt er andauernd hier rum. Wenn ich nur wüsste, was er sucht! Es ist nichts zu holen, das habe ich ihm hundertmal gesagt.«

»Vielleicht hat deine Tante doch irgendwo im Keller einen Schatz eingemauert?« Marleen! Jetzt gehen sie mit dir durch!

»Ach du lieber Himmel! Aimé und ich haben doch seit zwanzig Jahren jeden Meter Putz abgeschlagen und neu verschmiert, die Dächer gedeckt, Wände eingerissen und neu hochgezogen. Es gibt keinen Winkel, den ich nicht kenne. Außerdem wäre das viel zu romantisch für Estelle. Was Geld und Gut betraf, war Tantchen ziemlich modern.« Wir waren unten angekommen und gingen hinaus in die Sonne. »Egal, lass uns jetzt bloß nicht von Alex reden. Wir machen es uns draußen gemütlich.« Mit diesen Worten ergriff Stéphane den Lehnstuhl. »Möchtest du einen Stuhl?«

»Nö, danke. Ich glaube, im Gras ist es gemütlich genug.«

Nach kurzer Zeit saßen wir an einem kleinen Feuer in einem Steinring. Stéphane hatte Merguez mitgebracht, würzige, leicht scharfe Bratwürstchen, Brot, Käse und Wein. Ich zauberte Schokolade und ein paar verschrumpelte Äpfel aus meinem Rucksack – ein Festmahl.

»Uff! Ich glaub, ich habe zugenommen«, murmelte ich, zufrieden zurückgelehnt.

»Steht dir.« Stéphane grinste.

Eine Weile sagten wir überhaupt nichts.

Es war so schön friedlich, und deshalb weiß ich wirklich nicht, warum ich davon wieder anfangen musste. Der Teufel muss mich geritten haben, oder es war der scheußliche Traum, der mir immer noch in den Knochen steckte: »Aber Alexandre ist ja auch nicht grad ein Romantiker. Weiß er etwas, das du nicht weißt?«

»Was sollte das denn sein?« Ärgerlich richtete Stéphane sich neben mir auf. »Er sucht Geld. Aber es ist alles weg. Estelles sogenannter Ehemann ist mit dem Familienschmuck abgehauen. Auf der Bank war grad noch so viel, dass sie davon bequem leben konnte. Dann hat sie ja noch diesem Esoterikverein in London allerhand in den Rachen geworfen. Und das war's.«

Ich schwieg. Romantische Geschichten von verborgenen Juwelen schossen mir im Kopf herum, man hört ja immer wieder davon. Die Halskette einer Königin in einem antiken Bettgestell verborgen, Goldmünzen im Brunnen, eine geheime Schatzkarte in der Bibliothek ...

»Und was, wenn doch? Vielleicht besitzt du ein sehr kostbares Buch. Antike Bücher bringen manchmal einen Haufen Geld auf Auktionen! Odile hat Alexandre beim Stöbern in der Bibliothek erwischt.«

»Hat sie mir auch erzählt. Glaubst du, ich hätte das nicht recherchiert? Die wenigen Bücher, die was wert gewesen wären, die hat sie beschmiert und mit Eselsohren versehen. Ehrlich gesagt, unsere Situation ist nicht rosig. Alex' Golfhotel ist hochbelastet. Das Schloss ist eine halbe Ruine, und wir kommen mit dem Renovieren nicht nach. Das Einzige, was etwas bringt, ist der Wald.«

»Und an den will Alex ran?«

»Aber ich lasse das nicht zu! Wald bringt Rendite, das stimmt, aber nur, wenn man ihn vernünftig bewirtschaftet. Und außerdem braucht unsere Gegend wieder intakte Wälder und intakten Boden!« Plötzlich drang ein seltsames Geräusch aus seiner Kehle, fast so etwas wie ein Schluchzen. Und als ich zu Stéphane hinübersah, standen Tränen in seinen Augen. »Aber Alex – Alex meint, dass ich kein Recht drauf habe. Und es stimmt.«

Tränen bei einem Mann sind irgendwie etwas ganz Furchtbares, ich kann es nicht ertragen. Warum? Vielleicht, weil Männer so selten heulen. Vielleicht, weil die alte Einstellung immer noch nachwirkt: Ein Mann weint nicht. Tut er es doch, dann ist etwas ganz Schlimmes.

»Das glaube ich nicht«, murmelte ich. Ich rückte näher und strich ihm über die stoppelige Wange. »Wovon sprichst du?«

»Ich habe ... ich hätte meine Tante sterben lassen.«

»Was ist das?!« Wütend schüttelte Stéphane das Bündel Briefe.

»Gib das her!« Estelle versuchte sich in ihrem Sessel aufzurichten und streckte den Arm danach aus. »Das geht dich nichts an! Wie kommst du dazu, meine Sachen zu durchwühlen?«

»Ich habe nach dem Rezept gesucht. Du wolltest, dass ich dir deine Tabletten besorge. Und was finde ich da?«

Die Gräfin schnappte erneut nach den Briefen. »Gib sie her, Stéphane, bitte!«

Stéphane zog sie ihr unter der Nase weg.

»Bitte! Ich beschwöre dich! Gib sie mir, schau sie nicht an! Das bringt doch nichts mehr!«

Doch Stéphane hatte die Briefe bereits gelesen. Erregt wedelte er mit den Blättern, mit mädchenhafter Handschrift in roter Tinte geschrieben: »20. September, 3. Oktober, 18. Oktober, 2. November, 15. November… Dezember… Dezember… Januar. Lucile hat so lange durchgehalten, immer hat sie es wieder versucht! Und du hast ihre Briefe zurückgehalten. Wie hast du das gemacht? Hast du den Briefträger bestochen?«

Estelle begann, schwer zu atmen, fasste sich an die Herzgegend.

»Hör auf mit dem Theater! Ich habe dich durchschaut. Deshalb habe ich nie Briefe von Lucile erhalten. Und ich dachte, sie hätte mich vergessen.«

»Ich wollte dich schützen.« Die Gräfin keuchte. »Ich konnte das doch nicht zulassen. Das Flittchen war doch nur auf unser Geld aus! Und so ordinär …« Sie begann, nach Luft zu schnappen. »Nicht … nicht … deine Kragenweite … Du solltest … Besseres …«

Sie krallte sich mit den Fingern in die Sessellehnen. Mühsam erhob sie sich und wankte zur Chaiselongue.

»Tantchen, hör auf mit dem verdammten Theater. Mein Leben lang hast du mich damit an dich gefesselt. Immer wenn dir was nicht gepasst hat, kamen diese Asthmaanfälle, dann das Herz. Es langt! Du wirst dich jetzt ein Mal verantworten. Gib doch wenigstens zu, was du getan hast. Sag einmal, dass es dir leidtut!«

Stéphane lief vor der Chaiselongue hin und her, tobend.

Doch als er stehen blieb und auf seine Tante herabblickte, war er auch schon auf den Knien neben ihr. Die Briefe fielen zu Boden.

Estelle war kreidebleich. Die rechte Hand massierte die Herzgegend. Mit der anderen griff sie nach ihrem Neffen.

»Was ist? Ist es so schlimm? Versuch, langsam und ruhig zu atmen.«

Er stand auf und lief hinaus. »Ich rufe die Notrettung!«

»Stéphane, Stéphane«, kam es leise von der Liege. »Verzeih! Komm zurück.« Doch er hörte es nicht mehr.

In seinem Büro griff er zum Telefonhörer – zögerte – ließ die Hand sinken. Hatte sie es wieder geschafft. Wie immer. Wie jedes Mal, wenn man etwas besprechen wollte, das sie nicht hören wollte. Wie jedes Mal, wenn er versucht hatte, sich durchzusetzen. Verdammt, Tantchen, der halbe Ort lacht schon über deine Anfälle. Die freiwillige Feuerwehr hat vorgeschlagen, jemanden fest hier einzuquartieren. Er stellte sich an Fenster, sah hinaus in den Hof. Nein, diesmal würde er sich nicht erpressen lassen. Wenn sie merkte, dass er

ihr nicht glaubte – wirst schon sehen, wie schnell sie wieder auf den Beinen wäre.
Und was, wenn es diesmal ernst war? Einen Augenblick stand er so da. Die Arme hingen an seinen Seiten herab. Die Hände ballten sich zu Fäusten, entspannten sich wieder, ballten sich.
Was, wenn? Er wäre frei, endlich frei.
Er setzte sich an den Schreibtisch, starrte das Telefon an. Sein halbes Leben war schon vorüber, und hier saß er, ein Mann in den besten Jahren, ohne Kinder, ohne Familie, an eine tyrannische alte Frau gebunden. Frei sein, endlich!
Wie lange saß er so?
Nein! Was für ein schäbiger Gedanke! Er schüttelte den Kopf, griff wieder nach dem Hörer, 115. »SAMU? Ja, Stéphane hier, Schloss Armand. Bitte kommt schnell. Meine Tante hat wieder einen Anfall – ich weiß nicht, wie ernst es ist!«
Er wartete kaum die Antwort ab, »Danke! Machen Sie schnell, bitte!«, legte auf. Noch einen Augenblick blieb er am Schreibtisch sitzen, schlug beide Hände vors Gesicht, rieb sich die Augen. Dann richtete er sich auf und ging ins Kaminzimmer zurück.
Odile stand auf dem Gang. Ein bitterböser Blick traf ihn. Sie presste die Lippen zusammen und sagte kein Wort.
Alex kniete vor der Chaiselongue. Estelle lag still.
»Ich habe zu lange gezögert. Die Rettung kam zu spät. Es ist meine Schuld, dass sie tot ist, und die beiden wissen es.« Er wischte sich über die Augen, aber jetzt war die Schleuse offen.

Ich holte tief Luft, rückte näher an ihn heran und nahm ihn in die Arme. »Aber Stéphane, das glaube ich nicht. Es können doch nur ein paar Sekunden gewesen sein, ein paar wenige Minuten vielleicht. In solchen Situationen erscheint einem die Zeit länger, als sie wirklich ist.«

»Zehn Minuten, eine Viertelstunde können entscheidend sein. Ich habe sie im Stich gelassen.«

»Ich kann mir nicht vorstellen, dass du wirklich so lange gezögert hast. Das kommt einem lang vor, so ein Moment.

Wahrscheinlich hätte man sie nicht retten können, so oder so nicht. Und dass du gedacht hast ... das ist doch verständlich. Letzten Endes hast du doch die Rettung gerufen! Ein schlechter Gedanke ist doch noch keine Tat. Du hast dich entschieden, und du hast dich richtig entschieden.«

Er war nicht zu beruhigen. Ich streichelte ihn. Er umarmte mich und drückte sein Gesicht in meinen Halsbeuge. Und plötzlich zerrten wir einander an der Kleidung. Ich spürte seine Erregung. Wir atmeten beide schnell und schwer, streiften uns gegenseitig Hemd und Hosen herunter. Ich war feucht. Doch kaum lag er zwischen meinen Schenkeln, spürte ich, wie sein Glied erschlaffte.

»*Ah merde*«, raunte er. Sein Gesicht sank auf meine Schulter. »Nicht mal das krieg ich hin.«

»Ach, das macht doch nichts. Das kann doch passieren«, tröstete ich ihn. Innerlich war ich enttäuscht, aber ich weiß schließlich, dass man solche Dinge nicht erzwingen kann.

»*Merci*, Hühnchen.« Er strich mir über das Haar, die Wangen, die Lippen. »Es tut mir leid. Ich bin außer Übung.«

Aber damit mochte ich mich nicht zufriedengeben. Ich stand auf, raffte meine Kleidung zusammen und ging zum Boris. An der Tür drehte ich mich zu ihm um und winkte mit gekrümmtem Finger, selbst überrascht. Nie zuvor hatte ich die Initiative ergriffen.

Oben lagen wir eine Zeit lang auf dem Bett, hielten uns nur und schauten uns an. Ab und zu ein Streicheln, ein Kuss. Seine Hände waren rau. Und endlich spürte ich, wie er wieder hart wurde. Diesmal klappte alles. Wir liebten uns langsam, aufmerksam. Er war ein wenig konventionell, ein wenig ungeschickt, nicht so wie sein raffinierter Cousin. Aber es war sehr befriedigend. Anders als bei Alex fühlte ich mich wohl dabei. Ich verspürte keinerlei Scham oder Hemmung. Da war Vertrauen. Ohne Vertrauen und ein gewisses Maß an Zuneigung kann ich einfach nicht. Anschließend lag ich auf der Seite und betrachtete ihn, seinen langen, schlaksigen

Körper, die glatte Brust, kaum behaart, die Rundung der Schultern, das Stoppelkinn.

Ich musste eingeschlafen sein. Stéphane weckte mich mit einem Kuss auf die Nase. »Komm, Schlafmütze! Wir müssen!« Die Sonne, die vorhin so aufdringlich durch die Ritzen geschienen hatte, war matt geworden, das Licht bläulich. »Ich würde gern noch eine Ewigkeit so mit dir bleiben, Leen, aber es wird bald dunkel, und wir haben noch einen langen Weg vor uns.«

Schweigend zogen wir uns an und packten unsere Rucksäcke, ab und zu ein Lächeln, eine kurze Berührung.

Die Hunde hatten über die Herde gewacht. Auf Stéphanes Pfiff und einen Ruf brachten die Hunde die Schafe in Bewegung. Unter dem harmonischen Läuten der Halsglocken ging es heimwärts.

Der Abstieg war weniger anstrengend als der Aufstieg. Nur ein Mal rutschte ich ein Stück den Hang auf dem Hosenboden herunter. Danach kamen wir wieder auf den Wirtschaftsweg mit den Spuren tiefer, breiter Räder. Rindenstücke und Äste lagen überall verstreut, teils von den Traktoren gewaltsam in die Fahrrinnen gepresst. Sogar an den noch stehenden Bäumen am Rand der Schneise hing Rinde in Fetzen, tropfte das Harz. Ein Anblick der Zerstörung. Es roch intensiv nach Kiefernharz. Doch wo eingeschlagen worden war, schossen bereits junge Laubbäume auf zum Licht: Ahorn und Buchen.

Unten erwartete uns bereits Bernard, der Schäfer. Die Männer trieben die Herde in eine bewegliche Koppel aus Pfählen und Netzen am Straßenrand. Und wir bestiegen den Pick-up.

Während der Fahrt sah ich wie in Trance aus dem Fenster, von Ruhe und Zufriedenheit erfüllt. Meine Gedanken trieben hierhin und dorthin. Kehrten schließlich zu meinem Traum zurück. Und da war ganz deutlich ein Detail, das ich bislang übersehen hatte. Es trat aus den Bildern hervor, nahm meinen Gesichtskreis ein, wie im Traum. Etwas Grünes, Besticktes – ein Kissen. Ich war mir sicher, dass ich es schon einmal gesehen hatte.

»Was ist?« Stéphanes Hand berührte meinen Arm.

»Ach nichts«, sagte ich. Ich musste an etwas denken, das ich geträumt habe.«

»Was denn?« Er bremste den Wagen ab und bog in die Straße zum Schloss hoch ein.

»Ich muss erst mal drüber nachdenken. Dann erzähl ich es dir.« Plötzlich hatte ich es eilig, ins Schloss zu kommen.

20.

Ich erwachte von meinem eigenen Wimmern. *Nebel, mein Herz hämmerte, ich lag lang ausgestreckt und konnte mich nicht bewegen. Meine Beine, meine Arme waren eiskalt. Ich bekam keine Luft. Da war eine überwältigende, niederdrückende Traurigkeit. Alexandres Gesicht dicht über mir, voller Wut und Enttäuschung. So sehr hasst du mich? Es tut mir leid, so leid. Ich habe alles falschgemacht. Ich will sterben.*

Alexandre? Ich schoss vom Bett hoch. Die Katze fauchte, machte einen Satz und schaute mich vom Fußboden her vorwurfsvoll an.

Warum soll ich mich fürchten?

Wann wurde ich weniger durch einen Tod?

»Entschuldige Miou.« Ich beugte mich zu ihr hinunter, um sie zu kraulen. Gnädig ließ sie es sich gefallen. Auf dem Nachttisch nach den Zigaretten tastend schwang ich die Füße auf den Boden, ging barfuß zum Fenster und stieß die Läden weit auf. Der Traum ging weiter, obwohl ich die Augen weit geöffnet hatte.

Zu spät, zu spät! Lieber sterben und neu beginnen. Erlöse mich, tu es …

Ich war so unendlich niedergeschlagen, zum Sterben müde. Aufhören! Rasch bewegte ich die Augen: rechts, links, rechts … wie es mir meine Therapeutin beigebracht hatte, um wiederkehrende unangenehme Bilder loszuwerden. Es funktionierte.

Ein tiefer Atemzug: Gott sei Dank, das ist alles nicht wahr. Ein Traum. Oder nicht? Ich forschte nach der Herkunft dieses Gefühls vollkommener Verlassenheit – Leander? Nein, das war es nicht. Zwar war ich immer noch traurig wegen unserer Trennung, aber es tat längst nicht mehr so weh. Fühlte ich mich verlassen? Nein, eigentlich auch nicht. Ich hatte Freunde, ich hatte meine Kinder. Ihrer Zuneigung war ich mir gewiss.

Mit jedem Atemzug wurde ich sicherer: Es war nicht mein Gefühl, dass ich da gespürt hatte. Solche Gedanken hatte ich nicht. Ich hing doch am Leben. Nie würde ich ... und dann kam sie mit Wucht, die Erinnerung.

Ich sprang auf und lief die Treppe hoch ins Bad. Wild riss ich das Apothekenschränkchen auf und zerrte alle möglichen Schachteln und Röhrchen heraus. Ich drückte wahllos Tabletten heraus, drehte den Wasserhahn auf, schluckte eine Handvoll nach der anderen und heulte dabei.

»Scheiße, verdammt! Marleen, was tust du da?!« Leander packte mich von hinten, zwang mich, die Hände zu öffnen und die Tabletten fallen zu lassen.

»Lass mich!« Ich schluchzte, doch er ließ mich nicht. Er versetzte mir ein paar kräftige Ohrfeigen, zerrte mich in die Küche, rührte Senf in ein Glas lauwarmes Wasser und zwang mich, es in einem Zug auszutrinken. Es schmeckte widerlich, und ich musste augenblicklich würgen. Leander holte einen Putzeimer aus der Kammer und hielt mir den Kopf, während ich kniete und so lange kotzte, bis nur noch Magensaft kam.

Als es vorbei war, strich er mir über das Haar. »Ach Marleen«, sagte er nur. »Ach, Leni.«

Ich verstummte. Und ich wusste, ich hatte verloren.

In dieser Nacht schlief er auf der Couch. Am nächsten Tag packte er seinen Koffer und zog in ein Hotel.

Die Katze sprang mit einem Ploppen neben mir auf die Fensterbank und sah mich aus unergründlichen goldenen Augen an.

»Tja Miou, so blöd war ich! Nein, ich wollte nicht wirklich sterben. Das war nichts als ein Erpressungsversuch. Ich schäme mich so!« Ich hatte zwar nur eine Katze zum Reden, aber irgendwie erleichterte es mich. Diese kleine Stück Erinnerung hatte ich bisher verschlossen gehalten, nun war es heraus. Ja, ich konnte auch gemein sein. Ja, ich hatte mich schäbig verhalten, wie ein Kind, das seinen Lolli nicht hergeben will.

Aber was hatte das mit dem Traum zu tun? Immer noch nichts. Es war nicht mein Traum gewesen. Und da war dieses Detail, dieses absolut klare Bild: Ein Kissen, das sich auf mein Gesicht herabsenkt. Und Aufgeben.

Es schüttelte mich.

Padam! Padam! Padam!, knackste und jaulte die alte Platte der Piaf. Odile war ihrer morgendlichen Pflicht nachgekommen.

Ich drückte die Zigarette auf dem Fensterbrett aus und nahm sie mit ins Bad, um sie dort im Klo zu entsorgen, putzte mir die Zähne, föhnte mir das Haar zu einer Igelfrisur und zog mich an. Auf dem Weg in die Küche ging ich am Kaminzimmer vorbei und warf einen Blick auf die Chaiselongue. Nein, da war nichts grün-rotes. Kein Kissen, nichts. Ich sollte wohl nicht weiter in diesem Wespennest herumstochern. Was mir durch den Kopf ging, war eine schwere Anschuldigung, und meine Träume bewiesen nichts. Aber irgendwie hatte ich das Gefühl, die Träume würden weitergehen, bis ich davon erzählt hatte.

Die Küche war verwaist, der Kaffee in der Kanne noch warm.

Mit einer Schale Crème bewaffnet ging ich in die Bibliothek. Bislang hatte ich das ganze Seelenzeug nicht ernst genommen, nicht wirklich. Da war ein Buch, in das ich unbedingt noch mal hineinschauen wollte.

Isaak Saggi Nehor. Mit einer gewissen Ehrfurcht nahm ich den uralten Band aus dem Regal. Vorsichtig schlug ich den Ledereinband auf und blätterte in den altersweichen Seiten. Im Vorsatz war die Reproduktion einer mittelalterlichen Illumination: Ein Mann mit langem weißem Haar und Bart, in roter Kleidung. Er sitzt auf einem Schemel und berührt eine Art Stammbaum, der vor ihm schwebt. Es handelte sich um eine französische Übersetzung. Vorsichtig blätterte und suchte ich, bis ich zu der Stelle kam, an der die Idee erläutert wurde, *Gilgul Neschamot*, das »Rollen der Seelen«:

Demnach gibt es fünf Seelenanteile: Nephesch – die Empfindungsseele; Ruach – die Verstandesseele; Neshama – die Bewusstseinsseele; Chaya – den Lebensgeist und Yechida – den Geistesmenschen. Durch den Sündenfall wurden die Seelenteile durcheinandergebracht, die Gefäße zerstört. Bis zur Wiederkehr des Messias kann daher die Seele nicht zur Quelle zurückkehren und muss durch zahlreiche Wiedergeburten wandern. Nicht ganz unlogisch, vorausgesetzt man glaubt an den Sündenfall und die Vertreibung aus dem Paradies.

Wie es schien, waren nur wenige Originalschriften und Predigten von diesem Rabbi erhalten geblieben. Das Zitat, das ich gesucht hatte, stammte von einem Nachfolger, Isaak Lurja. Madame Estelle hatte die Seite mit einem Eselsohr markiert: *Wenn ein Mensch sündhaft gelebt hat, muss er die Strafe der Seelenwanderung an mancherlei Orten aushalten. Nur wenige Menschen sind davor bewahrt, in ein Tier, Mineral oder eine Pflanze einzugehen.*

Ein Beamter, der sich über das Volk erhebt, wandert in den Körper einer Biene.

Und so weiter – Haha! Fantasie hatten die ja gehabt. Ich hörte ein Schaben und Kratzen, sah hinunter. Es war die Katze, die mir in die Bibliothek gefolgt war. Sie stand auf den Hinterbeinen und haschte nach einer Fliege, die sich auf Allan Kardecs *Das Buch der Geister* niedergelassen hatte.

»Wie? Das soll ich lesen, Miou?« Kopfschüttelnd stellte ich Isaak Saggi Nehor zurück und griff nach dem Buch. Alan Kardec war ein französischer Spiritist und Gelehrter und hatte in Lyon gelebt. Schau an – ganz in der Nähe! Bei einer spiritistischen Sitzung hatte ihm ein Geist verraten, dass er in einem früheren Leben ein Druide dieses Namens gewesen war.

Zerfleddert und mit Randnotizen versehen war auch dieses Buch. Vorn wieder das unterstrichene *Je reviens*. Die Seitenzahl *2* war eingekreist. Ich blätterte, bis ich zur Seelenwanderung kam. Laut Kardec gab es zwei Arten von Geistern, die inkarnierten und die nicht inkarnierten. Das bedeutet wohl: Die einen schweben so herum, und die anderen bewohnen einen Körper. Geister wurden unwissend erschaffen. Den Körper brauchten sie, um zu lernen und sich weiterzuentwickeln. Und es ging immer nur aufwärts sozusagen, ein Rückfall war nicht möglich – immerhin! Und insgesamt stellten diese gebildeten und intelligenten Geister dann eine Art göttliche Schutztruppe dar. Mit dem Ouija Bord oder beim Gläserrücken konnte man sie dann um Entscheidungshilfe bitten. »Aiaiai«, wie der Provenzale sagt. Das hatte ich also davon, mir meine Lektüre von einer Katze aussuchen zu lassen.

»Miao!«

»Meine Liebe, das mit den fünf Seelen hat was für sich. Dir fehlen ein, zwei Teile, weißt du das?«

Miou schnaufte wie ein ungeduldiger Mensch, starrte mich einen Augenblick lang mit geweiteten Pupillen an und spazierte dann hinaus. Ihr Schwanz peitschte. Ich hatte sie mit irgendwas verärgert.

Ich brachte meine Kaffeeschale zurück in die Küche, spülte sie im Ausguss ab und stellte sie in den Schrank. Während ich noch überlegte, ob ich Stéphane suchen und ihm von meiner Idee erzählen sollte, fand er mich. Das Strahlen, das über sein Gesicht ging, tat mir so gut. Er beschleunigte seinen Schritt und nahm mich in die Arme. War das schön.

Natürlich musste jetzt gerade Alex vorbeikommen. »Gratuliere!«, rief er spöttisch. »Na, da haben sich ja die Richtigen gefunden. Das muss ja zu Einschlafen gewesen sein.«

Stéphane fuhr auf, doch ich hielt ihn fest und sagte ihm ins Ohr: »Lass ihn doch. Was weiß er denn schon? Ich fand es wunderbar.«

Ich sah mich um, steckte meinen Kopf aus der Küchentür und überprüfte den dunklen Gang. Alex war verschwunden.

Stéphane beobachtete mich amüsiert. »Sag mal, du hast gestern so etwas angedeutet. Was wolltest du mir denn erzählen?«

War das klug? Es würde die beiden endgültig zerreißen. Danach würde niemals wieder eine Versöhnung möglich sein. Und was wäre damit gewonnen? Gerechtigkeit? Aber ich dachte an Stéphane, wie er sich mit Selbstvorwürfen zerfleischen würde für den Rest seines Lebens. Egal, ob das alles beweisbar war oder nicht: Wenn ich Stéphane nichts an die Hand gab, würde er sich von Alex vielleicht noch aus dem einzigen Zuhause vertreiben lassen, das er kannte.

»Du bist so ernst?«

»Ja, das ist etwas Ernstes, etwas sehr Trauriges, was ich mir gedacht habe. Vielleicht ist es auch nur Spinnerei, eine lebhafte Fantasie. Seitdem ich hier bin, träume ich wie verrückt, weißt du. Lass uns irgendwo hingehen, wo wir ungestört sind, dann sage ich dir, was ich mir zusammengereimt habe, und du kannst selbst entscheiden …«

»Das klingt aber geheimnisvoll.« Er lauschte ins Haus hinein. Alex ging die Treppe hoch in sein Zimmer. Odile klapperte im Esszimmer mit Geschirr.

»Was hältst du von einem Spaziergang?«

Wir gingen hinaus, über den Hof und durch das Tor in Richtung Dorf. Die Sonne begann bereits zu stechen. Ich wünschte, ich wäre noch rasch in mein Zimmer gegangen und hätte meine Kappe geholt. Schweigend gingen wir nebeneinanderher. Am Wegrand blühte Wiesenkümmel. Von einer Wiese her winkte ein Mädchen, das eine kleine Schar Ziegen bewachte.

Stéphane ließ mir Zeit.

»Du weiß ja, dass ich seltsame Träume habe, seitdem ich hier bin«, begann ich. Nein, falsch. »Es hängt mit deiner Tante zusammen und mit der Katze«, versuchte ich es noch einmal.

»Jetzt fang du nicht auch noch damit an!« Stéphane lachte.

»Warte. Ich bin ja auch skeptisch. Diese ganze Geschichte mit der Seelenwanderung und dass deine Tante in der Katze wiedergeboren ist – das klingt ziemlich schräg. Aber wenn etwas in fast allen Weltreligionen vorkommt, unabhängig voneinander, dann kann es doch nicht nur zusammengesponnen sein. Was, wenn doch Erinnerungsstücke, kleine Teile der Seele in der Welt bleiben, vielleicht sogar dort, wo sie vorher gelebt haben, warum nicht in einer Katze?« Ich zuckte die Achseln.

»Eh béh!« Blödsinn! Stéphane lachte.

»Aber da gibt es ein paar Dinge, die einfach zu gut zusammenpassen, um zufällig zu sein: Die Träume, die Bücher, die Korrespondenz, die Musik, das Parfum ...«

Stéphane sah mich verständnislos an. Wie sollte ich ihm das nur erklären. »Träume sind Schäume, sagt man; aber man weiß inzwischen auch, dass man in Träumen Reize und Anstöße von außen bearbeitet. Es ist sehr wohl möglich, im Traum Gedanken eines anderen zu empfangen. Oder sagen wir, in Träumen verarbeitet man Dinge, die man empathisch empfangen, aber bei vollem Bewusstsein verdrängt hat.«

Stéphane hörte auf zu grinsen, und ich hakte nach.

»Es ist so vieles möglich, was wir nur ablehnen, weil wir uns angewöhnt haben, Beweise zu verlangen, oder nicht? Hast du nicht schon Dinge geträumt, die du dir nicht erklären konntest? Hat es nicht Zufälle gegeben, die eigentlich keine Zufälle sein konnten?«

»Hmrmpf!« Er wackelte mit dem Kopf, das Grinsen war wieder da.

Ich spürte, wie mir der Schweiß ausbrach. »Setzen wir uns unter den Baum da, in den Schatten.«

Es war ein alter Mandelbaum, in der Mitte gespalten, aber noch lebendig. Er gab einen flimmernden Halbschatten, ein unwirkliches Licht. Ich beschloss, Stéphane einfach zu erzählen, was ich getan und was ich erlebt hatte. Sollte er doch selber seine Schlüsse daraus ziehen, oder eben nicht.

»Also zunächst habe ich nur geträumt, ich sei die Katze. Das ist nichts Besonderes, wenn eine Katze im Bett schläft.«

»Genau«, murmelte Stéphane. Er saß gegen den Stamm gelehnt, die Augen halb geschlossen, und kaute an einem Grashalm.

»Na ja, du weißt, ich habe in den Büchern deiner Mutter gelesen, ihre Notizen und die Korrespondenz mit dieser Uni in den Vereinigten Staaten. Und dann habe ich einfach mal überlegt: Was würdest du tun, wenn du fest davon überzeugt wärst, wiedergeboren zu werden?«

»Hm. Mal angenommen, du kämst an denselben Ort wie vorher – was schon unwahrscheinlich ist, und weiter angenommen, du wärst überhaupt in der Lage, dich zu erinnern. Vielleicht würde ich mir selbst einen Brief schreiben? Aber das kann ja nicht funktionieren. Man wäre ja nicht mehr derselbe, also nicht der Empfänger.« Stéphane brach ratlos ab.

»Ja. Das ist genau das Problem, mit dem deine Tante sich beschäftigt hat: Sie hat nach Wegen gesucht, ihre Erinnerung anzustoßen. Mit der Verfügung, dass jeden Morgen eine bestimmte Musik abgespielt werden sollte. Musik spricht bekanntlich direkt das Gefühl an, ruft Bilder hervor. Vermutlich hat sie diese Musik sehr gemocht und oft gehört.«

»Das stimmt. Sie hat mich total genervt mit der *Orphée*. Im Auto habe ich danach immer AC/DC gehört – sozusagen, um mir das Hirn durchzublasen.«

Ich lachte. »Kann ich mir vorstellen. Ich mag klassische Musik, aber damit hätte man mir Berlioz auch verdorben. – Ja, aber da war noch mehr: Farben, sie hatte ja ihr ganzes Zimmer in grün durchgestylt. Ich wette, das war ihre Lieblingsfarbe.«

»Stimmt.«

»Dann ein bestimmter Duft zum Beispiel. Düfte rufen auch Erinnerungen wach. Ich bekomme immer ganz intensive Erinnerungen an den Kindergarten, wenn ich zufällig irgendwo den Geruch von Grießbrei in die Nase kriege. Wir bekamen mittags oft Milchsuppe. Und dann sehe ich so schlaglichtartige Bilder vom Kindergarten, nur Ausschnitte. Den Eingangsbereich. Wie wir uns an den Händen halten und in Zweierreihen in den Garten gehen. Meine Decke im Schlafsaal. Und über all diesen Bruchstücken ist ein Gefühl der Vertrautheit – nicht nur das Angenehme, keine sentimentalen – du weißt schon – was man sich später dann so zusammenstrickt ...«

»Ich war nie in einem Kindergarten. Ich hatte ein Kindermädchen. Aber es stimmt: Ich erinnere mich genau an ihren Duft: Sie roch nach Maiglöckchen. Und hatte schwarze, lockige Haare. Und dunkle Augen. Und sie lachte viel.«

Der Hund einer Ziegenhirtin kam zu uns herübergelaufen, bellte uns zuerst an, ließ sich dann aber von Stéphane kraulen. Das Mädchen pfiff durchdringend, und er rannte davon.

»Ja, siehst du, und dann habe ich in der Drogerie eine alte Flasche von dem Parfum gefunden, das genauso hieß wie das, was sie so oft vorn in die Bücher geschrieben hat: *Je reviens*, ich komme zurück. Ach ja, und ich hatte so ein Etikett vorher in ihrer Schreibtischschublade gesehen.«

»Richtig, das war ihr Lieblingsparfüm. Das hatte ich ganz vergessen.«

»Seitdem ich nachts das Parfum benutzt habe, haben sich meine Träume verändert. Vorher habe ich Katzenträume mit meinen eigenen Sorgen vermengt, aber plötzlich sind da Dinge und Leute aufgetaucht, die ich nicht kennen konnte, Dinge, die nicht aus meiner Erinnerung stammen können.«

Stéphane grunzte, immer noch skeptisch.

»Und zuletzt habe ich immer häufiger geträumt, ich bekäme keine Luft mehr. Jede Nacht! Und die Bilder wurden immer deutlicher. Ich habe mich auf der Chaiselongue im Kaminzimmer gesehen – vielmehr: Ich wusste, dass ich dort lag. Ich habe nach dir gerufen, aber stattdessen war da Alexandres Gesicht.

Estelles Herz hämmerte. Ihr Brustkorb war wie zugeschnürt. Schmerzen im Arm.

Angst! Stéphane! warum war er fortgegangen? Ach ja, er holte Hilfe. Wenn es nur schnell ging, mach schnell, Stéphane.

Ein Gesicht erschien über ihr. Alexandre. »Maman, was ist? Ich bin ja da, maman!« Er ergriff ihre Hand, strich über ihre Stirn. »Halte durch, maman, es kommt gleich Hilfe.« Er hatte ein Kissen ergriffen, hob ihren Kopf an und wollte sie darauf betten, doch sie stieß ihn zurück. Mit schwacher Stimme murmelte sie: »Nicht du! Ich will Stéphane. Wo ist Stéphane?«

Alexandres Gesicht verzerrte sich. Er hob den Arm, und sie sah das Kissen, rote Rosen auf grünem Grund, wie es näher kam, sich auf ihr Gesicht drückte, ihr den Atem nahm. Und da begriff sie. Er hasst mich. Und es ist meine Schuld. Dann soll es so sein. Sie hörte auf, sich zu wehren, und ließ die Hände sinken.

»Oh Gott!« Stéphane schlug beide Hände vor den Mund. Sah über das Feld.

»Es ist möglich«, sagte er schließlich. »Alex hat neben der Couch gekniet, als ich wieder hereinkam. Und das Kissen lag am Boden. Das kannst du dir nicht zusammengereimt haben. Du hast es nie gesehen. Nach … Estelles Tod habe ich die Möbel umgestellt. Odile wollte es nicht, sie hat gekeift und gezetert, hat mir vorgeworfen, ich wollte mein Gewissen beruhigen. Und vielleicht war das auch so … Beschreib mir das Kissen, beschreib es genau!«

Ich schloss die Augen und versuchte, die Erinnerung hervorzurufen. »Grün, dunkelgrüner Samt, darauf sind Rosen gestickt, in den Ecken, Rosen in Rot und Rosatönen. Es hat Troddeln an den Ecken, auch rot – nein, warte: nur drei. Die Troddel an einer Ecke fehlt.«

Stéphane war aufgesprungen und zerrte mich hoch. »Das kannst du nicht wissen! Wie ist das möglich?« Er lief los mit seinen langen Beinen. Ich musste rennen, um hinterherzukommen.

»Komm! Wir sehen nach! Du musst mir sagen, ob es wirklich dieses Kissen war! Ich habe es mitsamt den Spitzendeckchen und dem ganzen Nippes auf den Dachboden gebracht. Da warst du doch nicht, oder?«

»Was sollte ich auf dem Dachboden?«, keuchte ich.

Odile und Alex saßen im Kaminzimmer und unterhielten sich mit ruhigen Stimmen, als wir vorbei stürmten. Alex muss etwas gespürt haben. Er sprang auf und sah uns nach. Stéphane zog mich eine enge Stiege hoch, wo in der Decke eine hölzerne Klappe eingelassen war. Er reckte sich – ich hätte sie nie erreichen können – und zog sie an einem Griff zu sich herunter. Eine Leiter erschien, die bis auf den Boden reichte. Wir kletterten nacheinander hinauf.

Zielsicher ging Stéphane zu einem Möbelstück, das mit einer Plane bedeckt war. Er zog die Plane herunter. Zum Vorschein kam eine Rundtruhe aus Kirschholz mit grünlich angelaufenen Beschlägen. Ein Duft nach Bienenwachs verbreitete sich. Er klappte den Deckel auf, beugte sich über die Truhe und zog ein besticktes grünes Kissen heraus. Ihm fehlte eine Ziertroddel.

Ich nickte stumm.

Stéphane stürzte davon. Ich hörte ihn die Treppe hinunter poltern und »Alex! Alex!« brüllen. »Alexandre! Komm sofort zu mir!«

Während ich vorsichtig die schmale Leiter hinunterstieg, kam die Antwort von Alexandre, mürrisch, widerwillig. Schritte – die Tür zu Stéphanes Büro ging auf und fiel mit einem Krachen zu.

Zuerst konnte man nicht verstehen, was gesagt wurde. Dann wurden die Stimmen lauter. Odile kam dazu, und wir standen beide buchstäblich angewurzelt im dunklen Flur. Meine Beine hätten mir nicht gehorcht, selbst wenn ich es versucht hätte.

»So ein Blödsinn! Reine Fantasie!«

»Wohl kaum, mein Lieber!«

»Du wirst doch dieser Boche nicht glauben! Sie schnüffelt hier überall herum, denkt sich haarsträubende Geschichten aus, um sich wichtig zu machen, und du fällst darauf herein? Dem Flittchen werd ich was erzählen!«

Ich zuckte zusammen.

»Bleib hier, Alexandre!« Dann ein paar leise Sätze.

Alex: »Das beweist überhaupt nichts!«

Stéphane laut und kalt: »Das werden wir ja sehen, was passiert, wenn ich das Kissen der Polizei übergebe. Was meinst du? Was werden sie finden? Die Spuren von Estelles verzweifelten letzten Atemversuchen? Deine DNA?«

Alex lachte spöttisch auf. »Ja und? Ich bin ja oft genug hier. Warum sollte keine DNA von mir da sein? Du siehst zu viele billige Krimis, Kleiner.«

»Und wenn wir Tante exhumieren – finden wir Faserspuren in ihrer Lunge? Odile kann bezeugen, dass du mit deiner Mutter allein im Zimmer warst, und ich oben!«

Odile sog scharf die Luft ein. »Das ist wahr«, flüsterte sie.

Alexandre, leiser: »Das tust du nicht! Du willst meine Mutter exhumieren lassen? Ihre Ruhe entweihen?«

»Halt's Maul, Alex. Sprich du nicht von entweihen. Ich sage dir, was ich tun werde. Ich gebe das Kissen an ein privates Labor und lasse die Ergebnisse dokumentieren. Nein, ich werde dich nicht anzeigen.«

Odile atmete hörbar aus und fuhr sich mit der Hand über die Augen.

»Aber«, fuhr Stéphane fort, »du wirst mich von jetzt an in Ruhe lassen. Du lässt deine gierigen Finger vom Wald, das will ich schriftlich und beurkundet. Du wirst gehen und nie wieder herkommen. Zu denken, dass du versucht hast, mich zu erpressen, du ... mich!«

Die Tür ging auf. Alexandre stürzte mit hochrotem Gesicht heraus und an uns vorbei. Er stieß mich hart beiseite, sodass ich gegen die Wand prallte und zu Boden ging.

»Sale boche!«, zischte er, dreckige Deutsche. »Das ist der Dank für meine Gastfreundschaft.«

Er war ein schlechter Verlierer – genau wie mein Ex.

Wir hörten ihn in sein Zimmer laufen. Vermutlich packte er seine Sachen zusammen. Odile ging ihm hinterher. Kurze Zeit später jaulte der Porsche auf, Kies spritzte, er jagte über die Haarnadelkurven hinunter zur Straße und war verschwunden.

21.

Gegen elf begann die Glocke im Dorf Sturm zu läuten. Man sagt das immer so. Aber wenn man das Geräusch dann tatsächlich hört, dann weiß man, warum es so genannt wird. Jemand musste wie ein Verrückter am Seil ziehen. Das war kein friedliches Läuten, es lag Panik darin.

Kurz darauf hörten wir die Sirene der freiwilligen Feuerwehr, ein harmloses, altmodisch-freundliches Geräusch. Wir hatten bei Wein, Käse und Brot in der Küche zusammengesessen. Stéphane sprang auf und lief auf den Turm, Odile und ich hinterher.

Helle Rauchschwaden stiegen aus einem Waldstück nahe der Straße auf. Der Himmel war von unten rötlich beleuchtet.

Stéphane hieb mit der Hand auf den Mauerrand. »Scheiße!«, schrie er und rannte nach unten. Kurz darauf sahen wir seinen Pick-up in mörderischem Tempo durch die Haarnadelkurven zur Straße schliddern.

Die Feuerwehrsirenen und die Glocken waren verstummt. Es war gespenstisch still. Nur gelegentlich schallte das Krachen fallender Äste zu uns herauf.

»Ist es schlimm?«, fragte ich.

»Kommt drauf an, wieweit es sich schon den Hügel hinaufgefressen hat«, antwortete Odile. »Kommen Sie. Wir können helfen.«

Unter ihrer Anleitung schleppte ich Sixpacks von Literflaschen Mineralwasser aus dem Keller zu meinem Wagen. Wir füllten Wasser in Zwanzig-Liter-Kanister und luden auch die ein, bis der Wagen voll war. Ein Klapptisch kam hinter die Sitze. Leander hätte über die zerkratzten Polster gemeckert, aber um Decken über die Sitze und Lehnen zu breiten, blieb keine Zeit. Mein Herz hämmerte: Ein Waldbrand! Odile arbeitete ruhig und konzentriert, brachte einen Korb mit Leintüchern, Verbänden, Brandsalbe. Dann ging es hinter Stéphane her.

»Der dumme Junge!«, murmelte Odile. »Er war immer schon ein schlechter Verlierer.«

»Alex? Sie meinen, er war das? Aber er ist doch schon lange fort!« Ein leichter Windstoß drückte den Rauch herunter, und ich musste husten. Odile hielt sich einen Ärmel vor den Mund.

»Versuchen Sie, flach zu atmen! Es braucht eine ganze Weile, bis sich aus einer Kippe ein Feuer entwickelt. Das kann Stunden dauern. Zuerst sehen Sie nichts. Das Laub schwelt, dann entzündet sich das Gras, und die Glut breitet sich am Boden aus. Erst wenn es heiß genug ist, entzündet sich das Unterholz und dann die Bäume. Erreichen die Flammen erst die Kronen der Kiefern ...«

Als wir uns der Brandstelle näherten, war es so weit. Ein Fauchen und Röhren erfüllte die heiße Luft. Die Kronen der Schwarzkiefern explodierten förmlich. Funken sprühten, wo Äste herunterkrachten.

Schreiend rannten einige Männer aus dem Wald. Von der Straße aus einige hundert Meter in den Wald hinein war das Gras verbrannt und nass. Dort hatten sie zu löschen begonnen. Doch nun breitete es sich vom Hügel herunter wieder aus. Flammen züngelten an den Stämmen hoch. Wo es die Kronen erfasste, blieb nur noch Rückzug.

Die Feuerwehrleute hatten ihren Schlauch so lang wie möglich ausgerollt und versuchten dem Feuer von den Seiten beizukommen. »Es ist zu weit den Hügel hoch! Wir reichen nicht heran!«, hörte ich.

»Habt ihr den Helikopter angefordert?«, schrie Stéphane.

»Ja, längst! Ist unterwegs!«

Immer mehr Männer aus dem Dorf trafen ein, auch ein paar Frauen. Sie parkten ihre Wagen weit weg und hasteten herbei. Ich erkannte Lucile unter einem gelben Bauhelm. Sie trug eine Motorsäge und sah aus, als sei sie vertraut damit. Ich bewunderte sie. Ich selbst hatte Angst, schlotternde Angst, versuchte aber, es mir nicht anmerken zu lassen – nicht, dass irgendwer dafür einen Blick übriggehabt hätte.

Wir verteilten Wasserflaschen. Etliche Leute griffen sich Feuerpatschen vom Wagen und folgten Stéphane und Lucile, die mit ihren Motorsägen seitlich am Brandherd vorbei den Hügel hochrannten. Wenig später setzte das Jaulen und Kreischen der Motorsägen ein, das Einzige, was außer dem Brüllen des Feuers zu hören war. Die Stimmen der Menschen gingen darin unter.

Ich hustete. Die Augen tränten. Jemand riss mich von hinten am Ärmel und drückte mir eine nasse Serviette vors Gesicht: Odile. Sie winkte mir zu. Ich band die Enden der Serviette hinter dem Kopf zusammen, Westernstyle. Wir stellten den Tisch an der anderen Seite der Straße auf und luden das Trinkwasser aus. Es kam mir lächerlich vor, in dem Chaos, doch Odile wusste wohl, was zu tun war. Und was konnte ich schon groß helfen, klein und schmächtig, wie ich bin.

In wenigen Metern Entfernung sprangen sechs oder sieben Rehe über die Straße, den Abhang zum Fluss hinab. Selbst hier unten war es so heiß, dass ich meinte, meine Gesichtshaut müsse Blasen schlagen. Aschefetzen wirbelten durch die Luft.

Ich hörte Rotoren und blickte zum Himmel: Zwei Helikopter näherten sich in großer Höhe, und ich erkannte, dass sie riesige Container schleppten.

»Wasser!«, schrie Odile und zeigte mit dem Finger nach oben.

Um die Flammen nicht weiter anzufachen, flogen sie um den Brandherd herum und brachten die Container nach oben auf den Hügel, wo die Bodenfahrzeuge nicht hinkamen. Die Container öffneten sich. Tonnen von Wasser fielen auf den Brand herunter. Über dem brennenden Wald sah es aus, als seien es nur ein paar Tropfen. Sie drehten ab, um neu aufzutanken. Stéphane benutzte mein Mobiltelefon als Relay-Station, gab Nachrichten an mich durch. Immer wieder lief ich zum Chef der Pompiers und gab Stéphanes Anweisungen weiter.

Ich weiß nicht, wie viele Stunden vergingen. Wir verteilten Wasser, verbanden Brandwunden. Endlich kam Stéphanes müde Stimme durch: »Es ist vorbei.«

Kein Jubel, niemand hatte noch Kraft dafür. Erschöpfte Männer und Frauen kamen den qualmenden, immer noch glühend heißen Abhang herunter gestolpert, die Gesichter zur Unkenntlichkeit schwarz verschmiert.

»Komm«, befahl Odile. »Zurück ins Schloss. Wir haben zu tun.«

Wir ließen den Tisch mit den restlichen Wasserbehältern zurück. Ich fuhr uns nach oben und folgte Odile in die Küche, wo sie sofort damit begann, Essen vorzubereiten.

Wieder in den Keller, Unmengen von Dosensuppen nach oben schleppen. Ich öffnete sie, Odile schüttete den Inhalt in einen Riesentopf. Kaum war die Suppe heiß, begannen auch schon die Helfer einzutreffen. Jeder Teller, jede Kaffeeschale, jede Tasse wurde gefüllt und verteilt, Brot aufgeschnitten, Tee eingeschenkt. Auf jedem Stuhl, auf den Treppenstufen und am Boden hockten Leute und aßen schweigend.

Stéphane erschien, schwarz wie der Leibhaftige, Lucile hinkte neben ihm, das Gesicht schmerzverzerrt, einen Arm um seine Schultern gelegt.

»Odile!«

Odile eilte. Zusammen brachten sie die junge Frau ins Kaminzimmer und ließen sie auf die Chaiselongue gleiten. Sie schrie auf, lag dann still. »Ein Ast ist auf sie gefallen. Hat sich das Schlüsselbein gebrochen, glaub ich.« Sanft schob Stéphane ein Kissen unter ihren Nacken.

»Der Arzt aus Montbrun ist unterwegs«, sagte Odile.

Ich holte eine Plastikschüssel warmes Wasser und einen Waschlappen aus dem Bad, kniete an der Couch nieder, wusch Luciles Gesicht, die Arme, die Hände, so gut es ging. Brachte ihr eine Schmerztablette. »Danke«, flüsterte sie.

Stéphane hielt eine Tasse an ihre Lippen. Ich ließ die beiden allein.

Unten hatte sich die Stimmung inzwischen gelockert.

»Das ist ja noch mal gut ausgegangen.«

»Eh bèh! Was du so gut nennst. Vier, fünf Hektar zum Teufel!«

»Hätte schlimmer kommen können.«

»Was für ein Glück, dass kein Wind war!«

»Und was für ein Glück, dass Stéphane den Wald ausgeputzt hat, erst letzten Winter! Sonst wär's schlimmer gekommen.«

»Ja, sonst wär's schlimmer gekommen.«

Ich kratzte die letzten Reste aus dem Suppentopf, nahm ein Stück Brot und einen Plastikbecher mit Wein und ließ mich auf den Boden im Flur sinken, den Rücken an der Wand. Jemand patschte mir auf den Oberschenkel. Ich sah zur Seite. Da saß ein alter Bauer, runzlig von der Sonne, die Schultern gebeugt, aber die Arme knotig von zähen Muskeln. Er hatte sich im Trog das Gesicht gewaschen, so wie ich auch. Sauber waren wir nicht geworden. Ich musste lachen.

»Bravo! Sie haben sich gut geschlagen für eine Touristin. Merci!«

»Ich hab doch gar nichts tun können.«

Aber: »Bravo, bravo!«, schallte es von allen Seiten. »Wie heißen Sie, Madame?«

»Marleen«, sagte ich und natürlich fing gleich einer zu pfeifen an, und das Lied ging wieder los. Angetrunkener Gesang, vielstimmig und falsch:

Vor der Kasernö, vor dem großen Tor,
Stäht eine Laternö und steht sie noch davor.
Dort wollen wir uns wiedersäh'n,
bei der Laterne wolln wir stähn,
wie einst Lili Marlän,
wie einst Lili Marläääään!

Mehr als eine Strophe kannten sie nicht. Ich wurde genötigt, auch den Rest vorzutragen und ihnen so lange den Text einzupauken, bis sie ihn einmal ganz durchgesungen hatten, mehr oder weniger auf Deutsch. Eher weniger – mit viel lala und französischen Stegreif-Einlagen.

Irgendwann gingen sie, einer nach dem anderen. Ich stolperte die Stiege hoch. Wäre ich bei mir zu Hause gewesen, hätte ich mich aufs Bett geworfen, dreckig wie ich war. Doch in Madames Zimmer kam mir das ganz und gar ungehörig vor. Also schleppte ich mich ins Bad und nahm eine kurze Dusche. Kalt, das warme Wasser aus dem Kessel war verbraucht. Ich schlief bereits, bevor mein Kopf auf dem Kissen auftraf.

Rauch quillt aus dem Boden der Bibliothek, nein: Nebel. Die Katze streckt sich am Bücherregal hoch und kratzt an den Buchrücken. »Nein, Miou, nicht!«, rufe ich und scheuche sie mit der Hand weg. Doch sobald ich mich umdrehe, ist sie wieder da und kratzt. Kratzt an dem einen, an dem anderen Buchrücken. »Lass das, Mieze, was soll denn das?« Ich jage sie fort, jage sie durch den Raum, doch ich kann den Boden unter meinen Füßen nicht sehen. Hinter den Fenstern lodern Flammen. Wir schlagen einen Kreis. Miou kehrt zum Regal zurück, kratzt, ich verscheuchte sie, laufe im Kreis hinter ihr her, sie kratzt … Es ist zum Verzweifeln. Ich weiß doch, wie wertvoll die Bücher sind und wie wichtig jeder Cent für

Stéphane! Warum bin ich nur so unfähig? Nicht einmal in der Lage, eine winzige Katze aus einem Raum zu vertreiben. Ich stelle mich vor das Regal und breite die Arme aus, doch sie schlüpft einfach drunter durch: Rrrratsch! Ich wende mich zum Regal um. Voll Schrecken sehe ich, wie sich tiefe Risse auf den Buchrücken auftun. Aus den Rissen strahlt goldenes Licht.

22.

Göttliche Stille. Die Katze war schon auf, saß auf dem Fensterbrett und blinzelte zu mir herüber. Die Fensterläden standen weit geöffnet, Sonne strömte herein. Es musste schon spät am Vormittag sein, fast Mittag. Kein *Padam!*, keine Musik, keine Seele regte sich. Ich gähnte ausgiebig, verschränkte die Arme hinter dem Kopf, blickte an die Zimmerdecke und dachte über den Traum nach. Goldenes Licht – Weisheit aus Büchern? Quatsch. Ich konnte die Elemente einfach keiner meiner Erfahrungen, Ängste oder Probleme zuordnen. Miou kam zurück ins Bett gesprungen, kuschelte sich an meine Seite, Kopf und eine Pfote auf meinem Bauch.

Ich streichelte sie mechanisch, fühlte eine Klette und richtete mich auf dem Ellbogen auf, um sie aus dem Fell zu ziehen. Die Katze knurrte leise, als es ziepte, wandte den Kopf und entblößte die Spitzen ihrer messerscharfen Zähnchen, ließ es sich aber gefallen.

Brandgeruch drang in meine Nase, und alles fiel mir wieder ein. Ich stand auf und ging zum Fenster, konnte aber aus diesem Winkel nichts erkennen. Ein leichter Windhauch trieb den Duft von schwelendem Harz, verbranntem Kiefernholz und Asche herüber. Wie viele Hektar hatten die Bauern gestern gesagt, seien verbrannt, fünf bis sechs? Wie groß war ein Hektar? Zehntausend Quadratmeter? Eine abstrakte Zahl. Ich erinnerte mich an das, was meine Kinder in der Schule dazu gelernt hatten – ich erinnere mich an die absurdesten Sachen, weil ich sie so oft mit ihnen gepaukt hatte. Ein Fußballfeld hat … 0,7 Hektar. Ich überschlug es rasch im Kopf und kam auf sieben bis acht Fußballfelder – eine ziemliche Fläche, wenn man sich vorstellt, wie viele Bäume darauf stehen können. Ein schwerer Schlag für Stéphane.

Ich hob meine Jeans und das T-Shirt von gestern vom Boden auf und roch daran. Angewidert ließ ich sie wieder fallen. Ob ich den Rauchgestank wohl je wieder rauskriegte? Im T-Shirt waren Brandlöcher, das hatte ich gestern gar nicht gemerkt, wie das passiert war. Meine Haare rochen auch nach Rauch, so kurz, wie sie waren. Ich nahm ein paar frische Sachen aus dem Wandschrank, klemmte mir meine Waschtasche unter den Arm und ging nach oben ins Bad. Es sah noch chaotischer aus als sonst. Stéphanes Rasierzeug lag auf dem Waschbeckenrand, die Bartstoppeln klebten im Ausguss, Handtücher auf dem Boden und über dem Rand der Wanne. Ich spülte die Badewanne mit der Brause kurz aus, hockte mich hinein und schrubbte mich von oben bis unten gründlich ab.

Eine halbe Stunde später erschien ich unten in der Küche. Die Waschmaschine pumpte und entließ einen dunkelgrauen Wasserstrahl ins Becken. Aufgeschnittenes Baguette, Croissants und gezuckerte Brioches – diese rundlichen Kuchenbrötchen mit Dutt – standen in einem Korb auf dem Küchentisch, dazu Butter und Aprikosenmarmelade. Odile hatte sich ins Zeug gelegt. Krümel auf dem Tisch und eine stattliche Sammlung an Geschirr im Abwaschbecken zeigte mir, dass schon etliche Leute von dem Angebot Gebrauch gemacht hatten. Doch Stéphane rührte keinen Bissen an, saß mit aufgestützten Ellbogen und ließ den Löffel missmutig in seiner Kaffeeschale kreisen.

»Ist es schlimm?«, fragte ich, während ich mir Kaffee einschenkte und Milchschaum über einen Löffel laufen ließ. Das Frühstück war heute luxuriös. Ich würde es mir nicht verderben lassen.

»Eh bèh!«, brummte Stéphane und rührte weiter.

Odile kam herein, nahm ein Croissant und knallte es vor ihm auf den Tisch. »Iss!«

Stéphane zuckte die Achseln, tunkte das Croissant in seinen Kaffee und begann zu essen. Als bestünde das Croissant aus Stacheldraht.

Ich angelte mir auch eins aus dem Korb, brach es in der Mitte durch und bestrich es dick mit der halbdurchsichtigen, hellorangefarbenen Marmelade. Eigentlich aß ich nicht so gern Süßes, aber diese Aprikosenmarmelade sah einfach so schön aus.

Wir aßen schweigend. Odile spülte das gebrauchte Geschirr ab und räumte es in die Spülmaschine. Die Helfer, die im Schloss übernachtet hatten, schienen bereits alle fort zu sein. Klar: Sie hatten Landwirtschaft oder Jobs, die nicht warteten.

Schließlich hatte mein Gastgeber sein Frühstück heruntergewürgt und schob die Schale von sich. »Danke, Odile«, sagte er. Er ging zu ihr hin, legte seinen Arm um ihre Schultern und drückte sie kurz.

»Ach!« Mit einem unwilligen Knurren schob sie ihn weg, aber ich konnte sehen, dass es sie freute.

Ich hörte ein Brummen aus der Ferne, das näher kam. Bald konnte man Rotorblätter ausmachen, die die Luft zerschnitten.

Erschrocken drehte ich mich zu Stéphane um: »Ist jemand verletzt? Brennt es noch?«

»Nein«, antwortete Stéphane. »Ein Freund holt mich ab. Ich will mir ein Bild von dem Schaden machen.«

»Kann ich mit?«

Achselzucken. »Eh bèh!« – wenn du willst.

Der Hubschrauber landete auf dem Parkplatz für Reisebusse. Sand und feiner Kies wirbelten hoch. Ich schloss die Augen und hielt eine Hand vor Gesicht.

Die Rotorblätter verlangsamten sich, bis sie nur noch langsam und lautlos nachdrehten.

»Komm«, rief Stéphane, ergriff meine Hand und zog mich zu der Maschine hin. Der Pilot hob grüßend die Hand. Ich kletterte nach hinten und schnallte mich an. Stéphane setzte sich neben den Piloten und setzte einen Helm auf. Er gestikulierte zu mir nach hinten, und ich sah, dass da auch einer für mich lag. Er war viel zu groß, aber ich zog ihn mir gehorsam über.

Wir hoben ab und zogen einen weiten Kreis über das Schloss. Die französische Flagge auf dem Turm flatterte heftig. Dann drehte der Pilot bei, und wir flogen über die geschwärzte Fläche, die sich von der Straße aus verbreiterte und die Hügel hochzog. Jetzt erst verstand ich, was das bedeutete: sieben Fußballfelder. Unter uns lag ein Feld der Verwüstung. Schlangenlinien im Matsch zeigten, wie weit die Löschfahrzeuge gekommen waren. Geschwärzte Stämme ragten in die Luft. Verkohlte Zweige lagen durcheinandergeworfen wie ein gespenstisches Mikado. Viele kleinere Bäume, Eichen meist, standen noch, schwarz und verdreht, als hätten sie sich vor Schmerz gewunden. Hier und dort stieg noch Rauch auf und wurde vom Strom der Rotorblätter verwirbelt. Der Boden war dunkelgrau. Aschewolken stiegen auf, wo wir flogen.

Ich dachte an die vielen kleinen Tiere, die es erwischt haben musste, Mäuse, Eidechsen, Schlangen, Vögel. Die größeren waren entkommen.

»Da glimmt es noch«, sagte der Pilot.

»Lass es glimmen«, gab Stéphane zurück. »Es geht von allein aus, wenn es keine Nahrung mehr hat. Das dauert eine Weile.«

»Wind ist nicht angekündigt.«

»Lassen wir es sich also ausschwelen.«

»Vielleicht gibt's heute Nachmittag Regen.«

»Wär gut.«

»Ja, wär gut.«

Der Kreis wurde weiter, und wir kamen an die Ränder der Brandstelle. Dort sah man Grün zwischen der Asche, Büsche, die vom Löschwasser gerettet worden waren, Bäume, deren Rinde zwar geschwärzt war, deren Kronen aber verschont geblieben waren. Dann eine ausgefranste Zone mit gefällten Bäumen, versengten Blättern, Gras mit Brandflecken, wo die Helfer mit Feuerpatschen gewesen waren. Dann unversehrten Wald, die blaugrünen Wolken der Kiefernkronen, das hellere Grün von Laubbäumen: Ahorn, Buchen, Eschen, dazwischen schimmerte hellgrau der Stein.

Schweigend beendeten die Männer ihren Rundflug.

Stéphane setzte den Helm ab, schüttelte dem Piloten die Hand und hob mich kurzerhand auf den Boden. Wir liefen zum Tor und winkten dem Piloten, der mit seiner Maschine rasch wieder aufstieg. Er drehte und flog davon, wie ein behäbiges schwarzes Insekt. Das Brummen der Rotoren erstarb. Nach kurzer Zeit nahmen die Zikaden wieder ihr Geschäft auf.

»Du wirst wieder aufforsten …«, sagte ich vorsichtig.

Stéphane kickte einen Stein über den Hof. »Sicher, fragt sich nur, womit und wie lange es dauert. Klar, ich kann Samen stecken, Eckern und Eicheln. Mischwald wäre sowieso besser als die Kiefernmonokultur, die mein Großvater angelegt hat. Aber sie haben mit jungen Bäumen angefangen. Einen Wald aus Samen zu ziehen, das dauert zwanzig, dreißig Jahre hier oben. Ich müsste Jungbäume kaufen können und Leute beschäftigen. Aber das kostet.«

»Bist du nicht versichert?«

»Nein, ich hatte kein Geld mehr, um die Beiträge zu bezahlen.«

Mist!

»Kannst du das Holz verkaufen – das, was nur oberflächlich angekokelt ist?«

»Kaum. Das hat keinen Wert. Wir verwenden es im Winter zum Heizen. Wir haben einen Allesbrenner. Den Rest lasse ich liegen. Wenn es langsam verrottet, düngt es den Boden. *Et bèh!*«

»Gibt dir die Bank keinen Kredit? Waldwirtschaft ist doch ein gutes Geschäft heute ... hab ich gelesen.«

»Ach ja, die Bank ...« Er lachte bitter auf.

Also nicht.

»Glaubst du, dass es Alexandre war?«

»Sehr gut möglich. Es würde ihm entsprechen.« Er scharrte mit der Schuhspitze im Kies. »Einer der Helfer hat nah der Straße Reste von einem Zigarillo gefunden. Die Polizei wird das untersuchen. Aber was soll das bringen. Alex ist genauso pleite wie ich.«

Plötzlich kam mir eine Idee. Dieser Traum heute Nacht. Und überhaupt, ich hatte schon länger drüber nachgedacht: Wenn jemand sein neues Leben so akribisch vorbereitet, wie die Gräfin d'Armand es getan hatte, würde er dann nicht auch dafür sorgen, dass er zumindest versorgt wäre? So wie die Pharaonen Vorräte mit in ihre Gräber genommen hatten, Gold, Waffen, Diener, sogar zu essen.

Unwillkürlich schaute ich mich auf dem Hof um. Wo war die Gräfin eigentlich begraben? Hatte sie Schätze in ihrer Krypta gehortet oder in der alten Kapelle irgendwo einmauern lassen? Dann hätte es Stéphane sicher gefunden. Ich schüttelte den Kopf. Aber da war etwas mit den Büchern, ich war mir plötzlich ganz sicher.

»Was ist? Woran denkst du?«

»Ach nichts.« Ich musste meine Theorie erst einmal prüfen. Wahrscheinlich war es ja nur ein romantischer Stuss, was man sich eben in Wunschträumen so zurechtlegt. Die Erbtante, die ein kostbares mittelalterliches Stundenbuch hinter einer Wand versteckt. Eine Molière-Handschrift, ein unbekanntes Originalmanuskript ... Sehr unwahrscheinlich. Ich wollte Stéphane keine falschen Hoffnungen machen.

»Das Wichtigste ist: Keiner ist schwer verletzt. Wir haben den Brand stoppen können, bevor er größeren Schaden hat anrichten können. Nicht auszudenken, wenn es gerade Mistral gegeben hätte, und das Dorf wäre abgebrannt.« Stéphane beugte sich zu mir herunter und drückte mir einen Kuss auf die Stirn. »Alles nicht so schlimm. Zerbrich dir nicht meinen Kopf, Marleen. Ich fahre nach Marseille und bettele bei meiner Bank – mehr als Nein sagen können sie schließlich nicht. Ciao, heute Abend bin ich zurück.«

Ich drückte mich eine Weile im Musikzimmer herum und wartete, bis Stéphane weg war. Dann machte ich mich ans Werk.

»Was wird das denn?« Odile stemmte die Arme in die Seiten, was sie mehr denn je aussehen ließ wie ein menschlicher Kegel.

Ich hatte sämtliche Bücher der philosophischen Abteilung aus den Regalen gezogen, etwa siebzig oder achtzig, im Halbkreis vor mir auf den Boden gestapelt und kniete davor.

»Jetzt fangen Sie auch schon an wie Alexandre! Aber ich räume das nicht weg!«

»Odile«, sagte ich aufgeregt. »Helfen Sie mir: Ich vermute, dass die Gräfin etwas in diesen Büchern versteckt hat, etwas, das Stéphane jetzt helfen könnte.«

»Etwas von Wert? Ach was, da hat Alexandre auch schon gesucht. Ich hab ihn hier erwischt, wie er die älteren Bücher Band für Band rausgezerrt hat. Da saß er mit seinem Laptop und hat nachgeschaut, ob sie sich verkaufen lassen. Aber er hat mir selbst gesagt, dass es sich nicht lohnt. Es sind entweder keine Erstausgaben oder sie sind zerschlissen und von Kommentaren entwertet. Ein paar tausend Euro – mehr würde das nicht bringen.«

»Daran denke ich nicht.« Ich schlug zwei der Bände auf und zeigte ihr die Inschrift.

Je reviens – ich komme wieder. »Ja, das hat sie immer wieder geschrieben. Ich weiß. Das kenne ich schon.«

Die Katze kam hereingeschlendert, sprang auf einen der Sessel, rollte sich dort zusammen und beobachtete uns durch zusammengekniffene Augen.

Ich erzählte Odile von meinem Traum.

»Das wäre ja sehr schön, aber ich sage Ihnen doch: In den Büchern ist nichts versteckt. Alex hat geschaut, Stéphane hat geschaut, ich habe geguckt: Außer alten Fotos und Anmerkungen ist da nichts. Was glauben Sie denn?« Sie lachte spöttisch auf. »Denken Sie, Sie finden die Koordinaten der Schatzinsel? Oder einen Geheimcode?«

Ich schlug das dünne Bändchen über Rabbi Lurja auf und zeigte ihr den handschriftlichen Eintrag, vorn: *Je reviens!* Ich komme wieder.

»Ja und?«

Ich blätterte und hielt ihr die Seiten aufgeschlagen hin. Die 3 war mit schwarzer Tinte eingekreist. »Keine Zahlen? Nicht in einem einzigen Buch, keine fertige Zahlenreihe, aber Zahlen – die gibt es schon. Und sehen Sie: Auf dieser Seite hat sie sonst nichts unterstrichen. Viele Stellen im Buch sind markiert, nur auf dieser Seite war nichts von besonderem Interesse. Warum die Zahl also hervorheben?«

In Odiles Augen glomm Verstehen auf. »Was soll ich tun?«

»Hier, setzen Sie sich in den Sessel.« Ich stapelte Bücher neben ihr auf das Lesetischchen, »und schauen Sie, ob Sie Bücher finden, in denen Seitenzahlen eingekreist oder handschriftlich eingetragen sind. Nach meiner Theorie können es nur die Seiten eins bis neun sein, aber lassen Sie uns jeden Irrtum ausschließen.«

Für die nächsten beiden Stunden war nichts mehr zu hören, außer dem Rascheln alter Buchseiten. Meine Fingerkuppen färbten sich schmutziggrau. Staub kitzelte in meiner Nase.

»Hier ist eins!« rief Odile. Und nach einer Weile enttäuscht: »Nein, doch nicht. Der Spruch steht auf der dritten Seite, aber es ist keine Zahl angestrichen.«

»Sicher?«

»Absolut sicher. Ich habe es drei Mal Seite für Seite durchgeblättert. Nichts.«

Dafür hatte ich Bücher gefunden, in denen der Spruch nicht stand, aber mehrere Seitenzahlen angestrichen waren. Sie führte uns an der Nase herum. »Ich nehme an, ihr System sollte nicht leicht zu durchschauen sein.«

»Sie kannte ihren Sohn«, sagte Odile. »Porsche, maßgeschneiderte Anzüge, teure Frauen …«

Odile warf ein weiteres Buch auf den Erledigt-Haufen. Sie stand auf und massierte sich das Kreuz. »Also ich weiß nicht. Was, wenn die anderen Bücher auch Zahlen enthalten. Sie hat schließlich überall reingekritzelt!« Sie kicherte. »Ich weiß noch, es war einmal ein Büchersammler hier. Der hat sich furchtbar aufgeregt wegen der Eselsohren und dem Hineinschreiben. Aber sie hat gesagt: Es sind meine Bücher, und ich kann damit machen, was mir passt.«

Das konnte ich mir gut vorstellen.

»Ich mache uns einen Kaffee.«

»Ich komme mit.« Ich stand auf und klopfte mir die Knie ab. Bisher hatten wir zwölf Bücher gefunden, in denen Seitenzahlen angestrichen waren, aber der Spruch vorn nicht drinstand, fünf, in denen er stand, aber keine Zahlen markiert waren, und vier, in denen beides vorhanden war. Wir hatten jede Sorte auf einen Stapel gelegt.

Ein wenig entmutigt schlürfte ich eine Viertelstunde später meinen Kaffee und zündete mir eine Zigarette an. »Vielleicht habe ich mich geirrt. Gut dass ich vor Stéphane nicht gleich damit rausgeplatzt bin. Noch eine Enttäuschung würde er nicht verkraften.«

Odile beachtete die Zigarette nicht. »Also, ich glaube an Träume, das wissen Sie ja.« Die Zigarettenasche drohte auf den Küchentisch zu rieseln. Sie stellte mir eine Untertasse hin. »Ich bin ganz sicher, dass wir etwas finden werden. Madame hat Sie träumen lassen und Ihnen die Botschaft geschickt.«

»Hm.« Ich schnippte die Asche auf der Untertasse ab. »Warum ausgerechnet mir? Warum nicht Ihnen, warum nicht Stéphane?«

»Stéphane glaubt nicht an Seelenwanderung. Und ich – vielleicht wollte sie mich nicht in Versuchung führen. Ich hätte Madame niemals betrogen! Aber gut. Und Sie haben in dem Zimmer von Madame geschlafen. Sie haben nachts ihr Parfum aufgelegt.« Sie grinste schlau. »Ein starker Reiz! Ich nehme an, das hat Madames Erinnerungen geweckt.«

»Meinen Sie? Bislang habe ich bloß so Katzenzeug geträumt, vermischt mit meinen eigenen Fantasien.« Außer der Sache mit dem alten Grafen. Außer der Sache mit dem Kissen.

»Aber es ist doch ganz klar: Gerade jetzt, wo Stéphane so dringend Hilfe braucht, hat sie sich an ihr Geheimnis erinnert.«

»Schön. Aber was, wenn die ganze Bibliothek in dieses Rätsel einbezogen ist? Das schaffen wir nie!«

Odile schlürfte ihre Tasse aus, stand auf und zupfte mich am Ärmel. »Nein, das glaube ich nicht. Sie haben von der philosophischen Abteilung geträumt. Also ist es dort, was immer Sie suchen. Was suchen Sie überhaupt?«

»Ein Nummernkonto.«

23.

»Wie viele Nummern hat so ein Bankkonto überhaupt?«

»Keine Ahnung. Das kann ganz unterschiedlich sein, je nach Bank, Anzahl der Konten und dem Zeitpunkt, zu dem das Konto angelegt wurde.« Ich hatte im Internet recherchiert, aber keine genauen Angaben gefunden. Anrufe bei zwei Banken hatten auch nichts ergeben: »Tut uns sehr leid, Madame.« In spitzem Ton: »Wir können Ihnen keine Auskunft geben.« Meine Güte, was die sich anstellten. Ich wollte ja keine konkreten Konten wissen, nur die Anzahl der Nummern.

Stéphane stand vor unseren Bücherhäufchen und kratzte sich den Kopf. »Verrückt!«

»Wir haben acht Bücher gefunden, in denen alles passt. Acht Zahlen«, sagte ich.

Er bückte sich, griff sich zwei Bände und blätterte darin. »Hier ist es die Drei, hier ist es die Neun ... In welche Reihenfolge gehören die denn?«

»Das wissen wir noch nicht«, sagte Odile.

»Du hast lediglich sechzehn Millionen siebenhundertsiebenundsiebzigtausend zweihundertsechzehn Möglichkeiten, die acht Zahlen zu kombinieren.« Ich grinste.

Stéphane stöhnte auf.

Natürlich hatte ich mir den Spaß gemacht, das zu googeln. Und natürlich hatte ich schon eine Idee, eine ganz einfache: »Mir ist gleich am Anfang aufgefallen, dass alle Bücher hier nach Sachgebieten und alphabetisch geordnet sind. Nur die philosophischen Werke stehen kreuz und quer durcheinander.«

»Weil Madame sie so oft gelesen hat, und oft mehrere nebeneinander zum Vergleich«, vermutete Odile.

»Vielleicht. Vielleicht wollte sie es euch aber auch nur etwas schwerer machen.«

»Sechzehn Millionen ...?« Stéphane brach frustriert ab. »Können wir da nicht so einen Computerfritzen engagieren, einen Hacker, oder wie das heißt?«

»Lasst es uns mit dem Alphabet versuchen.« Nach meiner Erfahrung sind die einfachen Lösungen die besten. Und wie würde sich denn ein Wiedergeborener, der kaum wusste, wie er hieß und wer er gewesen war, an eine komplizierte Zahlenreihe erinnern? Nein, es musste etwas sein, auf das man durch einfaches Nachdenken kam.

»Et bèh!« – Warum nicht. Stéphane kniete sich vor unseren Bücherstapel und sortierte laut: Blavatzky, Helena; Bruno, Giordano; Helmont, van, Franciscus Mercurius; Kardec, Allan; Platon, Schopenhauer, Arthur; Steiner, Rudolf ... und was heißt das?« Ratlos hielt er einen Lederband mit hebräischen Buchstaben hoch.

»Isaak Lurja – L!«

Er sah mich an, als wäre ich ein Wundertier.

»Steht drin auf französisch.«

Er lachte. »Du fingst an, mir unheimlich zu werden. Bon. Dann gehört es dazwischen.«

Odile hatte bereits Stift und Zettel in der Hand. »Sag an!«

»Was?«

»Die Nummern, die Zahlen natürlich!«

»5-1-1-2-3-4-7-9«

Odile starrte auf den Zettel in ihrer Hand und schüttelte zweifelnd den Kopf. »Und woher sollen wir wissen, dass das wirklich die richtige Reihenfolge ist? Ich meine, du kannst nicht einfach bei Banken anrufen und ihnen irgendeine Nummer nennen. Die legen doch sofort auf.«

»Gib mir mal den Zettel«, sagte ich. »Es muss eine Möglichkeit geben, die Reihenfolge zu überprüfen. Wenn ich richtig liege, sind das alles Zahlen, die eine Bedeutung in der Kabbala haben.«

Ich ging an den größeren Bücherstapel, kniete mich davor und zog ein Buch über die Kabbala heraus. »Geschichte ... Zohar ... lurianische Kabbala ... hermetische Kabbala ... da: Zahlensymbolik: *5, eine zentrale Zahl, der Name Abram: 1 – Aleph. 1 bis 4 – das Verhältnis Gottes zur Welt. 7 – die Tage der Schöpfung. 9 – Die Engelhierarchie.*« Ich klappte das Buch wieder zu. »Bitte sehr. Ich denke, du kannst es mit dieser Reihenfolge versuchen. Wir haben sie doppelt geprüft. Das muss einfach richtig sein.«

Stéphane stand auf. Ich drückte ihm den Zettel in die Hand. Er blieb stehen, betrachtete die Zahlen und wuselte in seinem Haar herum.

»Ruf an! Ich platze vor Neugier!«, rief Odile.

»Wo soll er denn anrufen?«, raunte ich ihr zu.

»Lombard & Odier natürlich, die älteste Privatbank in der Schweiz. Die Familie d'Armand ist dort Kunde seit Ende des achtzehnten Jahrhunderts«, flüsterte Odile zurück.

Stéphane zupfte an seiner Unterlippe. »Aber Tantchen hat doch gesagt, sie hätte ihr Konto dort aufgelöst.«

»Du wirst es nie erfahren, wenn du nicht endlich anrufst!«

Stéphane bewegte sich nicht. »Ich glaube ja nicht, dass sie einem so was am Telefon verraten.«

»Kschscht!« Odile gab ihm einen Stoß in den Rücken. »Los jetzt!«

»Mach schon«, sagte ich. »Was soll passieren? Schlimmstenfalls bist du anschließend genauso weit wie jetzt. Bestenfalls ...«

Endlich setzte er sich in Bewegung durch den langen Flur in sein Arbeitszimmer. Odile folgte ihm wie an der Schnur gezogen. Es war zwar indiskret, aber ich ging hinterher. Wir standen an der Tür, als Stéphane den Hörer nahm und die Nummer eingab. Mein Mund war trocken.

»Oui, Stéphane Estéban da Silva-Armand. Ich brauche bitte eine Kontoauskunft.«

Pause. Er wurde weiterverbunden.

»Estéban da Silva-Armand. Ich brauche eine Kontoauskunft, bitte.«

...

»Ja sicher, ich erinnere mich, Monsieur. Nein, meine Tante ist leider letzten Winter verstorben.«

...

»Es ist, ehrlich gesagt, nur eine Vermutung. Wir haben eine Zahlenkombination gefunden ... Ja ... Könnten Sie uns mitteilen, ob ein Konto mit dieser Nummer bei Ihrer Bank existiert?«

...

»5-1-1-2-3-4-7-9«

...

»Ja genau: 5-1-1-2-3-4-7-9«

Ich bekam Atemnot, und mir fiel auf, dass ich seit gefühlten fünf Minuten nicht mehr Luft geholt hatte. Ich atmete ein. Und aus. Und ein. Und aus. Musste der erst in den Keller laufen, um eine Kontonummer zu verifizieren? Die Bank existierte zwar schon seit siebzehnhundert-Knopf, aber sicher hatten die doch inzwischen auch Computer.

...

Stéphane zuckte zusammen. »Ja? Ja, tatsächlich?« Er drehte sich zu uns um und reckte die Faust in die Höhe. »Das ist ja wunderbar. Und wie gehe ich jetzt weiter vor?«

...

»Aha.«

...

»Aha.«

...

»D'accord. – Einverstanden.«

…

»Gut. Bis bald dann, vielen Dank, Monsieur!«

Stéphane beendete das Gespräch und stellte den Apparat in die Ladestation. Einen Augenblick lang blieb er so sitzen und sah mit glasigen Augen ins Nichts. Dann stand er auf stürmte er auf uns zu, packte Odile und mich an den Händen und zerrte uns in einen wilden Ringelreihen. »Es existiert! Es existiert! Das Konto existiert! Waaahou!«

Er blieb stehen. »Es existiert, und es gehört meiner Tante. Wie viel drauf ist, hat er nicht gesagt. Aber ich soll nach Genf kommen mit den Papieren Ausweis, Sterbeurkunde, Erbschaftsurkunde – und dann … Odile: Mach eine Flasche Champagner auf!«

»Aber wir haben nur noch drei Flaschen von dem Dom Perignon von Madame – von 1930. Der ist sehr kostbar.«

»Egal! Der wird jetzt geköpft!«

»Monsieur! Vierhundert Euro die Flasche …«

»Her damit!«

»Aber Stéphane, was, wenn es gar nicht viel ist? Und ist nicht Alexandre auch mit von der Partie?«

Das ernüchterte Stéphane für einen Augenblick. »Ja, Alexandre. Er wird mitkommen müssen. Wir sind beide Erben.«

»Wie kann er erben, nach dem, was er getan hat?«, fragte ich leise.

Odile nickte.

»Darüber will ich jetzt nicht nachdenken. Und selbst wenn es ein schöner Traum ist, meine Hühnchen, lasst uns ihn auskosten, solange es dauert!«

Odile lief nach unten. Wir hörten sie Piaf trällern: *»Padam! Padamm!«*

Padamm – in der Tat!

»Marleen – Leen«, wandte Stéphane sich an mich, »Hättest du etwas dagegen, wenn ich Lucile anrufe?«

»Warum sollte ich etwas dagegen haben?«

Er wurde so nett und jungenhaft verlegen, dass ich ihm einfach einen Kuss geben musste. Er wurde ziemlich lang, der Kuss. Ein Kuss ohne sexuelle Färbung, einfach so, aus Freude und Freundschaft. So etwas hatte ich bis dahin noch nie erlebt. Wir strahlten uns an.

»Weil wir miteinander geschlafen haben? Es war schön, Stéphane. Es hat mir sehr viel bedeutet. Aber es verpflichtet weder dich noch mich, verstehst du? Das ist ja das Schöne daran.« Ich muss sagen, ich war schon ziemlich überrascht, das von mir zu hören. Wo war die ängstliche, konservative Marleen geblieben?

Kurz darauf saßen wir zu viert in dem alten Speisezimmer mit dem ramponierten Charme. Kerzen brannten auf allen verfügbaren Flächen. Odile hatte aufgetischt, was der Keller zu bieten hatte: alten Wein, Gänsestopfleber, luftgetrockneten Schinken, salzige Butter, Zwiebelmarmelade, Oliven, in Essig eingelegte Kirschen, dazu rundes Landbrot. Und Dom Perignon 1930 in einem silbernen Eisbehälter.

Lucile hatte einen Pompe à l'huile aufgetrieben, einen traditionellen Festkuchen mit Olivenöl statt Butter. Aus ihrem mitgebrachten Gettoblaster dröhnte »Kön-triiie«. Madame hätte das sicher nicht goutiert. Miou schlabberte Sahne aus einem Untersetzer und rollte sich anschließend auf dem antiken Teppich.

»Weißt du noch, als ich das letzte Mal hier saß«, fragte Lucile ein klein wenig boshaft.

»Das wirst du mich wohl nie vergessen lassen«, sagte Stéphane.

»Niemals!«

Die beiden sahen sich lange an. Ich sah Odile an. Odile zwinkerte mir zu. Es war Zeit abzureisen.

Am nächsten Morgen, als ich beim Packen war, schnarrte mein Smartphone auf dem Nachttisch. Ich hatte es auf stumm geschaltet.

»Warum meldest du dich nicht? Ist was passiert? Seit Tagen versuche ich dich zu erreichen!« Aenne.

»Hallo Aenne, dir auch einen schönen Tag! Moment ...« Ich ließ den Apparat in meine Jackentasche rutschen und steckte mir die Kopfhörer in die Ohren.

»Na, wenigstens hörst du dich wieder vernünftig an! Wann kommst du endlich wieder?«

Ich faltete den Batikfummel zusammen. Odile hatte darauf bestanden, meine gesamte Wäsche zu waschen und zu bügeln: »Ist doch angenehmer so. Zu Hause kann sie dann gleich in den Schrank. Und man hat nach der langen Reise nicht gleich das Theater.«

»Bin grad am Packen.«

»Na, dann ist es ja gut. Ich dachte schon: Jetzt heiratet sie diesen Grafen.« Aenne lachte, als sei das ein total absurder Gedanke. Warum eigentlich? Traute sie mir das nicht zu? Brigitte Macron ist vierundzwanzig Jahre älter als ihr Mann.

»Ja weißt du, das haben wir auch vor. Ich komm nur noch mal nach Hause, um alles abzuwickeln.«

Eine lange Pause, dann: »Waaas?!!«

Ich kicherte. »Keine Sorge, beruhige dich. Ich komme nach Hause. Punkt.«

»Pfffff! Na ja, ich meine ja nur – es wäre doch etwas überraschend gewesen, und ... also der Altersunterschied – so was macht ja heutzutage nichts mehr aus, und überhaupt ... nicht dass du denkst ...«

»Is ja gut, Aenne. Nein, wirklich: Alles gut. Ich trödel jetzt langsam nach Hause.«

Ich hatte vor, in Grenoble Station zu machen und wieder zu diesem fabelhaften Friseur zu gehen. Dann würde ich ein paar Tage in Baden-Württemberg bleiben und lange Gespräche mit Papa und Fredi führen.

»Und dann? Hast du schon eine Idee, wie es weitergeht? Der Verlag hat übrigens deine Geschichte akzeptiert. Ich überweis dir das Geld dieser Tage.«

Die Reisetasche war voll, übervoll. Ich würde mich draufsetzen müssen, um sie zuzukriegen. Und dann hatte ich noch mehrere dieser Strohtaschen kaufen müssen, um die paar kleinen Geschenke zu transportieren. Wieso schrumpfen die Koffer immer während der Reise?

»Großartig, ach, ich freu mich so! Und weißt du was, ich habe ein paar Buchverlage angefragt und kann bei zweien als Korrektorin anfangen – online. Ist zwar nicht toll bezahlt, aber es wird reichen.«

»Na bitte. Sag ich doch: Du kannst was. Und wenn man ein bisschen flexibel ist, findet man auch was. Und das Haus? Hast du dich mit Leander einigen können?«

»Gott, na ja, einigen ... Wir werden einen Makler beauftragen. Weißt du, was Leander gesagt hat?«

»Und?«

Ich wuchtete die Reisetasche vom Bett und setzte mich. »Er hat gesagt, und jetzt halt dich fest, ich zitiere: Das ist ja dann auch besser für dich. Dann tun dir die Erinnerungen nicht so weh.«

»Nein!!!«

»Doch. Er hat eine hohe Meinung von sich, aber das wussten wir ja schon.«

»Der Arsch! Und was hast du ihm geantwortet?«

»Ach weißt du, es gibt ja auch gute Erinnerungen.«

»Das war ja sehr gemäßigt von dir. Ich hätt ihm den Marsch geblasen!«

»Ja, du, Aenne. Aber ich bin die Zankerei leid. Und mit seinem aufgeblasenen Ego muss jetzt die andere fertig werden. – Elana.« Da! Ich hatte ihren Namen gesagt.

»Weißt du«, sagte Aenne jetzt nachdenklich. »Manchmal wünschte ich mir, ich wäre mehr wie du.«

Bitte? Ich musste mich verhört haben.

»Doch, doch. Früher habe ich immer gedacht, du bist windelweich, weil du immer nachgibst. Du lässt dir zu viel gefallen. Aber inzwischen habe ich kapiert, dass du langfristig sehr wohl deinen Willen durchsetzt – da wo es wichtig ist. Du bist so viel ruhiger und diplomatischer als ich. Und ersparst dir eine Menge Magenschmerzen damit.«

»Stimmt.« Ja genau. »Harmonie ist mir eben oft wichtiger, als recht zu haben.«

»Jedenfalls«, Aenne setzte wieder ihre energische Stimmlage ein, um die Rührung zu überspielen, »jedenfalls finde ich es gut, dass du da die Zelte abbrichst. Ich freu mich auf dich! Ruf gleich an, wenn du da bist, okay?«

»Mach ich, tschüss.«

»Tschüss, Süße!«

Stéphane klopfte an der offen stehenden Tür. »Fertig?«

»Gleich, komm rein.«

Er musste sich bücken, um durch den Türrahmen zu passen. Da stand er: Schlank und schlaksig, so wie ich Männer mag, das braune Haar verwuschelt, die geklebte Brille auf der Nase. Seine italienischen Augen blickten warm und ein bisschen zweifelnd. »Willst du nicht doch hierbleiben – bei mir?«

Ich wusste, dass Lucile im Schloss übernachtet hatte, aber nicht bei ihm. Er war nicht Alexandre. »Nein«, antwortete ich, während ich mit Unterwäsche und Socken die hohlen Ecken meiner Reisetasche ausstopfte. »Ich gehöre nicht hierher. Es ist wunderbar hier, so ... befreiend. Und ich mag dich gern. Aber es ist Zeit für mich. Ich möchte nach Hause. Ordnung schaffen.« Ich meinte nicht mein Haus damit. Ich ging zu ihm und setze mich neben ihm aufs Bett. Wir berührten einander nicht, sahen in den provenzalischen Himmel hinaus, ein helles, warmes Blau mit Rosa-Anteilen, wie durchscheinender Lapislazuli.

»Glaubst du an diese Sache mit der Seelenwanderung?«, fragte er unvermittelt.

»Ja – schon irgendwie, aber nicht so wie deine Mutter. Ich bin fest davon überzeugt, dass die Seele unsterblich ist, ein Teil eines großen Ganzen. Nenn es Gott, nenn es Lebensenergie. Und ich meine auch, dass die Essenz eines Menschen noch eine Weile daran haftet. Aber ich denke, die individuellen Erinnerungen verlieren sich mit der Zeit.«

»Es bleibt nichts von uns übrig?«

»Doch, unsere Taten.«

Ich spürte, dass er mich von der Seite ansah. »Da bleibt dann nicht unbedingt nur Gutes. All die Fehler, all die kleinen und großen Gemeinheiten.« Er blickte wieder aus dem Fenster, atmete tief ein, ein Stoßseufzer. »Wäre es nicht schön, wenn man die Gelegenheit hätte, noch einmal zu leben und das auszubügeln? Alles besser zu machen, mit jedem neuen Leben besser?«

Ich dachte länger nach, bevor ich antwortete. Wo war eigentlich die Katze? Sie war nicht bei mir gewesen, als ich aufwachte. Ich hatte sie den ganzen Morgen noch nicht gesehen.

»Mein Vater würde sagen: Nein. Er ist Pfarrer, hab ich dir erzählt, oder? Er würde wohl sagen: Gott hat es so eingerichtet, dass wir uns in diesem einen Leben bemühen müssen, es richtig zu machen. Wir können nichts auf das nächste Leben verschieben. Es gibt keine Ausrede, das Gute nicht jetzt zu tun.«

Er lachte leise, überrascht: »So habe ich das noch nie gesehen. Und wenn es zu spät ist?«

»Es ist nie zu spät, solange wir leben. Deine Tante hätte versuchen können, ihr Kind zu lieben. Selbst später hätte sie Alexandre wohl noch zurückgewinnen können. Aber sie wollte unbedingt noch mal ganz von vorn anfangen, sich nicht vom Feind schwängern lassen und damit ihr Leben versauen. Ein Kind haben, das sie lieben konnte. Und so fort ... Ich kann das verstehen. Ich hätte ... Nein, aber das ist eben falsch, genau das ist falsch, siehst du! Hätte, hätte – das heißt, rückwärts zu kämpfen, und das ist völlig vergeudet. Und deshalb will ich jetzt zurück – dahin, wo ich hingehöre – und nach vorn sehen. Und weißt du was: Ich freu mich drauf.« Und ich spürte, dass es stimmte: Ich freute mich drauf, auf mein Leben.

Stéphane legte seine Hand auf meine und drückte sie kurz: »Du bist ziemlich tapfer, meine Leen.«

Ich drückte zurück, ließ seine Hand fallen und stand auf. »Was ist mit Lucile. Du liebst sie doch noch, oder?«

»Ich mag sie sehr. Mehr als ich mir eingestehen wollte. Woher weißt du das?«

»Ich hab doch gesehen, wie blass du um die Nase warst, als es ihr so schlecht ging nach dem Brand.«

»Stimmt. Aber ob sie mich noch will – ich hatte bisher nicht den Eindruck. Sie hat nie Anstalten gemacht, unsere Beziehung aufleben zu lassen.«

»Na hör mal! Du hast sie im Stich gelassen. Du musst auch wieder den ersten Schritt machen.«

Er starrte auf seine Schuhe und kratzte sich den Zweitagebart. »Aber wenn sie mich zurückweist?«

Was Männer doch manchmal für Feiglinge waren! »Und wenn schon. Was hast du zu verlieren? Willst du auf ein nächstes Leben warten?«

Er lachte verlegen.

»Denk dran: Was wir tun wollen, müssen wir jetzt und hier tun – davon bin ich fest überzeugt. Auf jeden Fall wirst du es bis an dein Ende bereuen, wenn du es mit Lucile nicht noch mal versuchst. Sie auch. Und jetzt komm!«

Ich ergriff die Strohtasche mit den Geschenken und verließ das Zimmer, in dem ich so merkwürdige Dinge erlebt hatte. Stéphane trabte brav mit meiner Reisetasche hinterher. Und siehe da, als wir in den Hof kamen, saß die Katze oben auf dem Dach meines Wagens. Als hätte sie es geahnt.

Odile drückte mir ein Lunchpaket in die Hand. »Sie müssen mehr essen«, befahl sie mir.

»Jawoll!«, sagte ich und salutierte.

Ich verstaute das Gepäck im Kofferraum und öffnete die Tür. Miou blickte mich unverwandt an.

»Willst du mit?«, fragte ich und hielt ihr den Wagenschlag auf.

Mit einem geschmeidigen Satz sprang sie vom Wagendach herunter, ging zu Stéphane und strich ihm um die Beine.

Im Rückspiegel sah ich, wie er sich bückte und sie streichelte.

24.

Eine flimmernde Dunstglocke hing über Grenoble. Dabei war es erst Mai. Wie sollte das nur im Sommer werden. Ich parkte mein Auto in der Tiefgarage und meldete mich an der Rezeption, in einem altmodischen Raum voller dunklem Holz, Gold und Plüsch.

»Titi!« Der Empfangschef rief einen Jungen herbei. »Das Gepäck von Madame!«

»Ach, das kann ich doch allein«, begann ich, bis mir einfiel, dass der Junge wahrscheinlich auf das Trinkgeld angewiesen war. Ich fühle mich immer komisch, wenn Leute mich bedienen. Wenn ich länger in einem Hotel bleibe, mache ich sogar das Bett. »Mensch, lass das doch«, hatte Leander immer geknurrt. »Benimm dich nicht so prollig.«

Der Junge schnappte meine Reisetasche und flitzte die Treppe hoch. Ich bestieg den winzigen Fahrstuhl. Es dauerte eine halbe Ewigkeit, ehe sich das verschnörkelte Eisengitter schloss und die Kabine sich rumpelnd und ächzend in den dritten Stock bewegte. Ich nutzte die Zeit, um einen Euro aus meinem Portemonnaie zu fischen. Oben wartete der kleine Bagagist schon auf mich, schloss mir das Zimmer auf und nahm mit einem charmant-frechen Grinsen seinen Lohn in Empfang. Wie üblich entsprach das Zimmerchen in keiner Weise der pompösen Aufmachung der Eingangshalle. Ich warf meine Tasche auf die Kofferablage, ging auf die Toilette, zog den Lippenstift nach und war schon wieder weg.

Als ich auf die Straße trat, fing mein T-Shirt gleich an zu kleben. Auf der schattigen Seite ging ich zu demselben Friseur, bei dem ich auf der Hinfahrt gelandet war, Chez Antoine. Nur dass ich mich diesmal angemeldet hatte.

»Bonjour, Madame«, begrüßte mich derselbe magere Blondling wie letztes Mal. »Sie haben aber eine schöne Bräune bekommen. Sie sehen sehr gut aus!« Erinnerte er sich tatsächlich an mich, das konnte ich kaum glauben. Doch er beherrschte die Kunst, seinen Kundinnen sofort ein Wohlgefühl zu vermitteln, das Gefühl, dass hier alle auf meiner Seite waren. Ich nahm in dem riesigen, weichen Ledersessel Platz. Ein Blick in den Spiegel: Das Blond war schon wieder ein Stückchen herausgewachsen. Die Haare waren zu lang und lagen platt an der Kopfhaut.

Ungefragt brachte Antoine mir ein Glas Champagner. Während ich daran nippte, wuselte er mir von hinten durch das Haar. »Schneiden und Ansätze blondieren?«

Ich überlegte kurz. »Ich weiß nicht. Vielleicht sollte ich das Braun wieder rauswachsen lassen?«

»Eine gute Idee.« Er beugte sich über mich und betrachtete eingehend die Farbe des Ansatzes. »Sie haben einen schönen, warmen Braunton. Die natürliche Haarfarbe passt meist am besten zum Typ.«

»Ist das Braun nicht zu mausig?«, fragte ich.

Er lachte: »Was haben Sie gegen Mäuse, Madame? Das sind doch hübsche Tiere, zierlich, fein. Aber wenn ich Ihnen raten darf: Lassen Sie das Blond nicht einfach rauswachsen. Ich könnte Ihnen das Haar in Ihrem eigenen Ton färben. So sieht es gleich gut aus – keine 'ässlische Übergangszeit. Das Leben ist zu kurz, um nicht in jedem Augenblick nach Schönheit zu streben, finden Sie nicht?«

Ein philosophischer Figaro. Aber er hatte ja recht. Viel zu lange hatte ich mich mit Kompromissen und Verzicht zufriedengegeben.

»Gut. Einverstanden. Machen Sie mich schön!« Ich nahm einen Schluck Kribbelwasser, und wir gingen zum Waschbecken. Ich lehnte mich zurück, schloss die Augen und genoss die Massage seiner kräftigen Finger.

»Sie könnten in Zukunft eine Tönungswäsche benutzen, etwas mit Lorbeer oder Walnuss«, meinte Antoine taktvoll. »Das bringt mehr Ausdruck hinein.«

Als alles fertig war, drehte ich den Kopf vor dem Spiegel. Antoine hielt den Handspiegel so, dass das eingefangene Sonnenlicht rote Reflexe in meinen Kopfpelz zauberte. Eine Haselmaus, dachte ich. Ich bin eine feine, zierliche Haselmaus.

Mit einem zufriedenen Lächeln verließ ich das Geschäft. Ich besuchte das Haus von Stendhal mit seinen leuchtend farbigen Wänden, und das Musée Dauphinois, das dem Leben, den Sitten und Gebräuchen der lokalen Bevölkerung gewidmet ist. Na schön, dachte ich, Folklore interessiert mich ja nicht allzu sehr. Es war das Museum selbst, das mir Freude bereitete. Es ist in einem Frauenkloster eingerichtet worden, mit der gesamten Pracht der Gegenreformation. Schließlich sollten die Leute zurückgewonnen werden. Viel hatte die Reformation in diesem bergigen, isolierten Landstrich ohnehin nicht bewegen können.

Lange stand ich vor dem Schwarz-Weiß-Foto einer Bergbäuerin, die zum Zeitpunkt der Aufnahme vermutlich jünger gewesen war als ich, jedoch aussah wie eine Achtzigjährige. Schlendernd betrachtete ich Töpferwaren, Spitzenhäubchen und hölzernes Gerät, das unwahrscheinlich schwer aussah. Ich aß eine Quiche in der Cafeteria, nahm mein Bier mit hinaus in den Klostergarten und verträumte dort die heißen Stunden. Am Abend ging ich in eine Pizzeria unweit vom Hotel. Ich hatte keine Lust auf ein steifes, französisches Restaurant. Der Eingangsraum war leer. Das war mir nur recht.

Ich hatte auf einen ruhigen Abend gehofft, aber im Nebenraum war es laut und wurde immer lauter. »Scusi, Signora«, murmelte der Kellner, »eine Hochzeit.« Ach ja. Eine junge Frau, die Braut, sah mich auf dem Rückweg von der Toilette allein an meinem Tisch sitzen und blieb stehen: »Sie sind ganz allein, Signora? Aber das geht doch nicht. Das geht gar nicht! Bitte kommen Sie, trinken Sie ein Glas mit uns!« Und sie war davon nicht abzubringen, sodass ich schließlich an der langen Tafel auf einem hastig freigemachten Stuhl zwischen zwei Jugendlichen Platz nahm. Ich bekam von der Hochzeitstorte vorgesetzt und dazu ein Glas Prosecco. Der Bräutigam kam und forderte mich zum Tanzen auf. »Wünschen Sie uns Glück«, flüsterte er mir ins Ohr.

»Si, si, das tue ich«, flüsterte ich zurück. »Alles Glück der Welt! Und ich gebe Ihnen noch einen guten Rat«, sagte ich, als ich mich wenig später vom Brautpaar verabschiedete, »Ihnen beiden. Passen Sie auf: Vergessen Sie nie, was Sie heute aneinander geliebt haben. Niemals. Auch in fünfzig Jahren nicht. Dann werden Sie glücklich sein und es auch bleiben.«

Der nächste Tag fühlte sich ganz unwirklich an. Ich fuhr inzwischen völlig unbekümmert und ohne nachzudenken. Die Schweiz mit ihren Seen und fernen Bergen glitt an mir vorüber. Es kam mir vor, als ob sich das fremde Leben, das ich für ein paar Wochen geführt hatte, hinter mir zusammenrollte wie ein Bogen Geschenkpapier. Was vor mir lag, wirkte grau und eng. Würde ich wieder zusammenschrumpfen und die alte, ängstliche Marleen werden? Das liegt an dir, ermahnte ich mich. Du bist frei – mach was draus. Doch auf der ganzen Fahrt verfolgte mich diese eigenartig gedrückte Stimmung.

Die Weinterrassen am Kaiserstuhl ergossen sich die Hänge hinab. Alles war sattgrün und mild, keine Felsen zu sehen. Obstbäume am Straßenrand. Auf den Feldern war die Erdbeerernte in vollem Gang. Ein Land voll Überfluss. Es war später Nachmittag, als ich auf dem Hof meines Schwagers ankam. Papa saß auf der Bank vor dem Haus.

Er stand auf – mir schien: ein wenig langsamer als vorher. »Lenchen, da bist du ja wieder. Gesund und wohlbehalten!« Wir umarmten uns. Unter dem Stoff seines Hemdes konnte ich seine Wirbelsäule erspüren.

Meine Schwester kam heraus und wischte sich die Hände an der Küchenschürze ab. Sie hatte grüne Fingerspitzen und roch intensiv nach Knoblauch, als sie mich umarmte.

»Du machst wohl Bärlauchpesto?«, fragte ich hoffnungsvoll. Eine Kindheitserinnerung.

»Ja genau. Hüt obend gits frische Nudle. Hoff, du häsch, ordentlich Appetit mitgebracht!«

»Und ob!« Und es stimmte tatsächlich.

Ich brachte mein Gepäck nach oben in meine übliche Kemenate, stieg wieder nach unten und steckte den Kopf durch die Küchentür. Die Tischplatte war bemehlt, genau wie das letzte Mal. Ein Klumpen Teig ruhte unter einem karierten Geschirrtuch in der Mitte. Fredi stand am Herd und füllte kochendheiße grüne Pampe in Marmeladengläser ab.

»Kann ich dir helfen?«

»Nei, setzt di und erzähl halt. Wie wars? Wie fühlscht du dich?«

»Gut. Besser. Es war richtig, dass ich das gemacht habe. Jetzt hab ich wieder viel mehr Selbstvertrauen. Vorher habe ich nur noch Angst gehabt, vor einfach allem, habe mich gelähmt gefühlt wie ein hypnotisiertes Karnickel.«

»Des hab i gmerkt.«

»Vivien geht es gut«, setzte ich entschuldigend hinzu. »Sie wartet nur noch, bis ich nach Hause komme, um sich zu verabschieden. Dann geht's ab nach ... Barcelona. Da ist sie ja nicht allein«, setzte ich hastig hinzu. »Ich werd' ihr noch mal einschärfen, dass sie vorsichtig sein soll, keine Getränke rumstehen lassen und ...«

»Leni, du brausch dich nicht zu rechtfertigen. S'isch alles gued. Ich weiß, dass du ä guede Mutter bisch«, sagte Fredi über die Schulter. »Alles in Ordnung. Wir hen ä baarmol mit ihr telefoniert mit dä Leonie, weisch …«

Aha. So ganz hatte sie meinen Mutterqualitäten doch nicht getraut. Sie füllte die letzten Gläser und spülte den Topf aus. »Kaffee?«

»Du weißt, was ich mag.«

»Weiß ich.« Sie holte Kaffeeschalen aus dem Schrank und stellte ein großes Stück Erdbeertorte vor mich hin.

»Hmmm, großartig! Aber bitte keine Sch…«

»Pfffffkrrrrrrsch!«, hatte ich ein Sahne-Matterhorn obendrauf. Ergeben schob ich eine Gabel Kuchen in den Mund. Kuchen – das ist etwas, das die Südländer nicht so gut können, finde ich. Gegen eine echte deutsche Kaffeetafel kommen die mit ihren kleinen Tarte-Fürzchen nicht an. Ha!

Papa gesellte sich zu uns. Wir redeten eine Weile über meine Abenteuer, ich holte meinem Laptop herunter und zeigte Fotos. Alles wäre friedlich geblieben, wenn Frédérique nicht Laura erwähnt hätte.

»Laura lässt dich übrigens grüße. Sie hät än neue Dschob.«

»Schon wieder?«

»Sie hat eine Ausbildung zur Tierkommunikatorin gemacht«, berichtete Papa grinsend, der dazugekommen war. »Sie trainiert die Herrchen und Frauchen dazu, die Tiere besser zu verstehen, damit die ihnen nicht in die Stube pinkeln und aus Frustration die Möbel zerkratzen.«

»So ein Quatsch«, brummte ich.

»Bringt aber ordentlich was ei, scheint's«, Frédérique strahlte mit Mutterstolz.

»Trotzdem Quatsch! Tierkommunikatorin, was kommt als Nächstes?«

Papa legte mir besänftigend die Hand auf den Arm und warf Fredi einen scharfen Blick zu.

»Die Laura kanns dir nit recht mache.«

»Das stimmt so nicht.«

»Du häsch sie halt nie liide könne«, setzte meine Schwester nach.

Langsam legte ich die Kuchengabel hin. »Eigentlich hast du recht, hab ich nicht. Vielleicht, wenn man sie ein Mal, bloß ein einziges Mal zur Verantwortung gezogen hätte. Aber nein«, brach es aus mir heraus. »Bloß nicht! Dem Prinzesschen durfte ja nie was verwehrt werden. ›Nein‹ gab's nicht für die! Oder ein Mal was auf die Finger. Egal, wie gemein sie war. Der nicht!« Ich musste Luft holen, und Fredi grätschte dazwischen: »Jetzt fang bloß net' wieder a mit derra alten Zuckerg'schicht!«

»Die Zuckergeschichte? Ja, das ist ein gutes Beispiel. Ausgerechnet dieses Stück hat sie fressen müssen. Einfach ausgewickelt, haps, knirsch, weg. Und das Papier zerrissen und zerknüllt.«

Frédérique rollte die Augen. »Aber ...«

»Nichts aber! Sie hat genau gewusst, was das für mich war. Hat mich frech angegrinst dabei. Mach was, wenn du kannst, hä-hä! Und ihr habt danebengestanden, Papa und du, und habt sie noch verteidigt.«

»Sie war doch noch so klei! Und hätt grad ihre Mutter ...«

Ich würde immer wütender. Das war kindisch, ich wusste es genau, aber ich konnte es einfach nicht mehr runterschlucken. »Ich hatte auch grad meine Mutter ...! Und du auch. Aber sie, sie wurde verhätschelt.«

»Du wärsch halt die Ältere. Mir hän halt denkt, du wärsch vernünftig.«

»Ja – zum Einsehen und Nachgeben war ich immer gut genug, aber nicht alt genug, um was zu sagen zu haben – das war ja deine Rolle. Nicht klein genug, um mal in den Arm genommen zu werden. Ich war in der Mitte. Ich war nicht vorhanden!«

Mein Vater rührte stumm in seiner Kaffeetasse. Er musste gar nichts sagen.

Mein Gesicht glühte. Meine Güte, wie kann man sich nur so kindisch aufführen, als Mutter von drei Kindern. Aber verdammich, es hatte gutgetan.

Ich ging zu meiner Schwester und nahm sie in die Arme. »Entschuldige, Fredi, du hast recht, das ist altes Zeug. Ich schätze, ich bin grad heftig am Aufräumen im Kopf, weißt du?«

»Ich han gar it gwüsst, das du so änen Groll häsch.«

»Ja – seltsam! Das war mir selbst nicht bewusst. Und weißt du was? Jetzt da ich es einmal ausgesprochen habe, kommt es mir ganz albern vor.« Ich knuddelte sie. »Vergiss es.«

Fredi räumte den Tisch ab und griff nach dem Nudelholz. »Ich weiss jo, dass d'Laura än Chaot isch, aber sie meint's nit bös. Sie isch halt schpondaan, oft verantwortungslos ... aber schau: Des hat doch au' sein Gutes. Sie nimmts' Läbe nit so schwer, und sie isch immer z'fridde mit dem, was sie hätt.«

»Stimmt«, sagte ich. »Darum hab ich sie immer beneidet. Das ist wahrscheinlich ein Teil von meinem Ärger. Pfui über mich!«

Papa stand auf: »Gehst du mit deinem alten Vater noch ein bisschen Gassi?«

Wir gingen über den Hof einen Hang hoch und bogen in eine dieser alter Lößhohlgassen ein, die im Lauf der Jahrhunderte von Karren, Stiefeln und Hufen tief in die Weinberge eingegraben worden waren. Oben fanden wir eine Bank und setzten uns.

»Entschuldige, dass ich schon wieder mit Fredi gestritten habe«, sagte ich ein wenig beschämt.

»Schon recht«, antwortete mein Vater. »Du siehst es ja selbst ein, was soll ich denn da noch sagen? – Und? Was hast du auf der Reise erlebt? Ich meine nicht die Sehenswürdigkeiten. Davon hast du ja geschrieben. Du siehst gelassener aus, nicht mehr so vergrämt. Aber irgendetwas treibt dich doch um, ich merke es.«

Ich erzählte ihm von Gräfin Estelle. »In der christlichen Religion glaubt man doch nicht daran, heute, meine ich. Im neunzehnten Jahrhundert gab es ja doch einige christliche Philosophen, die eine mehrfache Reinkarnation für wahrscheinlich gehalten haben. Was sagt denn die Bibel dazu?«

Papa holte weit aus; er liebte es, wenn er über die Bibel sprechen durfte. »In der Bibel gibt es ein paar Stellen, die immer wieder angeführt werden, wenn es um Reinkarnation geht: Jesaia 26, Vers 19 oder Weisheit 1, Verse 1 und 16. Manche meinen, dass in Johannes der Täufer der Prophet Elia aus dem Alten Testament körperlich wiedergekommen sei. Und im Gespräch Jesu mit Nikodemus ist von geistlicher Wiedergeburt die Rede. Das kann so ausgelegt werden, dass es eine Auferstehung der Seelen noch vor dem jüngsten Gericht gibt. Aber das ist eine Minderheitenmeinung.«

Ausweichend wie immer. Immerhin: Eine Kirche, die nicht vorgibt, alles zu wissen, ist mir näher als eine, die den Gläubigen vorschreibt, was sie zu denken haben. Aber ich wollte es doch genauer wissen. »Wenn die Seelen von Individuen auferstehen, dann heißt das doch, dass sie nicht aufgelöst werden. Dann bleiben sie nach dem Tod erhalten, so wie sie waren?«

Ein Bienenfresser mit dem Schnabel voller Insekten schwirrte vorbei und verschwand in einem Loch der Lößwand. Und welche Seelen blieben dann wohl erhalten? Nur die von Menschen oder auch die von Säugetieren? Was war mit den Seelen von Katzen, Hunden, Insekten oder Salat?

»Das kann man nicht wissen«, sagte mein Papa, der Pfarrer. »Es ist eine Hoffnung. Nicht mehr und nicht weniger.«

»Jetzt lass doch mal den Pfarrer beiseite und sag mir einfach, was du persönlich als Mensch meinst!«

Er lachte. Eins ist sicher: Diejenigen, die wirklich glauben können, die haben eine erstaunliche Kraft, eine Ruhe und Heiterkeit, die ich immer wieder erstaunlich finde.

»Ich weiß es doch nicht. Ich hoffe ja, dass ich eines Tages eure Mutter wiederfinde, und euch natürlich. Reinkarnationsglauben und Christentum verbindet die Hoffnung, dass nach dem Leben nicht alles aus ist. Aber das Christentum hat eine lineare Weltsicht, Anfang und Ende. Die östlichen Kulturen denken zyklisch. Das passt mit dem Christentum dann nicht mehr zusammen. Für uns ist das Leben einmalig.«

»Und wenn man es verbockt?«

»Ach, Lenchen! Wie oft habe ich dir gesagt: Gott verlangt nicht von uns, dass wir perfekt sind. Er weiß, dass wir es nicht sein können. Deshalb hat er seinen Sohn geschickt, um unsere Schuld auf sich zu nehmen. Von uns verlangt er nur, dass wir uns bemühen. Aber wir dürfen scheitern. Das ist das Schöne und Beruhigende am christlichen Glauben.«

Ich sagte nichts dazu. Ich glaubte nicht so recht, und das tat Papa weh. Für mich war das mit Jesus, der unsere Schuld auf sich nahm, ein Märchen. Übrigens kam das Motiv auch schon in älteren Religionen vor, Wunschdenken meiner Meinung nach. Was bedeutete das für mich? Ich bemühte mich ja wirklich, ein anständiger Mensch zu sein, aber das Ergebnis kam mir nicht so berühmt vor.

Papa hatte sich gebückt und einen Brocken des fruchtbaren Bodens aufgehoben, den er jetzt nachdenklich zerbröselte. »Ich glaube nicht an ein jüngstes Gericht«, fuhr er fort, als hätte er meine Gedanken gelesen, »jedenfalls nicht so streng, wie die katholischen Kollegen es darstellen. Schließlich sind die unendlich vielen aufeinander folgenden Biografien derart miteinander verwoben, dass die Entscheidungsfreiheit des Einzelnen begrenzt ist.«

»Genau. Die Weichen sind doch schon gestellt. Wenn jemand in grauenhafte Verhältnisse ohne Liebe, ohne Ansprache hineingeboren wird, wie kann er da ein guter Mensch werden?«

Papa schüttelte den Kopf: »Auch solche Menschen haben die Wahl. Sie wissen ganz genau, dass es falsch ist, andere zu quälen oder zu betrügen. Dieses Wissen ist uns eingegeben. Wir werden in bestimmte Verhältnisse gestellt, ja«, fuhr er fort. »Aber worauf du mit der Seelenwanderungsgeschichte, dem Rad des Karma und so weiter anspielst, ist ja die Annahme mancher Religionen, dass wir verdammt sind, immer wieder geboren zu werden, um die alten Sünden wiedergutzumachen. Das ist falsch! Weil wir Christen sind, leben wir eben nicht unter der Last früherer Vergehen, sondern jeder von uns ist ein geliebtes Wesen aus der Gnade Gottes hier und jetzt. Darauf zielt ja auch die Taufe: Jede Taufe ist ein kompletter Neuanfang.« Ein gelber Schmetterling setzte sich auf seine altersfleckige Hand. »Und man muss auch sehen: Das Ziel ist bei allen Religionen gleich: nämlich nicht wiedergeboren zu werden!«

Wir saßen eine Weile schweigend nebeneinander. Das Bienenfresserpaar flog aus und ein und schaffte Nahrung für seine Küken herbei. Ich stellte mir die Augen junger Katzen vor oder die Augen von Neugeborenen. Sie schienen leer wie ein unbeschriebenes Blatt. Papa hatte recht, fand ich: Wie können Neugeborene bereits eine Last mit sich schleppen? Wie kann man von ihnen erwarten, dass sie sich mit den Fehlern früherer Leben abmühen sollen? Die Vorstellung, immer wieder aufs Rad zu müssen, war mir entsetzlich.

»Sag mir, was du glaubst«, forderte mein Vater mich auf. »Und keine Sorge, du musst mich nicht schonen, weil ich ein alter Pastor bin.«

Ich legte meinen Kopf auf die Rückenlehne der Bank und schaute in den Himmel. Die Weite der provenzalischen Hügel, die schiere Unendlichkeit hatte mir immer gut getan. Ich bin gern klein und unwichtig.

»Ich habe immer an die Unsterblichkeit der Seele geglaubt«, antwortete ich. »Aber auf eine weniger konkrete Weise. Für mich ist die Seele der göttliche Anteil in uns, das Geschenk des Bewusstseins. Das Geschenk, empfindungsfähig zu sein, eine Wahl zu haben. Aber glaube ich daran, dass meine Seele intakt als ich selbst erhalten bleibt?« Ich rupfte einen Grashalm und ließ den kleinen Wedel in meinen Fingern kreisen. »Nein. Eher dass sie zurückkehrt in ein großes Ganzes. Und vielleicht werden einzelne Erfahrungen und Erlebnisse doch weitergegeben, und davon kommt dann das Gefühl, man hätte früher schon einmal gelebt. Oder vielleicht gibt es doch eine Art kollektives Bewusstsein und Lernen ...«

»Du sprichst von Helena Blavatsky«, sagte Papa. »Seelenwanderung als Mittel der Evolution. Jeder neue Mensch, jedes neue Bewusstsein trägt in sich einen Teil des kollektiven Wissens in sich. Und damit entwickelt sich die ganze Menschheit zum Besseren. Eine schöne Idee. Aber für mich ist es Gott, der uns dazu bringt, uns verbessern zu wollen, an uns und unserer Gesellschaft zu arbeiten.«

Ich setzte mich auf und sah meinen Vater überrascht an.

»Jetzt sag bloß, dass du Blavatsky gelesen hast!«

»Ja sicher! Mich interessiert alles, was sich mit Gott und Glauben beschäftigt.«

»Na schön, damit liegen wir auf einer Linie, ob man es nun Gott nennt, Universum, das Gute oder sonst wie. Ich habe allerdings eher den Eindruck, als ob wir uns rückwärts bewegen: Radikalisierung, Hass und Herzlosigkeit, wohin man schaut.«

»Es macht vielleicht den Eindruck, wenn man nur einen kleinen Ausschnitt betrachtet. Aber wenn du eben dreihunderttausend Jahre Menschheitsgeschichte anschaust, dann haben wir es doch ganz schön weit gebracht.«

Diese Diskussion hatten wir schon oft geführt. Ja, ich weiß: Vom angstgetriebenen, ständig gewaltbereiten Höhlenbewohner zu den zehn Geboten, zur Habeas-Corpus-Akte, Menschenrechten, der Ächtung unterschiedsloser Kriegsführung, dem Konzept gewaltfreier Kommunikation, war es ein weiter Weg in kurzer Zeit.

»Ich sehe nicht, dass man sich an diese schönen Vorsätze hält.«

Papa war ein unverbesserlicher Optimist. »Doch, tun wir! Und wo nicht, gibt es immer Menschen, die Einspruch erheben. Allein, dass es so etwas wie die United Nations gibt, ist doch ein Wunder!«

»Zwei Schritte vor, einen zurück.«

»Ja, Lenchen, so ist das nun mal. Manchmal beim Zeitung lesen, könnte ich verzweifeln. Aber dann sehe ich wieder Dinge, kleine Dinge, die mir zeigen, dass jeder von uns ein Stückchen Herrgott in sich trägt. Und jetzt habe ich Hunger. Lass uns essen gehen.«

Epilog

Die Kastanien hatten geblüht – zu ersten Mal seit zwanzig Jahren ohne mich. Die Astspitzen waren mit winzigen hellgrünen Igeln besetzt. Sonnenschirme standen zwischen den Tischen, die großen, rechteckigen, die so schwer waren, dass sie Zementfüße benötigten. Aenne kam zu spät wie üblich.

»Dein Milchkaffee«, sagte die Kellnerin und stellte die Schale vor mich auf die Marmorplatte. Der Milchschaum war mit einer hauchdünnen Schicht Zimt marmoriert – perfekt. Langsam und genüsslich hob ich einen Löffel Schaum ab und steckte ihn in den Mund. Der erste Geschmack von frisch gebrühtem Mokka am Morgen, sahniger Milch und Zimt, der beste Moment des Tages. Ich schloss die Augen.

Rumms! Um sie gleich darauf wieder zu öffnen und mir vor Schreck ein paar Tropfen Kaffee aufs T-Shirt zu kleckern. Ich griff nach der Serviette und betupfte mich.

»Aua! Scheiße!« Aenne war über den Zementfuß eines Schirms gestolpert. »Die Dinger sind ja gemeingefährlich.« Sie beugte sich zu mir herunter, gab mir ein Küsschen auf die Wange und ließ sich in den Korbsessel neben mir plumpsen. Mein zweites Küsschen traf die leere Luft. Das passierte mir jetzt dauernd. Ich war an zwei Wangenküsse gewöhnt. Zwei im Drôme, drei an der Côte d'Azur. Vier in Marseille. Diese hippen Großstädter müssen immer übertreiben.

Anne reckte den Hals nach der Serviererin und gab ihr Handzeichen: großes Glas, Kringel obendrauf – Eisschokolade. »Und, wie läuft's?«

»Furchtbar! Jeden zweiten Tag trampeln fremde Leute durch mein Haus. Ich komm mir vor wie auf'm Bahnhof.«

»Aber das heißt, es gibt Interessenten.«

»Klar, reichlich. Und alle versuchen sie mich runterzuhandeln, meckern rum: Die Zimmer sind zu klein, die Treppe zu steil, der Keller fühlt sich feucht an, und so weiter und so fort.«

Aenne neigte den Kopf zur Seite wie ein Papagei. Sie kannte mich zu gut.

»Jaaa, ich gebe zu, es ist mir ganz recht, dass es nicht so schnell geht. Jeder Tag, an dem es nicht verkauft wird, ist ein Tag länger für mich. Ach, Aenne! Ich will da nicht raus. Ich komme mir vor wie eine Pflanze, die ausgerissen werden soll.«

»Nicht ausgerissen – umgetopft! Umtopfen tut dem Grünzeug doch gut, deine Worte! Neue Erde, neue Umgebung ...«

Ihre Eisschokolade kam, und sie machte sich mit kindlicher Gier darüber her. Später würde sie dann wieder über ihre »Kugel« jammern.

»Vielleicht gibt es eine andere Lösung«, sagte ich. »Leonie hat die Idee, dass sie mit ihrer Frau bei mir einzieht und ich dann auf das Baby aufpassen kann, während die zwei arbeiten gehen.«

Aenne wischte sich den Sahnebart mit dem Handrücken ab. »Na toll! Alles wieder von vorn.«

»Genau. Die beiden kriegten einen Kredit, wir könnten Leander auszahlen. Ich könnte im Haus wohnen bleiben, aber ehrlich gesagt: Es wär nicht mehr meins. Wieder alles voll; ich hätte nur mein Schlafzimmer wirklich für mich. Warten vorm Klo, Anstehen am Badezimmer. Diskussionen über das Fernsehprogramm. Und ich seh mich schon wieder als Hausfrau und Mutter: Waschen, putzen, Baby ausfahren, für vier einkaufen, Abendessen vorbereiten. Nein! Das ist vorbei. Das will ich nicht mehr. Ich hatte mich nun drauf eingestellt, Zeit für mich zu haben, wirtschaften zu können, wie und wann ich will.«

»Und vergiss nicht deine Arbeit! Ich hab übrigens einen neuen Auftrag für dich, wenn du willst: Dein Manuskript kam gut an auf der Verlagskonferenz. Ich soll dich fragen, ob du dir vorstellen kannst, nächstes Frühjahr für uns nach Spanien zu fahren: Blue Highways, weg von der Küste und den Touristenmagneten, Inland, Berge, Bauern, Olivenhaine – das unbekannte Spanien.«

»Oh, Aenne! Das wäre großartig! Und ob ich will!«

»Musst du natürlich Spanisch büffeln.«

»Kein Problem.«

»Dann wird es allerdings schwierig mit dem Babysitten.«

»Ich hab den beiden schon gesagt, dass meine Arbeit vorgeht. Das war vielleicht ein Gefühl! Hätte ich nie gedacht, dass ich das mal sagen würde, aber ja: Mit den Korrekturen kann ich mich ganz gut über Wasser halten. Und wenn ich jetzt noch für euch ein neues Reisebuch schreiben kann, vielleicht fange ich einen Reiseblog an. Ich hab plötzlich so viele Ideen. Ich will machen, machen, machen!«

Ich blickte über den Platz, die kleine Grünanlage im Zentrum, die Geschäfte, die Leute. »Aber wie ich es auch drehe und wende: Es reicht nicht, um das Haus zu halten. Ich werde da rausmüssen, bald. Und ich werde auch nicht in so einem schönen Stadtteil wohnen können. Die Mieten hier kann ich mir nicht leisten.« Trübe starrte ich auf den Grund meiner Kaffeeschale und zwang mich dann zu lächeln. »Ach was, es wird schon nicht so schlimm. Woanders wohnen auch nette Menschen.« Aber es würde ein Abstieg werden, das war mal klar.

»Uff!« Aenne hatte ihr Eis verspachtelt und tätschelte sich den Bauch. »Wieder ein halbes Kilo drauf.«

Ich grinste bloß.

»Ja, ja, hast ja recht. So, Süße, ich muss los. Was machst du heute?«

»Hab einen Haufen Korrekturen zu erledigen. Gott sei Dank. Und ich will Stauden für den Sommer setzen.« Mit beiden Händen in der Gartenerde wühlen. Ach, mein Gärtchen, wie lange würde ich es noch haben?

Meine Nachbarin fing mich am Gartentor ab. »Hallo, Marleen! Ich hab ein Einschreiben für dich angenommen. Das war doch okay, oder?«

»Ja sicher. Danke.«

Neugierig sah sie auf den Poststempel: »Aus Frankreich! Da warst du doch gerade? Grenoble ...«

Grenoble? Da kannte ich doch gar niemanden. Ein gepolsterter Umschlag Din A4. Und drin fühlte ich etwas Kleines, Knubbliges. Ich klemmte mir den Umschlag unter den Arm und bückte mich, um den Briefkasten aufzuschließen. Eine papierne Flut kam mir entgegen: Makler-Werbung, Angebote für mein Haus, Rechnungen, Werbung, Werbung, Werbung. Ein Brief von meiner Anwältin. Ein Zettel von Leander, oh Mist! Mein Magen zog sich zusammen. Rein kam er ja nun nicht mehr, nachdem ich das Schloss hatte austauschen lassen. Seine neueste Idee war nun, dass er mit seiner Elana einziehen wollte. Ihr gefiele das Haus so gut. Na, die beiden konnten einziehen, wenn die Hölle zufriert! Ich knüllte den Zettel in meine Umhängetasche. Irgendwann würde ich den lesen müssen. Jetzt nicht!

Drinnen warf ich die Post auf den Esstisch. Mit klopfendem Herzen ging ich zur Couch und setzte mich. Ich drehte den braunen Umschlag in den Händen hin und her. Die Schrift kam mir bekannt vor – ein Brief von Stéphane? Und was war das Kleine, Knubblige darin? Hatte ich etwas im Zimmer vergessen? Ich vermisste nichts, jedenfalls nichts, was diesen Aufwand verdiente. Das Porto von Frankreich nach Deutschland ist unverschämt teuer. Da überlegt man sich dreimal, ob man etwas verschickt. Und warum einen so großen Umschlag für einen so kleinen Gegenstand?

Irgendwie zögerte ich, den Brief zu öffnen. Ich hatte in letzter Zeit eine regelrechte Postphobie entwickelt. Zu viel Schlechtes war mir auf diese Weise ins Haus geflattert.

Erst mal einen Kaffee. Ich legte den Brief wieder hin und ging in die Küche, um die Espressokanne aufzusetzen. Während das Wasser von unten hoch durch den Filter blubberte und der Duft von »Grandmère« sich verbreitete, starrte ich aus dem Fenster und trommelte mit den Fingern auf die Resopalplatte. Verflucht – hatte ich einen Gieper auf eine Zigarette! Ich widerstand. Bravo, Marleen! Ich schäumte die Milch mit meinem Solarquirl auf. Mit der Kaffeeschale in der Hand kehrte ich schließlich zum Sofa zurück. Kein Absender. Ich starrte den Brief an. Nahm einen Schluck. Trommelte mit den Fingern.

Schließlich öffnete ich den Umschlag mit dem hölzernen Delfin, den mir Pascal mal geschnitzt hatte, als er klein war. Ein Päckchen fiel mir entgegen, ein winziger Gegenstand, mehrfach in Blasenfolie gewickelt und mit Tesafilm umklebt. Ich legte ihn beiseite und zog eine handbeschriebene Seite Papier aus dem Umschlag. Ein Scheck von der Crédit Agricole war daran geheftet. Ich sah auf die Summe und schüttelte den Kopf. Das konnte nicht sein! Jemand machte sich einen bösen Spaß mit mir. War das ein Werbetrick?

Nein. Der Brief war von Stéphane unterschrieben.

Ma chère Marlène,
ich schicke dir hier einen Scheck über 96.000 € – deinen Finderlohn. Ein bisschen antiquiert – ein Scheck – aber es hat mir solchen Spaß gemacht, ihn auszufüllen!
Ich musste etwas Druck auf Alexandre ausüben, damit er seinen Anteil daran herausrückt, aber ich hatte ja gute Argumente …
Ich hoffe, damit kannst du deinen Ex auszahlen und das Häuschen behalten, wie du es dir so sehr gewünscht hast.

Ich finde, es ist das Mindeste, was ich tun kann, um mich zu revanchieren.
Ich danke dir so sehr! Ohne deine Nachforschungen und deine Fantasie wären wir wohl nie hinter das Geheimnis meiner Tante gekommen! Und was will eine Katze mit 3,2 Millionen? (haha!)
Hier gibt es einige Neuigkeiten. Lucile ist zu mir gezogen. Heiraten werden wir nicht, dazu ist es zu spät. Aber wir werden einen PACS abschließen, einen Solidaritätspakt. Das ist so etwas wie eine Zivilehe. Damit ist Lucile vor Alexandre abgesichert, wenn mir etwas zustößt. Was ich nicht hoffe.
Im Herbst werden neue Bäume gepflanzt. Ich habe wohl die Baumschulen der halben Provence leer gekauft. War das eine Freude! Viele Leute aus dem Dorf werden Arbeit haben. Auch das Schloss kann ich nun endlich instandsetzen. Nichts Großartiges – ein bescheidenes Landschloss, so wie es immer war. Ich will daraus ein Kulturzentrum für die Region machen. Dafür gibt es sogar noch ein bisschen europäisches Geld. Der Teufel scheißt halt immer auf den größten Haufen.
Liebe Marlène, du hast mir – uns (!) Glück gebracht. Ich hoffe so sehr, dass du es auch (wieder) findest. Wenn es irgendwer verdient hat, dann du!
Wir würden uns sehr freuen, wenn du uns bald besuchst, mit oder ohne deine Kinder. Du bist hier immer willkommen!
Bises, Stéphane

Und darunter eine kleine Zeichnung von einem Hund mit Hörnern (einer Ziege?) und einem weiblichen Wesen mit Schäferhut:

Je t'embrasse très fort! (Ich umarme dich ganz doll.)
Lucile

Mein Kopf fühlte sich an wie mit Watte gefüllt. Meine Finger zitterten. Ich las den Brief noch einmal und ein drittes Mal, hielt den Scheck, als könne er sich jeden Augenblick auflösen. Oder in einem stinknormalen Zettel verwandeln. Es stand wirklich da, auch in Worten ausgeschrieben: Sechsundneuzigtausend Euro. Ich atmete tief ein und blies langsam die Luft aus. Pffff! Endlich brachte ich es fertig, ihn loszulassen, auf den Tisch zu legen, mit dem Aschenbecher beschwert. Ich ergriff das winzige Päckchen, stand auf und ging hinüber in die offene Küche. Mit einem scharfen Gemüsemesser schnitt ich vorsichtig den Tesafilm auf. Ich wickelte die Blasenfolie ab, eine Schicht, zweite Schicht, dann kam noch eine Schicht Seidenpapier. Und dann lag es in meiner Hand, er musste es irgendwo für mich ersteigert haben. Ein Zuckerstück – das Zuckerstück mit dem Kaffeemohren.

Und was ist seitdem passiert? Amys *Back to Black* mag ich nicht besonders, aber zum Glück wird es kaum noch gespielt. Ich hab zwei weitere Reisebücher geschrieben, eines über Portugal, eines über Spanien abseits der Touristenwege. Den Kindern geht es gut, sie machen ihren Weg. Leander? Keine Ahnung, lange nichts von ihm gehört. Ich hab einen Boyfriend, Geliebten, Lebensabschnittsbegleiter, Wieauch-immer, aber wir wohnen nicht zusammen. Für diese Art von Zweisamkeit bin ich wohl für alle Zeit verdorben. Aber das macht nichts. Ich und Ich sind endlich beste Freundinnen geworden.